付秀莹作品系列

陌上

付秀莹 著

图书在版编目(CIP)数据

陌上 / 付秀莹著. —杭州：浙江文艺出版社，
2025.1. — ISBN 978-7-5339-7689-7

Ⅰ.I247.5

中国国家版本馆 CIP 数据核字第 2024HH4302 号

策划统筹	曹元勇	
责任编辑	易肖奇	
营销编辑	耿德加	胡凤凡
责任印制	吴春娟	眭静静
封面设计	付诗意	
数字编辑	姜梦冉	诸婧琦

陌上

付秀莹　著

出版发行	浙江文艺出版社
地　　址	杭州市环城北路 177 号
邮　　编	310005
电　　话	0571-85176953(总编办)
	0571-85152727(市场部)
印　　刷	上海盛通时代印刷有限公司
开　　本	850 毫米×1168 毫米　1/32
字　　数	334 千字
印　　张	14.375
插　　页	4
版　　次	2025 年 1 月第 1 版
印　　次	2025 年 1 月第 1 次印刷
书　　号	ISBN 978-7-5339-7689-7
定　　价	69.00 元(精装)

版权所有　侵权必究

目录

001		楔子
015	第一章	翠台打了个寒噤
033	第二章	香罗是小蜜果的闺女
049	第三章	翠台的饺子撒了一地
065	第四章	素台两口子吵架了
081	第五章	小鸾是个巧人儿
099	第六章	向日葵又叫望日莲
117	第七章	大全大全
135	第八章	银栓把短信发错了
151	第九章	大全有个胖媳妇
169	第十章	爱梨怀孕了
187	第十一章	小别扭媳妇是个识破
205	第十二章	臭菊成了儿媳妇迷
221	第十三章	月亮走,喜针也走
239	第十四章	兰月老师心事稠
257	第十五章	春米给烫得泪汪汪
275	第十六章	建信媳妇做了个梦
293	第十七章	一村子的狗叫起来

311	第十八章　老莲婶子怎么了
329	第十九章　耀宗这个先生名气大
347	第二十章　增志手机响个不停
365	第二十一章　尴尬人遇见了尴尬事
381	第二十二章　建信站在了楼顶上
399	第二十三章　增产家的事
415	第二十四章　找呀么找小瑞
431	第二十五章　小梨回来了
449	尾声

楔　　子

芳村这地方,怎么说呢,村子不大,却也有不少是非。

比方说,谁家的鸡不出息,把蛋生在人家的窝里;比方说,谁家的猪跑出来,拱了人家的菜地;比方说,谁家的大白鹅吃了大田里的麦苗,结果死了。这些,都少不得一场是非。人们红了脖子赤了脸,也有因此两家结下怨的,总有十天或者半月,相互不理。孩子们也得到叮嘱,不许去那一家,不许跟那家的孩子玩。可是,孩子们哪里管那么多!认真记了两天,到了第三天傍晚,大孩子们一招呼,早忘了大人的告诫,又兴头头地去了。

算起来,芳村也只有百十户人家,倒有三大姓。刘家,是第一大姓,然后是翟家,然后是符家。其他的小姓也有,零零碎碎的,提不起来了。

据说,刘家的祖上,曾经在朝里做官,名重一时。方圆百里,有谁不知道芳村的刘家?当然了,那时候,芳村或许并不叫芳村。究竟叫作什么,就只有去问老见德了。老见德是村子里的秀才,最会讲古。后来,也不知道因为什么,刘家的祖上被罢了官,这一支就败落下来了。另一支呢,却渐渐枝繁叶茂。读书的,必定高中;做官的呢,仕途通达;经商的也有,种地的也有,不论如何,都算得上芳村的好人家。有人就说了,这是老刘家坟地风水好。那棵大柏了树,华盖似的!也有人说,枕着大河套,那襟抱!再没有不发达的。

除了刘家,便是翟家了。这个翟家有点奇怪。芳村有两个翟家,大翟家和小翟家。大翟家住村南,小翟家住村北。大翟家人多,院房大;小翟家人少,院房小。也不知道,这两个翟家,祖上有没有瓜葛,有何瓜葛,后来如何劈了户,分了院房。有说原是一宗的,兄弟两个,各自分枝伸杈,开花结果,后来两支闹了纠纷,再不往来了。也有说是两回事,一家是芳村土生的,另一家是外路迁来的,两方为了争长短,打了一架,败了的一方随了翟姓。也有人把这事去问老见德,究竟也没有问个分明,便不了了之了。总之是,大翟家和小翟家,竟像是完全不相干的,不通庆吊往来,见了面,和气倒是和气的,只是,却与一般村人无二了。

符家呢,在芳村,同刘翟两家相比,算是小姓了。符家大多住村子的东头。怎么说呢,符家院房不大,却出读书人。冬闲时节,天冷,夜正长,人们烤着炉子,说闲话,说着说着,就说起了符家。有心的人,还能够扳着指头,一个一个地数一数,列一列,竟都是有名有姓的。听的人不免惊叹起来,问真的吗,老天爷,真的吗?数说的人就有些不悦,以为没有得到信任。听的人察其颜色,为自己的无知内疚了,赶忙教训满地乱跑的孩子,光知道疯玩——看不好好念书!

芳村的人们,孩子生下来,往往只有小名儿。民间说法,小名儿越是低贱,越好养活。自古都是这样的。猫啊狗啊,小臭子死不了,小盆子破碗子,就那么随口一叫,说不定,就叫开了。到了念书的时候,父母才想起来,得有个大号。可这大号,也只有教书先生专用,下了学,还照样是二蛋二蛋地叫。等这孩子辍了学,那大号就渐渐被忘记了。后来,娶妻生子,顶门立户,欠了人家肉铺的钱,小黑板上面依然写着,二蛋,某年某月某日,五块四毛。有时候,村里的大喇叭喊,刘秉正,刘秉正,来拿信,来拿信。人们就愣一愣,一时不知道这刘秉正是谁。就连他本人,也只顾在田里埋头薅草,听了半晌,才忽然想起来,一拍脑袋,原来那个刘秉正就是他自己,慌忙扔下锄头去了大队部,涨红着一张脸,很为自己庄严的大号难为情了。

符家的那些念书的弟子，当然个个都有大号了。在芳村，他们是坏枣、笨梨、小嘎咕，说着芳村的土话，在外面，他们可都是有头有脸的人物，撇着城里人的洋腔，过着城里人的生活。只是有一样，符家的这些读书人，也不知道怎么回事，竟把自己的姓都慢慢改了。改作什么呢，把上面的竹字头省掉了，写作付。这件事，本来也没有人在意。家里外面，完全不相干的。偏巧有一回，符家外面的一个孩子，给家里寄钱。拿着单子去取，结果没有成功。人家说名字与身份证上的不符。符振华，付振华，当然不是同一个人了。这件事让做父亲的很不高兴。这还得了！姓氏都更改了，还有祖宗王法没有了！然而，看在一沓厚厚的钞票的面子上，慢慢地也就把自己劝开了。这件事，被芳村人闲话了一阵子，也便没有人提起来了。怎么说呢，终归不是什么大事。

认真想来，芳村的街道，竟都没有名字。人们喜欢分了方向：东头的，西头的，南头的，北头的。比方说，立秋家生了个胖小子。有人问，哪个立秋？说话的把下巴朝西面点一点，说哪个立秋，西头的立秋嘛。这个中心点，自然指的是大队部。大队部这一条街，算是大街了。而大队部的十字街，当然是芳村最繁华的地方了。小卖部、磨坊、药铺、烧饼摊子……要什么有什么。

小卖部，那时候，叫作供销社。一个白地红字的大牌子，上面写着，芳村供销社。很威风了。可是，人们总不那么叫。人们叫作社。人们说，去社里买半斤盐。社里新来了瓶酒，远没有本地烧烈性。社里的柜台极高，小孩子们，只能央大人抱着，看一看里面的橘子糖还在不在。还有那种黑枣，简直能把人的牙甜掉，却不能够多吃，吃多了，便拉不出屎来。还有那种陀螺，染着五彩的颜色，比哥哥自己做的，不知道要好看多少倍。小孩子们被大人抱着,一双眼睛,简直是不够使了。待到大人不耐烦了,索性就把孩子放在柜台上,任他们看个够。里面的人就说话了,不能放孩子,这柜台不能放孩子。是反对的意思,却也不怎么认真。公家的社,怎么就不能了?倘若是夏天还好,若是冬天,那水泥台子凉冰冰的,贴着孩子的屁股,也不觉得冷。旁人看了,倒咔拉一声笑了,说,大人的脸,孩子的屁股。芳村的孩子们,开裆裤要穿到好几岁,方便。尤其是冬天,厚墩墩的棉衣裳,十分笨重,尿紧的时候,往往就来不及了。

柜台高了,柜台里面的人,就显得格外神气。很多孩子的理想,便是长大了到社里当售货员。大人们听了,便笑,以为是在说梦话,也不当作一回事。

磨坊就在供销社旁边。机器轰隆隆响着,说话听不清,都得扯着嗓门喊。磨坊里的人忙活半天,出来透口气,倒把人们吓一跳。白头发,白胡子,浑身白,连眉毛睫毛都是白的了——简直是雪堆出来的人!

芳村这地方,把医生不叫医生,叫作先生。药铺里的先生,在村子里,是有身份的人物。这一辈子,谁敢担保不生病呢?

这一家药铺,是刘姓,算是祖传了。一家三代,都懂医,有世家的意思。尤其是看小孩,据说很灵验。名气很大。方圆几十里,谁不知道芳村的刘家药铺呢。当然了,也不光是看小孩。大人们头疼脑热,也都来这里抓药。可偏偏是,刘家药铺的先生性子极慢,芳村人叫作"肉",最是能够磨折人的脾气。又爱酒。常常是,都日上三竿了,药铺的门上还挂着锁。有性急的人,就只有去家里找。果然是头天夜里喝了酒,还醉在炕上。女人一趟一趟地叫,一面安慰着来访的人。总得要等他慢慢醒了酒,在被窝里吃过早饭,然后,趴在炕头上吸上一锅烟,才打算起床的事。脾气急的人,转磨一般,在院子里转来转去。孩子呢,病着,天又冷,哭咧咧的，一声长，一声短。哭声像一只小手，揉搓着大人的心。然而，有什么办法呢，先生就是这样的"肉"。好在，芳村的人，也都习惯了。

烧饼摊子生意不大好。有谁平白无故的，买烧饼吃呢？除非，家里来了客。芳村人，把客不叫客，叫旦。待旦是大事。吃什么呢？饺子吧，太费事。炖菜呢，菜里总得见些肉，才像话。不如就吃烧饼吧。换上半箩烧饼，再搅上一锅糊汤，顶多，挥霍一下，索性飞上两个鸡蛋花，热热闹闹的，也算顿待旦的饭吧。

可平日里，人们吃得最多的，是饼子。玉米面饼子。平常人家，做得粗糙。玉米糁子，拿沸水搅了，团一个，往锅里的箅子上放一个。旁边须得准备些凉水，手不停地蘸一蘸，为了降温。女人们的手，简直是铁手，不怕烫呢。也有讲究的。拿一个锅圈撑着，把饼子贴在锅壁上，叫作贴饼子。这样贴出来的饼子，有一面呈金红色，又脆又香，小孩子们尤其喜欢。刚出锅的热饼子，掰开了，涂上猪油，撒上些细盐，极香。奢侈些的，会把过年留下的腌肉拿出来，肥多瘦少，夹在滚烫的饼子里，咬一口，命都不要了。

当然了，也有六指家的馒头车子，在村子里走街串巷。六指吹着一只牛角，呜呜呜，呜呜呜，人们听见了，就知道是馒头车子过来了。六指家的馒头又白又胖，据说拿硫黄熏过，有淡淡的味道，上面一律点着大红的胭脂，十分俊俏。有人不买，却要凑过去，把馒头簸箩揭开，指着那胭脂，跟怀里的孩子赞叹，大白馒头，胭脂红——

豆腐七十使的是木头梆子，帮帮帮，帮帮帮，也并不吆喝，人们只听见这梆子声，便知道，是做饭的时候了。

芳村人，做饭总是大事。见了面，也一贯喜欢向人家打听，晌午吃吗饭？

也有摇拨浪鼓的，是走庄串户的货郎。推着独轮货车，一路走,一路摇,拨朗朗,拨朗朗,拨朗拨朗朗。女人们听见了,赶紧把做鞋做衣裳的碎布头拿出来,换上两根针,换上一绺花花绿绿的丝线。她们褒贬着那丝线的成色,非让那货郎再搭上一枚顶针。小孩子们也跑过来,最令他们牵挂的,是一种江米糖球,又酥又甜,能把人香个跟头。他们的母亲为了顶针正和那货郎争执不下,就顺坡下驴,把攥得热乎乎的顶针当啷一扔,伸手抓了一个江米糖球,塞给孩子,说算了算了,小气鬼!这个时候,那货郎也只有叹一声,由她去了。

芳村这地方,最讲究节气。

过年就不用说了。

在乡下,过年是最隆重的节气。

过年之后,往后数吧。

正月初五,俗称破五。为什么叫破五呢?民间的说法,自从大年三十开始,屋子里、院子里,那些个花生壳啊,鞭炮屑啊,都不能动,不能清扫。扫了,就把一年的财运扫跑了。任凭人们踩上去,擦擦擦,擦擦擦,是喜庆的意思了。到了初五这一天,一大早,通常是男主人,就起来了。起来做什么呢,起来点炮。点炮做什么?点炮把"穷"吓跑。传说,"穷"这样东西,最怕鞭炮。人们一大早起来,噼噼啪啪点上一阵子鞭炮,然后赶紧挥起扫帚扫院子,是要把"穷"赶出去。谁家起得越早,点炮越响,越是吉祥。因此,初五这一天,也叫"五穷日"。这一天早晨的鞭炮,竟同大年初一有一比。

初五过后,是初十。

民间传说,正月初十,是老鼠嫁女的日子。这一天晚上,小孩子们往往一放下饭碗,就慌忙往豆腐七十家跑。磨坊的院子里,老椿树下,有一个磨盘,想是废弃不用了,一直搁在那里。小孩子们你挤我,我挤你,争着要趴在那磨眼上往里看。据大人们说,从磨眼里,可以看到老鼠嫁女的情形。老鼠嫁女,一定也是同芳村一样,很热闹很排场吧。磨眼里黑洞洞的,没有花轿,没有鞭炮,没有唢呐。什么也没有。心急的孩子跑去问大人,说是得要半夜十二点呢。等着等着,便失去了耐心。第二天,问起来,果然有讲得有声有色的。没有看到的便十分懊悔,发誓明年再不肯早睡了。

正月十五,芳村是没有花灯的,却唱戏。

有支歌谣:拉大锯,扯大锯,姥姥家门口唱大戏。请闺女,叫女婿,外甥狗儿,你也去……是哄小孩子的时候经常唱的。拉着孩子的两只小胳膊,一送一收,一收一送。孩子觉出了趣味,咯咯笑起来了。

也不单是闺女女婿。七大姑八大姨,远亲近戚,早在年前就说好了的。过年时的腌肉还特意留着。腌豆腐也有。灌肠丸子、卷子花卷,也都在瓦罐里冻着。饺子呢,是留给闺女的。这地方的风俗,出门的闺女,要吃娘家大年初一的饺子。还有一只鸡,埋在枣树下的雪堆里。趁着过十五,得赶快炖了它。

戏台子就搭在十字街上。是芳村的戏班子。方圆几十里,谁不知道芳村的老来祥,不知道老来祥的戏班子?戏台子上,披红挂绿,咿咿呀呀地唱。戏台子下面,人们有立着的,有坐着的,袖着手,一开口,哈出一团白气。孩子们跑来跑去,锐叫着,手里举着糖葫芦,脸蛋子冻得通红。姑娘们穿着新衣裳,决不肯一个人孤单单地在街上走过,去看戏呢,更不肯了,一定要有几个女伴,挽着手,勾肩搭背,眼睛瞟着戏台子,也不知道为了什么,一张脸却忽然飞红了。妇人们则要从容得多了,嗑着瓜子,有一句没一句地,说说家常。也有人指着戏台子上那正在唱着的花脸,叫葵花葵花,看你公公,倒挺卖力气——葵花就笑骂一句,有些难为情了。上了年纪的人,往往是格外认真的。河北梆子、丝弦,百听不厌。听着听着,就入了戏,全然忘记了,那个楚楚可怜的小旦,满头珠翠,竟是自己的东邻,两家刚刚闹了纠纷,为了那只跳窝的白翎子鸡。

正月十六,游百病。这一天,人们要到大河套,把百病扔在那里。要是天气晴好,村路上都是来来往往的人。阳光软软地泼下来,笑语喧哗。路旁的杨树,虽然依旧是光秃秃的,却总让人感觉有什么马上要毛茸茸地拱出来。早春二月,一霎眼,就到了。

二月二,俗称小年。这一天,新媳妇要给本院的小孩子们送新鞋。一人一双,全是出自新媳妇之手,就有展示女红功夫的意思了。心灵手巧的新媳妇,自然是难不倒的。新鞋子结实漂亮,舒适合脚,少不得赢得一片叫好,巧媳妇的口碑,自此在村子里慢慢流传。眼拙手笨的新媳妇呢,便十分忐忑了,偷偷地央求姐妹们,在娘家延挨着,横竖不肯早回来,或者,越性装了病,也是有的。为此,芳村的女人们,从小就被反复告诫,针线一定要好。否则,将来怎么做人呢?还要扳着手指头,举出一串案子来,东家的三嫂、西家的二娘,都是活生生现成的。

这个节气,还要吃一种食物,叫作"闲食"。把窖里藏的大萝卜拿出来,在擦床上,细细地擦成丝,加在面粉搅成的糊里。往铛子里倒上油,薄薄地摊开。吃闲食须得蘸汁,酱油、醋、蒜泥、麻油。萝卜淡淡的香气。那种滋味,怎么说呢,是二月二的滋味。

过了二月二,年就算过完了。

年过完了,却留下了很多鸳鸯账。比方说,东家的姑娘说婆家,觉得那一家的小姑子多了。大姑子多了婆婆多,小姑子多了是非多。老话儿有老话儿的道理。比方说,西家的小子相媳妇,一眼便看中了,模样脾性样样好,只是有一样,那姑娘原来瞒了年纪,属相便不合了。鸡猴不到头。这怎么得了!当然也有称愿的。郎情妾意,花好月圆。很多时候,鸳鸯账也是糊涂账,一笔一笔的,只等这一年的光阴里人们慢慢勾画。

芳村有句俗话,寒食寒食,不脱棉衣没廉耻。

寒食节的时候,大地颤巍巍地醒过来了。阳光明亮,让人不由得眯起眼睛。远远地,麦田里仿佛笼着一层薄薄的雾霭,走近一看,却又不是。空气里湿润润的,夹杂着泥土的腥气,还有粪肥淡淡的味道,让人忍不住鼻子痒痒。也不知道是谁,忽然就打了个痛快的喷嚏,一面自言自语,咦,谁想我了这是!

寒食节,村路上来来往往的,是上坟烧纸的人。

到了耕牛遍地走的时候了。人们都忙起来了。

麦子浇过一遍水。

麦子浇过二遍水。

浇过三遍水的时候,麦子开始抽穗了。

浇四遍水的时候,麦子开始灌浆了。

麦芒毛刺刺的,抚在手掌心里,麻酥酥的痒。有性急的孩子,禁不住诱惑,采上一大把,塞进母亲的灶膛里。麦穗烧得黑乎乎的,搓开来,麦仁儿却是嫩绿的,白色的汁水,有一股微甜的清香。

麦田飞芒炸穗的时候,端午节到了。

端午节,家家户户包粽子。粽子叶是早就泡好了的。还有黄米,还有红枣。黄米是自家田里种的,红枣是自家树上结的,粽子叶是买来的。粽子包好了,在大锅里,煮上一夜。这个时候,得烧些好柴了。玉米轴、棉花秸、豆秸,都是好柴。风箱呱嗒呱嗒响,香气慢慢弥漫开来,孩子们便不肯去睡,被大人哄劝着,方才不放心地合上眼。第二天一大早,不等催叫,便早早起来了。村子里到处弥漫着粽子的香气。孩子们被母亲打发着,提着粽子,去东家送三个,去西家送五个。这家的粽子缠着红线,那家的粽子缠着绿线。虽说是一样的粽子,滋味真的是不一样呢。

粽子还没有吃完,是非就来了。谁家的媳妇小气,只给了婆婆三个粽子;谁家的媳妇,竟然一个都没有给。这闲话传到媳妇耳朵里,便认定婆婆在外宣讲了她的不是。于是立在院子当中,打鸡骂狗,把大白鹅撵得嘎嘎乱叫。东屋的婆婆便坐不住了,也并不出来,只拍打着炕沿,哭起了死去的那个狠心的老东西。做儿子的从外面回来,一进门,见了这种情形,便明白了一二。劝一劝这头,哄一哄那端,都不奏效,倒越发不可收了。婆婆数说着这一世的艰难,一定要从儿子出世说起。屎一把,尿一把,都是忘不了的。媳妇呢,朝着芦花鸡就是一脚,啐道,咯答答咯答答,就怕别人听不见。托生个母的,谁个不下蛋,哪个不养崽?芦花鸡受了委屈,飞快地跑了。婆婆的哭声更曲折了。做儿子的把门一摔,闹吧,闹! 丢人现眼! 索性躲出去了。

出门看见本院的光棍儿二爷,正想诉一诉烦恼,却见二爷也是一脑门儿的官司,因想起了二爷冷锅凉炕的光景,便把嘴边的话咽下去了。

田野里黄澄澄的,金子一般。

七月十五,也叫作鬼节。芳村这地方,要给死去的亲人上坟。一年中,上坟统共有三回,寒食一回,七月十五一回,十月初一送寒衣,也是一回。大年初一清早也要上坟,却仅限于家族中的男人。祭日或者周年,就不算了。一年当中的上坟,最隆重的,要数七月十五了。

通常是,一进七月,女人们便开始准备了。从集上买来黄表纸,买来香烛,买来金色银色的锡箔。女人们忙着裁纸、印票子、捏锡箔。金元宝银元宝,在阳光下闪闪发亮,很繁华的景象。

这时节,庄稼地正深。玉米吐着缨子,棉花结出累累的青桃子,谁家的谷田里立着一个草人儿,害得麻雀们叽叽喳喳,疑神疑鬼。女人们提着香烛纸马,一路上说着家常。到了坟前,把坟头的草清一清,就开始烧纸了。香烛点起来,纸灰飞舞。女人们跪在坟前,不免要跟亲人叙一叙家里的光景。老大家新添了孩子,大胖小子,小老虎一般。老二呢,刚娶了人,南头狗臭家的四围女。添丁进口的大事,跟你说一声。说着说着,又想起了种种不如意,终于忍不住,哭起来。数说亲人的狠心、自己的不易,仿佛所有的委屈烦难,都要在亲人面前诉一诉。旁边的姊妹妯娌听了,连忙止住悲声,百般劝慰。地上的那一个,却越发伤心起来。旁边的人渐渐听出来了,话里话外,绵里藏针,有些锋芒,竟然是对着自己的。便也越性坐下,拉开架势,一唱一和起来。这个时候,就很为难了。清官难断家务事,劝不是,不劝呢,也不是。只好任由她们哭。哭吧,人生艰难,哭一哭,抒发出来,总是好的。

回到家里,却绝口不提坟前那一段了。快响午了,大家忙着包饺子。擀面杖在案板上碌碌碌碌响着,有些喜庆的意思了。蝉在树上低唱。阳光明亮,一院子的树影。

三伏不了秋来到。

秋庄稼成熟的时候,八月十五就到了。

河套园子里的苹果熟了,还有梨,还有葡萄。枣是自家院子里结的。还有石榴。石榴有两种,酸石榴和甜石榴。不小心把嘴笑裂了,露出里面亮晶晶的牙齿。一样儿挑一个模样整齐的,摆在盘子里,上供。当然,月饼是万不可少的。社里新进的月饼,一斤五枚,用油渍渍的草纸裹了,还有一张油纸,有大红的,也有梅红的,拿麻绳扎起来,十分鲜明好看。小孩子家,最喜欢里面的青丝玫瑰。中秋夜,一群孩子,一人举着一枚月饼,一面咬,一面唱:月亮娘娘白又胖,纺线织衣裳。

正是秋忙的时节。人们忙里偷闲，节气总是要过的。把月饼给孩子们分了，自己拗不过，把递到嘴边的月饼小心地咬一口，半响，皱眉道，不好——太甜了。小孩子心中纳罕，怎么，竟有不爱甜的！却也不放在心上，疑惑一阵子，又跑去玩了。

一村子月光流淌。

月亮娘娘白又胖，纺线织衣裳。

秋庄稼都收起来了。场光地净。粮食进仓的进仓，入窖的入窖。大白菜也种上了，萝卜也种上了。秋天就要过去了。秋天一过，冬天就来了。

冬闲，天短夜长。人们手里总有活计，纳鞋底子、纺线、织布、捻玉米粒。手里忙着，嘴上也不闲。东家长，西家短。一不留神，是非就生出来了。

十月初一，往往就有了第一场雪。女人们就打点一下，缩着脖子，到坟上给亲人送寒衣了。日子浅的，就多哭上一阵子。年月深的，便哭不出来了。一面烧，一面叮嘱，天冷了，记着穿寒衣呀。

天寒地冻，天上飘着雪粒子，打得人脸上生疼。坟头上的枯草，在寒风里簌簌响着。不知是哪里飞来的乌鸦，嘎地叫一声。许久，又是一声。

就闲下来了。

只等着过年。

到了年关，又是一年过去了。

第一章
翠台打了个寒噤

不要问我是谁。

我不过是芳村田野里,那一棵沉默的庄稼。庄稼叶子茂盛,露水很重。我不过是那滚动的露珠子里,最小的那一颗。

风很大。风把露水吹破了。

一年里有四季;有二十四节气;有晴天,也有雨天。

天上有几块云彩,飞过来,飞过去。

腊月二十三这天,是小年。在芳村,家家户户都要祭灶。

翠台起得早,把院子里的雪都扫了,堆到树底下。水管子冻住了,她又烤了半天。接了水,做了饭,翠台迟疑着,是不是该去新院里叫孩子们。

一夜大雪,树枝上、瓦檐上、墙头上,都亮晶晶的,银粒子一样。翠台想了想,扛着把扫帚就上了房。房上雪厚,翠台哗哗哗,哗哗哗,扫得热闹。扫完雪,翠台拿一条毛巾,立在院子里,噼噼啪啪地掸衣裳。根来在屋子里说,干活不多,动静倒不小。翠台一时气得发怔,她本就生得白净,颊上的一片烟霞直烧到两鬓里去。想噎他一句,一时又想不出来好词儿,就径直走进屋子,一把把根来的被子掀了。根来恼了,都是当婆婆的人了,好看?

院子里有人说话,是喜针。喜针一脚就进了屋,也不避床上的根来。根来只好把头蒙上,装睡。喜针絮絮叨叨的,说起了儿媳妇。喜针这个人,出了名的碎嘴子。翠台嗯嗯啊啊地敷衍着,不说是,也不说不是。清官难断家务事,更何况是婆媳恩怨。喜针家住对门,同那儿媳妇,抬头不见低头见,说深说浅了都不好。喜针见翠台心不在肝儿上,就岔开话,问孩子们哩,怎么不过来吃饭?翠台说,这不,正要过去叫哩。

下了一场大雪,空气新鲜清冽,仿佛洗过一样。家雀子在树枝上叫,喊喊喳喳,喊喊喳喳,一不小心,抖落一阵阵的雪末子,乱纷纷的,像梨花飞。村路上的雪有半拃厚,踩上去吱吱呀呀地响。四周静悄悄的,整个村子笼在一层薄薄的寒霜里。偶尔有一两声鸡啼,悠长,明亮,像一道晨曦,把村野的宁静划破。

村南这一片,先前是庄稼地,如今都盖满了新房子。这才几年。高门楼、大院子,都气派得很。楼房也多。二层小楼,装修得金碧辉煌的,宫殿一样。朱红的大门、漆黑的大门、草绿的大门、橘黄的大门,一律贴着大大的门神,威风凛凛。对联有梅红,有桃红,有胭脂红,上面有写"春到堂前添瑞气,日照庭院起祥云"的,有写"福满人间家家福,春回大地处处春"的,有写"又是一年春草绿,依然十里杏花红"的,墨汁饱满,漆黑中透着青绿,映着满地的雪光,十分的醒目。

新院旁边,是勺子叔家的麦田。麦田上厚厚地覆了一层雪,银被子一样。真是一场好雪。冬天麦盖三层被,来年枕着馒头睡。这是老话。自然了,如今的人们,看粮食不那么亲了——只要有钱,有什么买不到的?当初,为了要这块宅基地,没少给人家勺子叔说好话。论起来,勺子叔也是没出五服的本家,可如今这世道,谁还论这个?六万块,一分都没少给,还白落了一个天大的人情。饶是这样,翠台还是让根来提了鸡鸭烟酒去人家看望,又请白娃爷出面,白纸黑字,把这桩事敲实了。卖给谁不是卖?村子里的人们,眼巴巴盯着的正多。没有地,就盖不成房;盖不成房,就娶不成亲。这是硬道理。怎么说,自家在坎坷里,是人家伸手拉拽了一把。无论如何,得认这个。

大红的双喜字,还在黑漆大门上贴着,有一角被风掀起来,索索索索地响。翠台踮起脚尖,用唾沫把那一角抿一抿,压一压,好不容易弄服帖了,倒弄了一手的红颜色。大门上铜环哗朗朗乱响,也不见里面有动静。翠台就把门环再扣一扣,叫大坡,大坡——还是没有人应。究竟是年轻人,觉多,贪睡,又是新婚里头,自然便懒怠些。翠台把嗓门提高了,叫大坡,大坡喔——里面静悄悄的。翠台立在门外,想了想,掏出手机打电话。刚要拨,又停下了。大清早的,还是叫孩子们多睡会儿吧。还有一条,惊了孩子们的好梦,大坡倒是没什么,自己的儿子嘛,可是儿媳妇呢,儿媳妇不会不高兴吧。儿媳妇不高兴,儿子就不高兴。儿子不高兴,翠台也就不高兴。亲娘俩儿,肝花连着心哩。

儿媳妇娘家是田庄。都说田庄的闺女刁,翠台想,自己一辈子脾性柔软,根来也是个好性儿的,大坡呢,又是一个老实疙瘩。娶个刁的,倒改了老刘家门风了。刁的好。芳村有句老话,淘小子是好的,刁闺女是巧的。可谁知娶回来一看,却是一个极乖巧的。人又俊,嘴又甜,安安静静的,言语举止伶俐,却有分寸。翠台看在眼里,喜在心里,就把婚前的那一点疙瘩慢慢解开了。

怎么说呢,其实,那件事,也不能怪人家女方。如今,有谁家的闺女不要楼房呢。没有楼房,就得有汽车。这也不是芳村的新例。十里八乡,如今都兴这个。大坡没有楼房,汽车呢,也没有。闺女家就有点不乐意。闺女的娘让媒人捎话过来,说不是非要楼房汽车不可——庄户人家过日子,摆花架子给谁看呀?可如今,人家都有,独咱闺女没有,这就不好了——知道的,说这闺女明事理,不知道的,还不定说出什么不像样的话来——黄花闺女家,好说不好听呀。媒人是村西的花婶子,花婶子说,人家说得在理,要不咱再凑一凑——翠台心里火烧火燎的,油煎一般。理儿是这个理儿,可都是真金白银呀,哪里就那么好凑呢?大日子也定下了。黄道吉日,又不好改。一则日子是请小别扭媳妇看的,腊月十六,大吉日,宜婚娶;二则呢,吹打啊车轿啊厨子啊碗盘啊都订下了,宾客们都请好了,喜帖子,也都送出去了,要是再改,非得全乱套!还有一层,翠台这个人,心性儿高,爱脸面,人前人后,不愿意露薄儿。这一闹,还不让人家白白看一场好戏?如今这芳村,人心都凉薄了,遇上事儿,旁人是添言不添钱。是苦是咸,是酸是辣,都得自己一口一口去尝。思来想去,翠台就咬咬牙,让根来去买辆二手车。根来说,有钱就买新车,没钱干脆不买。二手车!翠台就骂。骂根来窝囊废,骂如今这时气坏,骂完狗,又骂鸡,骂着骂着就哭起来。哭自己的命,哭死去的亲娘,怎么就那么狠心肠,把她扔在这个世上受苦,却撒手不管了。根来也不回嘴,也不劝,任她哭。怎么劝?没法劝。钱是人的胆。没有钱,说出来的话都是软的,说一句错一句,说一百句错一百句。好像是,烈火上烹油,越烧越爆。

哭了一场,翠台去了妹妹家。

芳村这地方,多做皮革生意。认真算起来,也有二三十年了吧。村子里,有不少人都靠着皮革发了财。也有人说,皮革这东西厉害,等着吧,这地方的水,往后都喝不得了。这话是真的。村子里,到处都臭烘烘的,大街小巷流着花花绿绿的污水。老辈人见了,就叹气,说这是造孽哩。叹气归叹气,有什么办法呢。钱不会说话,可是人们生生被钱叫着,谁还听得见叹气?上头也下过令,要治理。各家各户的小作坊,全都搬进村外的转鼓区里去。上头口风儿松一阵,紧一阵,底下也就跟着一阵松一阵紧。后来,倒是都搬进转鼓区了,可地下水的苦甜,谁知道呢?

翠台的妹妹素台,开着一家皮具厂。楼房住着,汽车开着,做美容要到大谷县,买衣裳要上石家庄,家务活儿呢,雇人做,成天价奓拉着两只手,油瓶倒了不扶。在娘家的时候,素台喜欢偏头疼。念书也头疼,干活儿也头疼。穷人生了个富贵病,只有好吃好喝养息着。翠台顶看不上这个妹妹。可有什么办法呢,人强不如命强。自小看不上的妹妹,偏偏就有这样的好命。妹夫吧,人倒还厚道,本事又大,人样儿又好,就是有一样儿,怕媳妇。也不知道这个病秧子似的妹妹,怎么就能把这样的男人拿得住。

素台见姐姐上门,红肿着一双眼睛,便知道有事。故意地东拉西扯，不入正题。翠台看着她一脸白花花的面膜，妖精似的，摇头摆尾的样子，便恨得咬牙。有心要走，又惦念着自己的心事，也只有强颜赔笑着，尽把好听的话说给妹妹听。夸她白了，又夸她衣裳好看，那串珍珠项链，好大颗呀。噜里噜苏，说了一箩筐。素台到底年纪轻，沉不住气，忍不住道，说吧，姐，多少？翠台本就心虚，被她这么单刀直入一点破，腾的一下就把脸飞红了，半晌才道，那啥，大坡的事……人家闺女要车哩……素台说，要车，要车就给人家买呗。如今都兴这个。四个轱辘的，就是比俩轱辘的跑得快。翠台知道妹妹的脾气，只好软下身段，赔笑道，总不能为了一辆车，把亲事黄了。旁人我也张不开嘴，就只有再——素台笑道，看你拐弯绕圈的，白绕了二里地，真是。说着到梳妆台前，拉开抽屉，把一张卡扔过来，说这是十万，你看够不够？翠台忙说够了够了，这还不够？心里头怦怦怦怦跳着，脸上一片滚烫。那卡硬硬的在手掌心里硌着，像小烙铁，烙得她手心里热热的，出了汗。拿了钱，也不好立马就走，便又东拉西扯的，说起了爹。翠台说刚把爹的床单被罩换洗了，素台说噢。翠台说前天赶集，给爹买了一双鞋，爹好穿布鞋，可如今的人，哪里有闲工夫做鞋呀。素台说噢。翠台说，那啥，娘的忌日快到了，你忙你的啊，知道你忙，空儿缺。到时候我去坟上烧把纸——其实能顶个啥呢，都这么多年了。素台说噢。翠台见她忙着弄那白花花的面膜，只好讪讪笑道，那啥，你忙，我先走了。素台对着镜子说，不在这儿吃呀？

把媳妇娶回家，翠台的一颗心略略放下些。

村里人见了，都夸新媳妇模样好、性子好，又夸翠台好命，年纪轻轻的，倒当上了婆婆。翠台就笑。喜针也是同年娶的新媳妇，听了人夸，就撇撇嘴道，说什么好命不好命的话！如今这世道，不是婆婆使媳妇，倒是媳妇使婆婆。翠台忙朝院子里张了张，小声道,别乱说。这话让人听见,不好听。喜针说,听见不听见,谁不清楚?这世道!翠台不敢再接话茬。喜针是根炮捻子,一点就着。人呢,又张扬,蝎蝎蛰蛰的。嘴又碎,话又多。不知道哪句话传到新媳妇耳朵里,就不好了。再怎么,婆婆和媳妇,还隔着一层肚皮嘛。

新媳妇叫爱梨。当初提亲的时候,翠台便觉得这名字不好。离呀离的,不吉祥。有心要改,却又有些不敢。芳村这地方,新媳妇进门,改名字的倒是不少。可那都是早些年的事了。比方说,叫平俊的,因了婆家叔叔叫平起,冲撞了一个字,就得把这个字改了,要是恰好妯娌或小姑子叫双芬,那就改作双俊。人们双俊双俊地叫,一叫便叫了一辈子,倒把原先娘家的名字忘记了。翠台把这事同根来商量,根来说,哪么么多事儿?翠台说,那你说,就不改了?根来说,改啥改?我看就挺好。翠台撇嘴道,人家叫一声爸,就不知道东西南北了!根来气道,你胡呲个啥?

有性急的孩子在放炮,噼啪,噼啪,噼噼啪啪,把寒冽的早晨震得也恍惚了。门楣上方挂着彩,在风中颤动着,索索索,索索索,像是喜欢,又像是紧张。翠台张着耳朵听一听,一点儿动静没有。大门高阔轩敞,翠台立在门楣下,倒有一种格外渺小的感觉。这大门,还是她一手定做的。请了方圆几十里最好的木匠,好烟好酒好饭菜,图的是什么?还不是人家的好手艺。这大门,这门神,这彩,这房子的一砖一瓦,这新房里的一针一线,哪一件不是经了翠台的手,花了翠台的心思?从轰轰烈烈地置地盖房子,到战战兢兢地提媒相亲,热热闹闹地迎娶进门,这中间,她吃了多少苦,受了多少累?怎么到如今,好像是,房子成了旁人的房,家呢,也成了旁人的家,她翠台,倒成了一个外人,大清早的,立在人家的屋檐下,进也不是,退也不是,竟是进退两难了。

远远地有人过来,小心翼翼地,像是怕摔跤。翠台赶忙又把门环扣一扣,嘴里叫大坡——大坡喔——那人渐渐走近了,才看清是香罗。香罗穿一件皮大衣,貂皮领子毛茸茸的,在寒风里颤巍巍抖着,显得又风骚,又富贵。翠台瞅了瞅自己身上的旧棉袄,脸上热了一下,刚要搭讪,香罗却开口了。香罗说,这是叫大坡他们?翠台说,是呀,叫他们吃饭。香罗说,还没起?翠台说孩子嘛。翠台说孩子们觉多,筋懒。香罗嘎嘎嘎嘎笑起来,说这个时候,蜜糖似的,正黏糊哩。翠台说可不是。香罗说,三茶六饭伺候着,看把他们惯得。翠台脸上有点挂不住,她在棉袄兜里摸索了一时,掏出手机就给大坡打电话。一个闺女在里面说,你所拨打的电话已关机。翠台心里恼火。当着香罗,大坡这是啥意思嘛。

　　香罗看她急吼吼的样子,便笑了一下,说如今的小年轻儿——香罗顿了顿,说如今的小年轻儿,自在呀。翠台正想着替儿子分辩,香罗又说,大坡过了年还走不走?舍不舍得走?翠台说,有什么不舍得?香罗说,这么俊个小媳妇,舍得走才怪。翠台心里不自在,刚要开口,香罗又说,赶明儿我跟大全递一句,愿意的话就去他厂子里干,到底一个村子,来回近便些。翠台脑子里乱哄哄的,一下子不知道说什么才好,正心里纠缠着,香罗身上的手机唱起来,香罗接了,嗯嗯啊啊地应着,冲翠台摆了摆手,一扭一扭地走了。

　　翠台看着她的背影,心里百般滋味。香罗的高跟鞋一歪一歪的,走得艰难。翠台心想,大雪天的,何苦。

　　论起来,这香罗是翠台的堂妯娌。香罗的名气大。在芳村,有谁不知道香罗呢。就是在整个青草镇,香罗恐怕也是一个有名有姓的人物。香罗的名气,倒不是因为她的好看,用芳村人的话,香罗撩人。香罗的男人根生,又是个软柿子,被香罗拿捏惯了的。

这些年,怎么说,家里的吃穿用度,也是全靠了香罗。香罗在芳村盖了新房,高墙大院,铁桶一般。香罗还在县城置了楼房,买了汽车。有时候,根生倒是想说,嘴里却没了舌头,张张嘴,也就咽下去了。芳村人呢,见人家日子过得火炭一般,倒都心服口服了。怎么说呢,这世道,向来是笑贫不笑别的。

香罗在县城开了一家发廊,叫作香罗发廊。发廊白天做头发,晚上就神秘了。有人说,这香罗,怕是要发了。也有人说,这是本事。有本事你也开一家?芳村的女人们,鸡一嘴鸭一嘴的,是说笑的口气,听上去,仿佛是看不上,却又有那么一点酸溜溜的味道。香罗的衣裳,是领导芳村时尚新潮流的,香罗的头发、香罗的首饰、香罗的化妆品,都是芳村女人们学习的榜样。也不知道从什么时候开始,芳村女人们的语气,都渐渐一致了,话里话外,全是奉承的意思。人家香罗——这是她们的口头禅。男人们呢,便是另一种口气了。在这种事情上,男人们都是心领神会的。香罗是芳村的媳妇,忌讳自然更少些。若是芳村的闺女,便又两样了。男人们向来是有一肚子的坏肠子。有嘴巴浅,不沉着的,便忍不住卖弄起自己的见识来。大家都哄笑了。有什么办法呢,女人和女人,硬是不同。人家香罗,都四十出头的人了,哪里像!

想当年,翠台同香罗,是同一年嫁到芳村。同年的新媳妇,又是本家,自然也就更亲近些。她们两个,谁不知道谁?新媳妇,在婆家难免有些拘束,男人们大大咧咧的,只知道粗鲁,哪里在乎女人的心思呢。她们是妯娌,她们的婆婆呢,也是妯娌,她们的缘分,怕是早就种下了吧。她们又都生得好模样。用芳村人的话,这妯娌俩,一个金盘,一个玉碗,一碰叮当响,当真是好听得很。私下里,她们一起做针线,做伴儿赶集,一些个闺房里的体己话儿,也是头碰头地说过的。可是,从什么时候开始,她们就渐渐生分起来了？好像是许多年前的事了。翠台想了想，到底是想不起来了。

远远地，有豆腐梆子在敲。帮帮帮，帮帮帮，帮帮帮。翠台心里盘算着，是不是买一块豆腐，中午炖菜吃。转念一想，腊月二十三，小年儿，怎么也该包顿饺子，才像样儿。有新媳妇呢。看样子，爱梨也是个好吃饺子的。那一回，前前后后，大约吃了有一碗多吧。能吃好。翠台见了饭量好的，就喜欢得不行。大坡饭量就好，不像二姐，吃猫食似的，看了叫人着急。二姐说是年二十九回来。翠台掰着指头算了算，今天二十三，二十四、二十五、二十六、二十七、二十八、二十九，满打满算，统共还有六天。有什么要紧的工作，非要熬到年根儿底下呢？二姐说，城里人都这样，过年放假短，就这几天。二姐在电话里声音脆生生的，小铃铛一般。翠台知道辩不过她，便叹口气，道，那你给我带个女婿回来。那头二姐就不吭声了。

手机滴滴两声，是根来的短信。根来说小刘家庄的老舅殁了，他得去吊个纸。翠台抬头看看新房子的大门楼，红喜字索索索索响着，里面还是没有动静。她刚要举手叩门环，想了想，到底还是罢了。

薄薄的寒霜轻轻地笼着，雪光映着天色，明晃晃的，叫人有些眼晕。树木的枯枝印在雪的背景上，仿佛画上去一般。鸟窝大而蓬松，像是结在枝丫间的肥果子。不知道是老鸹窝，还是别的什么窝。雪地上，已经有了零零落落的脚爪子。大红的鞭炮纸屑，落在白雪上，梅花点点，煞是好看。翠台走得心急，微微出了一身细汗。到了家门口，看见喜针正关门出来。喜针拎着一只老母鸡，见了她便说，回来了？我去小令家换只红公鸡。翠台说，给谁许的呀,这是?喜针说,还有谁?小子呗。一颗心掏出来,白喂了狼。翠台笑道,自己生养的孩子——看你说得。喜针叹口气道,花喜鹊,尾巴长,娶了媳妇,忘了娘哪。

早饭还在炉子上煨着。有年糕,有烙饼,还有一碗鸡蛋糕。蒜薹炒肉盛在盘子里,是特为孩子们做的。新媳妇,总不见得叫人家跟着顿顿吃大白菜。左等右等,不见孩子们过来,翠台就掀锅掰了块馒头,潦草吃了。红公鸡在笼子里咕咕咕咕叫着,脾气很坏的样子,仿佛知道自己大限已到。这红公鸡是给大坡许的。大坡自小身子单弱,三灾六病的,翠台生怕这孩子不成人,就到村西小别扭媳妇那儿烧香许愿。小别扭媳妇是芳村有名的"识破",那一回,小别扭媳妇特意请了菩萨下来,替翠台许愿,许的是一年一只红公鸡,求菩萨保着大坡四时平安,长大成人。从当年开始,一直许了二十一年。二十一岁上,也就是今年,大坡娶亲。翠台暗自喜欢,趁着腊月二十三祭灶,烧香还愿。这还愿的鸡,须得是大红公鸡,错不得。因此上,到了年关,红公鸡就格外地珍贵。翠台这红公鸡是自家养的,左挑右拣,十分用心。火红的鸡冠子,火红的鸡翎子,又漂亮,又威武。翠台琢磨着,先在菩萨前上供,再在灶王爷前上供,也不知道,这菩萨和灶王爷有什么先后没有。礼多人不怪。想来各路仙家也是如此吧。上完供,等根来后晌回来,把这鸡杀了。

肉馅子是现成的,翠台又剁了半棵白菜。一面剁,又想起了香罗的话。大坡原先在城里打工,如今娶了亲,按理是不该再走了。新媳妇家,扔在家里,使不得。私心里,翠台也想早点抱孙子。趁现在年纪还不算大,有力气帮他们带。还有一层,如今的芳村,也不比从前了。两口子闹意见的忒多。现如今的年轻人,见识也多,心眼儿也活,心又野,胆子又肥,一言不合,动不动就离。这两年,村子里有多少闹离的?婚姻大事,简直儿戏一般。

这世道,当真是乱了。要是大坡去了城里,小两口离别久了,难保不生事。要是不去呢,难不成就在家里守媳妇,白闲着?盖房娶亲,一桩连着一桩,把家底儿都掏了,坐吃山空,是万万不成的。要真能去大全的厂子,倒是好极了。大全是谁?大全是芳村的大能人,首富,身家财产,谁能猜得透?要是同大全比起来,素台家那厂子,顶多是个马尾巴拴豆腐,提不起来了。芳村人都说,大全上头有人,要不然,怎么能这么顺风顺水?也有人说,大全这家伙,上头有人没人倒说不好,恐怕是,底下的人太多了,够他忙!大全这家伙!人们说这话的时候都笑,却也是恨恨的。翠台也不知道想到了什么,脸上就滚烫起来。这一回,恐怕是要求一求香罗了。

　　香罗。翠台很记得,刚嫁过来的时候,香罗的样子。那时候,芳村已经兴起烫发了。香罗顶着一头生硬的烫发,穿着大红对襟绸子小袄,说话就脸红,羞涩得很。芳村这地方,洞房闹得厉害。香罗生得俊,根生又是个木头人,每天被那些混账男人为难着,翠台看不过,就叫根来过去轰他们。根来魁梧,嘴巴又好使,三言两语,就替香罗解了围。那阵子,对根来,香罗简直依赖得紧,一口一个根来哥,叫得不知道有多甜。根来比根生大两岁,可不就是根来哥嘛。然而落在翠台耳朵里,竟好像是听出了一些别的滋味来。新婚小夫妻,最是眼里不揉沙子的时候。也不知道怎么一回事,翠台心里就生了芥蒂,觉得,香罗的那一声根来哥,实在是太甜了一些。还有,香罗那眼风、那身段,甚至那咯咯咯咯的笑声,都没有先前那么让她喜欢了。私下里,趁着根来兴致好,翠台也审问过他,自然是旁敲侧击的,然而根来是个直筒子,哪里懂得翠台肚子里的九曲十八弯呢。看着根来满头雾水的呆样子,翠台一面心里暗喜,一面索性严刑拷问,问着问着,根来便恼了,扯过被子把头蒙住,不理她。翠台看着红绸子被子下面那一个威武的人儿,又是喜欢,又是安慰,好像还有那么一点微微的不甘心,不甘心什么呢,她也说不出。

根来回来的时候,翠台已经快把饺子包好了。根来的鼻尖通红,去了帽子,头上热腾腾的,冒着白气,进门便问,大坡他们——吃了?翠台不理他,只管低头擀皮儿。根来说,问你哩,大坡他们,还没过来呀?翠台没好气,把擀面杖咣当一下戳在案板上,说人家还没起哩。有本事你去请?根来说,没起就没起嘛。大冷天的,多睡会儿。翠台说,睡吧,多睡会儿。最好就睡到天黑,省饭了。根来说,你看你,这么大火气,吃了铳子儿似的。翠台说,等会儿他们来了,少在这儿充好人。惯得他们!

芳村的风俗,腊月二十三,祭灶。这一天,灶王爷要上天。上哪儿去?当然是上玉皇大帝那里去,是复命的意思,用现在的话,叫作述职。灶王爷掌管人间的烟火,辛苦劳碌了一年,是该要好酒好菜恭送他老人家。上供的供品,除去鸡鸭鱼肉,还有一样万万少不得。一种甜食,叫作糖瓜的,又黏又甜,粘在牙上,半天下不来。这糖瓜的意思,是粘住灶王爷的嘴巴,防着他到了玉皇大帝那里,说人间的坏话。这几年,也不知为什么,糖瓜这东西竟渐渐少见了。好像是,人们觉得糖瓜太平凡了些,肥鸡大鸭子有的是,尽着给仙家上供就是了。也好像是,人们都忙,灶王爷说不说人间的坏话,也都顾不得了。总之是,在芳村,糖瓜几乎是已经绝迹了。

翠台督着根来杀鸡,一面同他说起了香罗的话。根来说,大全?根来说,大全的厂子门朝哪边开?人们削尖脑袋挤破了头,哪里就轮得上咱们呀。翠台说有香罗哩。香罗开了口,大全能不买香罗的账?根来说,那也说不定。大全可不是个善茬。翠台说,一物降一物嘛,香罗是谁?大全说,什么话!看你这张嘴。翠台斜了他一眼,说怎么,眼馋了?根来气得把鸡往地下的盆子里一扔,说你这是啥话嘛。

鞭炮声渐渐稠起来。晌午了,人们都赶着打发灶王爷上路。腊月里天短,一晃就是一天。年前忙碌,一天有一天的事。大坡的手机关机,爱梨的手机也关机。翠台心里有些急躁,待要打发根来去叫,又深觉得不妥。锅里的水眼看就要开了,饺子在盖帘上,一排一排的,等着下锅。这俩孩子,真叫人不省心。大坡自然有大坡的不是。男人嘛,在这个上头贪恋些,也是寻常事。说起来,爱梨就是不懂事了。新媳妇家,像什么样子!大早起的,叫公公婆婆白等着,也不害臊!这爱梨,看上去稳稳当当,最像个知书达理的,不想却是这样的不像话。大坡呢,也不争气。在媳妇面前,看那一副低三下四的样子!跟在人家屁股后头,寸步不离,果然是个媳妇迷。饭桌上,当着众人,也不知道避讳。给搛菜不是,给盛饭不是,慌得什么似的。两个人,你一眼,我一眼,眉来眼去的,成什么体统!芳村有句话是怎么说的?儿想娘,想一场;娘想儿,天天想。这是老理儿。喜针就常常唠叨,儿女是冤家。看来这话是对的。儿女们,害得人白操一世的心,却是替人家养的。不是冤家又是什么?还有二妞,从一尺多长,把她养大,供她吃,供她穿,供她念书考大学。如今又怎么样?隔山隔水,白在电话里哄她,一年里头,能回来几趟?

水开过几个滚了。火苗子舔着锅底,一下一下地,金舌头一般。翠台说,煮!煮饺子!等啥等?谁都不等!咱们吃!

就煮饺子。一面吩咐根来到院子里点鞭炮。翠台捞了头一碗饺子,到灶王爷跟前上供。整鸡都摆好了,还有新鲜果木,还有蒸的面三牲,鸡、鱼、猪头,活灵活现的,统统点着大红的胭脂,十分地好看。翠台舀水净了手,拈香点上,跪在那里念念有词。院子里,根来的炮声震耳,噼噼啪啪,噼噼啪啪,噼啪,噼啪,噼啪啪。香火缭绕,弥漫了一屋子,翠台的一颗心反倒静下来。一年一回的祭灶,可不能心乱。翠台祷祝了半晌,方把那贴了一年的灶王爷恭恭敬敬掀下来,点火烧了,送他老人家上天。

祭灶完毕,两个人就吃饺子。少了小两口,这饺子就吃得寡淡,没滋没味。根来又拿出手机来拨。翠台见了,说打什么打?爱吃不吃!两个人默默吃饭。忽然听见对门喜针的大嗓门,哇啦哇啦的,像是在跟谁吵架。翠台张着耳朵听了听,却是喜针同那新媳妇。婆媳两个,你一枪,我一剑,打得热闹。说了一会子,喜针平日里那一张碎嘴却哑了,呜呜咽咽的,只是哭。那新媳妇,声音不高,倒是一句一句的,刀子一样,锋利得很。翠台要起身出去,被根来拽住了。去啥去,根来说,家务事,清官都断不了,你怎么劝?翠台剜了他一眼,就到院子里去。

墙根底下,是一片菜畦,平时都葱葱茏茏的,眼下这季节,厚厚地覆了一层雪,显得荒凉得很。对门的声音渐渐没有了,自始至终,也没有听见旁人的动静。墙头上,几根茅草东倒西歪的,在风中瑟瑟抖着。院子里停着根来的自行车,车把上挂着一只篮子,篮子里头想必还有吊纸用的供享。如今的白事,人们也都潦草了。要在从前,必得正经八百地蒸供,盛在大簸箩里,由两个人抬着,去丧主家吊纸。而今,却都是一只篮子了事。里头放几个馒头,有时候有一盒烟,有时候没有。马马虎虎的,哪里有吊纸的样子?车轮子上沾满了雪泥,村路上怕是不好走。大坡的摩托车在西屋里锁着。有了汽车,摩托也不怎么骑了。汽车呢,就在大坡他们新院里停着,亮闪闪的,排场得很。对这大铁家伙,翠台有一种莫名其妙的惧怕,也不单是惧怕,是又怕又恨。庄稼人,要这汽车有什么用呢,难道像香罗素台她们那样,去城里买衣裳做美容?真是疯了。墙那边,电视机里有个闺女在唱歌,捏着个嗓子,上气不接下气的,嗓门很大,把喜针的哭声都湮没了。远处有谁家的鞭炮,噼噼啪啪好一阵子,院子里的麻雀惊得扑棱棱乱飞。

天阴沉沉的,风又冷又硬,是北方的腊月天。洗完衣裳,翠台打算去爹那边转一趟。正要出门,屋里电话响,翠台慌忙跑去接了。却是香罗。香罗问翠台这两天有没有空,翠台赶紧说,有空有空。答得有点急,自己倒先红了脸。香罗在电话那头却把话岔开了,香罗说,不是我说你,才多大,打扮得老婆子似的。翠台辩解不是,谦虚不是,心里虚得不行,一时哑在那里。香罗又说,根来哥忙不忙?香罗说根来哥要是不忙,咱们也到城里吃他一顿,现在正放那个电影,叫什么来着?哎呀你看我这脑子,好看得很哩。翠台刚要说话,香罗却又扯起了闲篇,说的都是城里的趣事。翠台正听得津津有味,香罗却哎呀呀叫起来,锅里炖着排骨哩,光顾说话了,倒给忘得干净!说着就挂了。

刚放下电话,根来回来了。进屋就问,大坡他们,还没过来呀?翠台见了男人,气不打一处来,一下子就把手里的一把笤帚扔过去,抽抽搭搭哭起来。根来纳罕道,怎么了?刚才还好好的——谁又惹你了?翠台只是哭。根来说,我去叫他们!不像话!说着便往外走。翠台也不拦他,嘴里却抽泣道,你要敢去,我就死给你看!根来看看她一脸泪水,吓得不敢吭声。

正闹着,院子里有人说话,是大坡他们!翠台赶忙擦眼睛,吩咐根来点火煮饺子,一面飞快地在冷水里拧了块毛巾,一下子捂在脸上。

腊月里的水,冰凉。翠台静静地打了个寒噤。

第二章
香罗是小蜜果的闺女

芳村的田野里种满了庄稼。

玉米、麦子、大豆、红薯、花生。

棉花地少了。

谷子地也少了。

芳村的田野里种满了庄稼。庄稼茁壮,喂养了一个村庄。

清明的时候,七月十五的时候,十月一送寒衣的时候,村里老了人的时候,人们才想起来,芳村的田野里,也种满了坟。

一进五月,春天就算差不多过完了。杨树的叶子小绿手掌一样,新鲜地招摇着。槐花却开得正好,一串一串,一簇一簇,很热闹了。槐花这东西,味道有些奇怪。不是香,也不是不香;不是甜,却是甜里面带着一股子微微的腥气。也不知道怎么一回事,这槐花的味道,总让人觉得莫名地心乱。

香罗把车停在村口,掏出手机打电话。

香罗说,我到村口了。大全说噢,马上。

香罗扑哧一声笑了,说看你,急个啥。

阳光软软地泼下来,远远近近,仿佛有淡淡的烟霭,细看时,却又仿佛没有。车窗半开着,香罗靠在驾驶座上,远远地看见有人过来,赶忙把车窗摇上。

这次回来,香罗琢磨着,先去一趟苌家庄,回娘家看看。娘在电话里的意思,是想跟她去城里住。那怎么成!每一次回来,娘唠唠叨叨的,都是嫂子的不是。香罗怎么不知道,娘这个人,不好伺候。芳村人的话,叫作刁。刁的意思,不只是性子烈、嘴不饶人,除了贬义,还有那么一点称赞的意思在里面。娘就是一个刁人儿。爹呢,却是个老实疙瘩。在爹面前,娘的气焰大得很。很小的时候,香罗就知道替爹抱不平。看着爹在娘跟前低三下四的样子,香罗是又气又恨。

远远地,看见大全急匆匆过来。香罗笑骂了一句,无端端地,脸上却滚烫起来。大全一只手拎着一箱酒,另一只手拎着一个大大的塑料袋子。香罗赶紧打开后备厢。放好东西,大全开门坐在副驾驶座上,呼哧呼哧地喘粗气。香罗说,什么呀那是?大全也不说话,伸手就在香罗的腰间捏了一把。香罗打开他手说,问你哩。大全仍旧不说话,只管一下子把香罗抱住,嘴就盖了下来。香罗恨得咬牙道,也不看地方,这人来人往的!

天色忽然就暗下来,是一片云彩,把太阳遮住了。转眼就是芒种。这个时节,怎么说,一块云彩飞过,指不定就是一阵子雨。一阵子风呢,说不好就又是一块云。这个时节,这种事情,谁能说得清?

麦子们已经秀了穗,正是灌浆的时候。风吹过来,麦田里绿浪翻滚,一忽是深绿,一忽是浅绿,一忽呢,竟是有深也有浅,复杂了。有黄的白的蝶子,随着麦浪起伏,上上下下,左左右右,殷勤地飞。偶尔有一两只,落在淡粉的花姑娘上,流连半响不去。不知什么地方,传来鹧鸪的叫声,行不得也哥哥——行不得也哥哥——

苌家庄便小多了。当初,嫁到芳村的时候,尽管一百个不乐意,想想却还是高攀了。怎么说呢,香罗的娘,在十里八乡名气很大,人称小蜜果。小蜜果长得俊,而且,小蜜果骚。苌家庄的男人们,有几个不想小蜜果的?也不仅仅是在苌家庄,整个青草镇,谁不知道苌家庄的小蜜果呢。做娘的名气大,做闺女的就难免受牵连。人们都说,上梁不正下梁歪。有什么样的娘,就有什么样的闺女。很小的时候,香罗走在街上,就有不三不四的男人们,拿不三不四的眼光打量她。香罗先是怕,后来呢,略解了人事,是气,再后来,待到长成了大姑娘,便只剩下恨了。恨谁?自然是恨她的娘小蜜果。娘让自己的闺女在人前抬不起头,做不成人,她竟然还天天打扮得油光水滑去街上浪——她怎么不去死!有时候,香罗也恨爹。在娘面前,爹简直是个没嘴的葫芦。自己的女人都治不了,还算什么男人!为了这个,香罗穿得素净,花红柳绿的全不爱，辫子呢，也是乌溜溜黑油油的一穗，花花草草的修饰，竟从来没有。姑娘时代的香罗，怎么说，好像是一棵干净净水滴滴的小白菜。可是，有什么办法呢，小白菜一样的香罗，偏是生得惹人疼。提起香罗，人们都眨眨眼，说，小蜜果的闺女。很意味深长了。

晚春初夏，乡下的黄昏来得渐渐晚了些。夕阳把西天染成深深浅浅的颜色，粉紫、金红、浅妃、淡金……麦田里腾起一片淡淡的暮霭，有蜻蜓在草棵子里高高下下地飞，振动着淡绿的透明的翅膀，嘤嘤嗡嗡，也不知道在唱什么。香罗把车开得很慢，心里琢磨着娘家那一箩筐破事儿。

难得回来一趟，娘俩又吵了一架。倒也不是为了什么。也不知怎么一回事，说着说着就不对了。小蜜果拿一根依然白嫩的指头，一点一点地，直点到亲闺女的额头上。小蜜果骂闺女没良心，忘了亲娘。骂闺女不孝顺，白眼狼一个。香罗也不回嘴，泪珠子却急雨一样，噼里啪啦往下掉。爹在一旁急得什么似的，只知道跺脚叹气。骂着骂着，小蜜果嘴里的白眼狼竟变成了小骚货，小蜜果仿佛吃了一吓，愣住了，忽然就噤了声。爹呢，也把一张脸吓白了，紧张地瞅着闺女的脸色。香罗哭着哭着，便给给给给笑了，眼泪却更欢快地淌下来。香罗一面哭，一面笑，一面咬牙恨道，好啊！骂得好！小骚货！我就是一个小骚货！没有你这个老骚货，怎么会生出我这个小骚货！小蜜果听了这话，气得一张脸煞白，一根指头点着闺女，却是胡乱抖着，怎么也点不住，趁势撒泼道，老天爷呀！我养的好闺女！长大成人，翅膀硬了！会指着鼻子骂自己的亲娘老子了！爹急得团团乱转，竟说不出一句囫囵话来。

一桌子的菜，娘俩谁都不动一口。香罗赌气摔门出来，小蜜果追到院子里,骂闺女不要脸,养汉老婆,叫闺女一辈子别登她的门边子。香罗回头看了亲娘一眼,竟是镇定得吓人。有什么办法呢,这就是自己的亲娘。快六十的人了,也算是儿孙满堂,却还是像年轻时候那样,张狂得紧。黑色香云纱裙裤,奶白色软绸短衫,都是香罗给她买的。头发梳得光光的,在脑后绾成一个圆圆的纂。脸上倒是干干净净的,但那一双眼睛,哪里管得住!那眼神,怎么说,又风骚又毒辣,好像是带了钩子——自然了,香罗不愿意这样说自己的亲娘,可是,这亲娘总得像个亲娘的样子!年轻时候的荒唐事,且不去说了。谁还没有年轻过?但老了老了,怎么也不见半点长进!去城里去城里——香罗那地方,哪里能让她沾边儿!她竟还嫌闹得不够!

当年,她要不是小蜜果的闺女,恐怕也不会嫁给根生吧。老实说,根生这个人,倒是真心待她,凤凰蛋一般,捧在手里怕摔了,含在嘴里怕化了。刚嫁过来那两年,她真的是想把牙一咬,把心一横,好好跟他过了。可是,世事就是这样难料。根生的性子,实在是太软了一些,胆子又小,脑子呢,又钝。也不知道怎么一回事,这些年,根生竟变得越来越不够了。香罗是谁?香罗到底是小蜜果的闺女。人们的眼光真毒啊,真毒!不管她怎么装,人们还是一眼便看穿了她。

天色到底是暗下来了。远远近近,都是虫子的叫声,唧唧唧,唧唧唧,咯咯咯咯,咯咯咯咯。好像是,那叫声就在身边,待要停下来仔细听听,却又没有了。远远地,芳村的灯光摇摇曳曳,隐在浓一阵淡一阵的雾气中,仿佛是小时候的黑白电影,屏幕被夜风吹着,上面的树木啊房子啊,起起伏伏,像是真的,又像是假的。快到村子的时候,香罗的一颗心,已经慢慢静下来了。香罗是个好面子的,宁可叫人家骂十句,也不肯叫人家笑一声。

香罗把车停在村口,抬头便看见村头的那棵老槐树,莫名其妙地,心里卜卜卜卜地乱跳起来。槐花的味道,经了暮色的浸染,越发浓郁了。不是香,也不是不香;不是甜,是微甜中带着一股子淡淡的腥气。香罗把鼻子紧一紧,莫名其妙地便飞红了脸。这槐花的味道,不知怎么,竟然让她想起了大全那个该死的。

院子里亮着灯。灯光从树叶的缝隙中漏下来,金沙一般,铺了一地。听到汽车喇叭响,根生早已经迎了出来,在院门口立着等。香罗把车停好,根生赶忙去后备厢拿东西。大包小包的,根生出出进进跑了两三趟。香罗也不去管他,自顾去洗手。

屋子收拾得窗明几净。香罗伸手在茶几上摸了一把,也不见一星灰尘,便轻轻叹了口气。刚端起杯子喝了口水,根生早把饭菜端过来。香罗说不吃了,不饿。根生一面把筷子摆好,一面说,那怎么行?人是铁,饭是钢。香罗看了一眼那饭菜,一个小葱拌豆腐,青是青白是白;一个香椿煎鸡蛋,金黄碧绿,十分好看;一个银丝花卷;一碗麦仁豆粥;一小碟辣油笋丝;一小碟咸鸭蛋,淋了香油,红红黄黄,香气扑鼻。香罗看着看着,不由得就拿起筷子,一面抱怨道,这个时候了,还弄这些吃的——准得长二两肉。根生看她吃得有滋有味,便斗胆说了一句,还是胖点好——太瘦了,不好看——香罗从碗上面抬起眼睛,赌气道,怎么,嫌我不好看?香罗说那你有本事,有本事你去找个好看的。根生知道说错了话,赶忙赔笑道,这是哪里话?我的意思你还不懂?香罗说,你的意思,我怎么不懂?就你那两根半肠子!根生嘴笨,知道是惹了她,便不敢再开口。踱过去把电扇开了,又觉得不妥,慌忙关掉了。想了想,又去厨房洗水果。

香罗吃罢饭,叫根生。根生早把水果洗好削好,切成块,插上牙签,端到茶几上。香罗看着他手忙脚乱的呆样子,扑哧一声笑了,嗔道,傻样儿,喂小猪哪!根生也就咧嘴笑了,在旁边看着香罗吃水果。电视里正在演着一个肥皂剧,没头没尾的。香罗一面吃一面看。吃着吃着,忽然问起了根莲。根莲是根生的妹妹,就嫁在芳村。根生知道这姑嫂俩一直不睦,便有些警惕。香罗说,根莲家几个月了?根生说,有五个月吧?香罗说,五个月该出怀了,看样子不像。根生把手抓一抓头,嘿嘿干笑了两声,有点不好意思。我也说不好——怎么想起问这个了?香罗说,没事。这不是扯闲篇嘛。根生看她笑得柔软,便松了一口气,趁机问道,这回,待几天呀?香罗笑着看他一眼,说怎么,才进门,就盼着我走?根生说,你看你这人。我不是问一句嘛——香罗说,店里忙——今儿个好天儿,太阳能水好吧。根生忙说,好,好着呢。洗个澡,早点睡。香罗飞他一眼,说傻样儿!

早晨醒来的时候,根生已经不见了。蜜色的阳光从窗子里泼进来,淌了半个屋子。想起夜里的事,香罗心里荡漾了一下。真是可恨。也不知道,自己情急中乱叫了些什么。根生他,没有听出来吧?

根生。根生这个人,实在是太木了一些。人呢,长得倒还算周正,清清爽爽的,有一些女儿气。心又细,嘴呢,又拙。据芳村人说,很小的时候,根生迷唱戏。兰花指尖尖翘着,直戳到人们心里去。一块手帕,也能被他舞得儿女情长。人们都说,这个根生,恐怕前世是个女子。当然了,这都是香罗嫁过来以后听说的。如今的根生,是早就不翘兰花指了。田里的庄稼们可不认这个。手帕呢,也不知丢到哪里去了。香罗跟他闹过多少回?她自己都已经记不清了。尤其是,这些年,村子里一天一个样,简直是让人眼花缭乱。根生呢,却依旧是老样子。眼看着他那不温不火的自在劲儿,香罗恨得直咬牙。芳村有句话,好汉无好妻,好妻无好汉。有时候,香罗不免恍惚,都说人各有命。难不成,这样的姻缘,便是自己的命？

正胡思乱想着，听见院子里有人说话。姐姐回来啦？是彩霞。彩霞是香罗的堂妹子。苌家院房大，远亲近支也多。这彩霞的爹，是香罗的堂叔，算起来，该是出了五服。香罗在屋里应着，一面赶忙坐起来，两只脚在地上找鞋穿。彩霞一脚跨进来，见香罗蓬着头，穿着肥肥大大的睡袍，半边脸上被压出了清晰的凉席印子，便笑道，姐姐刚起来？香罗看她笑得暧昧，心下有些恼，脸上却笑道，可不是。你早呀。彩霞说，我呀，早赶趟集回来了。啥人啥命呀。香罗知道她又要念她那本难念的经，便趁早剪断她，赶集？今天哪里集呀？彩霞说，好我个姐姐！真是城里人了。香罗掐指算了算说，咳，四九逢集，小辛庄。糊涂了。香罗问，集上人多不多？彩霞不说多，也不说不多，幽幽叹了口气，说姐姐呀，我这日子，真是没法过了。香罗知道又是老一套，便故意按捺着不问。彩霞见她忙着梳妆打扮，没有要问的意思，便忍不住自己说了。香罗听彩霞说得颠三倒四，心里便有些不耐烦，又不好不理，就自顾在脸上涂涂抹抹。没承想，说着说着，彩霞竟然掉下泪来。香罗泪窝子浅，见不得这个，便停下来，耐着性子听她说。彩霞抽抽搭搭的，泪人一般。听了半晌，香罗算是听清了。她看着彩霞那松松垮垮的腰身，想这彩霞，真是有意思。都胖成这样了，还动这念头。香罗听她絮絮叨叨地说，拣了个空当儿，说这样吧，我那里眼下还真不缺人。过了麦季吧。过了麦季，入了秋，估计有个小妮子该回家结婚了。香罗说看吧，我看情况。彩霞琢磨着她的口气，也不好再啰唆，只有收了泪，东拉西扯，说一些个闲话。香罗心里有事，哪里肯再敷衍她。想了想，顺手从梳妆台上挑了一瓶防晒霜给她，说韩国货，名牌哩。彩霞口里奉承不迭，捧着那精巧的小瓶，欢天喜地走了。

香罗看着她的背影，心里真是百般滋味。同彩霞，是从小一块儿玩大的。彩霞的爹在村子里教书,算是文明人家。彩霞那时候有多狂!眼皮子耷拉着,正眼都不看人。当年的彩霞,也是身长玉立,好模好样的好闺女。这才几年!

太阳已经升得老高了。五月的阳光,是浅浅的琥珀色,闪闪烁烁,铺了一院子,让人没来由地心情明亮。晨风吹过来,把丝绸睡袍渐渐涨满,涨满,忽然又哗啦一下,凋谢了。香罗立在台阶上,长长地伸了个懒腰。鸡冠子花已经开了,泼辣辣的火红一片。矮牵牛也开得热闹,有紫的,有粉的,也有的是紫里面带着一点蓝,看上去,简直就是蓝的了。那一种蓝,可真是艳,艳得不可比方。瓜叶菊呢,花瓣上好像是撒上了金粒子,星星点点的,有一种乱纷纷的好看。美人蕉是将开未开,羞答答的样子。大红的美人蕉最是寻常,娇滴滴的黄花就有一些特别了。几只蜜蜂营营扰扰的,飞来飞去。

有短信进来。香罗掏出来一看,不由笑骂了一句。大全在短信里问她,怎么样,昨天?香罗看着那一个坏坏的表情,恨得不行,心里骂了一句不要脸,却又笑了。

正心猿意马,根生骑着摩托一溜烟进来。摩托突突突突叫着,爬上高高的台阶,一直开进院子里来。根生穿一件白衬衣,牛仔裤,一眼看上去,也算得一个倜傥的人儿。然而,怎么说呢,说不好。真的说不好。见根生手里提着一个塑料袋,香罗早已经猜出了几分。根生一大早出去,是去集上买馃子豆腐脑。芳村这地方,管油条不叫油条,叫馃子。香罗看男人满头大汗的样子,心里又是气,又是叹,满肚子巴心巴肝的话,竟是一句都说不得。就只有拿起一根馃子,狠狠地咬了一口,又端起豆腐脑,也不管烫不烫,也是狠狠的一大口。不知道是呛住了,还是烫着了,香罗使劲咳着,弯着腰,泪珠子大颗大颗滚下来。根生慌得什么似的,又是替她拍背,又是帮她端水。正乱作一团,听得门口有人叫。

香罗扭头一看,竟是翠台。香罗赶忙把脸上的泪水擦一擦,强笑道,嫂子来了?叫根生去屋子里搬凳子。翠台看她泪痕满面,不知就里,也不敢深问。只有东家长,西家短,把一些个闲话淡话车轱辘话,尽着说来说去。香罗揣测她的神色,心下早明白了八九,想着自家堂妯娌,比起旁人,又近了一些,这样拐弯绕圈的,真是不应当。

说起来,同翠台的芥蒂,也不知道是什么时候种下的。想当年,她们妯娌两个,多么地要好!论样貌,两个人都是一等一的人尖子。若是一定要说谁更好看,还真是叫人为难。怎么说呢,翠台是那样一种女子,清水里开的莲花,好看肯定是好看的,但好看得规矩,好看得老实,好像是单瓣的花朵,清纯可爱,叫人怜惜。香气是单纯的,好看呢,也是干干净净,一眼见底的。香罗呢,香罗却是另外一种了,有着繁复的花瓣,层层叠叠的,你看见了这一层,却还想猜出那一层,好像是,叫人不那么容易猜中。香罗的好看,是没有章法的。这就麻烦了。不说别的,单说香罗那眼神,怎么说呢,香罗的眼神很艳。男人们,谁受得了这样的眼神呢。私下里,人们都说,这香罗,也不知道会野成什么样子。有人就眨眨眼,说,小蜜果的闺女嘛。

香罗和翠台,这妯娌两个,走在一起,真是招人得很。那时候,两个人还都是新人。香罗是刚嫁过来。翠台呢,却是熟门熟路,娘家就是本村嘛。对翠台,香罗就有那么一些巴结的意思。翠台的男人根来,生得粗粗大大,不料却是个极细致的。那些年,芳村闹洞房闹得厉害。那些个混账男人,都想趁机为难一下新媳妇。根生木讷,哪里应付得了。倒是根来,宽肩长腿,再加上一张嘴巴灵活,直把两个羞怯怯的新媳妇护得风雨不透。香罗自然是感激。也不全是感激,还有依赖。也不全是依赖,本家的大伯子哥嘛,对根来,香罗还有那么一点自家人的亲近。翠台呢,也伙同着香罗,有时候,甚至是怂恿着她,把个根来支使得滴溜乱转。也有时候,翠台竟把一些闺房里的体己话,悄悄说给香罗听。香罗红着一张脸,直听得心里怦怦乱跳。假如正好根来从外面进来,两个女人就掩了嘴,哧哧哧哧笑起来。根来被她们笑得莫名其妙。待要多问一句,却被翠台没头没脑轰出去了。

事情是从什么时候发生变化的呢?说不好。后来,也不知道怎么一回事,翠台对她慢慢远了些。自然了,要好还是要好的。但是,两个人之间,好像是,有一点什么看不见的东西,隔着。看不见,却感觉得到,薄薄的,脆脆的,一捅就破。可是,这两个人,谁都不肯去碰它,宁愿就那么影影绰绰地看着,猜疑着,试探着,不肯深了,也不甘浅了。好像是,两个人都有那么一点隐隐约约的怕。其实呢,也不是怕,是担心。也不是担心,是小心,小心翼翼。

阳光从树叶缝隙里漏下来,乱纷纷的,落了人一身一脸。谁家的孩子在撒泼,呜呜哇哇地哭着,哭得人心烦意乱。香罗叫根生,根生不知道什么时候出去了,就自己去冰箱里拿喝的,一面问翠台,冰的怎么样? 行不行? 翠台慌忙说,喝不了,太凉。这两天正来事儿哩。说你别忙,我又不渴。香罗把一罐露露递给她,说这个不凉,又端出来一盘炒花生,放在小茶几上。两个人喝东西,剥花生,一时无话。香罗看着她吞吞吐吐的样子,忍不住说,嫂子有事吧? 翠台仿佛吃了一惊,一颗花生豆掉在地上,骨碌碌滚远了。翠台说没事,没事,听说你回来了,过来说会儿话。香罗怎么不知道翠台,最是个脸皮薄的,死要面子活受罪,便把话题一转,问起了大坡。大坡是翠台的心头肉,年前刚娶了亲。说起大坡,翠台的话便稠了。大坡长,大坡短,话里话外,大坡竟不像是七尺高的汉子,倒还像是当年,在她怀里拱着吃奶的那个奶娃娃。张狂! 生个小子就张狂上天了! 香罗笑眯眯地听着,一面却在心里盘算,根莲的这一胎,得想办法抱过来。屋子里没人可不行。一辈子,自己就短在这上头。年轻时候不觉得,待到有了年纪,竟是越来越想了。有钱干什么呢?还不是要人来花。有时候想想,有钱啊,真不如有人。当然了,最好是两样都有。可这世间的事,谁能保个圆满?

就说翠台吧,也不知道怎么一回事,竟然把日子过成了这样子。根来哥这个人,人样子好,嘴巴又好,不想却是个中看不中用的。这年头,还真得像大全这样,能文能武,能上能下,荤的素的,黑的白的,十八般武艺,样样都行。这是什么年头!看翠台说得眉飞色舞的样子,香罗有点不耐烦,便狠狠心,直截了当点破她,嫂子今儿来,是为大坡的事吧?翠台又是一惊,一时不知是不是该点头承认。香罗说,大全那里,我这两天给他递一句话。翠台捏着一颗花生,半张着嘴,怔在那里。香罗又说,好像是,没听说过厂子里缺人。看翠台半晌说不出话,心里便笑了一下,把一根香蕉慢慢剥了,递到翠台的手掌心里,笑道,可话又说回来,从小看着大坡长大,大坡叫我一声婶子,大坡的事我就不能不管。自家孩子么。翠台看看那大半截白白嫩嫩的香蕉肉,从金黄的香蕉皮里裸露着,这才好像省过来,赶忙赔笑道,他婶子!你看这!你看这!赶明儿我叫大坡他们过来,当面谢他婶子!香罗把手摆一摆,笑道,可使不得。我这门槛子,可不是正经孩子迈的。翠台急得红头涨脸,忙着赌咒发誓,香罗依旧笑眯眯的,说好了好了,说着玩呢,看把你急得,你还不知道我这张嘴?

乡下的夜,到底要来得晚一些。月亮出来了,是一眉新月,怯生生的,好像是害羞,又好像是有一点怕人。风从村庄深处吹过来,温凉的,潮湿的,夹杂着草木繁茂的味道。鸡啊鸭啊闲逛了一天,都早早歇了。偶尔,有两声狗吠,虚张声势的,也不怎么当真。

香罗的高跟鞋崴了一下，不由得骂了一句。这路说是柏油路，但坑坑洼洼的，实在难走。香罗深悔没有穿双平底鞋出来。

超市里灯火通明。秋保看见香罗进来，赶忙招呼道，婶子来了？香罗说，好小子，发财啊。秋保笑嘻嘻的，说婶子笑话我。这小本生意，将将够吃口饭，哪里有婶子发财呀。秋保说谁不知道婶子在城里，高楼住着，轿车开着，老板当着。哪天没饭吃了，去给婶子当牛马都心甘。香罗笑骂道，你这坏山药！谁敢用你？秋保说没事，你尽管用。国欣她没事儿，婶子你放心。香罗恨得要去撕他的嘴，被旁边的人劝住了。香罗这才看清楚，超市里的人三三两两，光看不买，大都是闲人。香罗说，这不年不节的，怎么这么多人？秋保说，是老九，老九家的二小子。秋保说老九家二小子娶媳妇。秋保看了看四周，压低嗓子，听说是网友，东北的。好家伙！如今这些孩子，本事忒大！香罗哦了一声，就去挑东西。一箱酸奶、一箱六个核桃、两盘鸡蛋、一只白条鸡、半斤咸驴肉，又挑了一些杂七杂八的零嘴。秋保乐颠颠地算账，收钱，又慌着帮她装袋子，一口一个婶子，恨不能亲身去送。到底顾着生意，就转头叫他媳妇国欣。香罗忙说不用不用，秋保哪里肯依。一面嘱咐媳妇把婶子送到家，一面拿了一个保温杯出来，塞进香罗的袋子里，说这是赠品，婶子要是不稀罕，回头就把它扔得远远的。

出了超市，老远看见老九家张灯结彩，门口停着几辆车，人们出出进进，十分热闹。秋保媳妇说，都是舔屁股的。香罗笑，哦了一声。秋保这人滑得泥鳅似的，这媳妇却是个老实人。老九是建信他兄弟，建信是村干部，建信家的事，自然是大事。光顾着忙，事先怎么就没听到一点信儿呢。也不知道，根生这个榆木疙瘩，是不是也随了礼。有心想绕开那大门走，却听见有人叫她。背着光，影影绰绰看不清。待走近了，才知道是素台。素台指了指那大门，悄声说，六天的流水席！城里家里一起开。香罗说噢，趁机问正日子是哪天。素台说,十一到十六,正日子是十六。香罗看她说得兴起,不敢耽搁,指了指后头跟着的秋保媳妇,说我还得去根莲那院里串个门。有空儿过来玩呀。

一进门,根生正歪在沙发上看电视,见香罗脸色不对,吓了一跳。也不敢多问,赶忙把电视关了,去给她倒水。香罗啪啪两下甩掉高跟鞋,光着脚,嗵嗵嗵嗵直走到卧室里,一下子扑在床上,呜呜咽咽哭了起来。根生端了一杯水过来,不敢劝,也不敢不劝,生怕一句话不对,惹翻了她。

西墙下的菜畦里,小虫子们叫得热闹。咯咯吱吱,咯咯吱吱,也好像是,在南墙根的花池子里。夜风吹过来,苦瓜花的香气只管往人鼻子里钻。狗在院门口吠了几声,像是受了惊吓。有汽车喇叭滴滴滴滴乱响着,唰啦一下,从街上开过去了。也不知道谁家的电视,唱的是河北梆子:"我本是贫家女呀名唤李慧娘……"

半晌,香罗哭够了,依旧趴在那里,想心事。根生过来给她递毛巾,她也不理。根生看着她的后背,好像是平静多了,就试探着问,怎么了这是?起来擦把脸?香罗不说话。根生拿着湿毛巾,怔怔地立着,走开不是,不走开也不是。不想香罗却忽地坐起来,说,怎么了?在外头受外人的气!在家里受家里人的气!我苌香罗横竖是个受气的命!根生看她两只眼睛哭得桃子一样,不敢接话茬。香罗说我十九岁进了刘家的门子,你摁着胸脯子想一想,享过一天福没有?你摁着胸脯子想一想!香罗说,眼下我是好了!我有钱!我有钱是我黑汗白流挣来的!香罗发廊怎么了?打量我不知道你们肚子里怎么想!我真金白银地往回拿的时候,怎么不放一个屁!怎么不往出扔!我一个娘们家,刘根生!你让我怎么办!指望你?我这辈子还有两天舒坦日子没有!根生脸都白了,慌忙看了看窗外。香罗冷笑道,别怕,听见又怎样?当真是自己哄弄自己！根生气得掉头要走,香罗说,走啊,都走！走了都干净！我没儿没女,牵挂都没有！说着说着,眼泪又下来了,哽咽道,我这一辈子,还有什么过头！

芳村有句话,芒种过,见麦茬。真是节令不饶人。看着吧,几场热风过后,麦子们就都黄熟了。如今的麦季好过,都是机器,容易得多了。外面打工的人们,也大都不回来。有的呢,即便是回来,也是来去匆匆,不敢耽搁。耽搁不起嘛。

转眼间,就是端午节了。人们忙归忙,节气还是要过的。香罗一面开车,一面盘算着,端午节怎么也得回来一趟。今年不包粽子了。这阵子,店里太忙。天气渐渐热起来,就更要忙了。香罗想,就到大发超市去买现成的,咸的甜的,什么样的都有。下回回来,先到苌家庄,再到芳村;或者是,先到芳村,回去的时候,再到苌家庄。下回回来,也不敢多待。店里正是较劲的时候。能怎么办呢。她那个惹是生非的店,红火得很。总不见得,为了村里人那些个闲言碎语,就把它关了。香罗冷笑了一下。路旁的草棵子里,有个什么东西,哧溜一下跑过去了。也不知道,建设路上那一家分店,人手够不够,前一阵子,可把那几个妮子忙坏了。

才不过两天,麦田里飞芒炸穗,很有几分样子了。风吹过来,叫人不免担心,那金黄的麦粒子,会不会被吹到地上。香罗身上燥热,却伸手把空调关掉,把车窗摇下来。风哗啦哗啦注满车子,带着麦子特有的焦香,还有湿漉漉的青草的味道。开出好远了,香罗忽然想,方才,草棵子里跳出来的那东西,是不是一只野兔?或者,干脆是一只野猫?

前面是苌家庄的老坟,柏子树郁郁葱葱的,遮天蔽日。不知道什么地方,有鹧鸪在叫,行不得也哥哥——行不得也哥哥——

风实在是凉爽。太阳就在头顶,很大很亮。

第三章
翠台的饺子撒了一地

村子里,有大片田野。田野里,有无数的坟。

人们在坟身旁走来走去。播种,耕耘,说笑,吵架。恩爱缠绵。反目为仇。

清明的时候,有人来烧纸。哭泣,流泪,数说,念叨。青烟在风里乱飞。田野深处,村人在埋头耕种。路上有人来往,还有汽车,还有牲畜。

一些人,走着走着,就走散了。

一条路,走着走着,就到尽头了。

一辈子,活着活着,就茫然了。

谁在这个村庄里活过。谁在这条路上走过。这泥土埋过谁。还将要埋谁。

这个女人,谁爱过。这个男人,谁恨过。

这个世界,谁来过。

从香罗家出来,日头已经在头顶了。香罗家门前的台阶高,又陡峭,幸亏两旁有扶手,翠台抓着那亮晶晶的不锈钢,一磴一磴往下走,一不小心,还是把脚崴了一下,心里恨道,个小养汉老婆!钱烧的!

是个好天儿。日头吐出一千根金丝银线,把村庄密密地困住。风吹过来,软软凉凉,弄着绿幽幽的重重的影子。翠台身上一紧,不由得打了个寒噤,这才知道,方才竟出了一身毛茸茸的细汗,心里暗骂自己没出息。

一进院子,几只鸡就围过来。鸡是半大鸡。春上的鸡娃,翠台喂得精心,鸡们像是被揪着脖子一样,长得飞快。翠台唠唠叨叨数落着鸡们,一面弄了大半碗米糠,撒在地下。鸡们也顾不得脸面,你推我搡地抢起来。翠台训斥道,几辈子没吃过食儿啦?看把你们馋得!

根来衬衫搭在肩上,一脚踏进院子,见翠台喂鸡,就问做饭了没有,晌午饭吃什么。翠台指着一只小花翎子鸡便骂,吃!就知道吃!吃了大半辈子冤枉饭,也不见你出息!还有脸吃!根来听她的口气,知道又少不了一场口角,便回道,少这样指桑骂槐的!有话说话。翠台冷笑一声,那我问你,大坡的事儿,你怎么打算?根来说,大坡的事儿?大坡不是在城里干得好好的吗?翠台说,好好的?亏你这个当老子的!凡事不放在心上!如今大坡娶了媳妇,家里一个,外头一个,小两口老这样离别着,算怎么回事儿?根来听了,半晌不说话。翠台又说,你没看那爱梨,三天两头往娘家跑,在芳村一天都待不住。可也是,年轻轻的媳妇家,出来进去,孤孤单单的一个,你叫人家怎么在这里待? 见根来不吭声,翠台说,这阵子倒是能上什么网了,天天趴在电脑上。茶也不思,饭也不想。依我看,这事儿有点不对。网上能有什么好人? 那谁家的媳妇,不是就被网上的勾走了? 根来把手摸一摸脑袋,迟疑道,那——你看? 翠台哼了一声,说又让我看,这一辈子,你就不打算拿一个主意? 根来抓着脑袋想了一会,说,我记得你提过一句,大全那儿——翠台说,大全那儿? 你去找大全? 根来说,我? 我可跟人家说不上话儿。翠台冷笑道,你说不上话儿,那你的意思是叫谁去说? 翠台说,难不成是叫我去? 你一个大老爷儿们都说不上话儿,我一个娘儿们家,就能跟人家勾搭上? 根来说,什么话! 说这么难听! 翠台说,是我说话难听,还是你做事难看? 大半辈子当甩手掌柜,家里这些事儿,你什么时候上过心? 根来一听又是老一套,也不敢回嘴,只好尽着她絮絮叨叨地数落个没完。

响午饭就他们两口子吃。爱梨去赶集了,顺道回田庄娘家一趟。翠台和了块面,擀了面条,葱花炝锅,清汤下面,又从院子菜畦里拔了几棵小油菜,在水管子下面洗干净,绿生生扔锅里头。翠台吩咐根来盛饭,自己腾出手来,从墙上的蒜辫子上揪下来两头紫皮蒜,麻利剥了,放在一个半大小碗里。根来端着一大碗,一口蒜,一口面,吸溜吸溜地,吃得满头大汗。翠台顶看不惯他这样子,数落道,你慢着点,谁还跟你抢? 根来从碗上抬起眼睛来,讪讪地笑道,痛快! 我就好吃个滚烫的。翠台横他一眼。

看他吃得差不多了,这才慢慢说了去香罗家的事。根来擦了一把额头上的汗,小心问道,这么说,她应下了? 翠台鼻子里哼了一声,说,她她她她的,说个名字都不忍了? 根来急了,你胡说个啥? 翠台笑道,看看看,给我说中了不是? 一说中,准跟我急。我还不知道你? 根来一听这话,更是急得脸红脖子粗的,恨道,就你这张嘴！针眼儿大的心眼子！翠台说，我针眼儿大的心眼子，你的心眼子可是忒大！有一万个心眼子！能装下多少个鬼？根来气道，我能有什么鬼？翠台冷笑道，要是心里没鬼，怎么这个人我就说不得？一说就急，一说就急，你当别人都是傻子！根来嘴拙，一时跟不上，气得把碗往桌子上当的一顿，说不吃了！气就气饱了！翠台笑道，爱吃不吃！我看你是吃饱了。吃着碗里的，看着锅里的！打量我不知道你那一肚子花花肠子！我就是纳闷儿，怎么在咱们家，就不能提那个人？她是千金万金的娇小姐？提不得碰不得？根来气得只会说，你说，你尽管说！翠台笑道，我还就是说了，你能怎么着？谁不知道，她不过是个骚货，养汉老婆，千人骑万人操的破烂货！根来把桌子上的碗哗啦一下扫下去，霍地站起来，转身就朝外走。翠台在后面骂，怎么？拿刀子戳到你心坎子啦？有本事你去跟人家过！有种你甭要这个家！

太阳光透过帘子，在地下印出一道一道的横格子。几只鸡在门口探头探脑，翠台看它们鬼鬼祟祟的样子，也无心理会。茶几的隔板上躺着一个喜帖子，大红的底子，毛笔写着黑字：定于今年农历腊月一十八日，刘庆丰之子刘凯成婚大喜，恭请光临。凯子和大坡同岁，这婚事竟比大坡晚了一年，把凯子他娘玉桥急得什么似的，生怕这样一耽搁，生出什么差错来。如今好了，凯子的日子也定下了。翠台盘算着，大坡那时候，玉桥出了一百，到时候，凯子的礼钱，也就随着这个数走吧。要不就再添个绸子被面儿也行，脸面上好看些。正胡思乱想，听见街上有吆喝卖瓜的，翠台就趿拉上鞋，出去看。

一辆三马子停在十字路口，车上一个一个圆滚滚地装满了瓜。卖瓜的见翠台出来，赶忙招徕，好瓜咪，好瓜！又甜又脆，又面又香的好瓜咪。翠台过来问，都什么瓜呀？卖瓜的说，甜瓜甜，菜瓜脆,大姐你要哪一种?翠台就看瓜,说,让挑不?卖瓜的说,你尽管挑。正挑着,喜针骑着车子过来,在瓜车旁边停下,也打听这瓜,多少钱一斤,甜不甜,拿麦子换行不行。一面把瓜们挑来拣去地看,手里忙,嘴上也不闲着,说这个瓜还生着哩,那个瓜有伤,褒贬个不停。那卖瓜的见她把瓜们拿起来又放下,拨拉来拨拉去,又是满嘴的挑毛病,知道是碰上了一盏不省油的灯,便赶忙笑道,这位大嫂,一看就是个懂行的,又会过日子。依我说也是,还是麦子换合算,自家地里的麦子,又不用出现钱。哪像如今的年轻人,走动一步都是钱。粮食在他们眼里算什么?喜针听人奉承她,越发来了兴头,跟那卖瓜的一递一句地攀谈起来。翠台知道她是个话篓子,赶紧挑了几个瓜,撒脚要走,只听喜针叫她,说让她等等,一会儿跟她说句话。翠台只好等着。喜针颠来倒去,也不知跟那卖瓜的说到了什么,一句不投机,又不买了,撂下瓜就走。气得卖瓜的在后面喊,把瓜们都摸索熟了!又不要了!这人,到底诚心买不诚心买这是?

喜针推着车子,跟着翠台往家走。翠台看她气得哼哼的,说你也真是,跟个卖瓜的生哪门子气,真是闲的。喜针说,这卖瓜的,狗眼看人低。见我买得少,又是拿麦子换,他不痛快了。又嫌我挑——笑话,哪有买东西不挑的?翠台说,这人看上去还老实。喜针说,知人知面不知心。就像我那儿媳妇,看上去还不是性子顶柔软的?见了人,不笑不说话。可谁知道却是个嘴甜心苦的?翠台就烦喜针这一条,老是背后宣讲儿媳妇的不是,当了人家面儿,又是另一副样子。何苦呢。忙岔开话题,说些旁的。喜针却接着道,我跟你说,前几天,拉着我去赶集。本来我忙着洗衣裳,她好说歹说,非得拉着我去。我怎么不知道她安的哪颗心?还不就是想让我掏钱。她买东买西,我这个当婆婆的,倒成了她的钱包。你说说看,这是什么世道?翠台劝道,什么你的她的,还不是一家子？哪里能分那么清？喜针说，花点钱倒是不怕，钱不就是给人花的？可我这俩小子，还有老二哪。老大都把钱扒了去，我拿什么给人家老二盖房子娶媳妇？翠台说，老二不是还念着书么。说不准到时候考出去了，省了你这一宗事儿。喜针摆摆手道，我倒是没那么大指望。他能有那样的出息倒好了。我只是生气，这老大媳妇，当面一盆火，背后一把刀，当初我倒是把她小看了。翠台听她说得啰唆，心里又有事儿，便不肯再用心敷衍，知道她也没有什么要紧话儿，也不问，由着她说。

那喜针说了半晌，心里的气渐渐平了一些，忽然说起了增志的厂子。喜针说增志厂子有个媳妇，是村西黑人的外甥媳妇，苫家庄的，你见过不？翠台说不留心，怎么呢？喜针说，长得倒是挺俊，可惜是红头发。喜针说我的娘！那一脑袋红头发，着了火似的，我真看不惯。翠台笑道，赶明儿你们家儿媳妇也弄个红头发，看你看惯看不惯！喜针就笑。又把嗓子压低了，说你知道不，这媳妇，不是个正经人。翠台说，这个倒没听说。喜针朝院门那边望了望，把嘴贴在翠台耳朵边上，这话呀，也就是我跟你说。要是换个二人，我烂肚子里头！翠台急问什么话，喜针说，我说了你可别恼，这媳妇，跟那个谁……翠台说，说呀倒是，跟谁？喜针支吾了半晌，才说了。翠台心里一惊，脸上倒故作镇定，这事可不是乱说的，这种事。喜针急得要赌咒发誓，这种事，我怎么敢乱说？厂子里都传开了。翠台一下子就火了，骂道，个长舌头老婆们！捉贼见赃，捉奸拿双，还没怎么着，就红口白牙地，给人家编排这些个没味儿的闲话扯淡话！别让我看见！我撕烂贱老婆们的嘴！喜针见她动了气，脸上也不自在，走不是，不走也不是，只好怔在那里，听她骂糊涂街。

正骂着，喜针忽然把大腿一拍，你看我这记性，我想起来了，这个媳妇，就是香罗的娘家侄女。翠台如今听不得香罗这俩字，气得更是脸都白了,我当是谁家的好闺女,原来是她家的!苌家庄真是不出好人!喜针听这话说得蹊跷,便趁机说起了香罗。翠台正有一肚子气,听喜针一口一个小婊子,一口一个卖的,心里竟是十分的痛快解恨。喜针这个娘们,虽说嘴巴琐碎些,倒是一个正派人。方才自己骂的那些个糊涂街,实在是难听了些,就从袋子里拿出几个瓜,非让喜针拿走尝尝。喜针推让了几句,也就欢喜地受了,一面又把先前那些个话骂了一回,也不再提苌家庄那媳妇的事。又感叹又不平,拿上瓜便走了。

翠台拧开院子里的水管子,把那几个瓜仔细洗干净,放在一个高粱秸秆编成的浅筐子里。也不知道,爱梨今天还回不回来。这个季节,瓜果还没有下来,这几个甜瓜菜瓜,也算是个抓挠儿吧。喜针这人大嘴巴,刚才这些个话,也不知是真的还是假的。传来传去,不会传到素台耳朵里吧?苌家庄!苌家庄能出什么好娘儿们!翠台想起今儿在香罗家,香罗那个张狂样子,妖妖乔乔的,越想越气,抄起手边的一把笤帚,嗖的一下子扔出去。只听哎哟一声,那笤帚不偏不倚,正打在来人身上。

翠台抬头一看,不由扑哧一声笑了。臭菊捂着左腿膝盖骨,咬牙骂道,你还笑!招你惹你了?进门就吃一个笤帚疙瘩!翠台赶忙过去,替她搬过一个小凳子,扶着她坐下,说来得早不如来得巧,怎么偏偏就是你赶上了?臭菊揉着她那膝盖,哎哟哎哟地叫唤了一会儿,翠台一面给她拿来一个甜瓜,一面把喜针方才那些个话学了一遍,只说那苌家庄的媳妇,没提她妹夫增志。臭菊听了道,苌家庄那媳妇我知道,好像是香罗娘家的什么亲戚,不是侄女就是外甥女。记得有一回,我在小辛庄集上还见她俩做伴买东西哩。翠台说,管她什么侄女外甥女,有那么个出了名的风流老娘,底下还能教出什么好闺女?臭菊见她点名说起了香罗,就不肯再说了。翠台只顾说得高兴，见臭菊不搭腔，心里暗想，看把你吓得！小鸡仔似的！心里不平，就越发数说起了苍家庄那媳妇，夹枪带棒的，也捎带敲打着香罗。臭菊只是听着，说到那苍家庄媳妇，倒附和着说几句，一碰上香罗，竟是半个不字也不肯再说。翠台自说自话了半晌，也觉出了没味儿，就打开电视，两个人无话，就看电视。

　　看了会子电视，臭菊像忽然想起来似的，一拍脑门儿，说，咳，看我这脑子。我找你有好事儿。翠台问什么好事，臭菊说，前天晚上，狗菜媳妇来找我，打听你家二妞哪。翠台心里一跳，明知故问，打听二妞？臭菊笑道，自然是看上咱们闺女了。二妞这孩子我是看着长大的，人又俊，又懂事，百里挑一的好闺女。还有顶要紧的一条，是正经人家的孩子。翠台你，还有根来，整个芳村，谁能说出半点不是来？翠台笑道，这倒不敢说，本分人倒是真的。臭菊说，狗菜媳妇想做一个媒。翠台说，哪一家的孩子？二妞年纪还小，又念着书。臭菊说，论说也不小了，当年咱们，这个年纪，都是有婆家的人了，我十九岁上过门子，二十岁上，就有了我们家老大。臭菊说我一说出这个人家，你保准愿意。翠台问，谁家？臭菊说，狗菜媳妇的娘家侄子，苍家庄的。兄弟俩，老大在外头，这个是老二。家里开着厂子，二层小洋楼，两辆汽车，城里还有一套房子，钱闲得呀，在家里吱吱乱叫。翠台笑道，这么好条件，我们可高攀不起。臭菊说，我还没说完哩。都不是外人，知根知底儿。这狗菜媳妇和你那堂妯娌香罗，是两姨姐妹。你说是不是知根知底儿？翠台笑道，那更不敢高攀了。人家都是有钱人，我们这小门小户的人家，可够不上。臭菊还要劝，见翠台脸上变颜变色的，不知道哪句话说得不妥，就说，今儿呢我就是捎个信儿，不着急，你先琢磨琢磨，咱们往后再慢慢说。

才几天不管,菜畦里的草们又长了密密的一层。马生菜一大蓬一大蓬的,十分茂盛。翠台拿了一把剜勺子,一面薅草,一面想心事。太阳光晒在身上,透过薄薄的衫子,有一点热了。有一两片树叶子落下来,飘飘曳曳的,正好落在她的肩头上。苌家庄!怎么横竖就离不了这个苌家庄,离不了这个贱老婆!翠台一剜勺子下去,竟砍断了几棵芫荽,心里又疼又气,索性把剜勺子一扔,一屁股坐在地下,看着那几棵芫荽发呆。

翠台这院子不算大,收拾得却整齐。根来在家里是老大,又是独子,这块宅基地,是根来他爹留下来的,临着大街,又开阔,又冲要,是个好地方。根芬出嫁的时候,就是在这个院子上的轿。根来他娘那边的老房子,一则是在小胡同里,车辆进出不方便,另一个呢,也太老旧了。翠台是个利索人儿,小小的院子,侍弄得又干净,又清雅。栽了花,种了菜,还在菜畦子的周围,拿玉米秸编了一带篱笆墙,上面牵藤爬蔓的,又好看,又防备鸡们偷嘴吃。爱梨就顶喜欢这个小院子,老说他们新院那边空旷,翠台在那边院子里也开了一片菜畦,如今也有些模样儿了。大坡不在家,爱梨也还跟着翠台这边吃饭。怎么开伙嘛,没法开。把新娶的媳妇一个人扔家里,再怎么也不像。大坡的事,还得把脸儿放下来。那句话怎么说来着?人穷志短,马瘦毛长。今儿个就把这张脸皮撕下来,双手捧着,捧到人家面前!为了自家孩子,还要什么里子面子的!翠台怎么不知道,那贱老婆,专等着看她的笑话,等着她朝她低这个头。翠台呢,偏是个要强的,脸儿又热,面皮又薄,大半辈子了,什么时候在人前露过软茬?香罗。翠台想起香罗那假模假式的样子,还有那不冷不热不阴不阳的口风,句句都藏着一根刺,叫人有疼说不出。个养汉老婆!

马生菜一大棵一大棵的,叶片子又肥又厚,肉头头的。翠台把它们摘好,洗干净,放在箅子上沥水,又去超市买了半斤猪肉。

回来的时候，半道上遇见根生。根生骑着摩托车，后面驮着一个大箱子，翠台赶忙叫住他。扯了两句闲话儿，摩托车轰轰轰轰响着，也听不太真切，翠台问香罗哪天走，这回待几天。根生说她呀，她哪有准儿。高兴了多待两天，不高兴了抬脚就走。翠台说有什么天大的事儿，多待两天呗。翠台说赶明儿我过去跟她说话儿去。

回到家，翠台忙着把猪肉剁了馅子，把马生菜细细地磨刀切了，加上熟花生油，加上盐，加上鸡精，又剁了葱末姜末蒜末，干炒了花椒大料，磨成粉，统统拌到肉馅子里，又多多地淋上香油，一下一下地拌了，香气一下子就出来了。想了想，又淋上一股子香油，香气更大了。招惹得鸡们都围过来，馋眉馋眼的，翠台张着两只手，嘴里哦啾哦啾的，轰也轰不走。

饺子包了快一半的时候，天色渐渐暗下来了。翠台看了看外面的天，心想可别下起雨来，天黑路滑的，就坏事了。脑子里乱纷纷的，手下就慢了，心里越发着急。越急越乱，越乱就越慢。翠台索性停下来喘口气，把心神稳一稳。

马生菜这东西，别看生得贱，口味还真不错。从前人们日子艰难，把这个当成金贵的，包饺子、蒸包子、凉杀菜，是头一等的美味。如今呢，村里人早不把它们放在眼里了。正经新鲜蔬菜还吃不完呢。可是人家城里人口味怪，偏偏爱这一口。这些个马生菜扫帚苗灰灰菜，被叫作野菜的，在城里人眼里，可是稀罕物儿。翠台心里笑了一下。怎么说呢，要是单吃，这马生菜的味道，实在是没有什么，可要是加了肉馅，就两样了，怎么说，给肉香逼着，那一种野菜的清香就出来了。真是有意思得很，就像红花扶着绿叶，也不知道，这马生菜和肉，哪一个才算是主角儿。正胡乱想着，门帘一挑，爱梨回来了。

翠台见了，赶忙立起来，挓挲着两只沾满面粉的手，问爱梨，怎么回来了？话一出口，又觉得不妥，好像是不愿意人家回来似的，赶忙说，还想着你会不会在田庄住一宿呢。这话又不对，仿佛是多嫌人家的意思。爱梨一面把包放下，一面看了一眼那些个饺子，说想着把那件毛衣赶出来，忘记带了，就回来了。爱梨说，今晚包饺子？翠台说是啊，包饺子。脸上就有些热，好像是，趁儿媳妇回娘家，自己这个当婆婆的偷偷包饺子吃，就赶忙解释说，正要给你电话呢，让你回来吃饺子。话一出口，脸上更热了，一颗心突突突突地跳得厉害，倒真好像是做了贼一般。爱梨愣了愣，笑道，那什么，我去洗把脸，一起包吧，还快一点儿。

翠台拿着小擀面杖，立在那里，心里又悔又急，这是怎么了？真是鬼迷了心窍了！怎么这一句一句的，都成了自己的不是了？爱梨她，不会多什么心吧？

爱梨洗手进来，坐下包饺子，也并不说赶集的事。翠台问一句，爱梨答一句，一句话都不肯多说。翠台心里七上八下的，偷眼看儿媳妇的脸色，爱梨耷拉着眼皮，专心包饺子，长睫毛扑闪扑闪的，也看不出什么来。翠台只有强笑着，挑起话头儿说一些个闲话。爱梨倒是也一递一句地跟她应和着。翠台到底觉得心里不踏实。

一时间有一会子都不说话，屋子里十分安静。只听见擀面杖在案板上碌碌碌碌响着，更衬出了屋子里的难堪。翠台心里暗想，也真是怪了，头几回爱梨回娘家，总是要住上两宿，今天也不知怎么，偏就当天回来了。说是赶着织毛衣，又不急着穿，有什么可赶的。想必是她见自己尴尬，一时情急编的瞎话。回来也就回来了，怎么偏就碰上了包饺子，按说家里改善，都是等大家齐全的时候，况且，都知道爱梨是个好吃饺子的，怎么竟弄得好像是偷偷摸摸，专门避着她似的。自己还赶着问那些个缺心眼儿的傻话，让人家下不来台。这样想着，又偷眼看爱梨，见她一心一意地低头包饺子,并没有什么不一样的神色。转念一想,不过是个饺子,又不是海味山珍。赶巧弄了马生菜,忽然一念之间,想包顿饺子,也是有的。正大光明的事儿,这么鬼鬼祟祟的,反倒叫人觉得疑心。这才心里略略宽些。因又问起了爱梨,今儿集上人们多不多?那一家卖果木的是不是也在?老洋姜家的豆腐脑摊子出来了没有?爱梨都一一答了,说集上的人如何多,如何挤,谁跟那个卖鞋的吵起来了,卖肉的肉二今儿个好买卖,有人家过满月,整个肉案子上的肉,都被包圆了。爱梨说就是那个谁家,咱们村的振科家。翠台问,振科?振科家孙子过满月?爱梨说,就是大全家的二外甥。翠台啊哦一声,问,他们家添了孙子了?翠台说,你看我,天天瞎忙,倒没有听说。爱梨说,还没有哩,听说是快了,快生了。翠台笑道,还没生哪?那怎么就说起了过满月的话?爱梨说,我也纳闷呢,听说是要提前几天摆酒,要大闹一下。翠台正要接话,只听爱梨问她,这和的是多少面?恐怕不够吧?翠台看她正掀开面盆看,面盆子里空空的,就剩案板上一小块了。再看大海碗里的馅子,知道是弄少了。就那么两把马生菜,肉馅半斤不到,显然是不够一家子吃。翠台心里暗骂自己,怎么就这么顾前不顾后的,办事儿一点章法都没有。如今倒真好像是,公公婆婆趁着儿媳妇回娘家,偷偷包饺子吃了。有心解释,却又一时不知怎么开口,急得脸上通红,越看越像是做贼心虚的鬼祟样儿。

正窘迫着,根来回来了,见婆媳二人一个擀皮儿,一个包,就问,怎么,晚上吃饺子?翠台一肚子的火,一下子就爆发了,冲着根来喊道,吃饺子吃饺子!就知道吃饺子!我哪里有这好命吃饺子!根来丈二和尚,不知就里,说,怎么了这是?当着孩子,你看你这是什么样子!翠台说,我吃饺子?我就没有长着吃饺子的嘴!我为了谁?唵?我白操碎了一颗心!当着儿媳妇,根来回嘴不是,不回嘴也不是,只有低声劝道,好了好了,包吧包吧,看让人听见笑话！翠台的泪登时流下来，骂道，我怕谁笑话！知道她好这一口儿，我巴巴地包了饺子，要给人家送去。我一不偷人，二不养汉！我为了我亲小子，我怕谁笑话！根来这才慢慢听出滋味来，正要劝说，又担心她越说越来劲，保不准说出什么不好听的来，只有坐在那里，使劲吸烟。爱梨头一回看公公婆婆这个阵势，心里又急又怕，想要劝解，又不知怎么劝法。听了这么半天，竟也没有听出什么头绪。情知这饺子里头有事儿，又一时猜不出，只好一口一个妈地叫着，再难说出别的话来。

不知什么时候下起雨来了。雨点子落在树木上，飒飒飒飒，飒飒飒飒，听起来是一阵子急雨。窗玻璃上亮闪闪的，缀满了一颗一颗的雨珠子，滴溜溜乱滚着，一颗赶着一颗，一颗又赶着另一颗，转眼间就淌成了一片。根来湿淋淋地跑进跑出，把院子里的东西该收的收了，该苫的苫了，又去关东屋西屋的门窗。鸡们被这突如其来的雨弄晕了，躲在廊檐下，咕咕咕咕咕咕抱怨个不休。树枝子乱摇，天黑得像是泼了墨。

屋子里已经打开了灯。十五瓦的灯泡，流出橘黄的光，朦朦胧胧的，有一些模糊，衬了外面的风雨，倒添了那么一种静谧温暖的意思。翠台忙着收拾桌子上的七七八八，人影子映在墙上，一高一下的。爱梨也帮着收拾，预备着去厨房里煮饺子，被翠台慌忙拦下了。

乡下的五月就是这样。说凉吧，其实已经不凉了。要说热呢，毕竟还差着那么一个节气。可是一早一晚，竟还是有一些微微的凉意。这个季节的雨，已经有了缠绵的意思了。一阵子急，一阵子缓，停停歇歇的，居然下了整整一夜。天快亮的时候，雨才渐渐地止住了。空气里甜润润的，带着一股子花木的森森细细的湿气。菜畦里满眼青翠,菜们喝饱了雨水,伸枝张叶的,精气神儿十足。

廊檐下的台阶上,扔着那条沾满泥水的裤子。还有那一把雨伞,歪歪扭扭地,在一旁仰着。翠台蹲在廊檐下,把那裤子和雨伞看了半晌,心里堵得满满的,硬硬地梗在胸口那儿。鼻子里酸酸的,辣辣的,一阵子一阵子往上涌。使劲憋着,憋着,莫名其妙地,反倒扑哧一声笑了。他娘的!辛辛苦苦地,白忙了一场!那狗日的台阶,又高又陡,地下呢,又滑得厉害,翠台也不知道怎么回事,腿一软,竟一下子跌倒了。周围黑黢黢的。夜晚的芳村仿佛一口井,又深又凉,叫人害怕。雨点子鞭子似的,劈头盖脸地打下来,一阵子冷,一阵子热。饺子们散落在泥地上,白生生的,在黑夜里格外触目,像是一只只眼睛,巴巴地盯着她看,直把她盯得又恼又臊。

个养汉老婆!

根来早已经躲出去了。爱梨呢,早晨向来不吃饭,什么时候睡够了,什么时候过来。翠台也无心弄饭,就洗衣裳。

洗着洗着,想起了喜针那些个闲话。增志。照说增志的厂子也不是不行,抓把灰比土热,毕竟是自己的亲妹妹。增志也说过叫大坡去厂里的话,可不知怎么回事,翠台还是觉得别扭。素台倒是没有提过这个。不说叫去,也不说不叫去。这就复杂了。翠台怎么不知道她这个妹妹,从小到大,处处跟自己较劲。翠台不愿意跟亲妹妹张这个口,不光是姐妹两个脾气不投——脾气哪有一样的?还有一条就是,亲戚们越近,倒越不好相处了。自己的亲外甥,轻了也不是,重了也不是,增志这个做姨父的,给孩子开多少钱?况且,跟大全皮革比起来,增志那厂子毕竟小多了,工资也低。不说结婚留下的亏空,光是大坡他们小两口,花销也够吓人。增志。也不知道,喜针的那张嘴里,到底有几句真的。翠台心里乱糟糟的,起身去屋里打电话。

接电话的是素台。素台问她吃了不,她随口说吃了,又说还没有。支支吾吾地,问素台忙不忙。素台说不忙,正说话呢。翠台听见那边叽叽喳喳,有说笑声,知道是有人在,胡乱扯了两句,就挂了。

发了会子呆,又拨香罗家的电话。拨了半截,想了想,又作罢了。

淡淡的晨光从窗子里探进来,好像是要晴天了。屋子里一半明亮,一半黯淡,竟仿佛是不同的两番天地。翠台盯着那电话机看了一会子,叹了口气,恍恍惚惚往外走。

院子里已经铺满了早霞,仿佛是紫色,又仿佛是粉色,细一看时,竟好像还夹杂了浅浅的橘子黄。有一阵风吹过,树上的露水珠子纷纷落落地掉下来,如同晴天白日里又下了一场急雨。雨点子被霞光染过,碎金烂银一般,十分耀眼夺目。翠台仰起头,有一滴不偏不倚,正好落在她的眼睛里。她一面咬牙骂着,一面拿手背去擦。却是越擦越多,越擦越流,怎么也擦不清了。

第四章
素台两口子吵架了

夜深了。芳村睡着了。几颗星星,零零落落的。

这么多年了。夜还是这样的夜。星星还是那一颗星星。

人却是不一样了。世世代代。

你承认吗,世世代代,竟是一样的心事。

风吹过来,悠悠地。夜凉如水。草木繁茂,人间的情欲繁茂。田野珠胎暗结。

一大早,素台偷偷从床上坐起来,张着耳朵,听外面的动静。

头天夜里,两个人吵了一架。素台看着身子柔弱,却最是一个嘴巴厉害的,小刀子一样,一句都不饶人,说着说着就把增志说火了。增志把被子一掀,嗵嗵嗵嗵走到客厅,门砰的一声,素台不防备,吓得一哆嗦。

增志先前可不这样。增志这个人,怎么说,在外头是飞腾皮具厂的厂长,百十来口子的饭碗,全指望他给端着,发起威来,也是一个厉害角色,一句话掉地下,能砸一个坑。可那是在外头。在家里,在素台跟前,却是一个没嘴的葫芦。素台人生得并不那么出挑儿,同翠台比起来,这姊妹两个,要说翠台天生是一个美人胚子,是戏里的小姐,那么素台呢,便是那小姐的丫鬟。两个人站在一起,横竖就是这做姐姐的把做妹妹的比下去了。很小的时候,素台便为此恨上了姐姐。都是从一个娘肚子里爬出来的,翠台她凭什么呢?不光是容貌,翠台念书也好,要不是家里光景实在艰难,翠台保不准会考出去。更可恨的是,爹娘也是一颗心长偏了,偏向这个老大。翠台性情好,人又懂事,又勤谨,干活不惜力,小牛犊子似的,不像素台,自小三灾六病的,抱着药罐子长大,那些个药呢,简直就是她的饭,一顿不吃都不成。芳村有句话,天下老子向小的。看来这话说错了。

客厅里有窸窸窣窣的声音,紧跟着是房门开阖,自来水管子哗哗响,朝街的大门吱呀呀慢慢打开。他这是要开车走!素台顾不得一头鸡窝似的乱发,穿着背心裤衩跑到院子里,大着嗓门,叫增志。增志说,我去城里,有一批货。素台拿手指头点着他,说你敢！我看你敢出这个院子！增志的头发抹得贼亮，衬衣领子很来劲地竖着，一眼也不看她，开车门就上了车。素台呆住了，忘记了撒泼，眼睁睁看着增志的车子唰的一下开走了。

薄薄的晨曦刚露出头，天边是一片浅的金红。风一小绺一小绺的，把杨树叶子吹得飒飒飒飒地响。廊檐下栽了一大丛月季，盛开着红的粉的黄的花，一大朵一大朵，一大朵又一大朵，一大朵以外还有一大朵，有一种大呼小叫的热闹，叫人眼睛耳朵鼻子一时忙不过来。夹竹桃却只有粉色的，是那种最娇气的粉，粉中带着那么一点点奶白，干净得，怎么说，一弹就破似的，像是女儿家新洗的脸。素台立在廊檐下，呆呆地把那花看了半晌，忽然一捂脸，蹲在地下嘤嘤嘤嘤哭了起来。

云儿从屋子里出来，冲着她妈吼，大早起的！也不怕人笑话！素台觑了一下闺女的脸色，想就此收场，一时又下不来台，只有再强撑上一阵子，边哭边骂，骂增志个狗日的，王八蛋，良心叫狗叼了的货，一面抹着泪，摔摔打打进了屋。

娘儿俩吃罢早饭，云儿照例回屋里上网，素台收拾碗筷。看着云儿的屋门砰的一声阖上，素台不由得咬牙恨道，白眼狼！天天光知道上网上网，挺大个闺女家，不长心眼子！压低嗓门骂着，也不敢大声儿。也不知道怎么一回事，孩子小时候那会儿，骂起来一点都不吝的。芳村的女人们，嘴巴都脏得很。就算气急了打两下子，也是有的。如今呢，孩子越大，做娘的倒越收敛了。动手是再没有过的，即便是句重一点儿的话儿，也轻易不肯再说。自己生养的孩子，倒得看他们的脸色，真是活颠倒了。钟点工家里有事，请几天假，素台没法，只好自己硬着头皮，把一应的家务活儿揽过来。素台哪里是干惯这些的？心里只觉得又委屈，又悲壮，把个锅碗瓢盆弄得哐啷啷山响。正忙乱着，听见电话铃声，赶忙抈挲着湿淋淋的一双手,跑进客厅接电话。

小鸾在电话里问,那件衣裳,是要荷叶领呢,还是要元宝领? 素台说,你掂量吧,我又不懂。小鸾笑,嫂子怎么不懂? 嫂子的衣裳,可不得多问一句? 要是旁人,我才不管。素台知道她这又是请功,便笑道,你受累啊,赶明儿我请客,好好巴结巴结你这巧手儿。小鸾笑道,一家子骨肉,怎么说起两家子话来了? 嫂子肯吩咐我,是没把我当外人。我喜欢还来不及,哪里还敢再支应马虎? 素台又敷衍了几句,刚要挂掉,只听小鸾压低声音说,嫂子,我哥他——没在家? 素台说没在,出去办点事。等着她的下文,小鸾却不说了。只管东拉西扯的,说一些个少油没醋的闲话。

放下电话,素台心里七上八下的,闹得厉害。小鸾方才在电话里支支吾吾的样子,不免叫人起疑。这个小鸾,怎么回事? 含着冰凌化不出水! 这不像平日里的小鸾。素台越想越不对,索性梳洗了,换了一件衣裳,去小鸾家。

这一片,都是新盖的楼房,二层小楼,贴着明晃晃的瓷砖,也有大理石的,罗马灰、伯爵黑、雅典白、恺撒红、加拿大金咖,又低调,又排场。院子都垫得高高的,同街道比起来,要高出一大截。高高在上的大门楼,显得格外气派。拐过一个过道,后面是一片平房。大多是老房子,也有人家是新盖的,同楼房比起来,就显出寒碜了。树都是老树。钻天杨、刺槐、柳树、臭椿树,怕有一搂粗吧。路两边的草棵子里,开着叫不出名字的野花,星星点点的。黄的白的蛾子蝶子乱飞,嘤嘤嗡嗡,十分热闹。

过道尽里头那一户,便是小鸾家。小鸾是素台的堂妯娌,论起来,是出了五服的。小鸾的男人占良,是家里的独子,人丁稀少,就格外同本家本院的走得近。怎么说,有那么一点上赶着的意思。图什么? 还不是图个热闹,图个兴旺。这热闹兴旺平日里倒显不出，只是到了事儿上，便不一样了。比方说，红白事。比方说，孩子满月老人庆寿。逢这些场合，人多了就是好看。芳村这地方，人们都看重这个。

见素台来家里，小鸾慌得什么似的，又是倒水，又是让座，把一只杌子擦了又擦，一面笑道，才还念叨，嫂子这衣裳真是好看。真是不经念叨，说曹操，曹操就到了。素台知道她素日里这一张嘴，也不理会，有心直接问，却又不知如何开口。小鸾依然笑着，夸这件衣裳好，说也就是嫂子你，整个芳村，还有谁敢穿这样的红的？素台说，这话说得。香罗呀。素台说，人家香罗是谁？越活越年轻，今儿二十，明儿十八。小鸾笑得掩着嘴，小声道，香罗？香罗倒是敢，可她也配？小鸾说都半老四十的人了，你瞧她那个骚样子。素台看她咬牙切齿的，心里暗想，就敢背后嚼舌头！当了面，恨不能赶着给人家舔屁股！嘴上却说，人家香罗就是天生的好坯子，又会打扮。就岔开话题说起了闲话儿。素台说厂子里那个谁，你知道吧？刚离了。小鸾问，哪一个？素台说，就是村南老妖怪媳妇的外甥女，田庄的。小鸾啊了一声，说那个长头发的？狐狸眼？素台说是呀，就是她。小鸾说，怎么没听占良说起过？素台说，占良一个汉们家，哪里肯嚼这种舌头？小鸾说也是。为啥离？素台说，还能为啥？有外心了呗。小鸾说，有外心了？是厂子里的？还是——素台看她紧张的样子，笑道，看把你急得。又不是跟占良。小鸾脸上一红，说，一个厂子里干活，谁也保不准。素台骂道，少扯这种淡话。旁人我不知道，还不知道占良？老实疙瘩一个。成天价被你辖治着，哪里还敢有二心？小鸾说，他也敢！要本事没本事，要能耐没能耐。整个小刘家院里，数他混得，处处不如人！素台知道又戳疼了她的肺管子，赶忙说，又要人好，又要本事好，你到底想要哪一样？真是人心不足。我跟你说，人这一辈子，福分是有定数的。没有这样愁，就有那样愁。哪里有圆全的？小鸾叹口气道，嫂子，我也不瞒你，说句没出息的话，我倒是宁可他有本事，在外头招猫递狗的，也比他成天窝窝囊囊的，强一百倍！素台忖度她说话的神气，眼睛里仿佛有泪花转，赶忙劝道，屁话！真有那个时候，你哭都来不及！小鸾哽咽道，我要是说瞎话，叫我烂了舌头！如今这个世道，占良这点子能耐，叫我们娘儿们怎么活！素台说，你还嘴硬！占良在厂子里日没夜地苦，还要怎么样？素台说可惜你这裁缝手艺——说了半截话，又咽回去了。小鸾只顾低头落泪，同方才比起来，竟像换了一个人。素台也不敢深劝，只把一些个车轱辘话又说了一回。怎么劝？没法劝。难不成，叫增志给占良多开点工资？要么还是借钱给小鸾，开个裁缝店？

　　从小鸾家出来，素台一肚子纠结。这算怎么回事？自己一脑门儿的官司，不想却又听人家诉了半晌的冤情。日头已经有一竿子多高了。街上静悄悄的。这个点儿，上工的上工，上学的上学。偶尔有一两个闲人，不是老人，就是小孩子，或者是老人领着小孩子。太阳光软软柔柔的，绸子一样，有一点暖，也有一点凉。谁家墙边的牵牛花都开了，粉粉白白，又热烈，又孤单。一只蛾子落在素台的红衣裳上，赶也赶不走，想必是个多情的，把这娇艳的衣裳误会了。正迟疑着要不要拐弯回家，对面一户人家出来一个人，素台一看，忙叫换米姨。

　　换米姨笑道，才去傻子家串了个门儿。你这是？素台说，我去小鸾那儿，裁了件衣裳。换米姨说，真是精致人儿。这年头，还裁衣裳。不是都到城里商场买现成的？素台说，现成的倒是省事儿，可老不能那么合适。不是肥了就是瘦了——我胖，不好买。换米姨说，可也是。要不叫作量体裁衣呢。换米姨说小鸾手真巧，比她那婆婆能得多呢。那可是个拙老婆。换米姨絮絮叨叨的，又说起了小鸾的婆婆。素台只好嗯嗯啊啊地敷衍着。这换米姨和素台娘家沾老亲,论起来,素台她娘和换米姨算是远房堂姐妹。素台她娘在世的时候,老姐俩儿走得挺近,又是一个村子,很小的时候,素台就换米姨换米姨地叫。换米姨小个子,细眉细眼,白白胖胖,一副好口才,屁股呢,又沉,不管到哪里,一坐就是半晌,说起话来,一篇一篇的。小时候,只要换米姨来家里,炕沿上一坐,素台就像听书似的,听得入迷。可是今天,素台心不在肝儿上。阳光从树叶子里筛下来,正好落在换米姨的嘴边。素台发现,换米姨嘴边毛茸茸的,有一层淡淡细细的小绒毛。被太阳光一照,一闪一闪的,仿佛镀了一圈金边。正胡思乱想,只听换米姨又说起了增志,把增志夸得,简直就是一个没缝儿。换米姨说增志是个干大事的,男人嘛,都是没笼头的马,不要管得太紧,也不要大撒了把,由着他的性子。没有笼头怕什么?缰绳还不是在你手里攥着的?换米姨说如今这世道乱,人心也惊惶,男人们,不让跑不行,光尽着由他跑呢,更不行,把心跑野了,就难收了。素台正听得出神,换米姨却不说了。素台听她仿佛话里有话,忙拉着她去家里坐坐,换米姨说回头,回头过去。院子里晒着煮好的豆子,预备发点豆瓣酱,她得回去看看,别白被东西拱了。

素台看着她的背影发了会子怔,一扭身,往厂子里去。

村北这一带,如今是芳村的开发区。皮革加工厂、皮具厂、养鸡场、养猪场,有大的,有小的,大大小小,都在这一片。早先其实都是田地,如今,田地变成了一片片厂房。到处都插着红的绿的彩旗,在风中哗啦啦地翻卷着。路过大全的厂子,看见有一群工人正在往卡车上装货。大全的儿子学军戴着墨镜,抱着一双膀子,从旁督着。大全厂子盖得气派,黑色大理石上,大全皮革四个字,金光闪闪。跟大全皮革一比,自家的飞腾皮具厂就局促多了。正琢磨着,一辆汽车在身后鸣喇叭,素台吓了一跳,赶忙闪身让在一旁，不想那汽车却在身边停下来，车窗唰啦一下摇下去，露出一张脸来。素台笑骂道，小老婆！这又是去哪里疯去了？英子一只手搭在方向盘上，另一只手推了一下旁边的见得媳妇，说你问她啊。见得媳妇说，幸福大厦旁边新开了一家美容院，开业酬宾，我的娘！才三折！素台说，你们真是长了腿了！看把你们疯得！英子说，谁让你不学开车？成天价走动指望着增志，拴在男人裤腰带上了！素台刚要抬手打她，英子哗啦一下摇上车窗，唰地开走了。素台立在当地，骂道，我把你个小浪老婆！

一进厂子，见几个工人在车间门口说话。脸朝外的早看见了她，赶忙噤声了。那背对着的不知道，依旧说得火热。老板长老板短，骂骂咧咧的。脸朝外的那个伶俐，赶着叫婶子，也不敢朝那个不长眼的使眼色，只听那个人正骂着老板抠门儿，小气，假少鬼，简直是他娘×的周扒皮！赶明儿非把他娘的那张皮扒下来，看看底下到底是不是个人！素台只笑吟吟地听着，摆摆手，不让那伶俐的声张。骂了半晌，那人终于觉出不对，回头一看，脸都白了。结结巴巴地，叫婶子不是，叫老板娘不是，赶着给素台搬过一个凳子。素台看也不看，只笑眯眯地，拧住那小子的耳朵，说兔崽子，活儿不见你多干，放起你娘的狗屁来，倒是一筐一筐的！那小子急得红头涨脸，赌身立誓，忙不迭地辩解，一口一个婶子，一面打自己的嘴。素台说，行啦，别做样子啦。就是把你娘的这张臭嘴打烂，你婶子我也绝不心疼半分。那小子忖度这口气，知道是没事了，便更是假戏真做地打起自己嘴巴来。一面打一面还说，看你还胡呲不胡呲了？看你还喷粪不喷粪了？众人想笑，又不敢。素台说，打嘴巴管什么用？疼一下就过去了。这个月的工资，我跟你那周扒皮叔叔说一声，就算是孝敬你婶子了。那小子慌忙说，婶子心疼我！一家子四五口子，还等着吃饭呢。等工资发下来，婶子说吃什么，我到超市里去买来孝敬婶子。素台笑骂道,少来! 谁稀罕你那一口? 也不理他,径自上楼去了。

楼上是缝纫车间,女人们唧唧呱呱的,像是一个池塘里挤了一百只鸭子。见了素台,有叫妹子的,有叫姐姐的,有叫姑的,有叫姨的,有叫婶子的,有叫嫂子的。素台不咸不淡地,一一应着,立在一旁,看她们干活。早有一个机灵的过来,拉了把椅子请素台坐,素台就坐了——直眉楞眼地,白在一旁立着,看着也不像。女人们依旧说着闲话儿,张家长李家短的,时不时地就哗地笑起来。素台从旁听着,却分明不似方才那么热烈了。素台怎么不知道,这都是多了她,大家不自在,拘得慌,心里暗想,一群浪老婆! 叫你们浪! 我偏不走,偏在这儿待着,看你们能胡扯出什么来。正想着,只听见有人说老板,想必是被旁边的人使眼色制止了,素台心里冷笑一声,有我在这儿,连叫一声老板都不敢了! 真是此地无银三百两。我素台又不是个醋坛子,这样遮遮掩掩的,算什么意思! 大家只顾低头干活,嘴上的功夫就怠慢了些。素台见她们一个个屏气敛息的,也觉出无趣,又强坐了一会子,起身就出来了。

刚到楼道拐弯处,只听见屋里一阵哄笑,嘎嘎嘎嘎的十分响亮。素台心里恨恨的,又不知道该恨谁。只有咬牙骂道,养汉老婆们! 天生受苦的贱命!

院子里乱七八糟,简直没有下脚的地儿。素台向来是个不管事的,今天不知怎么,却忽然有了好兴致,吆五喝六的,吩咐几个小子抬的抬,搬的搬,忙乱了半晌,总算有了点眉目。老满媳妇张着一双油渍麻花的手,立在院子当中,扯开大嗓门喊,吃饭呀,吃饭! 啊,吃饭,吃饭呀! 看见素台,忙要赶过来说话,素台冲她摆了摆手,说婶子你忙你的,忙你的。

正是晌午,整个村子仿佛笼着一重薄薄的雾霭,像是烟,又像是雾,细细看时,却又像是什么都没有。卖馃子油炸糕的推着车子,一遍一遍吆喝着:馃子——油炸糕!馃子——油炸糕!拖着长长的尾音,拐了十八道弯弯,听上去,简直如唱戏一般。素台叫住他,看他掀开大簸箩上那块油浸浸的白苫布,拿一把竹夹子夹了十个馃子、十个油炸糕,热腾腾全装进一个塑料袋里。素台摸了摸兜,摸出一张一百块的大票子。那人不接,笑道,这么大票子——我这小本生意,老板娘不是难为我?记账上吧——就记飞腾?素台笑道,这芳村的道儿真被你蹚平了,没有你不认识的。那人笑道,不认识旁人,敢不认识飞腾的老板娘呀?

素台提着馃子油炸糕去了爹那儿。爹刚摆好饭,正要吃,见闺女进来,吃了一惊,说,吃了?怎么这会儿过来了?素台看了一眼那饭菜,馏卷子、白粥、一碗凉杀菠菜。素台把塑料袋往桌上一放,说吃这个吧,卷子都难看成那个样儿,扔了算了。爹说,扔了?好好的白面卷子,就白白扔了?素台知道爹又要唠叨那些陈谷子烂芝麻,便一口剪断他,说这得趁热,凉了不好吃。卷子你爱留留着,下顿吃。爹颤巍巍地,要拿出几个油炸糕给云儿,被素台劈手夺过来,说,她都多大了?还当是三岁的孩子?说着,也不管爹在背后絮叨,转身走了。

做晚饭的时候,素台给增志发了一个短信。素台识字不多,短信发得也简单。素台问增志几点回来,半晌,增志才回道,在外吃。晚点回。素台看着那几个字,心里又气又恨。这阵子没有钟点工,家里婆婆妈妈的琐碎事,都是她亲自操心。本就窝了一肚子委屈,不料增志也不着家,说话爱理不理的,把手机看得命根子一样,天天攥手心里。云儿呢,书不好好念,十七八的大闺女了,天天窝家里上网,好像是,那网上有吃有喝,有香有辣,竟然饭也顾不得吃,觉也顾不上睡。真是魔怔了。素台赌气回了个短信,你别回来了！等了半晌，增志也没有回。素台好歹煮了方便面，卧了鸡蛋，忍气端过去给云儿，云儿头也不抬，只顾盯着电脑看。素台看她那痴样子，有心把面端走，想了想，终究不忍。素台肚子里有火，也觉不出饿，胡乱吃了两口，碗筷也不收，便歪在沙发上，恹恹地看电视。

遥控器在手里翻来覆去，换了几过，终觉无味。素台索性起来，把这几天积攒的一堆脏衣裳，统统放进洗衣机里。刚要洗，鬼使神差地，又把增志的衬衣翻出来，拿到鼻子底下，仔仔细细地闻。闻了半晌，总觉得有一股子淡淡的香气，乍一闻仿佛有，待要仔细闻时，却又仿佛没有了。素台疑心是自己的鼻子不灵，有心叫云儿过来，想想又罢了。素台又把增志的几个衣兜翻了翻，什么也没有，只有一张加油站的票据，揉得皱巴巴的，看日期，不像是最近。

洗衣机轰轰轰轰响着，素台立在一旁，心里七上八下。这是怎么了？嫁给增志这么多年，也是从苦日子一点一点熬过来的。怎么如今都好了，倒疑神疑鬼起来了。自然了，也不能全怪自己。那句话怎么说的，男人有钱就变坏。男人们，有了钱，腰杆子可不就变粗了嘛。像村里的大全，十里八乡，三宫六院的，简直就是个土皇上。那些个女人，争风吃醋，玩命地往上扑。为了什么？还不是为了大全的恩宠。大全的恩宠是什么？是金银首饰，是好看衣裳，是肥鸡大鸭子，是一大家子的好光景。那个《甄嬛传》，村里的女人都不知看了几遍了，都看得入了迷。最要命是，不光是入了迷，还都入了戏。一出一出的，比那后宫里还要热闹十分。大全媳妇呢，也只有一只眼睁，一只眼闭。能怎么办？没办法。大全媳妇哪里敢闹？真闹起来，说不好就把自己屁股底下的位子闹没了。盯着那位子的女人正多，虎狼一样，哪个都不是吃素的。村里人说起来，语气里都含糊，男人们是眼儿红加上眼儿气，女人们呢，就复杂了。现如今，人情都淡薄。过好了，人家都恨得咬牙,眼巴巴地盯着你,恨不能立时三刻看见你倒霉运;过得窝囊呢,人家又站得高高的,跷着脚丫看你的笑话。这几年,增志的厂子顺风顺水,赚得大瓮满小瓮流,上赶着巴结奉承的人越来越多。不说旁人,就说翠台,嫡亲的亲姐姐,向来心性儿高,不肯拿正眼看人,对自己这个肩不能挑手不能提的妹妹,更是一百个看不上。可如今怎样?不照样是手心朝上,来向她这个不能不才的妹妹开口?小姐的身子丫鬟的命!人再强,怎么能强过命?

洗完衣裳,晾上,又看了会子电视,看看表,已经是十点半了。素台也无心管云儿,自顾躺下了。左右睡不着,又想起白天的事。小鸾姑且不去理她,可换米姨那些个话,倒真好像是话里有话,句句有箭头指。什么笼头缰绳的,莫不是,换米姨耳朵里听见了什么?素台一下子坐起来,恨不能立马打电话去问,可是,怎么开得了口?且不说跟换米姨隔着一辈儿,就算是小鸾这样的平辈儿,也不好张口问这些个有风没影的私房话儿。仔细想来,跟增志这么多年,倒都是自己一向飞毛爹刺的,增志时不时地要来理一理顺一顺。增志怕媳妇的名气,还不是这么得来的?素台心里笑了一下。自己体格柔弱,一辈子就生养了云儿一个,甭看是个丫头片子,在增志跟前,怎么就从来没有觉出这是个短儿来?要说这闺女被惯得不像样子,头一个就该怨增志。当爹的恨不能天天把闺女含在嘴里!如今,闺女渐渐大了,增志才稍微收敛了些,饶是这样,还是和闺女疯起来没够。不像话!真是不像话!素台想着他们爷儿俩没大没小的样子,就恨得咬牙。这几年,闺女跟她,反倒是客气起来。弄得素台这个亲娘,倒有点上赶着的意思了。

窗户半开着,有夜风悄悄溜进来,把纱帘撩拨得一荡一荡。不知道什么花的香气悄悄漫过来,一阵子一阵子,有点甜,又有点微微的腥气。谁家的猫在喵呜喵呜叫着,叫得人心里慌乱。树影子借了淡淡的月光,印在窗子上,一枝一叶,活泼泼的,竟是十分的生动。

　　昨天夜里的事,怎么说,想起来就叫人脸红。增志这畜生养的,不知道从哪里学来的!低声下气地,百般央求,她怎么肯?这下流种子!谁会想得到呢,竟然为了这个,头一回跟她翻了脸。素台气得心里突突突突乱跳,又不敢大声骂。待要人问起来,这种事,怎么能说出口?夫妻两个过了半辈子,但凡有一点口角,哪一回不是增志服软儿,先给她低头?眼看着快奔四十岁的人了,谁承想,竟然翻脸在这个上头!增志老实了一辈子,这些个不三不四的东西,不是从外头学的,又是什么!素台越想越气,把一颗滚烫燥热的心,渐渐灰了。枕头上湿漉漉的,碗大的一片,都是泪。身上一阵凉,一阵热,只觉得对面梳妆台的镜子里,一明一暗的,好像有一百个人影子在里面藏着,鬼鬼祟祟的,巴巴等着看这一家的好戏。素台呼的一下坐起来,坐在黑影里,怔怔地看着那镜子一明一暗,一暗一明。

　　增志俯身过来,涎着一张脸,脸上是不尴不尬的神色,好像还有一肚子怨气。也不说话,只把一双眼睛看着她,好像是,一个饿极了的孩子,眼巴巴地,盯着大人一动一动吃东西的嘴。素台一下子心软了。雷声从远处隆隆地滚过来,越滚越近,猛然间竟在耳边炸响了。闪电夹杂着银的蓝的紫的刀子,把黑夜撕开一道道口子,像是狂怒,又像是狂欢。雨点子落在身上,鞭子一样,把人追赶得无处躲避。跑啊跑啊,就到了一个高的悬崖边上。她紧着身子,颤抖着,向后退着,退着,不留神一个失足,竟直直地坠了下去。素台哎呀一声,醒过来了。

　　窗子上已经爬满了霞光。麻雀在窗台上叽叽喳喳地叫着,叫得人心乱。看看身旁,是空着的。她激灵一下就全醒了。难不成,增志昨夜没回来?

素台蓬着头,光着脚,屋里屋外查了一遍,也看不出什么痕迹。有心打手机问一问,又放不下来脸儿。心里又气又怕,也不好声张。

　　伺候闺女吃罢早饭,正心神不定,英子来串门儿。素台招呼她坐下,英子抱着一大缸子花茶,一面喝,一面说起了美容院的事。桃花排毒,玫瑰花养颜,金银花清内热,一套一套的。素台也无心听她啰唆,只好有一句没一句地敷衍着。英子见她整个人没魂儿,便笑道,是不是,增志昨夜里没治你?素台一惊,赶忙问,你怎么知道?英子早笑倒在那里,好个不害臊的老婆!素台知道是说露了馅儿,赶紧把话圆过去,说听岔了——你这个坏肠子!英子笑得喘不上气,指着素台,一句话都说不出来。正闹着,小鸾撩帘子进来,手里拿着一把香椿,见她们这个样子,便问怎么了,老远就听见你们笑。英子正要把方才的话学一遍,素台扑上去要撕她的嘴,被小鸾拦下了。英子嘴快,到底是把那笑话说了,逗得小鸾也笑得东倒西歪的。素台被她们取笑了,又羞又恼,在自己家里,又不好摔门子就走,只有按捺着性子,给她们俩端出一小篮子葵花子,笑骂道,吃吧,赶紧吃,看能不能堵上你们的嘴!小鸾说,这就是你院子里栽的那几棵望日莲?我尝尝好不好。一面嗑着葵花子,一面又说,这香椿是头茬,采了一把你尝尝鲜。又对着英子说,今年长得不好,等二茬吧,过几天我给你送家去。英子噗噗噗噗地嗑着葵花子,斜着眼说,我多早晚吃过你的香椿?怕没这个口福!小鸾听了也不恼,只是笑。小鸾今天穿一件海棠红的衣裳,头发乌溜溜的,衬了满月般的一张脸,十分俊俏。英子说,小鸾你这张脸,气死美容院。英子说素台你也去美容院美一美吧,留着那么多钱干吗呢,又不能下小钱。素台问,怎么个美法?多少钱一回?英子说,刚开业,三折,一回三十块。小鸾吐了吐舌头,说我的亲娘!三折还三十,原价可不就九十?英子说,这光是护理,治疗的更贵哩。小鸾说,慢说九十,三十块,就够到集上割三斤猪肉了。英子笑,瞧你那点子出息!小鸾说,可不是?三斤猪肉,一家子吃饺子,顺嘴流油,富余着呢。素台说,个馋嘴老婆,三句话离不开吃字。小鸾说,站着说话不腰疼!有那份闲钱,白扔给什么美容院?你们男人有本事,钱多得叫唤!饱汉子不知道饿汉子饥!小鸾说这都是各人的命,人各有命哪。素台正待要问一问美容院办卡的事,见小鸾这样子,又咽回去了。几个人就嚓嚓嚓嚓嚓嚓地嗑葵花子,扔了一地的壳子。嗑着嗑着,英子忽然问起了增志。说,怎么不见增志?厂子里忙不忙?素台说忙,忙着哩。一天到晚瞎鸡巴忙。英子笑道,瞎鸡巴忙不碍事,别是鸡巴瞎忙,就够你哭了。素台笑道,管他!爱忙不忙。谁愿意要谁拿去,我还不稀罕。英子笑,你看你,要是把你扔锅里炖,浑身都烂了,就只剩下这一张硬嘴。小鸾也笑道,嫂子和增志哥最是恩爱,蜜里调油一样,胳膊离不开腿。村里人谁不知道?增志哥是个怕媳妇的。英子说,什么话!人家那不是怕,分明是疼。增志疼媳妇,可是出了名的。素台听她们你一言我一语的,句句都戳在自己的心尖子上,鼻腔里辣辣的,眼睛里就蓄满了泪,佯装去拿东西,转身出了屋子。

一院子的树影乱摇,把太阳光弄得七零八落,有点恍惚。衣架上晾着昨晚洗的衣裳。增志的衬衣宽宽大大的,还有牛仔裤,老长老长的裤腿,又在那里,像是随时要迈步走出去。素台把那衣裳看了半晌,心想这个挨千刀的,到底去哪里了?他也敢!这真是大闺女上轿,头一遭。又一想,有了头一遭,就难免有下一遭。心里越发烦乱起来。越想越乱,身上就燥燥地出了一层细汗。正寻思着,听见屋里英子小鸾她们叽叽咕咕笑,也不知道在笑什么,心里只盼她们快走。偏偏大门口又有人叫她,素台赶紧抬起头,硬是把那一腔热辣辣的东西逼了回去,一面应着,一面往门口走。

第五章
小鸾是个巧人儿

不知道什么花开了。
花开的时候有声音,人们听不见。
花一季一季的,什么季节开什么花。
花开了就开了。
花败了就败了。
好花不常开。

吃罢晚饭,小鸾便一头趴在案子上,比比画画地,裁衣裳。

占良一面收拾碗筷,一面问,这灯暗不暗?又抬头看看那灯泡。灯泡度数不大,悬挂在裁缝案子上方,投下一片黄晕的光,小鸾正好被罩在那片黄晕里,一头卷发雾蒙蒙的,飞着一根一根的金丝银线。见占良问,回头横了他一眼,赌气道,把这双眼睛熬瞎算了!占良赶忙赔笑道,乱说!那我可心疼死了。小鸾说,今儿个叫唤婶子又拿过来一件棉袄,指名要大襟儿的。如今谁还做大襟儿的?又费事儿。占良说,叫唤婶子?怕不是她穿吧?小鸾说,是她那老娘。八十岁的人了。占良说噢,老人家的活儿,你细致点儿。小鸾说,乡里乡亲的,我也不好推。这活儿忒费事儿,又挣不了个仨瓜俩枣的。占良说推不得,那哪能推?小鸾叹口气道,我这一天到晚的,白忙活。占良这边已经收拾完毕,把吃饭桌子搁起来,往墙根那儿一靠,奉承她,我媳妇多能干哪。小鸾翻他一眼,说少来!给我灌迷魂汤,把我灌晕了,给你们当牛做马是不是?

蛋子过来,举着作业本,问小鸾。小鸾头都没抬便说,去去去,问你亲爹去。蛋子噘着嘴,就去问他亲爹。占良把作业本拿过来,爷儿两个趴在那里,嘀嘀咕咕弄了半晌,占良叹口气道,唉,真不行了,早先学的那一点儿,这些年都就着卷子吃光了。小鸾训斥道,你这小子,怎么不在学校里问老师?老师就是咱花钱雇的,你不用他你就吃大亏。小鸾说现在打电话去,去问你们老师。蛋子刚要转身走,又被小鸾叫住了,还是赶明儿去学校问吧,省点电话费!占良看她五马长枪的样子,便笑道,好家伙,这么厉害。

看把孩子给吓傻了。

小鸾恨道,也是一个不长进的货!占良听这口气,也不敢替儿子争辩,就摸索出一支烟来,又摸出一只打火机,慢悠悠地点上,不一会儿,屋子里便弥漫起一片呛人的烟味。小鸾咳嗽起来,嘟嘟囔囔地抱怨着,像忽然想起来似的,问占良厂子里的事。这个月工资快开了吧?奖金有没有?那个狐狸眼,是不是真离了?问一句,占良答一句。问着问着,小鸾就问烦了,嫌占良嘴拙,赌气不理他。

占良就吸烟。屋子里静悄悄的,只有小鸾的画粉在布料上擦擦擦擦擦擦的声音,还有剪子咔嚓咔嚓咔嚓的绞布声。有一时安静下来,却听见小虫子们的叫声了,咯吱咯吱,咯吱咯吱,咯吱咯吱咯吱,也不知道是在院子里的墙根底下,还是藏在门口的草棵子里。叫一声儿,歇一会儿,再叫一声儿,再歇一会儿。刚听出一点儿头绪,忽然间竟连着叫了好几声儿,把人吓了一跳,待要细听时,却又不叫了。有那么一点淘气的意思,又好像是,故意跟人逗着玩儿,逗惹人的好性子。

小鸾说,贵山家二婶子刚出院回来,该过去看看。占良说,是该。你过去还是我过去?小鸾说,这倒不碍事,你不是忙吗,见天儿也没有个钟点儿。小鸾说我过去坐一下吧,拿二斤鸡蛋?少不少?占良想了想说,再提上一箱子奶吧。都七十多岁的人了。小鸾鼻子里哼了一声,就你懂!小鸾说,他奶奶过去看了没有?占良说看了吧,她们老妯娌俩,一辈子要好。小鸾冷笑道,说什么要好不要好的话。谁不知道她们之间那些个事儿?占良皱眉说,老辈子的疙里疙瘩,你管那么多干啥?真是。小鸾说,我管得着吗我?好像谁乐意管那些个破事儿似的。小鸾说不是我说,他奶奶一辈子老好人儿,可那是在外头。窝里横!拿着皮肉倒往人家外人身上贴!占良听她絮絮叨叨的,一时不耐烦,就要往外走。小鸾叫住他,哎,你去哪儿?这都几点了?占良说我去尿泡尿,总行吧?

早晨起来,小鸾收拾完家务,梳洗一番,换上一件素净衣裳,就出了门。

街上很安静,偶尔看见一两个闲人。是个半阴天儿,恍恍惚惚的,像是没睡醒的样子。太阳躲在云彩后面不肯出来。云彩一大朵一大朵的,一眼看上去,好像是一匹马,再看一眼,又好像一只羊了。露水挺大,空气里湿氲氲的,一把能掐出水来。远远望去,有极轻极薄的一层雾气,一会儿拢起来,一会儿又散开去。树木啊房子啊花花草草啊,像是浸在水里面,一漾一漾的,叫人疑心不是真的。正走着,迎面影影绰绰过来一个人,小鸾仔细一看,一颗心止不住怦怦怦怦乱跳起来。

中树老远就把眼睛眯起来,像是看不清,又像是调戏的意思,直到走到跟前,才像是猛然惊醒的样子,嘴里丝丝哈哈地吸着冷气,一迭声只管哎呀呀哎呀呀的,也说不出什么来。小鸾心里恼火,也不好摆在脸上,便搭讪道,吃了?预备错肩走过去。不料中树却道,怎么了这是?看这嘴噘得,能拴住一头驴。小鸾听他口气轻薄,就不打算理他,却被他叫住了,是他——欺负你了?小鸾一听便火了,冷笑道,真是闲吃萝卜淡操心。跟你有一分钱的关系?中树见她火了,反而笑了,看你那个厉害样儿!啊呀呀真是,越生气越好看。中树说我不是看你不喜欢嘛。小鸾说,怎么不喜欢?我喜欢得很。白天黑夜,我没有一时不喜欢的。中树见她脸儿气得红红的,搽了胭脂一般,一时看呆了。小鸾趁他不防备,扭身便走。中树在身后哎哎哎哎地,赶不是,不赶不是,也不好叫名字,也不好叫妗子,眼睁睁看她走远了。小鸾咬着嘴唇,又是气,又想笑,终归是忍住了。

一进院子,贵山媳妇正端了一盆水出来,见了小鸾,便笑道,哎呀,这么早。吃了没有啊?一面问,一面拿眼睛瞅小鸾手里的东西。小鸾赶忙说,吃啦。上班的上班,上学的上学,都打发走了。我才腾出空儿来,过来看看二婶子。贵山媳妇忙说,在屋里躺着呢。也没有大碍,倒还让你牵挂着。一面把水盆子就地儿放下,把小鸾往西屋里让。

西屋里倒还算宽敞。老式的房子,迎面摆着条案,墙上挂着神,前面供着一盘果木。二婶子半歪在炕上,听见说话声,扎挣着要坐起来,被小鸾慌忙劝住了。贵山媳妇拿了一个枕头,塞在她背后,叫她半靠着。小鸾问了问病情,又问了问饭量,问吃的是什么药,是在县医院看的,还是在中医院?贵山媳妇都代她婆婆一一答了。又说了一些个劝慰养病的话儿,二婶子只是点头。小鸾看她半歪在枕头上,焦黄的一张脸儿,瘦得厉害,眼窝子深陷着,眼睛里一闪一闪的,仿佛有泪光。小鸾也不敢深问,又同贵山媳妇说了一会子闲话儿。正预备起身要走,院子里有人说话,贵山媳妇赶忙答应着出门去看。贵山奶奶抖抖索索的,把一只手掀开被窝叫她看,小鸾迟迟疑疑地凑过去,一股尿臊气扑面冲过来,细看时,只见那整个褥子,千补丁万补丁的,都湿淋淋的透了。小鸾捏着鼻子,不由得哎呀一声,刚要说话,二婶子赶忙冲她使眼色,一面拿手指了指外头,摇摇头,闭上眼,两颗泪珠子慢慢滚下来,滚到半道,却被一道深褶子拦住了。小鸾替她把被子掖一掖,正不知怎么办才好,见贵山媳妇已经进屋来了。小鸾赶忙起身告辞,把带来的鸡蛋牛奶一一放在条案上。贵山媳妇一迭声地嚷着,推着,追出来,打架似的,硬要她拿回去一个点心匣子,说是给蛋子吃。小鸾推不过,就只好拿了。

天还是半阴着,却好像是亮了那么一点点。抬头望去,还是看不见太阳的影子。天上的云彩一会儿一个样子,一会儿一个样子,叫人捉摸不定。杨花早已经飞尽了,只偶尔有那么一两朵,零零落落的,有心无意地飞下来,也就罢了。要不了几天,一阵子东风,或者是,一阵子雨水,新叶子就该发出来了。芳村这地方,大平原上,四季分明得很。该热的时候热,该冷的时候冷,一点儿都不马虎。因此上,这地方的人们,穿衣裳也从来没有为难过。都说二八月,乱穿衣,这样的时候,也是有的,只不过是那么三天两早晨的事儿。比方说眼下,小鸾穿了一件薄薄的小布衫,走了这么一会子,竟然感觉到有点热了。小鸾把领口的扣子解开了一个,心里头仍是躁躁的,手心里湿淫淫的,全是汗,那点心匣子的绳子滑溜溜的,有点勒得慌。小鸾低头看着那亮闪闪的盒子,上面写着石家庄的字样,心里暗想,这八成是贵枝寄回来的。也不知道,贵枝知不知道自己的娘在家里受的这份罪。石家庄这么近,又没有隔着山隔着水,怎么就不能抽出空儿,回家来看一眼?人哪,都一样。是往下亲,不往上亲。

正胡思乱想着,老远见小令骑车子过来,到了跟前,也不下车子,把腿一叉,说你这是去哪儿啦?大清早的。小鸾说,贵山家二婶子身上不舒坦,我过去看了看。小令说噢,倒没有听说。几时的事?小鸾说我也是才听说。那天丑货说了句,借的是他家的车。小令噢了一声,照说我也该过去看看,贵山家跟我婆婆这边,认的是干亲,早些年走动得勤,这二年倒不大走动了。小令说如今我这光景也过得巴结,人穷气短哪,都变成不出礼儿的人了。小鸾见她叹气,便劝道,过去看一眼,也是那么个礼儿,什么东西不东西的。小令说那倒也是。不过,哪有白过去一趟的?挺大个人了,空着两只手,看着也不像。小鸾又劝了几句,小令只是摇头,又叹口气,上车子就走了。

院子里树多。平日里倒不觉得,今儿也不知道怎么了,东一片西一片,满眼里都是落下来的杨花柳絮。小鸾对着那些花絮发了会子呆,抓过把笤帚,就哗哗哗哗哗哗地扫起来。一只大白鹅走过来,摇摇摆摆的,嘎嘎嘎嘎嘎嘎嘎,聒噪个不停,小鸾拿笤帚轰它,它竟然叫得越发欢了,惹得另外一只也凑过来,伸着脖子,同这一只一唱一和地呼应着。小鸾骂道,叫叫叫,叫你娘的脑袋!正骂着,瞥见自行车筐里横着一个包袱,心下疑惑,打开一看,是一块布料。正琢磨是谁送来的活儿,手机却响了。

素台在电话那边问,大清早的,跑哪儿去了?小鸾就把贵山家二婶子的事儿说了。素台说怨不得,我过去了一趟没有人,才打家里电话也没有人接。素台说她爹的衣裳,还得麻烦她。小鸾埋怨道,这话说得,就远了。嫂子还跟我这么见外。素台压低嗓子说,是送老衣裳。我特意买的料子。你给裁剪好了,叫我姐做。小鸾赶忙说,这是哪里话?嫂子你要是信得过我的手艺,我裁好做好了给你送家里去。素台笑道,哎呀这怎么好意思,你的手艺我还不知道?说实话,这绸缎料子又光又滑,泥鳅似的,一般人还真是不好下手。小鸾笑道,嫂子你放一百个心。素台又客气几句,才挂了电话。

晌午饭就小鸾一个人。小鸾把头一天的剩饭热了热,没滋没味地凑合吃了一口。歪在床上,胡乱翻着那本裁剪大全。沉甸甸的一大本,都被翻得卷了边儿。上面各式各样的衣裳样子,被同一个女人穿着,竟穿出各种各样的滋味来。小鸾自小就是个手巧的,手巧心也巧,全凭着自己琢磨,竟练得一手的好针线,能裁会铰,在裁剪缝纫上,是有慧心的,一点就透。在娘家做闺女的时候,小鸾就是个出了名的巧人儿。等到嫁过来,历练得越多,越是出色了。这么些年,村子里的人,有几个没有穿过小鸾的针线的?自然也不算白干活儿,人情肯定是有的。谁也不傻,谁的心里没有一本账?早些年,各人有各人的法子。几个鸡蛋、一碗饺子,即便是自家地里种的瓜瓜茄茄的,笑着送过来半筐,也是一份热乎乎的意思。可这几年,却渐渐地变了。也不知从什么时候,人们都开始给手工费了。真金白银的,叫人难为情。小鸾推了几回,知道推不过,也就笑嘻嘻收下了。人们都说,如今哪有叫人白攒忙的?谁的工夫不是工夫?如今哪,什么都有个价儿。有了价儿就好说话了。比方说,薅草,一亩地多少钱,浇地,一亩地多少钱,这里面也有分别,玉米地多少钱,麦子地多少钱,棉花地豆子地多少钱,庄稼地不一样,有苦也有闲嘛。再比方说,起一圈粪多少钱,拉一车煤多少钱。大概的价钱都是一定的,少给或者不给,那是另外的一回事。少不得承人家的一个情分嘛。小鸾也叫占良做一个价目表,贴在裁缝案子旁边的墙上。起初占良不肯,觉得脸面上不好看。一个村子住着,不是沾亲就是带故的,怎么好意思?后来终于拗不过小鸾,还是照做了。

不知什么时候,外面竟有些晃开了。有一缕微微淡淡的太阳光,正好落在那一张价目表上。大红的底子,黑色的字。占良的那几笔字,实在是寒碜得很。歪歪扭扭,屎壳郎爬似的。小鸾是看一回笑一回。占良呢,也不恼,嘿嘿嘿嘿笑着,对小鸾的那一张刀子嘴,倒像是十分受用的样子。小鸾叹口气。怎么说呢,占良这个人,也就这一点儿好儿,厚道。要说笨呢,也不是笨,要说傻吧,却也说不上。总之是,占良这个人,好就好在这里。结婚这么多年了,两个人竟从来没有红过脸。自然了,有很多时候,小鸾气不顺了,也会拿自家的男人杀杀性子。小鸾除了会裁缝针线,最拿手的一样,便是找碴。逢这个时候,占良总是好脾气地笑着,赔着软话儿,却不肯饯着她的碴口来。实在没法儿,就只有不吭声了。小鸾闹过一场,自己反倒先没了意思,好像是,一拳打过去,遇上的偏偏是一团软棉花。心里是又无趣,又恼火。也就只有罢了。有时候,小鸾平心静气地想一想,觉得实在是委屈了占良。自己呢,也真是犯贱。要是遇见一个性子刚硬的,硬碰硬地来一回,火星四溅的,或许竟服气了,也未可知。

　　想着想着,不知怎么就想到了中树。那一回,中树媳妇送来一块布料,又打发中树来家里量尺寸。小鸾就拿了一把软尺,仔细地给他量。一面量,一面把尺寸记在纸上。中树规规矩矩地伸着胳膊,任她在身上摸索来摸索去。两个人东一句西一句地说着话儿,也不知怎么,忽然就都不说了。小鸾抬头一看,中树的眼睛直勾勾的,仿佛是丢了魂儿一般。顺着他的目光低头一看,才发现自己衣领子里面的光景,尽被他偷看去了。心里一急,两颊上就飞红了一片,刚要开口骂他,那张着的两只胳膊一下子却把她搂住了。小鸾又气又急,想抬手打他,却动弹不得。中树的一只手早把她的衣领子撕开,一俯身含住了她。小鸾哎呀一声,竟是一句话也说不出来了。

　　这都是什么时候的事了?也不知怎么,这会子小鸾倒又想起来了。这个不要脸的,缺德货。论起来,还要叫她一声妗子,不想竟是这么的放肆。真是把人气疯了。想起中树那天的样子,满嘴的肝儿啊肉啊的叫着,温存得不行,像是要把人弄化了。一下一下地,每一下都好得说不出来。小鸾尖叫着,简直就要死过去了。门外的大白鹅,一声一声地,同她应和着,越发叫人起性儿。小鸾一面叫唤着,一面担心着外面的大门。真是疯了,大门竟都没有关!两个人做贼似的,是又怕又好,又好又怕。越怕呢,越好,越好呢,却越怕。大白鹅的叫声附和着小鸾的叫声,一声高,一声低,一声大,一声小。一时间竟是难舍难分。

　　小鸾抬手摸一摸脸颊,滚烫滚烫的,像是着了火,身上却是软软懒懒的,知道自己是不行了。心里暗骂自己不要脸。又骂中树那个小流氓,牲口下的。那流氓后来再见了,也不管在哪里,涎着一张脸,一口一个妗子,问她怎么样,好不好?小鸾气得咬牙,想骂他两句,却又怕旁人看出什么,只有悄悄忍着羞臊,拿出正经妗子的样子,同他说话儿。那中树趁周围没人,便凑在她耳边轻轻说一句,小鸾的心嘣嘣嘣嘣乱跳,像是随时就要跳出来了,一张脸红得,同血滴子相似。

后来,中树几次撩拨,小鸾便不肯再让他近身。

其实,这中树原是村子里的二流子,出了名的游手好闲,专会偷鸡摸狗。庄稼活儿上,竟是一样儿都拿不起来。家里穷得,有了上顿没下顿,叮当乱响,却最是个甜嘴蜜舌的风流种子。村里的大闺女小媳妇,都老远地躲着他走。乡亲辈儿,瞎胡论儿。中树这一声妗子,也不知道是从哪里说起的。要认真论起来,中树他娘,算是刘家院里的干闺女。家里光景凄惶,又加上中树名声在外,他娘死得早,这爷儿两个,两条光棍儿,天天冷锅冷灶,睡了这么多年的冷炕。都道是这一家这一辈子一眼望见了头儿,就这么混过去了,谁知道世事难料。这些年,中树东游西逛的,走南闯北,倒眼见得发达起来了。听说做的都是大买卖,又是倒汽车,又是贩猪崽,还在城里承包了几家加油站,富得流油。盖了楼,买了车,把他爹供养得又白又胖,天天搬个小凳子,坐在大门口吹牛皮。这中树又不知从哪里勾引来一个黄花闺女,仙女似的一个人儿,三媒六证,风风光光娶到家里来。家里有了女人,日子越发红得火炭似的。芳村的人们都惊得直喊亲娘,自此再也不敢小看了中树。

小鸾心里头乱纷纷的,忽然翻身起来,从床垫子底下摸出一把钥匙,把衣柜里那小抽屉打开。是一只金戒指。小鸾把它托在手掌心里,左看右看,又把它戴在左手的无名指上,伸直了手端详。想不到那中树竟是一个有心的。结婚这么多年了,占良可什么东西都没给她买过。有时候,看着素台她们手上的金戒指,脖子上、耳朵上的金银玩意儿,再看看自己光秃秃的一个人儿,小鸾也不免心里委屈,但也只是那么一会子,便又过去了。那些金银玩意儿，不过是有钱人烧得慌，臭显摆。是当得了吃呢，还是当得了喝？早先呢，小鸾也是一个心思花哨的人儿，做闺女的时候，也做过一些雪月风花的乱梦。可是后来，后来嫁给了占良，小鸾的那一些枝枝权权的小心思，便渐渐地给磨平了。梦呢，也偶尔有过，只是知道了不能当真，也就当做梦一场了。可谁会料得到呢，如今，这只黄澄澄的金戒指，竟又把她的那些个梦唤醒了。

听见脚步声，小鸾慌忙把自己的梦收好了，锁起来。刚关上柜门，却见婆婆撩帘子进来。婆婆也不等让座，自己找地方坐下，跟小鸾没话找话。小鸾知道她这是有事儿，故意地不问，看她怎么说。婆婆东拉西扯地说了会子闲话儿，忽然说，贵山家，你二婶子，听说病得不轻。小鸾心想，果然是来说这个的，嘴里说，是啊，我也听说了。今儿个前晌，我过去看了看。婆婆噢了一声，问她拿了点什么。小鸾说，二斤鸡蛋，还有一箱牛奶。婆婆又噢了一声，便不再说了。小鸾知道婆婆和那二婶子素来不和睦，便说起了二婶子的病。小鸾说二婶子瘦得不轻，眼窝子都塌下去了。小鸾说二婶子的饭量不行，吃得忒少，人不能吃了怎么行？小鸾说看这样子啊，二婶子这一关怕是难闯。婆婆只管听着，一会儿点头，一会儿摇头，却不说话。小鸾说二婶子还跟我掉了泪，二婶子这么刚强的一个人——婆婆一惊，问怎么，她哭了？小鸾说是啊，看样子有话要说。婆婆说，当着贵山媳妇？小鸾说没有，贵山媳妇出去了当时。小鸾有心想跟她说说二婶子那尿湿的破褥子，想了想，又不说了。婆婆叹了口气，说贵山那媳妇，是个厉害的。见小鸾不搭腔，便赶忙改口说，嘴一分，手一分。过日子的好手。小鸾见她说话颠三倒四，也不点破她，由着她说。一面把素台那块布料拿出来，在案子上比画着。婆婆见那布料亮闪闪的，便问是谁家的。小鸾说是素台她爹的，送老衣裳。婆婆凑过来看，一双粗手，在那绸缎料子上摩挲来摩挲去，刺刺拉拉的，不留神便勾出一些个丝丝缕缕的来。小鸾赶忙说,哎呀看你那手,这料子娇气。婆婆讪讪地笑着,缩回手,看着小鸾把那料子比比画画,看了半晌,忽然说,贵山家,你二婶子,一辈子要强,霸王似的一个人,又爱好儿,家里外头,草点子不沾。婆婆说你二叔活着那会儿,把她疼得呀,什么似的。如今老了老了,唉——小鸾听这口气,莫不是婆婆也知道了什么?便试探道,我今儿个在二婶子那边,见屋里条案上堆着鸡蛋,二婶子这一病,去看望的人想是不少。婆婆叹口气说,这个时候还有什么用?东西都吃不下一口了。婆婆说,人缘儿也不是你二婶子的——她那个性子。贵山两口子,这些年道儿走得忒宽,人家又有,显得又懂人情,又会出礼儿。小鸾说可不是,贵山媳妇是个人精儿。婆婆说,谁家没有老人?谁没有老了的那一天?小鸾听婆婆这话,猜想她八成是去看过二婶子了,想接过话头儿说两句,又一时不知道该怎么接,就只顾低下头,把那料子弄来弄去。婆婆看她顾着忙碌,也觉得没意思,便起身要走,又啰里啰唆地,问起了蛋子。说那天在街上遇见了,蛋子又跟她要钱,不给吧,孩子不高兴,给吧,又怕他瞎花。小鸾听她这么说,知道是给了,故意说,这小子!甭管他。都给惯坏了。婆婆说,我能不给?半大小子了,立在我面前,个头比我还要猛,朝我伸了手,我硬是不给?我这当奶奶的,怎么下得去?小鸾笑道,好啊,你心疼你孙子,就只管给。往后他长大了,再让他孝顺你。婆婆听她说话不是味儿,便扭身要走,一面唠唠叨叨地说,等他孝顺我?嘴上的毛还没有褪干净呢。小鸾埋头干活,只不理她。

婆婆和贵山家二婶子的事,小鸾也影影绰绰听说了一些。也不知道,婆婆这回怎么变了口气了。说起来,小鸾这儿媳妇当得,算是不错了。对婆婆,也还过得去。自然了,婆婆又不是亲娘,隔了一层肚皮,就是不一样。要说多么地亲厚,也说不上,可是小鸾是个要脸儿的人,大面儿还是顾的。占良又没有个亲兄热弟的,只有一个姐姐,嫁到了城关里。婆婆身上穿的戴的,都是小鸾一针一线做的。逢年过节,也照例是从头到脚,新鞋新袜的,都是小鸾操心。一年的养老供奉,也是一个子儿都不少。这些个,都是请了村里管事儿的,写了字画了押的。只为了这个,占良就不能不疼她。

院子里有人说话,小鸾只当是婆婆还没有走,却听见是中树媳妇的声音,出来一看,不是她是谁?

自从和中树有了那一回,再见了中树媳妇,小鸾就十分不自在。笑也不是,不笑呢,也不是,很尴尬了。中树媳妇见她出来,笑道,才和二姥姥说话呢,问妗子在不在家。小鸾也笑道,你怎么这么稀罕?平时请都请不到。中树媳妇说,妗子这是哪里话?知道妗子是个忙人儿,我轻易不敢过来麻烦。今儿个有件事求妗子。小鸾说,你看你,倒真的客气起来了。中树媳妇笑道,我家那侄子媳妇,一两个月就要生了,都说是,姨的裤,姑的袄,我怎么也得给他做一个小袄,费事儿不费事儿?小鸾赶忙说,那费什么事儿?中树媳妇说,我怎么不知道,小娃娃的衣裳最是费事儿,又小,又不好收拾。还有,我妹子还想给这孩子做双鞋,就是老虎头的那一种,我少不得还得再麻烦妗子。小鸾笑道,都不是费事儿的。你放心。中树媳妇扭头对着小鸾婆婆说,二姥姥你看看,你老有多少福分?我妗子这人,真是好得没法儿说。又巧,又好说话儿。小鸾婆婆只是笑。中树媳妇又说,那什么,料子啊什么的你就替我垫上吧,我又不懂这个,也不会买。中树媳妇说最后咱们再一起算。小鸾埋怨道,看你,净说生分话儿。咱们之间,还算的哪一门子账?中树媳妇笑道,该算还得算。亲兄弟,明算账嘛。

这一片,都是平房。院子种了很多树。有钻天杨,有老槐树,枣树也有,这几年倒是肯结果子。屋子旁边,是一棵石榴树,身子已经长歪了,但还粗壮。要不了几天,石榴花该开了,红红火火的,叫人看着心里喜欢。这石榴树本来是两棵,并肩儿栽的,一棵甜石榴,一棵酸石榴。每年八月十五左右,石榴下来了,小鸾都要给左邻右舍的送几个,自己呢,挑了个儿大生得俊的,上供用。婆婆家里也挂着神。小鸾每年都给婆婆留着上供用的好石榴。听占良说,这院子里的石榴树,还是从婆婆院子里移过来的。公公死得早,婆婆守寡已经这么多年了。也不知怎么回事,这个院里的男人们,都不长寿。认真算来,大大小小的,留下来的竟是一群寡妇。听算命的瞎子说,小刘家院里,阴气重。阴气重呢,阳气就压不住。问怎么个破法儿,说是祖坟的事儿。大家就商量着,要动祖坟。动祖坟是大事,族里人牵藤爬蔓的,光召到一起就不容易。这些年,上外头打工的越来越多,东一个西一个,很有一家一家的,有的一年回来一回,有的呢,好几年都不回来了。也是如今人心都散了,商量来商量去,鸡声鹅斗的,竟没有定论,最后也就不了了之了。小鸾就叫婆婆请了神,保着占良蛋子他们爷儿俩,平平安安。平日里香火不断,逢年过节的,更是好酒好菜地供奉着。

小鸾一面照着素台给的尺寸裁衣裳,一面心里盘算着中树媳妇的事儿。这么几年了,中树媳妇都没有来麻烦过她,怎么今儿个倒来了?这媳妇也是个要样儿的,人又长得标致,又不缺钱,衣裳自然都是去城里买有牌子的。看她今儿个那一身儿,杏子红的衫子,偏偏配了一条秋香色的裙子,光着白花花的两条腿,也不怕冻着!那高跟鞋细细的跟儿,把院子踩得一个坑一个坑的,像是羊蹄子印子。好歹也是三十多的人了,打扮得妖精似的,真是不要脸。做小袄倒也罢了,还要做什么老虎头鞋,也好意思开这个口。有钱怎么了?有钱就能把人家支使得陀螺似的,团团转?看她那个轻狂样儿,谁知道是哪里来的外路货!自家男人在外头偷嘴吃,还有脸到处走!小鸾心里胡思乱想,说不清是苦是涩还是酸,当真是百种滋味,一个都不好尝。心头一乱,手下就没准了。偏偏那料子又光又滑,剪子一下子竟然下偏了。小鸾吓得出了一头的热汗,赶忙左右比画着,知道偏差不大,才略略放了心。中树这个该死的,原本就是个风流种子,如今发达了,越发张狂得不知姓什么了。旁的不说,村里那个出了名的望日莲,两个人简直是明铺暗盖,村子里谁人不知呢。也不知道,这个苦果子,中树媳妇那么细嫩的嗓子眼儿,怎么就咽得下去。中树成天价开着车云里来雾里去,轻易不见个人影儿。今儿个倒是稀罕事,不想那么巧,就碰上了。小鸾想起中树那轻薄的样子,脸上滚烫,恨得直咬牙。狗日的。占了人家便宜还不算,竟然那贱老婆也找上门来给我派活儿了!谁稀罕你那几个臭钱!

做晚饭的时候,蛋子放学回来了,一进门就喊饥,嚷嚷着要吃的。小鸾数落道,背着饥布袋哪你!蛋子朝他妈吐吐舌头,做了个鬼脸儿,一溜烟地跑进屋里去了。小鸾把小米淘好放进锅里,又抓了一把豇豆、一把赤小豆,想了想,又抓了一把花芸豆。馏了馒头,盘算着弄个素炒小菠菜,再炒个葱花鸡蛋,蛋子正是长身体的时候,不敢太马虎了。正盘算着,见蛋子咋咋呼呼地跑过来,拿了一块点心,举着给她看。小鸾一看,知道是贵山媳妇给的那点心匣子,气得不行,骂道,馋嘴的东西,谁让你手欠,把那点心匣子拆开了?小鸾说那点心匣子是要给你姥姥送去的,怎么你那爪子就那么快?越骂越气,劈手就把那点心夺过来,却愣住了。那点心已经被咬了个缺口,月牙一样,上面已经星星点点长了红毛绿毛,小鸾呆住了,赶忙叫蛋子吐出来,蛋子哪里肯,被小鸾一巴掌打在脸上,哇的一声哭开了。

占良回来的时候,见娘儿俩正闹得不可开交,忙问怎么了。小鸾只是哭,也不说话。问蛋子,蛋子更是委屈得什么似的,哭得一噎一噎的,小脸儿上一道子一道子的,也不知道是泪水,还是汗水。占良笑道,娘儿俩打架啦?我来判一判——是大的没理还是小的没理——不想小鸾起身嗵嗵嗵走到案子前,一把把那案子掀翻了,上面的针头线脑儿、剪子尺子,连同衣裳料子稀里哗啦地散了一地。小鸾一面哭,一面发狠道,我今儿个把我这双贱爪子剁了!这辈子再也不伺候人!占良看她气得脸儿黄黄的,也不敢拦着,更不敢劝。又见她嗵嗵嗵又走到厨房里,把那一锅粥一股脑地推翻了,登时地下像是开了颜料铺子,红红黄黄一大片。只听小鸾哭道,刘占良,这日子没法过了!我要跟你离!占良见她这样子,气得直哆嗦,也赌气道,撒什么泼?离就离!小鸾哭道,谁不离谁是大闺女养的!

夜深了。芳村的夜,又安静,又幽深。月亮在天上游走着,穿过一朵云彩,又穿过一朵云彩,再穿过一朵云彩,一时就不见了。地上的庄稼啊房屋啊草木啊,也跟着一阵子明,一阵子暗,有一阵子,竟然像是被洗过一样,清亮亮的,格外分明。玻璃窗子上影影绰绰的,落满了树影子。也不知道是什么花开了,香气浓得有点呛鼻,叫人忍不住想打喷嚏。

蛋子早哭累了,歪在沙发上睡着了。占良正在厨房里收拾那一地的残局。小鸾呢,趴在缝纫机上,卖力地蹬着机子。咯噔咯噔,咯噔咯噔,咯噔咯噔咯噔咯噔。这声音听上去有点单调,但在这静悄悄的夜里,却传得很远很远。

第六章
向日葵又叫望日莲

是晴天。天上有几块云彩。有一块我认得,有两块我不认得。那块我认得的,它是芳村的。另外两块,是风吹过来的。或者,它们来自东燕村;或者,它们来自西河流;或者,就是小辛庄的那一块,也不一定。

风能改变云彩的命运。变成一阵雨水,变成一道闪电。有时候,就只是一块云彩,在一个小孩子眼里,是一匹马,或者一只羊。在一个男人眼里,是一个女人,汁水鲜美,可以日夜啜饮。

从大全办公室出来,望日莲一颗心怦怦怦怦,跳得厉害。

走廊拐角处正碰上鸡屁股嘴。鸡屁股嘴是永刚媳妇,本名叫作会肖的,是芳村有名的事儿娘儿们,一张嘴,简直是鸡屁股,不挑地方,随处乱拉,专好播弄是非。望日莲生怕她看出什么,不想同她闲扯,就装作匆忙的样子,急急地下楼来。不想却被鸡屁股嘴一把拽住了。鸡屁股嘴眼睛一挤一挤的,也不说话,直看着她的胸口笑。望日莲被她笑得发毛,低头一看,才知道是忙乱中系错了扣子,脸上就腾地红了,不由咬牙恨道,鸡屁股嘴!

这片厂子在村北,原是大片的庄稼地。这些年,庄稼是早就不种了,树却都长得盛,多是当初种在田边地角的。大片的厂房,卧在深的浓荫里,在阳光下,仿佛笼着一阵一阵的绿烟。厂区门口泊着车,也有三轮车,也有自行车,也有电动车,也有摩托车,也有小轿车,各式各样。太阳透过树枝子,落在这些铁家伙上,反射出一片白亮亮的光,直灼人的眼。

天气热,下午的光阴就格外难挨一些。厂子里,到处弥漫着皮革的味道,不是臭,也不是酸,是又臭又酸,还有那么一股子不好闻的腥气,烘烘的,像是挤满了热腾腾的动物,气咻咻,湿漉漉,叫人心口烦闷,一时喘不过气来。这个缝纫车间,是女人们的天下。缝纫活儿么,到底是女人们的拿手戏。在这里上班的,有田庄的,有小辛庄的,也有西河流的,也有苍家庄和东燕村的。自然了,还是芳村的要多一些。家门口嘛。在家门口上班,难得的是近便。上着班,家里地里两不误。这些个女人,平日里叽叽喳喳,鸡声鹅斗的,现在却仿佛快睡着了,木木的,只埋头忙自己的活儿。缝纫机的声音响成一片,哒哒哒,哒哒哒哒,哒哒哒哒哒哒。外面的蝉也仿佛赌气似的,喳——喳,喳——喳,喳——喳——望日莲低头看一眼皱巴巴的衣裳,心里跳了一下。

电扇在头顶转着,不紧不慢的,吹过来的却是一阵子一阵子的热风,夹杂着皮革和人肉混合的味道。汗水像是小虫子,在身上慢慢蠕动着。衣裳紧贴着身子,想必是湿透了。胳膊肘子也尽是汗,在缝纫机桌板上,一粘一粘的,撕得难受。鬓角边好像是有汗珠子马上要滚下来了,她赶紧抬手抹了一把。

进来一条短信,打开一看,是大全。大全说,热不热?

热不热?真是废话!再热,狗日的也舍不得给车间里装空调。人比人得死,货比货得扔。这话说得真是对极了。

方才,在大全办公室,那简直是另外一个世界。

空调机浮浮浮浮浮浮地响着,屋子里有一种暗暗的幽香,凉森森的好闻。也不知道,是墙上那个大红香囊的味道,还是因为香案上点着的那一炷香。她只觉得身上的汗水呼啦一下便落下去了,皮肤紧绷绷的,说不出是好受还是难受。大全靠在大班台后面,真皮高背椅子不当不正,吊儿郎当的,倒越显出另一种气派来。乌黑油亮的头发,可以看出清晰的梳子印子。牙黄丝绸对襟小褂,脖子上坠着一个什么物件,藏在衣领子里面,只露出半截子红丝绳。她立在锃亮的地板上,深悔今儿个没有穿那条新裙子。大全却笑嘻嘻地,看着她,慢慢地点头,说好,好,挺好。

这办公室是里外套间,外面办公,里面似乎是卧室,门半掩着。一堂的红木家具,沙发却是真皮的。大班台极大,横亘在两个人之间,好像是,只远远地望上一眼,都费力得很。墙上挂着一幅字画,画的是花开富贵,那牡丹极肥极艳,画得满满当当的,倒有了一种夺人的霸气。那字笔走蛇龙,草得厉害,望日莲看了半响,竟一个也认不出。迎门设着一个香案,供奉着关公。芳村这地方,关公是财神爷,管财路,做生意的人家,都信这个。屋角是一棵巨大的发财树,上面系着大红丝带,种在一尊硕大的青花瓷盆里。印花丝绸落地窗帘,开着一大朵一大朵的雏菊,几乎覆盖了半面墙,整幅的白纱帘,微微拂动着。办公桌上摆着文房四宝。笔记本电脑半开半阖。旁边有半杯残茶,一帧泥人张,杨贵妃凤冠霞帔,又风骚又端庄。

望日莲年纪虽不算大,却也是一个出名的泼辣货,在场面上,尤其是在男人面前,从来不曾犯过怵的,今天也不知道怎么一回事,在芳村这个头号大能人全总的办公室里,竟有些怯了。真是见鬼了。

大全又发来一个短信,问道,好不好?她心里又是一跳。个老流氓!

方才,大全也不给她让座,她就只有在地下立着。白的纱帘垂下来,又轻又薄,把婆娑的树影子都挡在外面。大全坐在那里,悠然地端着烟斗,吸烟。一只手闲闲地敲着桌子,托托托,托托托,很是耐烦。手腕子上,好像是一串佛珠,另一个手钏,却是各色的珠子,也叫不出什么名堂,只觉得古艳怪异。望日莲看着那只手悠闲地起落,心里忖度他也许并没有什么屁事儿。可是,这全总是大老板,第一大忙人,成天脑子里转着,怕有一百桩事儿也不止。哪有闲工夫儿,吃饱了撑的,跟一个小丫头片子藏猫猫儿玩?难不成,是知道了她和学军的事儿?

大全不说话,她也不说话。饮水机开着,隔一会儿咕嘟一声,冒一个泡儿,隔一会儿,咕嘟一声,再冒一个泡儿。大全端着烟斗,自顾吸烟,吸得有滋有味,也不看人。望日莲心里恼火,又不敢发作,只在心里把大全祖宗八辈儿干了一过。

好不容易抽完烟,大全慢条斯理地收拾那烟斗。一面漫看过来,从上到下,把她细细打量一遍。望日莲今天穿了一条半旧的水绿裙子,一头长发随意绾起来,又家常,又清新。大全不由得多看了几眼。

望日莲看他那眼神,心下便明白了几分。不由得冷笑一声。也不待大全招呼,她自己一扭一扭走到冰箱前,打开,挑了一盒酸奶,靠在沙发上,优哉游哉喝起来。大全看她懒懒坐在那里,沙发宽大,越发显出这女人的娇小,又见那粉嘟嘟的嘴唇衔着麦管,一下一下地吮着,哪里还按捺得住,脸上却是不动声色。望日莲斜眼看着他那只肥白的手,依然闲闲地敲着桌子,腕上的珠子们叮当作响。她也不理会,只管慢悠悠地喝酸奶。一只葱管儿似的手,把那绺掉在额前的头发撩开。大全看得心里火烧火燎,却依然坐着,暗骂道,小骚货!像这个骚样子,叫学军那小子,怎么禁得住!真是怪了,傻货那两口子,一对儿老实疙瘩,三锤子砸不出一个响屁,不想竟生出了这样一个闺女。正胡思乱想着,见那望日莲已经立起身来,妖妖乔乔地往外走。水绿裙子坐皱了,褶子琐琐碎碎,随着她的走动一起一伏。大全看得呆了,不由得也立起来,笑道,怎么,这就走了?望日莲这才慢慢地回头,飞了他一眼,笑说全总忙,要是没事,就不打扰了。大全见她那回头一笑,身子早酥了半边,又不好登时放下身段儿来,只有强笑道,哪里话——坐会儿嘛,这大热天儿。

望日莲扭捏了一时,也就坐了。大全这才慢慢踱过来,装着把香炉收拾一番,又续上一炷香。香案上供着时鲜果木,还有一个硕大的熟猪头。猪头的表情并不狰狞,倒有一种嬉皮笑脸的意思。望日莲看着那猪头,忽然觉得有一点眼熟。正胡思乱想,却见大全已经立在眼前,从上往下看着她。

望日莲看着眼前那双黑色懒汉布鞋,半趿着,露出雪白的袜子。石青色桑蚕丝裤子,肥肥大大,闪着一个一个暗暗的小蝙蝠,仿佛马上要扑棱棱飞起来。她一颗心卜卜卜卜乱跳,却只管坐在那里,装模作样喝酸奶。大全俯下身来,衣裳里面忽地跳出来一个物件,定睛一看,却是一个玉坠儿。那玉坠儿翠色极好,碧透青翠,是一棵大白菜的模样。望日莲正看得出神,不想大全已经凑在她耳朵边上,说了一句悄悄话。望日莲没料到他这么放肆,正欲破口大骂,却被他一下子摁住了。望日莲动弹不得,冷不丁飞起一脚,只听大全哎哟一声,却把她摁得更紧了。

日头从西边照过来,晒在窗子上,像是打碎了一块金锭子,明晃晃的,却不再那么晃眼了。黄昏快到了,一天就要过去了。人们这才像是又活过来,嘻嘻哈哈地,扯着张家长李家短。有性子急的,开始偷偷收拾着包,只等着下班的铃声一响,回家做饭。

铃声响了,厂子里一下子就热闹起来。今天不加班,人们像是得了大赦,呼啦啦往外走。

望日莲抬头看一眼老总办公室,见那门关得严严的,一片斜阳正落在那个斗大的福字上,金光闪闪,刺得人睁不开眼。心里便骂了一句。

这个季节的黄昏,来得要晚一些。过了夏至,夏天果真就到了。草木眼见得越发茂盛起来了。在芳村,多的是各种树、杨树、柳树、刺槐、椿树,也有人家栽了枣树、石榴树、苹果树、桃树,却不大见杏树和李子树。都说是桃养人,杏伤人,李子树下埋死人。人们知道杏和李子这东西不好,就索性躲着它们。这地方的人家,也有好花草的,却并不多。若是谁家的廊檐下,或者是影壁前面,栽了美人蕉、夹竹桃,或者是月季,或者是牵牛花,这家的主人,一定是一个爱好儿的。在芳村,爱好儿的意思,怎么说呢,好像是讲究的意思,又不全是。总之是,爱好儿,也有爱干净、爱脸面、爱漂亮的意思。仔细想想,似乎也不全是。其实呢,这地方的人家,更多的是种菜。比方说,在自家的院子里,搭上一个丝瓜架。丝瓜这东西,牵藤爬蔓的,长得疯快。开花的时候,是一朵一朵的黄花,明艳极了。丝瓜呢,一条一条垂下来,累累的,十分地喜爱人儿。或者是,种架豆角。架豆角讲究的是搭架子。用细的竹枝子,或者干脆就用棉花秸子,仔细搭好了,专等着那豆角蔓子往上爬。这种架豆角开一种小紫花,一簇一簇的,晴天是欢喜的意思,雨天呢,又是哀愁的意思。这样的菜,又可吃,又可看,芳村人都喜欢。

回到家的时候,饭桌子已经摆出来了。傻货还在菜畦里忙碌,他媳妇正把一碗炒丝瓜端出来,见闺女回来了,便欢喜地叫道,莲回来了,快洗手吃饭。又回头叫傻货。傻货把一把野蒿子扔出来,蹲在一旁,看着闺女洗手。

晒了一天的院子,这个时候才有些凉快了。蝉躲在老石榴树上,喳——喳——喳——喳——叫得人心烦。不知道谁家的孩子在闹脾气,一声一声地,哭个不休,引逗得那大白鹅也叫起来,嘎,一声,嘎,又一声,嘎,又是一声。

傻货媳妇见闺女恹恹的,便把手探过来,摸了摸她额头,又试了试她自己,自言自语道,不烫啊。莲?望日莲不耐烦道,没怎么。吃你的。爹娘互相瞅了一眼,见闺女脸色不对,就不敢再啰唆。一家人埋头吃饭。

晚饭简单。馏卷子、稀饭、素炒丝瓜,还有一个葱花煎鸡蛋,放在她跟前。她见爹娘的筷子只往丝瓜那边走,便啪的一声,撂了筷子,怎么?这鸡蛋里头有毒?不吃我就倒了它!

吃罢饭,望日莲就叫她娘烧水。自己端了一个大塑料盆,关在小西屋里洗澡。她娘守在门外头,隔一会儿,问她要不要热水,隔一会儿,又问她要不要凉水。她被问得烦了,索性不理会。她娘就讪讪地,转身去收拾锅碗。又不放心,过来敲了敲窗子,嘱咐她关了电扇,别贪凉。

这小西屋是她的闺房。屋子里水汽弥漫,灯光也显得昏暗了。镜子里影影绰绰的,是一个妙极的人儿,有红有白,水淋淋的。她对着镜子看了半晌,叹了口气。

很小的时候,望日莲便知道自己生得不寻常。怎么说呢,这望日莲不是好看,自然了,也不是不好看。按照芳村人的眼光,望日莲生得并不端正。望日莲的眼睛不大,却细细长长的,微微有点吊眼梢,薄薄的单眼皮儿,像敷了淡淡一抹紫,看人的时候,喜欢斜着眼睛,迷迷蒙蒙的,就有了那么一种说不出的媚气。嘴巴有点大,却大得撩人。偏偏是两颗小虎牙,一笑就尖尖露出来,瓠子籽儿似的,又伶俐,又俏皮。也不知道怎么一回事,再平常的衣裳,穿在这望日莲身上,就显得不平常了。芳村的男人们,有几个不想着她望日莲呢。人们都说,傻货家这闺女,是个厉害人物,改了老刘家的门风了。

天地良心,她可不是天生的望日莲。从小,她就特别会念书。她原是梦想着能够靠了念书,从芳村走出去的。可究竟到哪里去,她竟也说不出。总之是,她绝不愿意像娘那样,一辈子,在一个小村子里打转转,从生到死,去过的最远的地方,就是青草镇。那时候,她老是做同一个梦,梦见她提着箱子,拎着大包小包,从很远的地方回来,走在芳村的土街上,下巴颏儿抬得高高的,有什么东西在胸间涨得满满的,像是马上就要溢出来了。很多年之后,她才知道,那涨得满满的东西,叫作虚荣心。不错,她是一个虚荣的女子,做梦都想能有一天,享荣华受富贵,在人前挺着腰杆子,叫人家高看一眼。从小到大,她是穷怕了。

家里光景艰难,她怨过爹,怨过娘。后来,渐渐大了,她也学会了心平气和。怨什么呢,这都是命。芳村有一句话,树活一张皮,人活一张脸。活着,就是活脸面。刘家的脸面,爹挣不来,娘也挣不来,她只有咬咬牙,跺跺脚,靠她自己了。谁叫她是老刘家的独养闺女?

村委会的大喇叭咳嗽了两声,叫起来。大家注意一下,大家注意一下,通知一个事儿,通知一个事儿——她啪的一声,把毛巾扔进盆子里,溅了一地的水。建信这家伙,八成是又喝高了。听上去,舌头都是硬的,哇啦哇啦的,也不知道是在说什么。

论起来,和建信还算是沾亲。建信他媳妇,是傻货媳妇娘家堂侄女,按辈分,望日莲还要叫一声姐姐的。这建信文化高,人又灵活,是村子里数得上的精明人儿。这二年又掌了权,当上了村委会主任,在芳村,算得上头等人家。傻货两口子呢,人老实,手头也紧,又不知道巴结,遇上事儿,出冷怕热,也不怎么走动。两家就渐渐生分了。

前些日子,上头有了新政策,说是村子里,凡六十岁往上的人,国家按月发给养老金,五十五块。人们都说,这可真难得,不动一刀一枪,在家里白坐着,就能挣到钱了。傻货呢,按实际年纪,还差那么两岁,他媳妇在家唠唠叨叨的,眼气人家能挣钱。傻货也不吭声,被唠叨烦了,就说一声,咱不够嘛,岁数够不上嘛。他媳妇依旧絮絮叨叨,骂国家,骂政策,骂村子里有人弄虚作假。望日莲听她爹娘唉声叹气,也不说话,仔细梳洗了,换了件出门的衣裳,就去找建信。

还是四月,乡下已经有了一点春天里的闲意思。风软软的,空气里有一种甜丝丝醉醺醺的味道。田野里,麦子们绿得恣意,一浪一浪地,远了,远了,远得叫人心里面有一点惆怅,还有一点说不出的滋味,有点酸,有点苦,还有一点什么,一时也说不出。

建信嘴里叼着一根狗尾巴草,看着望日莲把辫梢在手里捻来捻去,嘎嘎嘎嘎笑起来。望日莲白了他一眼,嗔道,笑啥笑!人家都愁死了。

这个季节,麦子已经开始秀穗子了。麦芒长长的,有点扎人。田埂上,灯笼草开花了,粉粉紫紫的,嫩黄的蕊,在风里颤巍巍的,有一点招惹的意思。有白的黄的蝶子,贪恋那一点颜色,没头没脸地撞过去,一下,又一下,不要命似的。

大喇叭哇啦哇啦叫唤了一阵子,又安静下来。望日莲叹了口气,随便套了一件裙子,端着盆子出来倒水。她娘听见动静,慌忙张着湿漉漉的手过来。见闺女洗得清清爽爽,借着月光,一棵水葱似的,想接过盆子,替闺女倒了,却迟了。眼巴巴跟在后头,看着闺女哗啦一声把水泼在菜畦里,嘴巴张着,像是替闺女使劲儿。又搬过一个小凳子来,坐在一旁,看闺女洗衣裳。

望日莲把零零碎碎的小物件洗干净,递给她娘,她娘就帮着一件一件地晾在铁丝上。娘儿俩一时也没话儿。她娘瞅着闺女的脸色,趁机说起了婆家的事儿。

不知道什么花儿开了,香气幽幽的,直往人的鼻子里钻。有水珠子从老石榴树上落下来,落在脸上,凉沁沁的,不知道是露水,还是知了的尿。她娘见她心不在肝上,不由得有点急了,说莲哪,都多大的人了,还不上点心儿。她娘说你看四巧、英娟,还有雪香,孩子都满地跑了——望日莲一口斩断她娘的话头,我的事儿,你们甭管。她娘听她的口气,知道是势不能说动了,急得跺脚道,你大街上走一遭,去听一听,你自己去听一听,人家都说成什么了?望日莲说,说什么了?那些个烂嘴巴的,还能胡呲出什么好的来?她娘气道,你不嫌丢人,我还嫌丢人哩。我和你爹老实一辈子,正经一辈子,你叫我们这张老脸,往哪里搁?望日莲冷笑道,别再提丢人不丢人的话!是,你和我爹老实了一辈子,也窝囊了一辈子!整个芳村,谁肯多看你们一眼?谁把你们当人了?日子过得脱茬露眼的,就不丢人了?她娘给她噎得说不上话来,只把一个指头点着她的额头,浑身乱颤。傻货不知道什么时候已经回来了,抄起一个板凳,高高举起来,待要砸过去,却又砰的一声落下来,正砸在自己的脚面上,疼得一下子蹲在地下。望日莲见她爹娘这个样子,把满盆水哗地泼在当院里,冷笑道,我养汉的时候,装聋子瞎子,我往家大把拿钱的时候,又装哑巴,如今倒是眼明心亮,都来教训我了。好啊。你们是要脸的正经爹娘,偏养了我这样不要脸的闺女。养汉偷人,万人操的,不要脸的破烂货——她娘见她这样子,也顾不得流泪了,吓得赶忙朝门外看,跺脚哭道,小祖宗,亲娘,亲奶奶,你小点声儿,还怕别人不笑话?她一脚把地下的盆子踢开,气道,老鸹笑话猪黑!一个村子住着,谁还不知道谁?谁敢说谁家没有腌臜事儿?谁敢说?她娘听她越说越不像,慌忙把她推到屋子里去。

月光透过窗子照进来,正好落在床头。窗前的牵牛花已经开了,仰着脸儿,张着一个一个的小嘴巴。花影子借了月光,枝枝叶叶印在窗子上。没有开灯,只有月光银子似的,铺了满屋子。望日莲歪在床上,看着窗外那月亮发呆。有蚊子嘤嘤地飞过来,咬她的胳膊,咬她的腿,咬她的脚指头,她也不管。

窗子半开着,浅绿色的纱窗上,趴着一只蝉蜕。有风从纱窗里溜进来,是热风,夹杂着草木的青青的湿气。电扇也没有开。屋子小,真仿佛蒸笼一样。她不是白面大卷子,倒像一颗铜豌豆,蒸不熟,煮不烂,捶不扁,在家里,动不动就硌疼了爹娘的眼。在村子里呢,倒是没人敢当面说闲话。背后的闲话,她可就管不了了。谁人背后没人说?谁人背后不说人?从古到今,有几个是被唾沫星子淹死的?

从她出生,就是在老房子里。二十多年了。老房子好,冬暖夏凉。这都是她自小听惯了的。除了这个,爹娘还能说什么呢。眼见得,左邻右舍的楼房都盖起来,高楼大院子,铁桶似的,直把她家这老房子比得,越发矮小破旧了。更要命的是,出水成了大难题。周围的楼房,地基都垫得高高的,她家就像是落在一口锅里面。雨雪天气,就只有眼睁睁看着四周的水漫过来,淹了自家的院子。爹娘光脚挽裤腿,一盆一盆地往外端,一盆又一盆,一盆又一盆。她从旁冷眼看着。爹娘真是好耐性。她可是受够了。那一回,她夺过娘手里的脸盆子,当啷啷一声扔到大街上,一身的泥水汗水,便去了小白楼。

雨还在下着,一鞭子一鞭子抽着她,头上、脸上、胳膊上,火辣辣地疼。满街筒子的水,白茫茫一片。村委会的小白楼像是一只大船,在雨雾里一时隐了,一时现了。门锁着,几只鸡缩在廊檐下面,咕咕咕咕咕叫唤。难看家的小饭馆里传来猜拳喝酒的声音。她立在大街上,给建信打电话。天上忽然响起炸雷,咔嚓咔嚓,咔嚓咔嚓。建信从饭馆里跑出来,拉着她就往小白楼里跑,一面骂道,不要命了?看雷劈了你!

冲了澡,方才一挣,又出了一身的汗。整个人水淋淋的,像是刚从水里捞出来一般。那只蚊子还在咬她的脚指头,痒得钻心,她实在忍不住,便拿指甲掐。狠狠地掐进去,直到掐疼了,掐破了,她才肯放过。疼了好。这几年,她是真的麻木了。都不知道疼是什么滋味了。像个木头人儿一样,小针小刺,都奈何不了她了。

有短信进来,是学军的。学军问她在干吗呢。她看了一眼,也不回他。过了一会儿,学军的短信又追过来,问她怎么不理他。这学军,到底是个毛躁小子,沉不住气。她看着那短信,还是不回。她就是要叫他急,急得投河上吊要死要活才好。她怎么不知道,学军这东西,是吃硬不吃软的货。

想当初,他是怎么答应她的?娶她,三媒六证,八抬大轿,非她望日莲不娶。红口白牙,赌咒发誓的,直听得她泪水涟涟,掐他不是,亲他不是,在他结实的肩膀头上,咬出了一排牙印子。她抚摸着那一排牙印子,哭着说,她可不是势利眼,她看上的是他学军这个人哪。她爱死了他这个人。爱死了爱死了爱死了。学军给她擦着满脸的泪水,一迭声地说知道知道知道知道。她脸上的泪水却越擦越多,怎么也擦不完。学军就慌了,左也不是,右也不是,只有把她的身子扳过来,再好好地疼她一回。望日莲一面嘤嘤叫着,一面心里冷笑,傻瓜蛋!她怎么不知道,老翟家家大业大,千顷地,一棵苗,学军这个傻小子,是他们老翟家的宝贝蛋。学军他爹翟大全,全总,是方圆百里的首富。

手机静了音,只看见屏幕一会儿闪一下,一会儿又闪一下。也不知道是谁的短信,或者是谁的电话,也不一定。今天下午,全总真是奇怪。在厂子里上班这么久了,她从来都没有去过全总的办公室。厂子里莺莺燕燕的也多,大全又是出了名的浪荡子,见多识广,怎么会把一个小丫头片子放在眼里?还有一条,望日莲的名声也不太好,在村子里瓜葛遍地,等闲招惹不得,弄不好,碍了这个,妨了那个,抬头不见低头见,就不好了。可是,办公室里那一出,又是为了什么呢。她想来想去,竟是左右想不出头绪。莫非是,全总看上她了?或者是,为了学军,试她一试?

胡思乱想了半夜,竟然昏昏沉沉睡去了。醒来的时候,天已经微微发白了。

她娘在院子里喂鸡,一面趴着窗子,看她醒了没有。她翻身起来,这才发现半边身子已酸麻了。原来就这么睡了大半夜,也不曾翻过一回身。半边脸上尽是凉席印子,身上的裙子皱巴巴的,揉成了一团。她慢慢地起床,梳洗,换了一件干净衣裳。想了想,又找出那条新买的裙子,换上。仔细化了妆,这才出来吃饭。

她娘看她清爽俊俏的样子,放了心,忙着张罗饭菜。小米粥、茴香馅包子、一大海碗鸡蛋糕,是特为闺女蒸的。她娘弓着腰,往鸡蛋糕里添作料。倒上一点醋、一点酱油、一点香油,想了想,又倒上一股子香油,香气立刻就出来了。她把那大海碗热腾腾端到闺女面前。望日莲见那鸡蛋糕馋人,便香喷喷吃了。她娘又递过来一个包子,她说饱了,漱漱口出了门。

是个半阴天。太阳像是故意,一会儿从云彩后面露出来,一会儿又躲进去了。胡同拐角处,有一小块巴掌大的闲地,种着几棵架豆角、几棵西葫芦,还有几棵葱。有一只蝴蝶,高高下下地飞着。不一会儿,又来了一只蜜蜂,嘤嘤嗡嗡的,一忽左,一忽右。换米婶子端了一碗什么出来,见了望日莲,搭讪道,吃啦? 望日莲说,吃啦。婶子这是去哪儿? 换米婶子说,我发了点豆酱,给他奶奶送碗过去,叫她尝尝酸不酸。换米婶子说往年都发不好,西红柿拿不准,不是多了就是少了。望日莲说谁不知道婶子是个巧人儿? 这点子事儿就难住婶子了? 换米婶子就笑。

路过超市,她想进去买一瓶防晒霜,这才发现没有带钱包。急急忙忙往回走,快到拐角那块菜地的时候,听见有人在说话。

那闺女可厉害。

谁说不是? 听说也要盖楼了。

豁出去一个干净身子,盖个楼还是难事儿? 傻货那两口子,真是养了一个好闺女。

干净? 怕是早就不干净了吧。

还想着嫁给人家学军哩。大全的门槛子,哪里是那么好迈的? 哎哟哟,这就叫,癞蛤蟆想吃那白天鹅的肉。

望日莲嘛——

望日莲气得浑身哆嗦,嗵嗵嗵径直走过去,抱着两个膀子,把下巴颏儿一歪,支在右肩膀上,笑道,换米婶子,你家的豆酱味道怎样?啊?酸不酸?换米婶子不防备,吃了一吓,笑不是,不笑不是,结结巴巴的,一时竟说不出句囫囵话来。望日莲又把下巴颏儿一歪,支在左肩膀上头,叫大芬姑。大芬姑脸上讪讪的,说那什么,小莲你娘在家不在?大芬姑说我正要去你家串门子哩,今儿个四九逢集,你娘说做伴儿去赶集哩。望日莲笑道,好啊,我娘她笨嘴拙舌的,白活了五十多岁,也没有学会扯闲话嚼舌头。大芬姑你可得多教教她。当年你那些个好事儿,我们年纪小,恐怕都记不得了,要不然大芬姑你自己讲一讲呗。大芬姑脸上红一阵白一阵,张着嘴,一时说不出话来。望日莲看也不看她们一眼,扭身回家去,一面走一面骂道,个臭×嘴!没人要的老娘儿们!

天色好像是开了一些。云彩变得薄薄的,这一块,那一块,闲闲地乱飞着。太阳不知道在哪里躲着,依然不肯把脸露出来。街上的闲人很少,这个时候,上班的上班,上学的上学,偶尔有人骑着摩托车,一阵风一样轰轰轰轰轰轰过去了,留下一股子汽油味儿,伴着一片黄的飞尘。临街的大门里,高台阶上,坐着一两个老太太,捂着鼻子,撇了撇嘴,嘟嘟哝哝地怨两句。不知道谁家的孩子,刚学会走路,摇摇摆摆的,就在街当中走着,一点也不知道躲闪,吓得当妈的脸儿都白了,几步奔过来,一把把那懵懂的娃娃揽在怀里,一面扭头骂道,急着去投胎啊!急,急,急你娘的脑袋!

难看家的儿媳妇春米正在门口摘菜,见了望日莲,老远就对她笑。望日莲心里烦恼,只有强笑着,同她闲扯几句。一只花猫卧在门口,懒洋洋的,耳朵却竖起来,听着这边的动静。正说着话,建信趿拉着鞋,从里面歪歪扭扭出来,惺忪着一双眼,背心卷到肚脐眼上头,一面嘴里喊春米春米。见了望日莲,建信不防备,吃了一惊,笑道,这么早?吃了?望日莲见春米脸上飞了一片红,对建信待看不看的,心下早猜出了几分。便笑道,再早也早不过领导你啊。建信把一只手在后脑勺上挠一挠,正要分辩,望日莲早笑盈盈地,同春米打了招呼,扭身走了。

村北渐渐热闹起来。街上不时地遇见来上班的人们。女人们蝎蝎螫螫的,不知道谁说到什么,一个在前头撒腿便跑,一个在后头赶,一面嘴里笑骂着,另一个便喊起来,咳,贱老婆们,车子都不要了?扔在这里算怎么回事?

望日莲心里有事,故意磨磨蹭蹭走在后头。远远地,大全皮革几个字被槐树枝子遮住了,只能看见公司两字,给阳光一照,金煌煌一片,倒什么都看不清了。她仰着脸,使劲儿看着那一片光,好像是故意跟自己的眼睛赌气。周围的热闹都退潮一样消失了,只留下一片光,一时像是红赫赫着了火,一时像是白茫茫下了雪,过了一时,又像是过年时节的烟火,一会儿绿,一会儿紫,一会儿黄,一会儿蓝。她只觉得眼前一黑,脚下的地慢慢往下陷进去,陷进去。有人慌得叫了她一声,问她怎么了,她这才省过来,笑说没事没事,刚走神哩。

远远过来一个人,逆着光,也看不清脸。只见那人胳膊一甩一甩的,腕子上的金家伙一亮一亮。走近了一看,是大全媳妇。望日莲心里噗的一跳,见她脸上似笑非笑,忙上赶着叫大娘。大全媳妇却把脸一扭,装着没看见。望日莲脸上有点挂不住,又不好发作,只有强笑着,拉住大全媳妇,说大娘这是干啥去?吃了没有?大全媳妇是个没嘴的葫芦,脸儿又软,只好说,我去耀宗那儿,抓点儿药。望日莲说,谁不舒坦了?大全媳妇正待说话,却见鸡屁股嘴从后头过来,见了她俩,跳下车子,哎呀一声。望日莲见她笑得不三不四,知道她那张嘴,也不招惹她,打算扭头便走。那鸡屁股嘴却不理她,只赶着大全媳妇问寒问暖,又问她血压多少,吃的什么药，怎么不去城里看看？非要送她去耀宗的卫生院。望日莲心里冷笑一声，暗骂了一声舔屁股，刚要走开，又疑心她乱说话，有心笼络一下她，见她那低三下四的样子，又很看不上。正忖度着，有个短信发过来。打开一看，是大全。望日莲又是一声冷笑，回头看了一眼那两个人，扭身往厂里去。

起了一阵风，把天上的云彩都吹散了。这个时候，太阳才终于露出头来。一时间，金丝银线乱飞，把整个村子严严实实笼住。一只花媳妇飞过来，正好落在她的胳膊上。大红底子上，撒着一个一个的黑点子，十分俊俏。她把这小东西看了半晌，有心捉住它，却被它轻轻一挣，逃走了。

第七章
大全大全

村庄还是那个村庄。
村庄已经不是那个村庄了。
汽车在村街上跑过来,跑过去。
马车在村街上走过来,走过去。
一群羊,被主人撵着,走过来,走过去。
粪便热腾腾遗在街上。汽车轮子轧过去了。
黄的尘土飞起来。半晌不肯落下。

一进家门,媳妇就迎上来,赶着问大全,吃饭了没有,外头热不热?又是拿湿毛巾,又是沏茶,一面把空调打开了,拿手把那个风扇叶子拨拉来拨拉去。大全嗯嗯啊啊地应着,一屁股坐在沙发上,把身子往后面一靠。媳妇知道他这是累了,便把茶水端过来,递到他手上。大全冒冒失失喝了一口,不想却被烫了嘴,哎哟一声,一口茶水喷在茶几上。媳妇赶忙拿毛巾过来擦。雪白滚圆的腕子,金手镯磕在红木茶几上,叮当作响,一对赤金耳坠儿,滴溜溜乱颤。大全看她战战兢兢的样子,腾出一只手搭在她肩上,粗枝大叶地按了按。媳妇朝他一笑,扭身去厨房里端饭。

　　大全就慢条斯理地吃饭。媳妇搬了一把小凳子,在一旁坐着,看着他吃。打卤面,一面两吃。西红柿鸡蛋,茄子肉丁,嫩黄瓜破成条,盛在一只豆绿底子勾银边的小碟子里。白生生的大蒜瓣、红通通的辣椒油,旁边还预备着老陈醋。大全最好这一口儿,头也不抬,痛吃了两大碗。媳妇手脚麻利地收拾了碗筷,擦了桌子,又重新沏了茶。大全歪在沙发上,腆着肚子,闲闲地剔着牙,一面摸出手机来看。

　　屋子里冷气很足。空调机浮浮浮浮浮浮地响着,真丝罩子垂下鹅黄的流苏,被吹得苏苏苏苏乱动。宽大的黑色真皮沙发,一字排开,配着宽大的榻,有一点拙,但这拙里面却是十足的气派。大全换了个姿势,把一双脚丫子跷起来,架在茶几上,慌得他媳妇赶忙把那茶杯往旁边挪一挪。又问他看电视不看。大全只顾鼓捣手机,头也不抬,说哪有闲工夫看电视,一天到晚鸡巴忙,脚后跟打屁股蛋子。媳妇赶忙赔笑说,这会儿不是没事么?大全说,没看见我回短信？媳妇张了张嘴，想说什么，却又咽下去了。转身拿了个鸡毛掸子，有一下没一下地掸灰尘。

大全斜了一眼他媳妇，不觉叹了一声。想当年，她也是一个人尖子，出了名的俊。也不知道怎么回事，这些年，日子越好，她却越来越看不得了。他媳妇今儿个穿了一件绸子衣裳，乱花，一大朵一大朵，花枝缠绕着，红红粉粉里面，绽出一枝一叶的绿，也不知道是月季还是牡丹，隐隐约约的，像是还有凤尾，闹得不可开交。那丝绸一闪一闪的，越发显出了媳妇的胖。大全把手机往茶几上一扔，啪的一声，把媳妇吓了一跳，慌忙过来，拿了一个靠垫塞在他腰后面。大全阖上眼睛，半响才问，怎么，有事儿？媳妇支支吾吾的，不说有，也不说没有，倒跑到厨房里去了，不多时捧了半个西瓜过来。大全顶恨她这个样子，接过小勺，一口一口地吃瓜。媳妇照例在一旁看着他吃。大全也不理她，只管埋头吃瓜。西瓜不错，又凉又甜，沙瓤瓜，籽儿又少，皮儿又薄。吃了一大半，他媳妇才吞吞吐吐开了口。大全心里骂了一声，听她说。

原来是他媳妇的娘家侄子，今年娶媳妇，人家嫌家里盖的不是楼房，非要在城里买楼。大全闭着眼问，要是不买呢？他媳妇说，人家说了，不买就退亲。大全冷笑道，你这个侄子，想媳妇怕是想疯了。他媳妇说，这一拨大的孩子都娶上了，就剩下他一个，我哥能不急？大全说，买多大的？媳妇说，说是至少得一百五十平的。大全说，那买下来，加上装修，怎么也得四五十万。他媳妇说，可不是。把我哥愁死了。大全剔了老半天的牙，才说，论理，你亲侄子，这事儿我得管。他媳妇慌忙点头，一口一个是是是。大全又说，可俗话说得好，救急不救穷。你哥他们的光景你也清楚，这么多年，什么时候翻过身？大全说不是我不管，实在是管不过来。这些年，我给过他们多少了？无底洞哪，填不满的黑窟窿。他媳妇听这口气，知道是借不出来了，便哭道，你好狠心啊。他有一千个一万个不是,好歹也是我的亲哥,一个娘肚子里爬出来的亲哥!我哥嫂他们两口子就算愁死,我也不心疼!还有我那亲侄子,打一辈子光棍儿,也碍不着我痒痒!可我那亲娘偏偏还活着,她老人家眼睁睁看着哪!八十多岁的人了,又不糊涂,要是有个好歹,你叫我怎么能忍心?大全知道她又是这一套,干脆闭上眼。他媳妇看他这个样子,知道是凶多吉少,索性就撒起了泼,一心大闹一场。大全看这架势,想来是少不了一场闲气,便起身要走。那媳妇哪里肯放他,一屁股坐在地下,抱住他的大腿,一把鼻涕一把眼泪,哭了起来。

正闹得不可开交,手机响了。大全拔腿要去接,无奈被他媳妇抱得紧紧的,哪里能脱身,便发狠道,个臭娘们!就他娘的会撒泼。要是误了我的事儿,看我不弄死你。偏那手机催命似的,响了一遍又一遍,大全急了,一把把媳妇推开,也顾不得裤子被她拽着,露出里面的花裤衩子,一面抓起手机,一面冲他媳妇做个了警告的手势,满脸堆笑地接电话。

哎,张总,张哥,我啊,不好意思,手机刚才不在身边,不好意思不好意思……

他媳妇依然坐在地下,怔怔地看他接电话。大全弯着腰,像是电话里那个人就在对面,满脸的笑容,腮帮子都笑酸了。好不容易挂了电话,额上脸上早已经出了一层热汗。不由骂道,狗日的!他媳妇见他脸色不好,也不敢再闹,立起来不是,不立起来不是,坐在那里,十分地难堪。大全也不给她个台阶下,一心想着那电话里的事情。

是个大热天。太阳白花花的,把院子晒得滚烫。蝉躲在绿荫里,喳——喳——喳——喳——吵得人心慌。廊檐下摆着一盆发财树,又粗又壮,绿得十分泼辣;院子里的花草们却蔫头耷脑的,像是要盹着了。大全立在廊檐下,一面吸着烟,一面琢磨事儿。

狗东西！当面称兄道弟的,竟然背后下刀子！这一回,要是不给这狗日的一点颜色看看,真不知道他大全是不吃素的！正琢磨着,听见屋里还有嘤嘤喋喋的哭声,心里烦乱,顾不得换件衣裳,起身就出来了。

正是晌午错。村子里静悄悄的,街上也不见个人影儿。不知道谁家的黑狗,在树荫下歇着,吐着红红的舌头,懒洋洋的,见了人,也待看不看的。路过香罗家门口,大全忍不住朝里头看了一眼。高大的门楼,影壁上画着山水,山一重水一重,爬满了绿浸浸的丝瓜叶子。影壁挡着,看不见里面。只有一枝美人蕉探出头来,胭脂红的一大朵,开得放肆。大全冲着那美人蕉发了会子呆,又手搭凉棚,抬头看了看天,心里骂道,好个毒日头。

麦子已经收完了。麦茬里面,玉米苗子早蹿起来,有一尺高了。细细长长的叶子,在风里招展着。偶尔,有青绿的蚂蚱蹦起来,从这个棵子,蹦到那个棵子,又蹦到另一个棵子。一块云彩悠悠飞过来,转眼间却又飞走了。玉米这东西,长得疯,要不了几天,庄稼地就深起来了吧。

村委会对面,是难看家的小馆子。难看媳妇扎着围裙,正坐在门前的阴凉里择菜。老远见大全过来,慌忙立起来,叫大全哥。大全说,忙着哪,冰啤来一扎。难看媳妇慌着把他往屋里让,一面吩咐儿媳妇上冰啤。大全拣了个座儿坐下,那小媳妇早把啤酒端过来,赶着叫大全伯,又拿过菜单来,叫大全点菜。难看穿着大裤衩子,趿拉着拖鞋从里屋出来,笑着训道,你大伯什么没见过？地下跑的,天上飞的,山里的海里的,怕是都吃腻了。点什么点,就来几个家常小菜,喝冰啤,就挺好。那小媳妇红着脸,答应着,赶忙去预备了。这边难看笑道,今儿个大哥你怎么有空儿来我这儿了？你兄弟我得好好陪你喝两杯。大全说,天儿热,正好喝啤酒。

难看说可不是,这天儿热的。说着话,见那小媳妇已经把菜摆好了。一个熏猪耳朵,一个手撕鸡,一个盐水花生,一个煮毛豆,难看冲着他媳妇喊道,再添俩热菜。一面说,娘儿们家,头发长,见识短。一面端起杯子,跟大全叮当一碰,说来,咱哥俩儿先走一个。只听后厨里刀响案动,不一会儿便传来油锅爆炒的声音,香气夹杂着水汽,渐渐弥漫过来。大全说,怎么样,生意不错啊。难看说,凑合着干呗。俗话说,钱难挣,屎难吃。全指望着大哥你来照顾哪。大全说,你少哭穷。我也图个近便不是。又把下巴颏儿指了指对面的村委会,说光他们就把你喂饱了,当我不知道?难看瞅瞅外面,压低嗓子说,兄弟我也不瞒你,建信他们这一帮,是常客。还有咱村这几个厂子,尤其是老哥你,买卖做得大。这几年一直看顾着我,兄弟我心里有数。又扬起下巴颏儿指了指对面,这帮家伙们,是天天有场儿。三天一小喝,五天一大喝,不醉不算一回。大全笑道,那你还不高兴?难看举起杯子,也笑道,高兴,怎么不高兴?这帮家伙,横竖吃的是村里的。不像我哥你,那可是自己掏腰包呀。哪里该深,哪里该浅,兄弟我,心里雪亮。大全见他喝得急,劝他悠着点。那小媳妇来来回回的,又端上两个热菜来。一个红焖肘子,一个熘肥肠。难看说也没有像样儿的,凑合吃点。一个劲儿地劝酒劝菜。

正喝着,听见外头他媳妇在招呼人,正待说话,建信一帮人已经进来了。难看赶忙立起来招呼。建信看见大全,笑道,全总也在啊。大全笑骂道,你这大领导,怎么,亲自来吃饭了?建信笑嘻嘻地拉了把椅子在大全身旁坐下,说,全总都亲自来喝酒,我哪里敢不陪着?难看赶忙给那几位让座。那几位也都是村里的头面人物,纷纷坐下,吵吵嚷嚷地点菜要酒。忙得那小媳妇一趟一趟的,脚不沾地。建信见大全两眼直往那小媳妇身上瞄,把嘴巴附在他耳朵边,悄声说道,怎么样——看到眼里,别拔不出来了。大全笑骂道,眼馋肚子饱的货!谁都像你小子?一肚子坏水!建信嘻嘻笑着,把一大杯啤酒一口气干掉。

难看跑前跑后,一会儿劝酒,一会儿劝菜,一会儿呢,又跑到后厨那里,督着他媳妇她们炒菜。喝着喝着,就有几个喝高了,猜拳行令,拍桌子敲板凳,闹成一片。建信是个好酒的,跟大全碰上,哪里肯轻易放过他。一杯一杯地,说起了那些个陈年旧事,一口一个她。大全怎么不知道,他说的是谁,但故意地不点破。大全心里也有事,多贪了几杯,不觉就醉了。两个人一声一声地,一个叫全总,一个叫领导,一个叫大哥,一个叫兄弟,脸红脖子粗的,一脑门子的热汗。难看立在一旁,劝不是,不劝也不是,赶紧叫上主食。饺子上来了,却没有人吃。难看眼见着热腾腾的饺子慢慢冷下去,没有办法,只好叫人撤掉,另沏好了茶水,请他们喝茶醒酒,可大家哪里肯。建信早已经喝多了,勾着大全的肩膀,舌头都大了。叫全总,又叫大哥,说大哥你的人,兄弟我得叫一声嫂子。我建信是个鸡巴领导?我有几斤几两,我还不知道自己?我既然叫她一声嫂子——众人见他说得不像,赶忙打岔。可建信哪里肯依,又闹了一阵子酒,建信又掏出手机打电话,嚷嚷着,要去城里唱歌洗脚,被另一个好说歹说拦下了。

从难看酒馆出来,已经是黄昏时分了。旁边的超市亮起了灯火,里面人影绰绰,映在落地玻璃窗上,一高一下的。大全一双醉眼,哪里看得分明。一摸衣兜,烟没有了,就深一脚浅一脚地,过去买烟。一进门,迎面过来一个人,正好跟他撞个满怀。大全刚要发作,却闻到一股子幽幽细细的香气,定睛一看,竟是望日莲。

望日莲穿一条牛仔短裤,屁股包得紧绷绷的,一双长腿却白花花地露出来,上面是一件窄巴巴的 T 恤,短得盖不住肚脐眼儿。大全斜着一双醉眼,朝着那细细的小腰儿看了一眼,又看了一眼,刚要说话,那望日莲却开口了。望日莲叫他叔,问他买什么。望日莲小腰细细的,肚脐眼儿却深深的、圆圆的、小酒盅似的,叫人忍不住想吃上一盅。大全把眼睛盯住那小酒盅,并不说话,只把望日莲盯得飞红了脸,恨得一跺脚,嘴里骂道,什么叔啊这是!大全仗着酒盖着脸儿,直凑到她的耳朵边儿上,悄声说道,流氓叔啊。望日莲又羞又气,扭身要走。大全却在后面笑道,我车里有一个耳坠儿,也不知道是谁丢的。望日莲吓得慌忙看看左右,小声求道,叔!好叔!亲叔!一会儿给你短信啊。

日头挂在树梢上,眼看着已经掉下去大半个了。薄薄的烟霭升起来,像是淡淡的蓝色,又像是淡淡的紫色,把村子一重一重地掩映起来。晒了一天的村庄,这个时候才有些凉意了。树木的影子一层一叠的,被烟霭笼着,在暮色中散发出郁郁的湿气。向晚的风吹过来,把身上的汗都轻轻拂去了,皮肤紧绷绷的,像是有无数个小嘴儿吮吸着,痒酥酥的。大全坐在村东的石碾子上,慢慢吸着烟。不知道谁家的狗在咬,一声高一声低,好像是故意在咬给主人听。有小东西一亮一亮的,来来去去,是萤火虫在飞。

大全吸完一支烟,只觉得嘴里又麻又苦,不是滋味,正在兜里找口香糖,香罗的短信进来了。香罗问他在干吗呢。大全知道她这是想他了,便故意地逗她,说跟一个小娘儿们喝酒呢。香罗说,你敢!大全笑了一下,忍不住回道,哪天回来?香罗好半天才答,说不准。大全见她这样,心里又恨又痒,骂了一句小婊子。个小娘儿们,真是反了她了!

怎么说呢,芳村人谁不知道,大全的心头肉,有两个,一个是钱,一个是娘儿们。这个香罗呢,更是大全心尖子上的那一个,颤巍巍地小心供着,一碰就疼,不碰呢,就痒。竟是左右为难了。

大全慢慢吸了一口烟,看着那灰白的烟雾在眼前一点一点升起来,又慢慢散开。说来真是奇怪得很,这么多年了,想起香罗的某个样子,心里还是燥得不行。没出息!算起来,香罗也是三十好几的人了,怎么就一点都不见老呢?不光是不老,还更加有味儿了。这些年在外头混,他什么没有见过,什么没有经过?怎么竟还像个毛头小子一样,一点就着,这样地沉不住气!大全狠狠地吸了一口烟。不过呢,这香罗也真是他娘的好。怎么说,简直就是一个响器,一碰就响。小碰小响,大碰大响,碰粗响粗,碰细响细,响得人越发起性儿。真是好得说不出。又简直是雪堆成的,一碰就化,化成水,化成河,高山上流水,流水上划船,直叫人性命都不顾了。

正胡思乱想,迎面影影绰绰过来一个人,老远就叫他。走近了一看,竟是瓶子媳妇。大全见她穿一条草青裙子,米白小衫,光脚穿凉鞋,十个趾头,却染得紫葡萄一样。头发湿漉漉的,想必是才洗了澡。瓶子媳妇见大全痴痴地看她,扑哧一笑,怎么,不认识了?这媳妇微黑,瘦怯怯的,眉眼之间,却有一股子说不出的风骚劲儿。看人的时候,眼睛里像是长了钩子,直把人的魂儿都勾了去。论起来,这瓶子媳妇还得叫他一声姑父。大全再眼馋,一向也不敢招惹她,见她这样子,只好说,老了,眼都花了。天刚擦黑,就看不清人啦。瓶子媳妇软声笑道,好个全老板。虎狼一样的人,倒倚老卖老了。大全见她笑得娇媚,心里痒痒,不由骂道,个小骚货。我那侄子虽说不争气,也不至于把你浪成这个样子。嘴上却笑道,老喽。不比你们年轻人。土埋半截身子啦。瓶子媳妇嗔道,看你,越说越来劲了。大全见她娇嗔满面,心里便有些按捺不住,说今儿个多喝了两杯,不行啦。瓶子媳妇笑道,大汉们家,哪就一口一个不行的。全总你真是的。大全听得早酥了半边身子,心想,小骚货,要是不让你知道我的厉害,恐怕要被你小看了。便斜着一双醉眼,看她的奶子。那媳妇被看得臊了,待要过来拧他,却被他一手挡住了。那媳妇恨道,都说全老板坏,我就不信。今儿个见了,我才信了。大全说,怎么个信了?我又没怎么你。那媳妇说,正是哩。没怎么人家,就叫人家心里乱了。可不是坏人吗?大全心里叹道,这小贱人!也不知道夜里怎么个好法。脸上却笑道,你那三姑是个醋坛子,你又不是不知道。那媳妇见提起了她三姑,就不说话了。大全看她默默的样子,忍不住许道,你有什么难处,尽管跟我说。那媳妇扭捏了一番,果然说了。

日头已经从树梢上掉下去了。隐隐约约的,有一片一片的橘红,从树枝的缝隙里漏下来。不知道什么鸟在叫,一声长一声短,被悠悠的晚风吹乱了。西边天上像是有火烧云,红一块,紫一块,把树木和房屋染得一块红,一块紫,披绸挂缎的,竟不像是真的了。大全耐心听着,忍不住伸手捏了捏那媳妇的屁股。那媳妇笑着把他的手打掉了。大全把烟掐灭,扔在地下,又用鞋底子踩了踩,说赶明儿吧。赶明儿你等我电话。

最后一缕天光,终于被慢慢收尽了。不知什么时候,月亮已经升起来,模模糊糊的,是一眉弯月,像是淡的章子,印在石青色底子的天上。月光水银一般,把村庄轻轻地浸在里面,被风抚弄着,时不时地荡漾一下,溢出来零零落落的光。人家的灯都已经亮起来了。这一点,那一点,仿佛是,满天的星星不小心跌落下来。草棵子里,有什么虫子在叫,吱——吱吱——吱吱吱——吱吱吱吱——十分地耐烦。石碾子也渐渐地凉了。乡村的夜,露水大。空气里,还有一股子脂粉的香气。瓶子这窝囊废!大汉们家,自己不刚硬,也难为这媳妇了。烂泥巴扶不上墙!手机一直响个不停,他也不去理它。

酒已经慢慢醒过来,这才觉出肚子饿了。在难看那里,光顾着喝酒了,竟然连饭都没有吃。建信那小子,也不知道怎么回事,自从当了个小官儿,就人五人六起来了。吃了豹子胆,还惦记着他的女人。他也敢！这小子！也不摸一摸自家头上那顶乌纱帽,是不是他大全的银子打成的！当初,翟家和刘家争这个位子,闹得有多凶！要不是他大全出面,建信他狗日的,能顺顺当当坐上这把交椅？自然了,他也有他的算盘。无利不起早。天底下没有白吃的晌午饭嘛。

手机又响起来。大全一看,是他媳妇,便摁掉了。个老娘儿们！就是要杀一杀她的性子才好。手机里有好几个未接电话,还有短信,其中有一个是望日莲的。望日莲在短信里说,叔,还我那耳坠儿呗。大全想起望日莲那个样子,心里跳了一下。

这望日莲,本名叫作采莲的,村南傻货家的闺女,人送外号望日莲。芳村人把向日葵叫作望日莲。望日莲呢,听名字就知道,哪里有日头,就朝着哪里望。这望日莲的日头,就是男人。望日莲在大全手下做事。本来大全一个老板,不想招惹她。可这骚货竟然招惹了学军。学军他一个青皮小子,怎么禁得住？大全待要提醒那小子,却又停下了。他倒要看看,学军这小子,到底有多大定力。自己大家大业的,只就这么一个儿子,要是没有一点本事,往后怎么混？就冷眼旁观着,只作看不见。不想那望日莲,刚刚放出一点点手段来,学军那小子便傻了。真是没出息！哪里像他老子半点！不过一个望日莲,芳村的小娘儿们,就把他迷得七荤八素的。往后大江大河的,他怎么能够蹚得过！简直是！大全心里恨得不行,却也并不真的那么上火。男人嘛。多历练历练,总是好的。小兔崽子,等到毛儿长全了,自然也就长耐性了。不想,那傻小子,却是要死要活地娶那望日莲。真是疯了。这个时候,做老子的就不能不出手了。翟家的儿媳妇,可不能要这样的破烂货。望日莲哪。

这望日莲虽说生得好模样,家境却十分凄惶。自然了,娶媳妇嘛,娶的是人,不是家境。可这个望日莲,却是哪里有日头,就往哪里扭身子。穷门小户人家的闺女,当真是眼皮子浅得很。因此上,大全倒宁愿娶一个模样差一些的,家里富足、见过世面的。媳妇嘛,还是要端正贤良的才好。小子淘气,玩心大,尽管在外面玩一玩就是了。都是逢场作戏的事,怎么能够当真?

学军这小子,真是随了他娘了,棉花桃里掰出来的,心眼子死,也是一个拧种。好说歹说,一条舌头都磨破了,硬是说不透。气得大全给了他一巴掌。这小子捂着半边脸,放出了狠话,望日莲我要定了!我从小到大听你的,这一回,我要自己做主!大全看他红红的一双眼,气得指着他鼻子大骂,混账东西!你就是睡一百个这样的,我都不管。可你要是敢娶回来,我这份家业,你甭想要一个子儿!

那一阵子,一家子闹得鸡飞狗跳。他媳妇的血压也上来了,在家里打点滴。大全呢,也强撑着,料理完厂里的事,就去城里喝酒解闷。还是香罗出主意,叫他如此这般这般。大全听了,觉得不大妥当,又一时想不出好法子,抱着脑袋想了几天,就只有依了。

果然,那望日莲见大全的辞色,是又惊又喜,早把学军那青瓜蛋子扔到脖子后头了。大全什么没有经过?一个望日莲,小嫩鸭子罢了。只是敷衍着,并没有放在心上。不想那望日莲,虽则年纪轻,竟也是一个厉害角色,一时嗔,一时笑,一时苦,一时甜,没有定法。大全见拿她不下,就只有把旁的心思暂且收了,一心对付望日莲。这些年,大全本是风月场上摸爬滚打出来的人物,又有着真金白银做底子,更是能软能刚,能伸能屈,把个望日莲调教得,几乎一步都离不得他。大全见是时候了,便跟她把话挑明了,叫她不要再招惹学军,不然的话——望日莲一迭声地说是,又趁机逼着大全,许下了一些个好处。大全也不在乎那仨瓜俩枣,见她知情识趣,活儿呢,又实在是好,招人疼,便收了她,时不时地会她一会。

　　学军见望日莲不理他,着实心疼肝儿疼了一阵子,便也就放下了。毛头小子,不过是一腔的热血,热得快,冷得也快。这年头,什么样的闺女没有?只要你有钱。学军不是一个一条道走到黑的人。只是不知怎么回事,有闲话传到大全媳妇耳朵里,少不得生一场气。但大全怎么不知道他那媳妇?嘴头子厉害罢了,谅她也不敢来真的。怎么说呢,他这媳妇,就这点好处。这些年,人呢,是胖得没有了样子,可是再怎么,也是学军她娘。这一点,大全还是认的。还有一条,大全媳妇懂事儿,知道克制,不像芳村那些个娘儿们。气归气,怨归怨,就算是咬碎了牙,但绝不愿意撕破了脸。家丑嘛,闹大了,脸面上都不好看。

　　回到家的时候,天早已经黑透了。屋子里灯火明亮,透过帘子,在廊前的台阶上画下一道一道的印子。树影子一摇一摇的,蝉的叫声被摇下来,落了人一头一脸。抬头看看二楼,却是黑着的。也不知道,学军这小子,又到哪里去疯了。院子里的花草们,白天被晒昏了,到夜里便又醒过来了。香气一阵子浓,一阵子淡,夹杂着草木的苦涩的腥味,幽幽细细的,惹得人鼻子痒痒。大全忍不住打了个喷嚏。

　　听见动静,他媳妇撩帘子出来,见了自己男人,也不理他,径直往厨房里去。大全知道这是去端饭,便自顾到水管子底下,哗哗哗哗哗哗地洗手,洗脸,又咕噜噜咕噜噜地漱了口,方才进屋去。

　　饭菜已经摆好了。小米粥,一碟咸鸭蛋,一碟酸黄瓜,筷子上架了一个银丝花卷。大全喝了酒,正想吃点清淡的,见了这些,心里喜欢。见媳妇忙着往一个碟子里面弄辣豆腐,便一把把她拉住,叫她坐下。他媳妇见他难得喜欢,便坐了。大全一面喝粥,一面跟她说些家常。大全问学军哩,又去哪里疯去了?他媳妇护短,忙说在厂里呢。今儿个有客户来。大全噢了一声,说这小子。这小子也长进了。他媳妇听他夸儿子,也很喜欢,说就你,看自家小子,跟仇人似的。不是你的种?大全说,哪里有?我可就这一个小子。他媳妇说,你知道就好。从小到大,在你眼里,就没有一个好儿。大全笑道,是吗?我怎么不知道?又说,咱们的小子,还能错得了?他媳妇见他这个样子,觉得纳闷,便小心问道,今儿个,日头从西边出来了?大全把空碗往她怀里一推,笑道,啰唆。再来一碗。

他媳妇又盛来一碗,看他吃得香甜,便说一些个闲话给他听。酸黄瓜辣豆腐,配上小米粥,又醒酒又解腻,大全吃得十分痛快。他媳妇穿一件粉白绸子睡衣,在灯下闲闲坐着,虽说素净,竟比平日里多了几分颜色。大全不由得多看了她一眼。他媳妇见他心不在肝儿上,觉得没意思,便不说了,看着他喝粥。大全又痛喝了一大碗。

正靠在沙发上消食,望日莲的短信又来了。还是要她的耳坠儿。大全想起那一天,就在他的车里,她那个疯样子,心里叹了一声。不知怎么,就正好摁在汽车喇叭上,汽车呜哇呜哇呜哇叫着,望日莲也啊啊啊啊啊啊叫着。汽车叫得欢,她也叫得欢。一递一声的,叫得他越发地没了样子。幸亏是在大野地里,四下里没有人。要是在马路上,那还了得!一群不知什么鸟,被惊得呼啦一下飞起来,几根羽毛在半空中飘啊飘,慢悠悠地。

正想得颠三倒四,他媳妇张着湿淋淋的一双手进屋来。大全走过去,一下子把她摁在茶几上。茶几被弄得晃晃悠悠的,青花瓷的茶壶茶杯连同杯盖子,发出细细碎碎的碰撞声。还有那两个大核桃,从茶几上骨碌碌滚下来,一直滚到地板上。大全哪里顾得上。

出了一身透汗,大全的酒是真醒了。他媳妇伺候他洗完澡,像个懒猫似的,歪在他身边。大全瞥了她一眼,有点后悔方才答应了她。她那个哥哥,是个扶不起的软阿斗;那个嫂子呢,倒是个精明角色,自私小气,算账能算到骨头里。自然了,皇帝还有几门子草鞋亲呢,更何况,土生土长的大全?可是,大全怎么不知道,说好了是借,其实呢,是肉包子打狗,有去没有回。这些个亲戚,谁都觉得他大全是个肉包子,谁都想扑上来咬一口。可是大全这身骨头,哪里就禁得住这样咬法?谁家栽着摇钱树?

老实说,大全不是没有困苦过。当年,为了挣钱,他什么没有干过?跑青海,跑新疆,在外头,睡过桥洞,睡过马路,跟人家低三下四。那时候,在芳村,有谁把他当人看过?在他们眼里,他大全不过是一个小混混,不懂庄稼,不过日子,注定一辈子翻不了身。当初,是他头一个在芳村做起了皮革。这东西,又臭又脏,花花绿绿的水,满院子都是,臭了大半条街。谁不是捂着鼻子从他门前过?他见人就赔笑,笑得脸蛋子都酸了。后来,赔了赚,赚了赔,他摔过多少跟头?吃过多少哑巴亏?打掉了牙,往肚子咽,和着血水,还有泪水。他怎么不知道,有多少人等着看他的笑话?好在是,老天有眼。老天有眼哪。

仔细想来,他这个媳妇,倒算得上是贫贱夫妻,一处患过难的。纵然有一千个不好,也终究是结发,是原配。外面的那些个花花草草,她们见到的是如今的全总。她们那些个弯弯曲曲的心思,他怎么不知道?

从前的那些艰难,大全是不愿意再去想了。如今,他是熬出来了。大家大业,都给小子挣下了。他也乐得偷偷懒,享一享清福了。

正要蒙眬睡去,听见家里那电话豁朗朗豁朗朗响起来。夜里安静,倒把大全吓了一跳。正怔忡着,他媳妇光着脚跑过去,拿起话筒来听。大全只道又是她娘家那些个人啰唆,便不放在心上。听着听着,他媳妇却哭起来,直着个嗓子。大全听得火起,噌噌噌三步两步走过去,一把夺下她的话筒,对着电话说,怎么了?哪一个?谁?你说谁?学军?学军怎么了?我操你姥姥!你快说!

第八章
银栓把短信发错了

一只蝶子飞到一朵南瓜花上
一只蛾子飞到一朵豆角花上
一只花媳妇飞到一朵丝瓜花上
它弄错了
它真慌张

回到家里,瓶子媳妇一颗心犹自扑通扑通乱跳个不停。

好在家里没有人。屋里静悄悄的。瓶子媳妇走到镜子前面照了照,只见满脸飞红,眼睛却是湿漉漉的,斜斜飞过去,就有了一种招惹人的意思。瓶子媳妇拿一根指头点了点那女人的额头,骂道,不要脸。却又笑了。

刚进了三伏,天就热得不像话了。蝉不知道躲在哪棵树上,喳一声,喳一声,喳,又一声,喳,又一声,待要再想着下一声的时候,却忽然喳喳喳喳喳喳叫成一片,叫得人心里乱纷纷的。瓶子媳妇歪在床上,身子懒懒的,一颗心却动荡得厉害。方才,那家伙的样子,实在叫人招架不住。她斜眼看了看自己,侧身歪着,起起伏伏的,有高有低,依然十分的撩人。她知道,她是好看的。虽说是生过孩子,却更见丰腴了,反倒多了那么一种说不出的味道。瓶子媳妇把脸埋在枕头里,只觉得两颊滚烫,好像是变得越发娇嫩了,被枕巾揉搓得有点疼。枕巾是化纤的,浅粉的底子上,绣着一大枝并蒂莲,并蒂莲是深粉色,配着绿的叶子,又艳丽,又热闹。还是他们结婚的时候添置的。一晃都多少年了。她扳着指头想数一数,终究是罢了。黄昏的影子从窗子里悄悄溜进来,屋子里就黯淡下来了。她没有读过多少书,却也知道,人这一辈子,好像是睡了一小觉,快得很。一个恍惚,就是三年五年,一大段的光阴了。她怎么不记得,很小的时候,喜欢跑到街上,看人家的新媳妇。芳村的嫁娶,大都是腊月天气,北风小刀子一样,割人的脸。她缩着脖子,袖着手,也不怕冷。雪花细细碎碎地飞着,连同鞭炮红的碎屑子,落了人一头一脸。硫黄的味道,混合在凛冽的空气里,有点呛人。哈气呼出来,白茫茫的一团,在眼前绕啊绕,老半天才散去了。新媳妇勾着头,粉白脂红,含羞带怯,娇滴滴的。她仰脸儿看着,看着,满心羡慕,简直等不及长大了。

　　后来呢,等到她真的嫁人的时候,却是模糊得很。努力想想,好像什么都记不起来了。闭上眼,只记得一些零乱的画面:一院子的人,黑压压的,走来走去。大门上扎了红绸子,红灯笼照着人们的脸,亮了半条街。热腾腾的饺子,冷的煮鸡蛋,炖菜上面的一层油,都腻住了。嫁妆上贴着红喜字,摆得满地都是,牵牵绊绊的。被人摁住,盘发髻,摘眉毛,绞脸。红绸子小袄,一排黑的琵琶纽子一路系下去,总也系不完。新衣裳硬扎扎的难受。红盖头弄得脸颊刺痒。被人囫囵抱上马,想挣又挣不开。热烘烘的马的鼻息,两条腿紧张地夹着马肚子,索索地抖。一路上战战兢兢,脚冻木了,鞋掉了都不知道。乱糟糟的喜宴,到处都是人。吃喝,划拳,说话,笑。欢腾,热闹,杂乱。也不知道是谁的喜宴,她这个主角,竟不相干似的,不尴不尬坐在床上,仿佛被遗忘了。那个晚上的事,也都想不起来了。只记得,瓶子嘻嘻笑着,涨红着一张脸,满嘴的酒气。灯光透过红纸,一昏一亮的,照着满屋子的新东西。不知道怎么一回事,她忽然想起来,小时候的瓶子,穿着老蓝粗布棉袄,挂着两条清鼻涕,寒寒索索的,也不敢抬眼看人,时不时抬起袖子,飞快地抹一把,袖口油油的,发出铁一样的光。灯恍惚了一下,又亮了。她心里陡地一凉。

　　院子里有人叫她。她一个激灵坐起来,一颗心还在扑通扑通乱跳。只见小闺一脚迈进屋子来,笑道,我说怎么叫不应呢,在睡觉呀。瓶子媳妇说,有点盹哩。躺下又睡不着。瓶子媳妇说今儿个你怎么这么清闲呀。小闺说,难得清闲一天,今儿个没活儿。又叹口气道,人清闲了,嘴也就清闲了。挣不上钱,白闲着。瓶子媳妇笑道,你呀,钻到钱眼儿里头了。这辈子,钱哪能挣得完呀。

小闺也笑道,不是我财迷,实在是,这世道呀,没钱活不成。如今的钱有多暄哪,一百块破开了,一下子就光了。瓶子媳妇就笑。小闺压低嗓子说,听说了吧,难看家儿媳妇的事儿。瓶子媳妇说,谁呀,春米?小闺说,可不是,不是她是谁。瓶子媳妇说,怎么了?春米怎么了?小闺说,你真不知道还是装糊涂呀,春米靠着建信哩,一村子都知道呀。瓶子媳妇说哦。小闺说这媳妇看上去倒是挺正经,不像是这样的人。小闺说听说呀,在娘家做闺女的时候,名声就不好了。瓶子媳妇哦了一声,说可也是,她男人长年在外头,又开着那么一个饭馆,迎来送往的,是非就多。小闺说,那还是人不强?开饭馆的不说,男人在外头的多了。不说别的,就说咱们芳村,有多少男的在外头的?小闺说有几个像瓶子哥这样的,天天在家里守着。瓶子媳妇脸上一热,说小闺你这是啥意思嘛。小闺见她脸上变颜变色的,知道说话造次了,赶忙说,嫂子,我就是打个比方,打个比方。瓶子媳妇冷笑道,打比方,我看你这是笑话你哥吧。小闺说,啊呀,你这人,我怎么会笑话我瓶子哥呢。我好歹也是他堂妹子呀。瓶子媳妇笑道,那就是笑话我喽。小闺听她说话这样锋利,也不敢再辩,只好赔不是,软声叫嫂子。瓶子媳妇叹口气道,你也甭这样儿。我不聋不傻,还不知道人们背后怎么说我?小闺急说哪有哪有呀。瓶子媳妇笑道,人们无非说我,骚,贱,不要脸的货,专会勾引男人。小闺吓得直叫嫂子。瓶子媳妇笑道,你也不必这个样儿。瓶子媳妇说满村的人都说,难不成我还去堵住满村子人的嘴?我就是骚了,贱了,勾引男人了,又能怎么样呢。我男人都不管我,旁人就更管不着,咸吃萝卜淡操心!小闺直个劲儿叫嫂子,再也说不出别的话来。

　　正说着,小豆子回来了。一进家门就喊饿,把书包扔在一旁,跑到冰箱那儿去找吃的。小闺忙趁机说,嫂子,那啥,我也该回家做饭了。瓶子媳妇只不理她。小闺讨了个没脸儿,同小豆子搭讪着,讪讪走了。她这才一头扑在床上,呜呜咽咽哭起来。

外头大门吱呀一声,不知道是小闺,还是小豆子。屋里屋外静悄悄的。大喇叭里头正在唱戏。一个小旦正慢悠悠唱着,凄凄楚楚的,像是有无限心事要说。背后那锣鼓却一阵一阵激烈起来,那小旦的声音倒被淹没了,时断时续,十分吃力的样子。瓶子媳妇哭得乏了,趴在枕头上发呆。今天这事儿,照理说怨不得小闺。她怎么不知道小闺的性子,天生一副直肠子,有口无心。她再缺心眼儿,也不见得就当面这样红口白牙地笑话她。也实在是,这么些天了,耳朵里不干不净听的多了,她心里早憋了一口恶气。也活该小闺倒霉。她心里笑了一下。脸颊上冰凉,半个枕头都湿透了,也不知道是汗水,还是泪水,寒浸浸的。瓶子媳妇翻身坐起来,走到镜子前面照了照,见镜子里头那个人,好像是泪人一样,不由叹口气,点了点那人的额头,笑道,要不要脸哪。

天色渐渐暗下来了。不知道谁家在煮粥,小米的香气一阵子一阵子散开去。菜畦里,黄瓜沉沉垂下来,一大根,又一大根,顶着黄的小花,毛刺刺的新鲜。豇豆角也爬满了架子,累累挂挂的,开着一簇簇的小紫花。瓶子媳妇摘了几根黄瓜,又摘了一把豆角,拔了一棵葱,盘算着弄晚饭。

天边最后一道霞光渐渐隐去了。风悠悠吹过来,有了一点凉爽的意思。房子是去年翻盖的,方方正正的院子,不大,倒也干净敞亮。先盖了一层,还有一层,预留了空间,打算过几年再盖。对外头的说法是,小豆子还小哪。其实还是钱的事。有钱谁不想一下子盖好呢。有人问起来,瓶子总是很认真地跟人家说,着啥急呢,小豆子还小哩。人家就笑道,是呀,小豆子娶媳妇,怎么也得十多年吧。瓶子也笑道,可不是。看着瓶子那个样子,她不由得心里冷笑一声,心里恨得不行。

怎么说呢,瓶子就有这样的本事,最会自己骗自己,骗得自己信了,还眼巴巴盼着人家也来相信。她很记得,新婚那一个晚上,她瞥见褥子上干干净净的,心里慌乱得很,不知道该怎么搪塞过关。瓶子倒晕乎乎的,只顾倒头大睡,也不深究。是等到好久以后,到了第二年,春天早过了,都快入伏了,才像是忽然想起来一般,问了她一句。她吓了一跳,以为被识破了,正想着怎么辩解呢,瓶子却又像忽然醒过来一样,一拍脑袋,哎呀一声,说看我这记性,记错了记错了。瓶子媳妇见他这个样子,一肚子的话,想说,又说不出来,只有钻进他怀里,哭得一噎一噎的,好像是那一肚子的话,变成了一肚子的委屈幽怨。倒是瓶子,反被她哭傻了,打叠起来一百样一千样儿的温柔,哄她劝她,方才渐渐止住了。月光从窗子里照进来,正好落在枕畔。她看着瓶子熟睡的脸,在月光下,有一种淡淡的光泽,欢喜,满足,又有一点吃力,像是怀里抱着一个贵重的瓷器,生怕不小心摔坏了。她拿一只手,狠狠掐着自己的腿,恶狠狠的,像是要掐断那一点模模糊糊的过去。掐得干干净净,只把一个干干净净的自己,给了这个傻乎乎的睡觉的人。夜深了,月亮就在天上,静静地看着她。她看着那月亮,看着看着,竟觉得好像那是一个人的脸,似笑非笑。再仔细一看,却是冷笑。她心里一凛,背上簌簌地起了一层细汗。

吃过晚饭,小豆子趴在桌上写作业,嘴里念念有词的。她从旁监督着,手里织着毛衣。一会儿说,豆子,坐直了。一会儿又说,豆子,眼睛离书远点儿。瓶子在一旁鼓捣那个破电视。这阵子,瓶子天天晚上鼓捣那个破电视。瓶子媳妇往他那边瞥了一眼,嘴里却对着小豆子说,好好念书豆子,好好念书才有好前程。千万别学爸妈,一辈子窝在芳村,憋屈一辈子。小豆子也是听惯了,只管埋头写作业。瓶子也专心鼓捣电视。见爷俩儿谁都不搭腔,她一时讪讪的,反倒觉得没了意思。

风扇不紧不慢地转着,把桌子上的课本吹得沙沙响,一张掀起来,又一张也掀起来,另一张眼看着想要掀起来的时候,却又落下去了。瓶子媳妇忍不住,叫道,豆子,能不能把你那书压上点儿?豆子就顺手从旁边拿了一个桃子,压在那书本上。瓶子朝这边看了一眼,依然低头忙他的。瓶子媳妇心里骂了一句。

进来一个短信,她腾出一只手,拿起手机来看。是银栓。银栓在短信里说,想你了。瓶子媳妇心里一跳,回道,去。银栓说,实话啊。瓶子媳妇回道,滚。银栓发来一个笑脸,说,我想和你一起滚。她心里恨了一声,就笑了。银栓这家伙,就这一点,嘴巴又甜又坏,叫人爱不得,恨不得。这银栓是乡里的秘书,书记身边的红人儿。那一回,也是个夏天,在村口,银栓从一辆锃亮的车里下来,叫她哎。他说,哎,这是芳村吧?他穿一件细格子衬衣,白白净净的,戴眼镜。她红着脸,替他指路。他的眼睛藏在眼镜后面,亮亮的,直看到她的眼睛里去。她被他看得臊了,扭身就走,却又被叫住了。哎,你叫什么?正咬着嘴唇想,要不要告诉他呢,偏偏小鸾远远地喊她,瓶子媳妇,瓶子媳妇。她脸上更臊了,又要跑,却被他拉住了。她紧张地扭头朝车里看,只见一个秃顶,倚在窗子上,背朝着他们,正在打电话。那人说,哎,你东西掉了。却塞给她一张小卡片。她仓促接了,正不知该怎么办,他却转身上车,一溜烟开走了。

细细的尘土飞起来,迷了她的眼。卡片上写着,耿银栓,秘书,后面是手机号,还有一些个字母,怪模怪样的,她看了半天,也没有看明白。耿银栓。这名字倒不难听。人呢,长得也斯文,像白面书生。她想起那人的眼神,心里又是一跳。低头看看自己身上的衣裳,刚从地里回来,汗淋淋的,裙子皱巴巴贴在身上,显出里面山山水水的轮廓来。有一绺头发散落了,掉在额前,湿漉漉的。眼睛里好像是进了灰尘,被她揉得泪汪汪的,有点疼。耿银栓。她在心里试着叫一声。

再一次见到他,是秋天了。庄稼们都成熟了。秋收就在眼前,人们还能清闲几天。好像正是八月十五吧,人们都忙着过中秋。那一天,她正抱着一个冬瓜回家,在胡同口,一辆车从后头开过来,不由分说,就把她弄到车里去了。她紧紧抱着那个冬瓜,都来不及惊叫。银栓不说话,一直把车开到村外。

秋庄稼又高又密,被秋阳晒得蔫蔫的。空气里流荡着一股子成熟庄稼的气息,带着新鲜刺鼻的青草的腥气。他温存地亲她、揉她,直弄得她身子软了、化了,忍不住叫出声来。他这才不慌不忙地要了她。她尖叫着,简直要死过去了。跟瓶子这么多年,她从来没有这么疯过浪过。傍晚了,她抱着那冬瓜回家,两腿一软一软的,仿佛踩在棉花上。晚霞羞答答的,也有红的,也有粉的,胭脂一般,把西天染了一大片。

不知过了多久,她被人摇了一下,才哎呀一声,像刚从梦里醒过来,惊惶地朝四下里看。小豆子立在她面前,眼睛亮亮地看着她。她吓了一跳。又见身上的衣裳好好的,电扇不慌不忙地转着。那只桃子早滚到一旁了,课本却拿在小豆子手里。小豆子说,这道题——她赶忙定定神,帮他看题。瓶子还在鼓捣那台破电视。一只蚊子嗡嗡嗡嗡叫着,落在他脸上,他也不轰它。

讲完题,又接着织毛衣。大热天,真不是织毛衣的时候。手心里容易出汗,一粘一粘的,把针弄得又潮又涩。她以为银栓还会再纠缠一下,却没有。

树上的蝉声,更加聒噪了。好像是,这大热天,蝉们都忍受不住了。不知道谁家的电视,开得声音很大,乒乒乓乓打得热闹。豆子手里夹着一支笔,飞快地转着,转着,一圈又一圈。瓶子媳妇叫一声,豆子。豆子吃了一惊,手里的笔却一时停不下来。瓶子媳妇呵斥道,再转!再转看我把你那笔扔了。豆子赶紧把笔收起来,一心写作业。瓶子媳妇看着他那小脑瓜,毛茸茸的,圆圆的,心里就软了一下,轻轻叹口气。

晚上,伺候豆子睡着了,瓶子媳妇洗澡,一会儿要这个,一会儿要那个,把瓶子支使得团团转。瓶子却笑嘻嘻的,忙个不停。她好不容易洗好了,出来,一面擦头发,一面叫瓶子去洗。瓶子乐颠颠去洗了。

夜深了。整个村子都睡着了。月亮渐渐往天边移去,只把一点光晕,透过槐树的枝叶,漏在窗子上。瓶子的鼾声一起一伏,好像是波浪,整张床仿佛在水上漂着,也跟着一起一伏。瓶子媳妇闭上眼睛,却睡不着。方才,恐怕把瓶子吓坏了吧。结婚这么多年,他从来没有见过她这个疯样子。简直是,简直是有点不要脸了。也不知道,豆子听见了没有。她张着耳朵听了听,东屋里静悄悄的,一点声音也没有。她的一颗心方才略略放下些。出了一身的大汗,身上湿淋淋的,如今都凉下来了,黏黏腻腻的,十分难受。她也懒得去洗。

难受。她就是要让自己难受。这半辈子,什么时候好受过呢。在娘家的时候不算。在爹娘跟前,那是自己的家嘛。可就算是在自己的家,在芳村,她怎么就平白地受了人家的欺负?那一年,她几岁?三四岁?五六岁?顶多,不过是豆子这样的年纪。好像是冬天,正月里吧。她在门口玩,百无聊赖。瞎眼老六过来,一把抱起她。她问去哪呀,六爷?老六说,去我家呀,找四儿。四儿是瞎眼老六的闺女。她就放心去了。却没有见到四儿。后来的事,她都模糊了。只记得,她好像是尿炕了。瞎眼老六让她立在炕沿上,帮她穿棉裤,厚厚的连腰棉裤,怎么也穿不好。再后来,怎么跑回家的,她都不记得了。是在很多年以后,她才渐渐省过来了。她恨不能杀了那老东西。那时候,瞎眼老六已经死了好多年了。

月亮西斜,把枝枝叶叶的影子画在窗子上。瓶子的鼾声忽然停了一下,又响起来了。她翻了个身,还是睡不着。挂钟敲了几下,也没有数清。好像是下半夜了。

一大早起来,打发豆子去上学,瓶子媳妇梳洗打扮,左挑右拣,穿了一件奶黄裙子,头发随意绾起来,弄成一个髻,却又有一绺头发掉出来,显得又俏皮,又娇媚。瓶子正在院子里浇菜,水管子哗哗流着,溅起白亮亮的水花。见她打扮着出来,也不说话,只管把水管子冲着菜地,机关枪似的,扫个不停。瓶子媳妇忖度他的神情,停下脚,问他怎么了,怎么不去上班呀。问了两遍,瓶子也不搭话。她忍气道,问你哩,今个儿不上班呀。瓶子只把水管子当枪使,哗哗哗哗冲着菜们扫射,半响,才闷声道,一会儿去。她这才放了心,一面往外走,一面又回头嘱咐道,干活机灵点儿,还有,别成天耷拉个脸,好像谁欠你二百块似的。

街上人来人往,有去赶集的,有去上班的,也有去地里干活的。出了胡同,远远看见,村委会小白楼前头,停着几辆汽车,有几个人咋咋呼呼的,在说什么事。瓶子媳妇拿出手机来看了看,短信上写的是十点。银栓这家伙,看着斯斯文文的,却是最没有耐性的。每一回都这样眼巴巴的,简直是等不及。正想着呢,听见有人叫她。小闺骑着电动车,日日日日日从后头过来,在她面前停住,问她这是去哪儿呀,一面觑着她的脸色。她这才想起昨天的事,说去我娘那儿一趟。我大姨来了。不咸不淡的,也不笑,也不正眼看她。小闺忙哦了一声,意意思思的,叫了一声嫂子,想说话,又说不出来。瓶子媳妇见她这个样子,心里冷笑一声,只装作看不见,扯一些别的闲话。正不尴不尬呢,瓶子媳妇手机响了,她一面掏手机,一面笑道,有点事儿,先走啦,有空过来说话呀。

一进院子,她娘正和她大姨坐着说话呢。她把东西一样一样拿出来,有给她娘的,也有给她大姨的,摆了一堆。她大姨见了,十分喜欢。她娘小声埋怨道,来就来,还买这么多,生怕人家不知道你是有钱的?她只是笑着,也不理她娘,只跟她大姨扯一些家常话。她大姨说着说着,就说起了她那闺女小子,一口一个白眼狼,没良心的,一面说一面擦眼泪。瓶子媳妇知道她家的事儿,心里叹了一声,家家都有一本难念的经呀。也不敢顺着她的话头说,又不敢太戗着她说,只有百般譬喻开解,方才慢慢好些了。抬头见她娘朝她使眼色,瓶子媳妇会意,说还有事哩,得去城里一趟。趁机出来了。心里一面暗暗埋怨她娘,这大姨虽说不是亲生,好歹也是一块长大的,都到了这个年纪了,她娘那性子没有改一分。

这个季节,正是麦子灌浆的时候。有一点风。空气里流荡着一股子湿漉漉的土腥气。槐树早已经开过花了,结出了一簇一簇绿色的槐米。一只白鹅在树底下歇着,见她过来,嘎嘎嘎嘎叫了起来。村外的河堤上,种着很多白杨树。立在河堤上,可以看见河套里的庄稼地,绿色的河流似的,在刺目的阳光下,好像是在缓缓流淌。河堤上静悄悄的。后头就是苌家庄的老坟,栽着松柏,棵棵总有一抱粗吧,蓊蓊郁郁的,十分茂盛。一只老鸹不知道落在哪棵树上,忽然间嘎的一声,倒把人吓了一跳。河堤曲曲折折的,一眼看不到尽头,好像是一个人的心事。阳光被树木遮住了,还是有一点一点的光斑漏下来,银币似的,落在地上,一闪一闪。远远的,有汽车开过来,她的心怦怦怦怦跳起来,赶忙拿手拢一拢头发,又拿出小镜子,检查脸上的脂粉和口红。汽车越来越近了,却见是深红色的,在前面的一个岔道口,一个拐弯,开走了。她啪的一下把小镜子合上,只觉得心头有什么东西慢慢洇染开来。也不是委屈,也不是怨恨,酸酸凉凉的,说不出的滋味。那只老鸹又嘎地叫了一声。四下里更安静了。莫名其妙地,她心里有一种不祥的预感,却又不愿多想。一只蛾子飞过来,黄的翅膀,上面落着白的黑的点子。她这才发现,身边的田埂上开满了牵牛花,还有灯笼草、猫眼睛、小野菊。她掏出手机,翻出那条短信来看,越看越看出破绽来了。也不知道,这条短信,银栓这狗东西,到底是发给哪个不要脸的骚货的。他敢!他竟然也敢!

　　阳光更加强烈了。河套里的庄稼地,茫茫一片,偶尔有叶尖子上的反光,灼人的眼睛。她紧紧攥着手机,手掌心里都是汗。眼睛看着远处,心里也是茫茫一片。她怎么就没有想到呢。她以为自己是谁?能够有恁大的本事,把银栓这样的男人攥在手里?她想起第一次见银栓的时候,那个夏天的午后,细格子衬衣,金丝眼镜,白面书生一样。她可真傻啊。就算银栓是白面书生,她也不是那个花园里的小姐。怎么说呢,就连小姐身边的丫鬟,也算不上,不过是这路边草棵子上的一滴露水,风还没有吹,就散了。她怎么就没有想到呢。以银栓的身份,什么不是手到擒来呢。她总以为,他对她,至少还有一分的真心吧,要不然,怎么会对她这么好呢。银栓。她心里叫了一声,眼睛里就雾蒙蒙的。她怎么不记得,那一回,她吞吞吐吐说了盖房子的事,还没有说完,就被银栓拦住了。银栓在她那湿淋淋的屁股上捏了一把,笑道,就这事儿?她点头,满脸通红。银栓说多大点儿事儿啊,还不如这个大。他又捏了一下那屁股。她臊得钻进他怀里,再也不敢抬头。银栓哈哈哈哈笑起来。

　　太阳慢慢爬到头顶了。庄稼们被晒得蔫蔫的,有一股溽热潮湿的气息,叫人喘不过气来。她艰难地站起身,才发现,裙子已经被汗水浸湿了。有心给他发个短信,或者,索性一个电话打过去,质问他这个没良心的,逼着他说出个一二三来。手机就在掌心里攥着,却最终一动也没有动。她以为自己是谁呢。她又不是他媳妇。这么长时间了,他跟她许下过什么吗?没有。他只说他想她,他要她。仔细想来,他甚至都没有说过他喜欢她。他咬她,亲她,一口一个小骚货地叫她。她不是都颤巍巍地应了吗。她可不就是一个骚货吗。为了自家的新房子,为了自家的光景,卖了自己的身子。不是骚货是什么呢。

那一年,豆子一岁的时候,她还为了去厂子里上班,找过增志。怎么说呢,瓶子这个人,简直就是一块木头,说难听一点,就是一个废物。文不能武不能,什么都做不成。人又懒,又不长进。总之是,她从来不敢有半点指望。为了这个,吵也吵了,闹也闹了,横竖是不管用。她是什么时候死心的呢,好像就是那一回,豆子九个月大,她背着豆子,去浇地。秋天,玉米地很深了。玉米叶子刀子一样,割得胳膊生疼。豆子抓抓抓抓抓抓地哭,尖锥锥的,哭得她心里一撕一撕地疼。汗水把衣裳溻透了,眼睛被杀得睁不开。玉米地里又湿又闷,笼子一般。一个男人夺过她的铁锨,把她推出玉米地。她坐在地头的树荫底下,看着绿茫茫的庄稼地,一会儿这里晃一下,一会儿那里晃一下。就在那玉米地里,她让他要了。豆子爬在垄沟上玩水,有蚂蚱一跳一跳。玉米棵子哗啦哗啦摇动着,她被他压在身子底下,静静地流泪。玉米叶子拉着她的胳膊、大腿,玉米缨子落在她脸上,粉粒子纷纷扬扬的,弄得人睁不开眼,她也不去管。

正是晌午时分,村里飘着饭菜的香味,混合着庄稼树木的郁郁的湿气。卖豆腐脑的推着车子,一面走一面吆喝,豆腐脑——油酥烧饼——豆腐脑——油酥烧饼——有人拿着碗出来,叫住他,他不慌不忙的,吆喝得更响了。瓶子媳妇慢慢往回走。路上有人跟她说话,她也恍恍惚惚的,不知道答了句什么。刚拐进胡同,见春米端着一个大碗走过来,颤巍巍的,老远就对着她笑,叫她婶子。她忽然想起小闱的话,也强笑着跟她打招呼,问她这是去哪儿呀。春米说,贵山奶奶病着,想吃坛子肉了,贵山哥叫我炖好了,给送去一碗。春米嘴里丝丝哈哈的,说刚出锅,这碗烫死人,我得赶紧走。瓶子媳妇笑道,可不是,赶紧的吧。看着她一扭一扭地走远了,心里叹了一声,想,春米这闺女,长得挺甜,也是个苦命的。

洗完澡,正擦着身子,手机响了,她想着可能是银栓的短信,故意不理,慢腾腾收拾好,才拿起手机来看。却不是。增志在短信里问她,吃饭了没有。她这才觉出肚子饿了。增志叫她别弄饭了。原来是他们厂子里一帮人,刚在难看饭馆里吃过饭,把剩菜打包了,这就给她送过来。不多时,增志果然就来了,大包小包一堆,放在桌子上,然后斜着眼看她,笑道,怎么不高兴呀,谁惹你了?她说谁敢惹我呀。增志说也是,谁敢惹你呀。说我得走了,那边还有一干子人哩。转身就要走。瓶子媳妇却拽住他,不让他走。他顺势在她腰间捏了一把,说你看你,懂事儿呀。回头我短信你。瓶子媳妇的泪就下来了。增志见她这样子,知道是不能走了,只好停下来,听她说。她却不说了,抽抽搭搭的,一句都说不出来。增志急得无法,从兜里拿出钱包,抽出几张票子来,塞到她手里,又在她脸上匆匆啄了一下,说回头短信呀。转身走了。

也不知道过了多久,昏昏沉沉醒来,见阳光从窗子里流进来,淌了一屋子,好像是谁家的蜜罐子倒了,黏稠缓慢,意意思思的。肚子咕咕咕咕叫起来,嘴里又干又苦。她扎挣着起来,想倒一杯水喝,却一点力气都没有。

豆子背着书包,满头大汗跑进来。把书包往沙发上一扔,打开电扇。桌子上那几张票子飞起来,飘啊飘的,不肯落在地下。豆子叫了一声,乐颠颠的,扑过来追。瓶子媳妇也不知道哪里来的邪火,冲上来,三把两把抓住那几张票子,噌噌噌几下子就撕碎了。豆子吓呆了,也不敢拦她。她撕了几下还不解恨,直把那几张票子撕成了碎片片,扬手一扔,才算作罢。

风扇呼呼吹着,那些碎片片飞呀飞,好像是一场小雨。豆子呆呆地看了半晌,这才哇的一声,哭出声来。

第九章
大全有个胖媳妇

露水是一个村庄的眼泪
早晨的露水,夜晚的露水
有很多东西
白天就看不见了

这阵子,大全媳妇心里不痛快。

早晨起来,屋里屋外都收拾清楚了,才忙着弄早饭。平日里,大全在外头吃坏了胃口,难得在家,就好个素净的。大全媳妇琢磨着,和一小块儿面,擀点小面叶儿,薄薄地切了,清水白煮,点上几滴醋,点上几滴酱油,再点上几滴香油,再绿绿地撒上一把芫荽末子,再卧上一个荷包蛋,荷包蛋要嫩,老了就不好了,最好呢,有那么一点溏心,咬在嘴里,有金黄的汁子流出来。煮面叶儿的汤要宽一些,盛在碗里,是半碗汤半碗面,连汤带水,再好不过了。

面叶儿擀好了,在案子上晾着。她洗了手,去菜畦里拔几棵芫荽。见棱见方的大院子,菜畦就在院子的西墙下面,挨着水管子。这菜畦是她一手侍弄的。有西红柿,有豇豆角,有四月鲜,有茄子,有莴苣,有茴香,还有芫荽和小葱,边边角角的地方,还点了几棵北瓜。大都是头一年留下了种子,没有的呢,就去集上买回来。家里的地早就给别人种了,她的意思是,想留下半亩三分的,种点菜。大全哪里肯听,干脆一分都没有留。幸亏院子大,她就赌气在院子里开了一个菜畦,瓜瓜茄茄的,算是过过种地的瘾。

又是一个大热的天气。今年不知道怎么了,热得早。刚过了小暑,就热得人受不了了。要是数了伏,还不知道能有多热。树影子琐琐碎碎的,落了一院子。鸡冠子花红得胭脂似的,好像是马上就要红破了。美人蕉就收敛多了。肥大的花瓣子,嫣红中带着那么一点点黄,艳倒是极艳的。

她把芫荽在水管子底下洗了,切好,盛在一只小白瓷碗里。想了想,又剥了一头紫皮蒜。大全横竖离不开蒜。正忙着,她嫂子来电话了。

挂了电话,她心里有些纳闷。嫂子在电话里问她,今儿个有空没有,她想过来看看。她怎么不知道她这嫂子?无事不登三宝殿。大早起的打电话来,看来是又有事了。

锅里的水早开了,她也不敢就下面叶儿。面叶儿这东西,煮早了,容易糟了。也不知道,大全什么时候回来。昨天夜里,难得没有出去喝酒,却一早被电话叫去了厂子里。有心打电话问一问,又怕他嫌烦。看他那神色,一定是有什么要紧事。

太阳越来越高了,总有一竿子多吧。厨房里被照得明晃晃的,越发显得干净亮堂。全套的厨具,据说都是进口货,跟电视里的一个样儿。大全这家伙,就是会糟蹋钱。有时候,她立在这贼亮亮的厨房里,忙着忙着,忽然就恍惚了。真是做梦一样。谁会想得到呢,这辈子,她也有如今这个福分。当初嫁给大全的时候,怎么就没有看出来呢。

正等得心焦,听见门响,跑出来一看,是小别扭媳妇银花。

银花和大全媳妇娘家是一个村的,算本家堂姊妹,大全媳妇年长几个月,在娘家堂姊妹中排行老三,银花叫她三姐。两个人在娘家时候就十分地要好,胳膊离不开腿,如今都嫁到芳村来,更觉得亲近了。

大全媳妇见银花一张脸儿黄黄的,眼睛下面有两块青,头也没有梳,不像平日里油光水滑,觉得蹊跷,便问,怎么了,怎么起这么大早?银花眼圈儿一红,只是低头不说话。大全媳妇知道她素日里的脾气,最是一个刚硬要强的,赶忙去厨房里把火关了,尽着她往北屋里让。

进屋坐下,经不住大全媳妇再三再四地问,银花才抽抽搭搭说了。原来是她家小闺女二娟子,有了。大全媳妇急得问道,二娟子?不是才上高一吗?银花说可不是,这些日子见她茶饭不想的,吃了就吐,整天价身子懒懒的,还想着是天儿热,暑气闹的,去耀宗那儿抓了点儿药给她吃。黄花闺女家,谁敢往这个上头想呢。银花说老是不见好,就带她去找耀宗看,耀宗给摸了脉,说是喜脉。这个不死的妮子!大全媳妇说,当时旁边有没有人?这个要是传出去,好说不好听。银花把大腿一拍,哭开了。谁说不是?耀宗倒是把我叫到一旁说的。可这种事,怎么瞒得住?我这张脸哪,叫我往哪里搁!三姐,你看我这命!看我这命!大全媳妇嘴拙,也不知道怎么劝她,急得在地下团团转,又去打开冰箱,拿了一瓶康师傅绿茶给她。见她哭得伤心,便小心劝道,这年头儿人心乱,孩子年纪又轻,难保不出个一差二错的。再说了,如今人们都开通了,这个也不算什么。眼下得赶紧想办法。这种事,耽搁不得。银花咬牙骂道,她死了才干净!她怎么不去死!还嫌我命好!银花说,就当我没有生这个闺女!横竖我还有一个!正说着,听见大全在院子说话,便都不说了。张着耳朵一听,原来是在打电话。

银花赶忙擦干眼泪,起身要走。大全媳妇知道她是怕大全知道,也不拦着她。在院子里见了大全,银花低头叫了一声姐夫,匆匆走了。大全见她眼睛红红的,一面洗手,一面问怎么了。大全媳妇说,没事儿。还不是她那妯娌,厉害茬儿。

吃着饭,大全又接了好几个电话。大全媳妇说,又没有着火,什么事儿这么急,还叫不叫人吃顿安生饭了?大全把最后一口吃完,大全媳妇赶忙扯了一张餐巾纸给他,见他吃了一脑门子汗,又去拧了个凉毛巾把子来。大全胡乱擦了一把脸,又擦了擦脖子,仍旧把毛巾递给她,个儿个儿个儿个儿打着饱嗝儿,一面去找他的烟斗。大全媳妇泡了茶端过来,坐在一旁,看着男人吸烟。

大全斜靠在那只榻上,榻挺宽挺大,竟也被他盛得满满的。大全媳妇看他二郎腿一跷一跷的,一只拖鞋挂在大脚指头上,十分惊险。刚要起身替他拿下来,不想那拖鞋啪嗒一声,掉地下了。大全的手机滴滴滴滴响个不停,像一只不安分的小家雀儿。大全有时候拿起来瞄一眼,有时候呢,干脆不理会。大全媳妇知道,都是些没要紧的短信微信七七八八的什么信,故意不问。大全美美地吸了一斗烟,喝了茶,歪在沙发上,闲闲地玩他手上那串佛珠。大全媳妇见他心情还好,便说,厂子里眼下缺人不?大全媳妇说她想叫大娟子到厂子里。大全说,大娟子?不是在城里待得好好的吗。大全媳妇说在城里是不假,可她那个美容院,也是好人家的闺女待的?大全说,银花今儿个来是为这个?大全媳妇说那可是冤枉了她。大全媳妇说她跟她那二妯娌吵了一架,气不过,来家里说说话儿。大全说,还有人敢欺负她?大全媳妇说,银花是厉害,就是厉害在那一张嘴上。心眼子倒是忒软,我们姊妹一个样儿。大全就笑。大全媳妇说,大娟子那闺女,长得真是疼人儿。比学军小一岁,学军属大龙,大娟子属小龙,说是二龙在天,要风得风,要雨得雨,顶般配。大全媳妇说大龙降小龙,咱学军还能拿得住。大全说,是银花说的吧?就好烧香点火,装神弄鬼的。你也信!大全媳妇说,婚姻大事,总得好好算算。银花她就是灵验,十里八村的,谁不信服?大全说,那她怎么不算算她自己的命?光景过得,大窟窿小眼的。大全媳妇气道,这也是当姐夫的说的话?大全说,当姐夫的该怎么说?啊,你倒是教教我?大全说都说小姨子有姐夫的半个屁股,是不是这话?大全媳妇见他嬉皮笑脸,便咬牙骂道,狗嘴里吐不出象牙!

日头已经转到房子后面去了。院子里花木多,阴凉也多。院子里原是大理石铺地,后来嫌滑,就又拆了,改成大块的青石板,还用石头砌了一个鱼缸,养着金鱼。有一棵很大的杏树,也不知道大全是从哪里弄来的,叶茂枝繁,十分肯结果子。大全媳妇知道,鱼啊,杏啊,发财树啊,男人不过是图个吉利。做买卖的人嘛,都信这个。这家伙,煮熟了的鸭子,嘴硬。银花是芳村有名的"识破"。"识破"的意思,就是有天眼,和凡人不一样,据说,能够看破世事,直接和仙家通话。大全媳妇起初也不信,穿开裆裤一块长大的银花,怎么忽然就开了天眼了?眼见得银花被人传得,神是神鬼是鬼,遇到事儿,人们就说,找小别扭媳妇去看一看。后来,有一回,为了大全的事儿,她跑去找银花。银花说她给烧一烧,问一问。银花跪在地下,嘴里念念有词,说是翟门刘氏,彩凤随了乌鸦,遇人不着,求仙家给开解开解。银花家迎门挂中堂的地方,挂着一整幅神,大全媳妇只抬头看了一眼,见密密麻麻的,一个也不认识,生怕看多了有冲撞,就不敢再看,只有眼巴巴看那炷香。眼见得那香霍的一下就见了明火,银花赶忙说,求仙家息怒,凡间小事,本来不该惊动仙家,念在这翟门刘氏,多年来信神敬神,初一十五都上香上供,求仙家把她的运命给破一破。大全媳妇正看得发呆,只见银花把身子一扭,转过脸去,再开口说话的时候,却是男人的嗓音,说是此人本不是人间的角色,原是王母驾前的一个小童,偶然动了凡心,下到人世间来,注定要经历一番繁华热闹。至于那些个莺啊燕啊,花花草草,也是他该有的劫数。过了五十六岁,自然会洗净红尘,重新做人。翟门刘氏,你姑且熬着吧。大全媳妇听得真切,觉得每一句话,都好像是从她自己肺腑里掏出来一样。待要细问,银花却忽然哎哟一声,睁眼醒过来。问她什么,说都不记得了。大全媳妇反复琢磨那仙家的话,越想越是,自此深信不疑。

晌午饭只她一个人吃。她忖度大全的口气,知道大娟子的事儿八九不离十,很是喜欢。想着等最后定了再说,到底忍不住,给银花打了个电话。银花自然也十分喜欢,说是她那儿有人家送的土鸡蛋,她这就搬一箱子过来。大全媳妇赶忙拦住了。这几年,银花家少不得有些稀罕东西,都是那些个来烧香问事的人送的。

大全媳妇眼里哪看得上这些？她心里盘算的，是学军和大娟子的事。大娟子这闺女，长得模样儿好不说，脾气也柔顺，最要紧的，大娟子是她的娘家外甥女，虽不是嫡亲的，可是俗话说，抓把灰，比土也热。要是能亲上加亲，再好没有了。

心里喜欢，大全媳妇一面弄饭，一面就哼起了河北梆子。"想汴京盼汴梁今日得见，找到了，找到了儿的父，再不作难，寻小店咱们暂且歇息一晚，到明日见你爹骨肉团圆……"

平日里，肥鸡大鸭子吃腻了，今儿个只她自己，就想着吃一口清淡的。去菜畦里摘了一把豇豆角。这豇豆角要老一些的才好，老豇豆又面，又筋道，不比那些个嫩的，入口就化，一点意思没有。把豇豆角洗了，切成段。添了小半锅水，在箅子上头铺好苫布，把豇豆角铺在苫布上头，再撒一层干玉米面，盖锅盖，蒸上十来分钟，就好了。然后是弄作料。蒜泥要多多地放，还有醋，还有酱油，还有香油，最好是再炸上那么一点花椒油辣椒油，味道就更足了。这样的饭食，芳村人叫作"苦累"。这"苦累"，也有用嫩榆钱叶儿做的，也有用嫩马生菜做的。都是早年的东西，如今，恐怕没有人这么吃了。刚坐下要动筷子，听见院子有人叫她。她嫂子一撩帘子走进来，满脸汗津津的。

她赶忙起身，叫她嫂子洗把脸，又把空调打开，问她吃饭了没有。她嫂子瞅了瞅她的碗，就笑道，怎么吃起这个来了？是忆苦饭？她说什么忆苦饭，就是一下子想起来了。平日里他们爷儿几个也不肯吃。她嫂子就笑。她见她嫂子笑得奇怪，当是她笑她故意哭穷，深悔自己不仔细，知道她嫂子要来，怎么就想起吃这"苦累"来了。她这嫂子又是个不省事儿的，往少了说，怕有一百个心眼子。她那哥哥，老实疙瘩一个，被她拿捏了大半辈子。还有她那老娘，也是哑巴吃黄连，有苦说不得。又一想，管她！在我的院子我的屋，我想吃什么饭，难不成还要看旁人的眼色。便笑着让她嫂子。姑嫂两个坐下吃饭。她看了看饭桌上的"苦累",到底觉得不像,又去冰箱里拿出半只酱鸭子撕了,又切了一盘火腿肠,又把头天炖的肘子拿出来,在微波炉里热。她嫂子一个劲儿地说甭忙活甭忙活,筷子却急雨一般,直直落在那些个鸭子肘子火腿肠上。有日子不吃"苦累"了,她吃了一大碗,她嫂子却只浅浅地动了几筷子。有心去给她嫂子煮一碗速冻饺子,又很看不上她那样子。想了想,去拿了几包芝麻糊和豆奶粉来,烧开水冲了,端给她嫂子。她嫂子丝丝哈哈地,喝得香甜,虽说是开着空调,却也喝得满头大汗。她嫂子一面擦汗,一面说,看我这汗。吃饭出汗,一辈子白干。

吃罢饭,她也不收拾锅碗,忙着把她嫂子让到北屋客厅里坐下。又把冰箱里半个西瓜拿出来,切成一牙一牙的,递到她嫂子手里。姑嫂两个就吃瓜,一时也没有话。

大全媳妇看她嫂子吃得狼狈,西瓜汁子顺着手腕子淌下来,心里恨她吃相难看。也不好说她,只有忍着。幸亏大全不在家,他要是见了,说不定又是冷哼热笑的。她这嫂子生得奇怪,上身瘦,下身却极胖,尤其是屁股,大得磨盘一般,整个看上去,真仿佛一个梨的形状。头发偏偏烫了,乱糟糟老鸹窝一样。她嫂子吃着瓜,噗噗噗噗地吐出一个一个的瓜子儿来。大全媳妇知道她有事,却也不问,等着她开口。她嫂子吃着瓜,说了有两车子闲话儿,左拐右拐,终于拐到正题上来了。

原来是,她嫂子的娘家哥哥,为了老坟上的几棵树,跟人家打起来了。被人家打得脑袋上开了一个大口子,缝了有十来针。现今人还躺在医院里,挂着水。大全媳妇啊了一声,忙问,是谁家这么样横?把人打成这个样?他嫂子说,还有谁家?咱村子里的瓦片家嘛。仗着他叔叔是村干部,如今走道儿都横着走。人家院房又大,人又多,甭说真的上手打,就是在旁边拉一拉偏架,就够我哥受的。她嫂子说她哥如今被打成这样,那贼操的连面儿都不露一下,药费也不出,打手机关机。欺负老实人!她嫂子说,谁不是爹娘养的?我哥好好一个人,被人家打得头破血流的。我嫂子死啊活的闹腾不说,就是可怜我那老娘,八十岁的人了,还跟着小人儿家们担惊受怕。一天一夜了,米粒子不沾牙。我这当闺女的,瞅着真是刀子剜心一样哪。大全媳妇听她像是倒了核桃车子,骨碌碌没完没了,也插不进话去,只有一个劲儿地点头,跟着骂那贼操的。她嫂子说,我也是没有一点法子,才跑来求你,好歹叫我那妹夫出个头——大全媳妇皱眉道,他啊,又不是一个村子,隔村迈舍的,恐怕——她嫂子说,谁不知道妹夫脸面大?不说是咱们东燕村、青草镇,就是县上的人,有哪个敢不买他的账的?况且,妹夫他和芳村的干部们也熟,只要芳村的干部肯出面,咱东燕村的干部能不给这个脸?自古是官官相护——大全媳妇听她嫂子说得噜苏,心里十分不耐,也不好露出来,想这个忙,恐怕还得帮一帮。她嫂子是个厉害货,心辣手也辣,最使得出来,就不为了自己的亲哥,亲娘还在人家手里呢。芳村有句话,媳妇越做越大,闺女越做越小。为了什么?还不是为了人家做媳妇的,早晚要给自己的爹娘养老送终?做闺女的,少不得要做小伏低的,放下身段来。想到这里,大全媳妇便劝道,嫂子你也别太伤心了。这个事儿,咱们占着理儿,怕什么?再怎么,他动手打人也有错在先。等大全回来,我叫他想想法子。她嫂子见她松了口,也就慢慢收了眼泪,又说了一会子闲话。说是这几天心忙,偏偏又要拆洗了。他奶奶的被褥,她得趁着这伏天儿,拆了洗了。去年她留了新棉花,预备着给老人家做新被子褥子,新棉花轻软,又暖和,老人家嘛,怕冷,夜里翻身又不灵便。她听她嫂子絮絮叨叨的,心里冷笑一声,知道她这是在她这里卖好儿夸功劳,心想就我平常手指头缝里漏下来的,就够你们一家子吃喝。给你们的还少了?也不点破她,只点头微笑。

她嫂子走的时候,她给她装了一大袋子排骨、一个肘子、一大包上好的冰糖,又到菜畦子里现摘了几个茄子、一堆西红柿,又割了一捆子茴香,嘱咐她回去蒸包子捏饺子,娘就好吃个茴香馅儿。又去超市里买了一只烧鸡、半斤咸驴肉、一大块子牛腱子,总有十来斤。又买了一些个营养品,牛奶鸡蛋点心八宝粥,说是给病人吃。她嫂子直个劲儿地说够了够了,怎么拿得了,却也不硬拦着。眼看着她歪歪扭扭地驮着大包小包,骑着电动车走远了,才慢悠悠往回走。

街上人来人往。老远看见耀宗的卫生院门口,停着各式各样的车。这些年,耀宗家的买卖红火,本村的外村的,方圆十几里,都知道耀宗的名气。正走着,迎面见一个人过来,迎着太阳光,明晃晃对她笑着。定睛一看,是绿双。

绿双笑嘻嘻的,赶着大全媳妇叫大娘。这绿双是大全兄弟二全家的闺女,今年刚考上大学。大全媳妇和绿双她娘素来不和睦,年轻时候对骂过,如今年纪大了,大儿大女的,不过顾一个大面儿罢了。绿双这闺女长得倒是像极了她娘,简直是一个模子里印出来的一样,脾气却像她爹,是个实诚孩子。大全媳妇因为没有闺女的缘故,对这个绿双十分看得上。见了绿双,宝贝蛋似的,赶忙一把拉住她,问她热不热,这么晴天大日头的,要去哪里。绿双说去东头红红家。大全媳妇见她才洗的头发,湿漉漉地披着,有水点子哩哩啦啦淌下来,把肩膀头子洇湿了一片,便嗔道,洗头发也不擦干,看弄湿了衣裳。绿双吐了吐舌头,刚要溜走,大全媳妇又问起她上学的事儿。绿双考上的是北京的大学,九月里就要去上学了。娘儿俩说了一会儿闲话,大全媳妇才回家来。

已经是下午三四点的光景了,日头还十分毒辣。金鱼们也好像是睡着了,在水底下待着,一动也懒得动。牵牛花给日头一晒,紫得更好看了。还有月季，大红的也有，浅粉的也有，白的也有，黄的也有，一大朵一大朵，密密层层的。木槿却是干干净净的粉色，嫩黄的花心子俏生生吐出来，深处却是红的，胭脂一样，像是这花的心思都藏在里面了。大全媳妇想着绿双的小模样儿，叹息这孩子投错了胎，要是生在她这样的人家里，要什么有什么，还不得把她打扮得仙女似的。二全那两口子，文也不能，武也不能，日子过得凄惶，把这孩子也亏了。幸亏这孩子也争气，一口气念下来，考上了北京城。也不知道，二全他们两口子哪辈子修来的恁大的福气。忽然想起二娟子的事，盘算着今儿明儿两天，抽空过去看一眼。

眼看着就要数伏了。俗话说，冷到三九，热到三伏。三伏天儿，那真是大热。往年，入了伏，大全媳妇都要做几回凉面。手擀面，面要和得硬一点。软饺子硬面么。切得要宽一点，太细了没有意思。宽汤煮了，利落落挑出来，在冷水里过一遍，倒掉热水，再在冷水里过一遍，一连过上三遍，把水沥掉，盛在一个干净家伙里。然后是弄菜码。黄瓜细细地切了丝，鸡蛋薄薄地摊成片儿，也细细切了。还有菠菜，拿开水焯了，绿绿地切一盘子。还有绿豆芽儿，也拿开水焯一下。还有蒜泥，白白烂烂的大半碗，多多地加上醋，加上酱油，最要紧的是，炸了花椒油，滋滋滋滋地浇在面上头。这样一大碗凉面，又清爽，又利口，一家子都好这个。大全媳妇琢磨着，今儿晚上，不，赶明儿，等学军回来，她就做一顿凉面吃。晚上呢，晚上吃什么？一天三顿饭，真是愁死个人。想想看，人这一辈子，统共得吃多少顿饭？

拿着喷壶各处走了走，花们草们，该浇水的浇水，该喷雾的喷雾，又拿着抹布，擦擦这儿，抹抹那儿，正闲得没意思，忽然想起她嫂子拆洗的话来了，就到楼上翻腾那些个被褥。

大全两口子住的是主卧，南北通透，又宽敞，又亮堂。被褥都在东边那间小卧室。大全媳妇大开着衣橱门,把那些被子褥子都拿出来,堆在床上。忽然见一床被子看着眼生,就停下来了。这是一床双人空调薄被,石榴红绸被面儿,飞着金丝银线绣成的鸳鸯戏水。大全媳妇想了半晌,才想起这是大全从厂里搬回来的那一床,心里暗笑,这么娇气的颜色,大全这家伙也真敢盖,也说不定,是哪一个舔屁股的,为了奉承老板,送给他的。刚要抱起来放到一旁,不想那丝绸被子忒光滑,一下子散落开来,从里面骨碌碌滚出一个物件。大全媳妇拾起来一看,登时脸上火似的烧起来,心里头嗵嗵嗵嗵嗵嗵乱跳个不停。忍不住又拿起那个物件,只看了一眼,就烫山药一般扔在地下。心里是气也不是,恨也不是,羞也不是,恼也不是,真是热锅煎油一般,又好像是冷水兜头浇了一身一脸。呆了半晌,方才一下子扑倒在床上,嘤嘤嘤嘤哭起来。

不要脸的东西!眼馋肚子饱的货!都这么大岁数了,还这样地没有出息!这些年,光景是越来越好了,可是谁知道,这心里的委屈,却是越积越深了。芳村就这么大,村东咳嗽一声,村西的说不准就会感冒。这么屁大点的村子,谁还不知道谁?有什么闲话,就算是七拐八拐,拐上九九八十一道弯儿,还怕传不到她耳朵里?她原是想着,这样的事,眼不见,心不烦,眼不见为净。男人嘛,都是偷腥的猫儿。尤其是这个世道,人心惶乱,再正经的人,招猫儿递狗儿的荒唐事,也是有的。难不成就为了这个,这么大岁数了,还跟他闹离?这心事悄悄跟银花说过,也偷偷去银花那里烧了香,许了愿,说是要是在这个上头,叫她如了意,她要年年大年初一还愿,还整鸡整鱼、整个的大猪头,还上一辈子,一辈子香火供奉不断。仙家也说,等上了岁数就好了。上了岁数,才能慢慢收了心,金盆洗手,只一心在家里头。她深信这句话。她怎么不知道,这些年,大全买卖越做越大,脾气也越来越大,在外头,简直胡闹得厉害。她只装作聋子哑巴。只要他还回来,只要他不把外头那些个香的臭的带到她的家里来,她就能咬着牙,一直装傻子。想不到,如今,这样的东西他都能往家里带了,她怎么还能够装瞎子,装没事儿人!她想一阵子,哭一阵子,哭一阵子,想一阵子。满床的绫罗绸缎,凉森森的,光滑得叫人抓不住。泪珠子掉在上头,竟一滴都留不下,骨碌碌地滚来滚去。这么多年了,她一直忍着。想着自己也有年纪了,孩子也大了,再熬一熬,总有出头的那一天。可是,这东西怎么就像一根刺一样,扎在她的心尖子上,动不动,就钻心地疼哪。她堂妹子银花,还有她妯娌绿双她娘,还有她那厉害嫂子,再难,两口子也还是一条心吧。不像她,是反穿皮袄,好面子都在外头。

也不知道过了多久,窗户外头的天色慢慢暗下来了。楼下的电话好像是响了好一阵子,她也不去管。不知道谁家的电视,在播天气预报。她把脸埋在那些个绸缎里头,眼泪鼻涕腌渍着,只觉得刺痒难受。家里屋子多,这间一直闲着。有微微呛鼻的灰尘的气味。方才进屋也没有开空调,屋子里闷热。汗水和着泪水,好像要把她淹了。也不知道怎么一回事,她的身体里会有这么多的水分。她本以为,她早就干涸了,像一根老丝瓜,干瘪,皱巴,枯索,吃起来塞牙,只剩下肚子里那一团乱丝,七绕八绕,横竖也绕不出来。

醒来的时候,屋子里影沉沉的,也不知道是白日还是夜里。整个人像是水里捞出来的一样,动一动,浑身酸疼。脑仁子也疼得厉害,像是有一百根银针琐琐细细地扎她。她挣扎着起来,只觉得天旋地转,眼前金灯银灯乱窜。一步一挪,她慢慢下楼来,见天上微微发白,杨树叶子在风中响着,擦擦擦,擦擦擦。天上还有一钩月亮,淡淡的,浅浅的,像是谁不小心画上去,想要改,却又没有擦干净。才知道是天要亮了。

远远地,谁家的鸡开始打鸣儿了。我——一声儿,我——又

一声儿,我——又是一声儿。紧跟着,像是故意凑热闹,又有一只鸡叫起来。我——我我——我我我——我我我我——

洗完澡,她已经慢慢静下来。大全又是一夜没有回来。如今,他是越来越不像话了。她看着镜子里,那一个肥白的妇人,一身的肉,好像是真的没有可看的地方了。她想着,要不要去减一减肥?听说,有一种减肥茶,很是管用。或者就去城里美容院,办一张金卡,连美容带健身。她从前是太大意了,又怕花钱。其实仔细想想,她是要把钱留给谁呢?真是缺心眼子,傻得不透气儿。

穿着浴袍,大敞着衣橱的门,她把衣裳一件一件地翻出来,花红柳绿地扔了一床一地,竟是一件如意的都没有。她气得把这些个衣裳统统塞进一个箱子里,打算叫她嫂子来拿。想了想,还是自己送过去,问一问她娘家那一箩筐烦心事儿,再顺道去城里美容院一趟。

挑了半晌,才挑了一条蟹青色丝绸裙裤穿上,上头配一件水白真丝小衫,把头发绾起来,拿一个松绿色镶水钻的卡子卡上。又挑了一条金链子,吊着一尊小巧玲珑的金菩萨,手腕子上是一只雕花福禄寿开口老银手镯,赤金戒指,细细镂着福字。又往脸上仔细扑了粉,描了眉,画了眼,只是口红太艳了,拿面巾纸擦了一回,还觉得不行,又擦了一回。她在镜子前头左看右看,顾盼了半晌,总觉得衣裳太素净了,到底又把那条海棠红水纹真丝披肩拿出来披上。打电话叫厂里的司机过来接她。

钱包里又放了点钱。回她娘家,钱不能带少了。她嫂子那人没有底儿,说不定当着她娘,手心儿朝上,叫她下不来台。也不能带多了。她这个人,耳朵根子软,脸皮儿又薄,心又硬不下来,真要是大巴掌大手,有多少也架不住。

正要出门,只见银花跌跌撞撞地进来,见了她,叫一声三姐,就说不出话来了。大全媳妇赶忙扶她坐下,叫她慢慢说。银花只是哭得一噎一噎的,一句话也说不出。大全媳妇急得跺脚,要打电话给小别扭。窝囊废!成天价就知道在外头卖苦力!问问他这个家还要不要了?银花却抓着电话不让。

正闹得不可开交,俩人的手机一齐响起来。大全媳妇见是厂里的电话,也顾不得接,直接摁了。银花的电话是她小叔子打来的。大全媳妇听了半晌,才听出了八九。大门口有人摁喇叭,呜哇呜哇呜哇,呜哇呜哇呜哇。她冲出去,叫那司机快进来,连背带抱,把银花弄上车。她也坐进去,叫司机开车。快点!越快越好!司机回头问去哪儿,她咬牙骂道,去哪儿?还能去哪儿?去医院!县医院!就你娘的话多屁稠!

白茫茫的大毒日头,晒得村子像是起了雾。树啊房子啊庄稼地啊,影影绰绰的,在这雾里面一浮一浮,一浮一浮。一千块一万块金锭子银锭子,从半空中兜头兜脸摔下来,摔了一天一地,直叫人头昏脑涨。眼前是金星追着银星,银星赶着金星,明晃晃乱成一片。银花早瘫在座位上,浑身乱战。手机一遍一遍地响,她也不理。出了村子有二里多地,大全的电话打过来。大全媳妇一听见男人的声音,竟呜呜呜呜哭起来。耳朵里头嗡嗡嗡嗡嗡嗡,像是有一百只蚊子乱飞。大全在电话那头说了什么,她一个字也没有听见。好像是说昨晚上怎么怎么,又好像是问她什么话。她只觉得那声音像是在很远很远的地方,但又真的就在她的耳朵边上。她也不知道怎么一回事,在家里,那么咬牙切齿的,恨不能一口咬死他个狗日的,眼下,竟是听不得人家一声儿,把那恨他杀他的心,都立时三刻忘到天外头去了。

车子开得飞快,说话间已经过了李家庄。大全在电话那头儿一个劲儿喂喂,喂喂喂,喂喂喂喂,她只是哭得一哽一哽的,小猫儿似的,一句囫囵的竟也说不出来。

手机断了,也不知道,是不是大全不耐烦了。亏得他心大,脑子也活络。恁大的买卖，多少个摊子，一颗心里，得装着多少七事八事？还有这么多的烦心事找到他头上。他不过也是肉身凡胎，能长着几个脑袋？

司机不知道是正在接谁的电话，说是在车上呢，去医院，对，县医院……

外头白茫茫的，倒像是六月里下了雪，明晃晃灼人的眼，又像是有无数的金箭银箭，飞过来，飞过去，飞过去，飞过来。眼看着，仿佛是家具城过去了，富豪酒店过去了，幸福大厦过去了，旁边是不是那家美容院？招牌挺大，紫色底子，怪俊的白的字黑的字。还没有来得及看一眼，竟也都风一般飞快地过去了。

第十章
爱梨怀孕了

一个村庄怀孕了。

人,牲畜,庄稼,草木,花朵,贫穷,富贵,都是村庄的孩子。

一个女人怀孕了。

可能是男孩,也可能是女孩。可能是好人,也可能是坏人。可能是英雄,也可能是流氓。

一个女人怀孕了。

不管谁被娩出,都是会死的。

可能在芳村。也可能在东燕村。或者苌家庄。或者小辛庄。

吃罢晚饭过来,爱梨就打开电脑,趴在网上聊天。大坡见了,嗔道,又忘了?不长记性!爱梨笑道,人家没意思嘛。爱梨说天天待着,真没意思。大坡说,真没意思?爱梨说真没意思。大坡就笑道,那你帮咱妈做小衣裳呗。爱梨说,是你妈。大坡说,我妈不就是你妈?爱梨想了想,说,不一样。大坡就逗她,怎么不一样了?爱梨把嘴一噘,说,不一样就是不一样。一面说,一面拿了个柿子红绣鸳鸯的靠枕,到沙发上歪着。大坡见她离了电脑,便夸奖她,我媳妇最听话了,不让咱宝贝儿白挨辐射。爱梨见中了他的计,抓起旁边的一个抱枕就扔过去。大坡也不躲,笑嘻嘻的,伸手就接住了。

爱梨气得没法,趴在那张榻上玩手机,只不理他。大坡见她又玩手机,慌得叫道,你看你,又玩这个。手机就没有辐射了呀。爱梨把手机往旁边一扔,不耐烦道,啥都不玩了,行了吧?事儿妈,比你妈还事儿。大坡笑道,那还不是你婆婆,你婆婆也是为你好。爱梨冷笑道,为我好?当我傻呀,她是为了她那亲孙子!大坡赔笑道,她亲孙子还不是你亲小子。真是,越来越拧了。爱梨刚要还嘴,听见有人在院子叫她。

凯子媳妇一阵香风儿进来,爱梨忙着给她让座。凯子媳妇就在沙发上坐了。爱梨见她大晚上还打扮着,头发湿漉漉披在肩上,像是才洗过。穿一条西瓜红大摆裙子,上面配了一件紧身黑秋衣,胸前是镂空绣花,缀着无数的银片片,在灯下一亮一亮的。爱梨说,吃了?又是给你送过来的?凯子媳妇说,今儿个炒饼。他妈送了两碗过来。又送了一趟糊汤。葱花鸡蛋汤,做得也忒咸了,渴得我嗓子冒烟儿。一面说,一面端起桌子上的水就喝。爱梨笑道,暖壶里有热水——你可真自在呀。叫老婆婆一趟一趟地,跑断了腿。凯子媳妇说,她愿意。这才哪儿到了哪儿呀。凯子媳妇说你看人家小超媳妇,见天儿有专人伺候着,那才真是享福哩。爱梨说,人家那公公有本事呀,莫说大谷县,就是那么大个石家庄,也是平蹚。凯子媳妇说,说一千道一万,还是人家命好。一下子就跌到蜜罐罐里啦。爱梨说,可不是。两个人正说着话儿,大坡从里屋出来,一面打电话一面朝外走,爱梨说,你去哪儿呀,这黑灯瞎火的。大坡朝着手机努了努嘴,说叫我哩,就一会儿。凯子媳妇笑道,这么一会儿,就离不开了?爱梨说,我才不管他。是怕他出去喝酒。凯子媳妇就笑。

好像是起风了。树叶子被吹得擦擦擦,擦擦擦,很有一点秋天的意思了。不知道什么小虫子,也不怕冷,唧唧唧,唧唧唧,叫得十分热烈。凯子媳妇说,吃饭还行吧,闹得厉害不厉害呀?爱梨说,还行,就是闻不得油烟味儿。爱梨说一闻就想吐,一吐就得吐个干净的,前天连苦胆汁子都吐出来了。凯子媳妇叹道,真受罪呀。说得我都怕了。爱梨笑道,你可别,你婆婆还等着抱孙子哩。

大坡回来的时候,爱梨都快睡着了。大坡蹑手蹑脚,开门,关门,灯也不敢开,胡乱洗了一把脸,就钻进被窝。爱梨飞起一脚,把他踢了一下,骂道,你还知道回来呀。也不洗洗,脏不脏?大坡涎着脸,说天天洗哩,身上能有啥呀。仍往里钻。爱梨紧紧掖着被子,偏不让他钻。大坡没法儿,只好嘟嘟囔囔去洗了。

第二天早上,两个人赖在被窝里说闲话儿。说起凯子媳妇,大坡笑道,看她脸上那一层粉,一笑就唰唰往下掉。爱梨说,她就是好打扮,左一身儿右一身儿的。哪里像我,连件出门儿衣裳都没有。大坡说,不是一柜子衣裳吗?爱梨说,我都这样身法子了,哪还能穿?大坡想了想说,也是呀,赶明儿咱们去城里买衣裳去。正说着话儿,电话响了。大坡就光着身子,只穿一条小裤衩去接电话。爱梨见他拿起话筒,喂了一声,朝他吐了下舌头,挤了挤眼。大坡一面对着话筒说,刚起来,正要过去吃哩。甭,送啥送,甭麻烦,真哩,我们这就过去。挂了电话,大坡过来叫她。她故意装睡,只不理他。大坡知道她怕痒,就胳肢她。爱梨笑得东倒西歪的,在被子里扭来扭去。笑着笑着,大坡觉出了不对,把她的脸从被子里找出来,才发现,她竟然泪汪汪的。大坡慌得问道,好好的,怎么哭了?爱梨只不理他。正闹着,翠台的电话又来了。大坡不耐烦道,这就过去呀,甭催了。

　　早晨的村庄,好像是没有睡醒,还恍惚着。田野啊,树木啊,房屋啊,浸在一重半透明的纱帐里,也不知道是炊烟,还是雾霭。有一点淡淡的蓝,又有一点淡淡的紫,仔细看时,却又像是乳白的了。远远地,传来一两声狗吠,夹杂着公鸡的啼鸣。路边的草尖子上,露水很大。有一只肥大的蚂蚱,通身青翠青翠的,从草棵子里呼的一下飞出来,倒把人吓了一跳。

　　院子里,饭桌子已经摆出来了。翠台坐在一旁,膝盖上摆着一件小衣裳,正一针一线地缝着。见他们过来了,说你们先吃,我把这最后几针缝完了。大坡就洗了手,端菜盛饭。爱梨见那小衣裳小得怪惹人疼,拿在手里,左看右看,只是看不够,一面问翠台,这能穿不?怎么这么一点点儿呀?翠台笑道,刚见面儿的小娃娃能有多大?掂量来掂量去,这一不留神儿,就做大了。翠台说小娃娃家衣裳不好弄,费眼神儿哩。爱梨把一只小袖子拿起来,往自己手上套,怎么也套不进去。大坡说,快吃吧,一会儿都凉了。翠台把线头儿咬断,噗的一口,吐在旁边一只花盆子里,说吃吃,这就吃。

一家三口就吃饭。正吃着,素台来了。爱梨赶着叫小姨,问吃了没有,叫大坡给小姨搬那只绒布面凳子。素台摆手说甭忙活,我吃过了。就和翠台说起了给姥爷庆寿的事儿。素台今儿个穿一件苹果绿一字领小衫,外头搭了一件黑色直身软坎儿,下头穿一条金棕色裙子,金棕色坡跟小皮靴,头发高高绾成一个髻,一对赤金耳坠儿,滴溜溜乱转。再看翠台呢,一件碎花秋衣,深蓝布裤子,黑平绒搭袢儿布鞋,齐耳短发,浑身上下,一件装饰也没有。爱梨心想,这姊妹俩,真是一个天上,一个地下呀。正出神呢,见她们姊妹俩进了屋,心里猜着,她们想必是有什么体己话儿要说,也不跟去,只在外头慢条斯理吃饭。

吃罢饭,大坡去厂子里上班。爱梨见她们姊妹两个还在屋里说话儿,就笨手笨脚地收拾锅碗。翠台听见了出来,慌忙拦下,说放着吧,可不敢乱动。素台也出来笑道,是呀。你可得经心。要是有点不妥当,就值多了。爱梨脸上就红了,说没事儿,哪里就那么娇气了。小姨你坐呀。素台说,不坐了,我得回去,家里一摊子事儿哩。翠台往外送,爱梨也跟着送出来,老远了还喊,小姨你慢点呀。

风悠悠吹着,吹得满街都是。秋庄稼们都收了,田野里一下子空旷起来。人们都忙着整理田地,预备着种麦子。增礼家房子后头有一小块闲地,栽着几棵洋姜,还有几棵望日莲。洋姜的叶子还绿着,秸秆高高瘦瘦的,洋姜们都埋在泥土里头,也不知道长得有多大了。望日莲的花早谢了,却结了不少果子。一大个一大个,小脸盆子似的,把秸秆儿都累得弯下腰来。爱梨眼瞅着素台一扭一扭走远了,才叹一口气,往家里去。

翠台早把锅碗收拾好了,正把那小衣裳拿在手里看。见爱梨回来,就说,吃苹果吧?我给你洗干净了,在屋里桌子上。爱梨就吃苹果,一面吃,一面说,小姨那衣裳真好看,那种绿,把她衬得更白了。翠台说是呀,你小姨本来就白。爱梨笑道,妈你也白,身条儿又好,就是不打扮。要是打扮起来,肯定比小姨显年轻。翠台笑道,都半老四十了,还打扮。翠台说老啦,不比你们年轻的,穿上个啥都好看。爱梨笑道,妈才多大,就说老了?你看人家小别扭媳妇,打扮得多鲜气。翠台笑道,我可比不起人家,人家是个识破,有活钱儿。翠台说庄稼主子,干干净净就最好了。抹得妖怪似的,怪吓人。娘儿俩正说着话,听见外头有人喊,侧耳一听,是东燕村那个卖蒸碗儿的。蒸碗儿是酒席上的一道硬菜,五花肉放碗里,加葱姜蒜大料等各色作料,放笼屉上蒸熟,肥香解馋。如今,有会做买卖的人,骑着车子,走村串街地卖。翠台就问爱梨,想吃不?爱梨说,也不知道今儿个这蒸碗儿肥不肥。上回忒肥了,腻得慌。翠台就起身往外走,说我去看看,这回挑一碗瘦点儿的。

  卖蒸碗儿的见出来人了,又故意大声儿喊起来,卖(哎)——蒸碗儿!香喷喷的大蒸碗儿呀——翠台说,卖蒸碗儿的,这回怎么样?你这蒸碗儿瘦呀还是肥呀?卖蒸碗儿的笑道,这位大姐,我这蒸碗儿要肥有肥,要瘦有瘦,就看大姐你好哪一口儿了。翠台说,我家儿媳妇吃,要瘦一点儿的,上一回那个也忒肥了,腻得慌。卖蒸碗儿的回头打量了一下爱梨,笑道,好嘞,这回我挑瘦的给你。正挑着,明礼他娘出来了,驼着个背,拿了一捆韭菜,坐在门口择。见她们婆媳俩买蒸碗儿,啐道,变着法儿的吃——不过啦!爱梨吃了一惊,翠台朝她使个眼色,说老韶叨了,甭跟她一样儿着。

  日头一尺一尺地,眼瞅着就转到头顶上了。翠台抬头看了看日头,说这天到底是短了,一晃就响午了。爱梨说是呀。娘儿俩就盘算着响午饭。翠台说,有蒸碗儿,是吃馒头还是蒸大米饭?爱梨想了想说,蒸大米饭吧。翠台说,嗯,那就蒸大米饭。又叫爱梨到大衣柜里找顶针,手上这个不好使了。

枣红色老槐木大衣柜,笨笨的老样式,旧是旧了,里头倒是收拾得齐齐楚楚的,上头一层是被褥,下头一层是四季的衣裳,中间一层,是七七八八的小零碎。有一个细柳条编的小针线筐子,盛着针头线脑,爱梨在里头找了一只顶针,在手上试了试,又褪下来。刚要走开,忽然看见角落里有一个小盒子,十分精巧好看,忍不住打开来一看,竟是一个崭新的苹果手机。爱梨心里疑惑,婆婆怎么会有苹果手机?又怎么会藏在柜子里?正纳闷着,听见翠台在外头叫她,便慌忙把手机又装好,仍旧藏在那角落里,掩了柜门,一面答应着,一面出来。

过了晌午错,村子安静下来了。日头软软地泼下来,田野里便雾蒙蒙的。树们都没有精神了,却还一枝一叶地绿着。田埂上,村道边上,倒偶尔有一朵两朵的月季,依旧开得鲜艳。还有一种小瓣儿的野花,也叫不出名字,有紫的,有黄的,也有粉白的,一团团一簇簇,在日头底下喧哗着,给这深秋里寂静的田野,平添了一种纷乱的欢腾的气息。这一带,新房子多,有二层小楼,也有平房,五光十色的琉璃瓦、瓷砖、玻璃幕墙,被日头一照,亮闪闪的,逼得人不得不眯起眼来。院子都极宽敞,地基垫得高高的,门前的台阶一层一层延伸上去,叫人看了,还没有攀爬,心里倒先有一些胆怯了。大门也气派,门楣左右统统挂着一对大红灯笼,明黄的穗子垂下来,在风里苏苏苏苏乱颤。

当初,爱梨也是想着要楼房的,却没有如愿。为了这个,妈心里不痛快,倒是爱梨,撒娇使性子,好容易把妈的气焰压下去了。妈的脾气她还不知道?心疼闺女是真的,头一等的势利眼,爱富嫌贫贪小,也是真的。若是依着妈的性子,这门亲事,怎么能够!当初给爱梨说媒的人家倒不少,论起来,大坡家的条件,连中下也算不上。直到如今,妈心里也还窝着这口气。不说自家也是小门小户,倒觉得自己的闺女本是一只凤凰,不小心却落错了梧桐木,下嫁。爱梨心里叹了一声,只觉得一腔的心事,纠缠不清。

正乱想着,老远见梅骑着电动车,风一般飞过来,见了她,赶忙下车,问她吃了没有。爱梨说吃了,问她这是干啥去呀。梅说我姑家二姐姐生了,才三天儿,要待小且哩。爱梨说哦,待小且呀。梅说是呀,她婆家条件不大好,不敢去城里,就在咱村难看家饭馆里,也离得近。爱梨哦了一声。梅说就摆了三席,都是娘家人儿。梅拿下巴颏儿指了指爱梨的肚子,你这个,有几个月了?爱梨笑道,才仨月不到,还早着哩。梅叹气道,肚子里头有货,还愁长?爱梨知道正触痛了她的心事,也不敢深问,就岔开话题笑道,那你还不赶紧吃酒席去?多吃点儿,可把锁儿钱都吃回来呀。

一院子的日头,晒得明晃晃的。杨树叶子就这一点不好,有一点点风,就哗啦哗啦乱响起来了,招摇得紧。门前头那一丛秋菊,黄得照眼,花瓣子层层叠叠的,泼辣地翻卷着,好像是金钩银丝乱飞,煌煌的一片。爱梨对着那秋菊发了一会子呆。要是托生为花儿,倒也是好的。轰轰烈烈一辈子,也不枉活一回。头一年开过了,谢了,来年还会重来一遍,好歹也有个念想儿,有个盼头。不像人,一辈子忒短了,再怎么,也就一辈子的事儿。满打满算,一辈子能有几天?说了就了了。真是,想想都没有意思。一只马蜂飞过来,嘤嘤嗡嗡的,正好落在她肩头上,吓得她也不敢动。马蜂这东西,可招惹不得。也不知道怎么回事,竟然有这么多乱七八糟的念头,真是闲得。马蜂在她这里流连了一时,便飞走了。日头把后背晒得暖暖的,身上便觉出有些倦了。爱梨就开门进屋里去,在床上歪着。这些日子,还没怎么着,倒真觉出身子越来越沉了。这才几个月呀。爱梨叹了一口气。忽然又想起了衣柜里那个苹果手机。也不知道,那手机到底是怎么一本账儿。婆婆这个人,看上去粗枝大叶的,倒是一个仔细人儿。爱梨的手机那天不小心摔了一下,开机有点小麻烦了。她本来没有想再买新的,可这回倒有个现成的,真是,那句老话怎么说来着,有福之人不用忙,无福之人累断肠呀。爱梨早就想要个苹果的了。

　　大坡回来了,一进门就对着她,笑嘻嘻的。爱梨见他笑得不寻常,便问,怎么这会儿回来了?大坡也斜着眼笑道,我的家,我想回就回,还得向你请示呀?爱梨说,可也是。班儿也不上了?大坡笑道,家里放着这么一个好媳妇,叫我哪一颗心能放下?爱梨啐他一口,骂道,没出息样儿!赶紧上班儿去。大坡趁势俯下身来,软声儿央求道,好媳妇,这都多少日子了,你也不疼我一下呀。爱梨骂道,少来!我这个样子,你也好意思?你可别蹬鼻子上脸。大坡觍着脸儿求道,好人儿,好媳妇,好爱梨——求你了,就这一回。爱梨只是不肯。大坡见她不依,索性上来就亲她。爱梨躲不及,只好由着他亲。爱梨只当他亲一下就罢了,却不是。大坡好像是换了一个人,十分有耐心,亲得又轻薄,又珍重,又粗鲁,又细致,直把她弄得越来越柔软,好像水一般,简直要化了。她心里急得油煎一样,却一句也说不出来。也不知怎么,衣裳竟被他解开了。大坡左右辗转,千百样儿温柔体贴,她忍不住啊呀一声,简直要死过去了。也不知道过了多久,她只觉得身上那个人,亲人一样,万般疼爱,万般怜惜,万般舍不得。那人也是肝儿啊肉儿啊的叫着,直叫得她越发得了意思。仔细听那声音,却不是大坡。她心里又是急,又是臊,又是恼,又是怒,一心想着要把那人挺下身去,却哪里能够。越挣扎,那人越来劲儿,她也越发觉出好处来。两个人打架一般,撕扯在一处,也不知怎么回事,竟然越发得趣了。她又愧又急,暗骂自己不要脸,一面趁他不防备,一下子咬住了他的舌头。谁知那人啊的一声,依旧不肯放手,却发了狠,越发比先前更见妙处了。她心里又气又怕,简直咬碎了一口银牙,也不知道哪里来的力气,一下子跳起来,夺门就跑,不想却被门槛子给绊了一下。哎呀一声,才悠悠醒转来。

屋里静悄悄的。只有闹表在床头滴答滴答滴答滴答走着。日头从窗子里照过来,把门前那棵梨树的影子,胡乱画了一窗子。爱梨觉得脸上滚烫,心里暗骂,这算怎么个意思?真是不要脸。怎么就做了这么一个荒唐乱梦。梦里那个人,影影绰绰的,看不真切,一会儿觉得是大坡,一会儿又觉得不是。只记得有一股子好闻的香水味儿,弄得她眼晕心醉。蓦地,一个影子兜上心头。爱梨吓了一跳。怎么会呢。这都是哪儿跟哪儿呀。这阵子,看来真是上火了。人一上了火,就乱扯梦,说不定会扯到哪里去,就是扯上十万八千里,也是有的。可细细回味梦里的情景,一颗心不由卜卜卜卜乱跳起来。脸上火辣辣的,烧得更烫了。

恹恹歪了半响,日头已经转到房子后头去了。有一片余晖,正落在后窗玻璃上,把那玻璃染得红红黄黄的,流了蜜汁一般。爱梨懒懒地起身,在镜子面前照了照,见两颊红红的,好像是抹了胭脂,眼睛也是水水的、亮亮的,鬓发乱绾,倒比平日里还要娇媚几分。心里不由呸一声,暗骂道,好不要脸。

化妆台上有几个瓶瓶罐罐,还是刚结婚时候,素台送她的。如今也不敢用了。她拿起一个小瓶子在手里摩挲着,见那瓶子做成葫芦形状,十分剔透可爱,里头还剩下半瓶子美白乳液,旋开盖子闻一闻,只觉得幽香扑鼻。爱梨忍不住,拿指头勾了一点点,想在手背上抹一抹,却终于又罢了。想着用完以后,这瓶子倒舍不得扔了,留着当个玩意儿,摆在桌上,倒也新鲜别致。因又拿起那瓶子,翻来覆去地把玩。忽然见那瓶子底上,有淡淡的一行小字,有效期至,2014年1月。爱梨心里跳了一下,生恐自己看错了,又仔细辨认了一下,果然没错。掰着指头算了算,不由得火了。素台给她化妆品的时候,竟然还有一个月就到期了。又看那些个瓶瓶罐罐，上头的字也是一样。如此说来，这么长时间她一直用的，都是过期的东西了。当时，素台送过来的时候，她还千小姨万小姨的，不知道怎么感激才好。人家送了这么高级的化妆品，说是外国的，上头还有价签，贵得吓人。仔细算来，这一小瓶油的价钱，足够他们一家子吃一年的菜籽油了。她怎么能不感激？谁会想到呢。爱梨气得一鼓一鼓的，只恨大坡不在眼前。

正烦恼呢，电话响了。她想着一定是大坡，便不理他。那电话却是丁零零响个没完没了。她跑过去一看，却是翠台。也不愿意接，任它响着。电话响了一阵子，终于不响了。手机却又响了。她看了一眼那来电显示，只不理会。

日头终于落下去了。后窗上那最后的一线微光，也都慢慢收尽了。暮色一重一重的，向窗子里涌进来。屋子里的家具们便渐渐模糊了。真快呀。也不过是一眨眼的工夫，怎么就稀里糊涂嫁了人，稀里糊涂怀了娃娃。有时候想起来，她只觉得恍惚，简直就像一场梦一样。说起来，自己也算是一个念过书的人。虽没有念过大学，却也念到了高中。念过书的人有一个坏处，就是心事多。心事多呢，烦恼也多。一样的事情，落在旁人头上倒没有什么，最多不过吵嚷两句，也就罢了；落在她头上呢，却要在心里头掂量上一百一千个过。有时候，她倒宁愿自己像凯子媳妇她们那样，少心没肺的，倒自在。比方说，怀孩子这件事，她怎么不知道，婆婆盼的，是大胖孙子。可要是孙女呢？她真的不敢多想。倒不是婆婆多么厉害。婆婆待她，倒是挺好的，好得，怎么说，叫人说不出一个不字来。可是，到底隔着一层肚皮哩。她又不傻。结婚大半年了，她自忖并没有多说过一句话、多走过一步路，凡大小事情上，还是有分寸的。也不像村子里那些个新媳妇，仗着是新人儿，把公公婆婆拿捏得不堪。村子里，谁不夸她懂事儿呢，见了人，赶着叫婶子大娘，不笑不说话。穿衣裳呢，也不招摇，本本分分的，不像那些个年轻媳妇,千奇百怪的衣裳都敢穿,打扮得妖妖乔乔的,叫老人家们看不惯。爱梨虽生得好看,却爱素净。头发也是黑压压的,不染不烫,黑缎子一样。如今有了身孕,更是清水荷花一样,简单干净。她怎么不知道,大坡嘴上不说,心里却是喜欢的。

　　正胡思乱想着,听见门响,大坡急匆匆地,一进院子就叫她,爱梨,爱梨,爱梨。爱梨只不理他。大坡进了屋子,啪地打开灯。见爱梨在床上歪着,赶忙过来,伸手在她额头上摸了摸,又摸了摸自己,自言自语道,不烫呀。见她闭着眼睛,便摇她,问她,怎么了?怎么不接电话?爱梨不吭声。大坡见她脸上红红的,又拿脸贴了贴她脸,依旧不放心,掀开了被子,察看她肚子。爱梨把被子裹紧了,不叫他看。大坡便软下身段儿来,问她怎么了,是不是不舒坦?哪里不舒坦?大坡说急死我了,你倒是说一句话。爱梨这才睁开眼,见大坡急得一头一脸的热汗,心下不忍。刚要开口,又瞥见化妆台上那些个瓶瓶罐罐,心里烦恼,便咬牙道,我舒坦着呢。心里头一千个一万个舒坦。自从进了你们刘家门子,没有一天不舒坦。大坡见她开了口,一颗心便略略放下来,笑道,这又是怎么了?夹枪带棒的,谁得罪你了?爱梨说,我哪里敢呀?谁得罪我?这个家里头,谁不敢得罪我?我白天黑夜的,悬着一颗心,就怕一个不小心,得罪了人家。大坡在她身旁坐下,笑道,别气呀,你如今可是气不得。你不想别的,也该替咱们儿子想想。爱梨叹了一口气,说,你一提这个,我就更气了。索性就把化妆品的事儿跟大坡说了。大坡拿起那些个瓶瓶罐罐看了看,笑道,我当是什么大事儿哩。小姨这个人,粗针大线的,肯定是连看都没有看,就给你拿过来了。爱梨说,你倒是会劝人。可这事儿放谁头上,谁不多心?大坡说,小姨家那么有,哪里就差这么一星半点的?况且,我是她亲外甥,你是她亲外甥媳妇,再怎么,还能在这个上头抠这么一点子？爱梨说，我想也不至于。可我心里头，就是过不去这个坎儿。小姨她大家大业的，偏偏就在我这个外甥媳妇头上计算？大坡见她只是不信，便许愿道，什么稀罕东西，赶明儿我再给你买一套回来。爱梨冷笑道，买一套？你去哪里买？去日本买去？大坡说，我插翅膀飞过去。我就不信了，还能买不到我媳妇的擦脸油。爱梨扑哧一声就笑了，骂道，就你能。以为自己是谁呀。大坡见她笑了，便也笑道，小姨父不定从哪里弄来的。我去问问他不就行了。爱梨见提起小姨父，心里不自在，便岔开话题道，这都多早晚了？还让不让吃饭了？

第二天早晨起来，去东燕村串亲戚。二蛋家闺女嫁到了东燕村，如今生了老二，是个小子，要大摆酒席。爱梨本心里不想去，一来是身上不好，吃这个不吃那个的，麻烦；二来是为了昨天的事儿，心里不痛快。却又架不住翠台苦劝，想叫她出去走走，散淡散淡。还有凯子媳妇从旁极力撺掇着，却不过，就去了。凯子媳妇娘家是东燕村的，跟这二蛋闺女的婆家是紧当家子，正好和爱梨做伴。凯子媳妇今儿个穿了一件大红洒金的长款毛衣，配了金黄的头发，十分地热烈奔放。爱梨呢，穿了一件对襟儿月白小夹袄，下头是一条黑条绒裤子，肥肥大大的，倒一点都看不出是怀孕的样子，反越发显出了好腰身。翠台见了笑道，新人儿家，怎么穿这么素呀？你那件紫色栽绒毛衣多好看。爱梨知道婆婆好面子，生怕叫人家看低了，便说，那件紫的洗了，还不干哩。翠台哦了一声，说你那些个首饰老不戴，放着倒不好。要不围条丝巾？你那袄领子挖得深，可不敢着凉了。爱梨只好找了一条粉地儿银点子的丝巾围上。

东燕村派来的大巴停在村委会门口，熙熙攘攘的，人早坐满了。翠台扒在车门口，左看右看，想找个座位。车里都是妇女们，带着孩子，怀里抱着，手里牵着，哭的笑的喊的闹的，人声鼎沸。

爱梨见这个样子,心里暗自后悔,不该去凑热闹。忽然听见后头有人叫她,回头一看,是素台。素台立在汽车旁边,冲她们摆手。翠台赶忙拉着她走过去。素台说,咱们自己开车去,不跟她们去挤那大破车。翠台说,白费油钱。能挤就挤挤呗。素台说,不差那两毛钱——你坐不坐?

车里香喷喷的,也不知道是什么香水味。前头挂着一个大红的元宝香囊,金丝线绣着大大的福字,大红的穗子垂下来,颤巍巍的。座椅上统统铺着毛皮垫子,毛茸茸的雪白的风毛儿,直铺到椅子背上头,又翻卷过来,显得又雅致,又华贵。爱梨坐在上头,只觉得拘束,生怕把那雪白的风毛儿坐坏了。看翠台,倒大咧咧的,伸手左摸右摸,东看西看。爱梨仔细闻那香味儿,觉得熟悉,又一想,竟是梦里那香水儿的味道。心里一跳,脸上就飞红了。偏巧素台正同她说话儿,她也没有听清。翠台见她心思恍惚,便扯了扯她衣裳,笑道,你小姨跟你说话哩。问你冷不冷,要是冷就把空调开开。爱梨忙说不冷不冷,我都穿小夹袄了。正说着话儿,素台的手机响了。素台一面开车,一面听电话。说知道,知道了,就你忙。早回来呀——别又深更半夜的——挂了电话,素台抱怨道,天底下就他忙! 又不是国家主席! 翠台和爱梨就跟着笑。

这个季节,田野里都空旷了。远远看去,一块一块,一畦一畦,棋盘似的,好不齐整。田地们劳累了一季,趁着空闲,也该歇一歇了。日头晒着,虽说是白露的天气了,却还是有热腾腾的地气,一股子一股子涌动着。好像是,眼巴巴等着麦子们种下去,都有点等不及了,又好像是,一个人,表面上平静,心里头却是翻腾得厉害。不时有一小块一小块的菜地,绿湛湛的,在窗户外面闪过去了。想必是谁家的大白菜,也或者是白萝卜。晴好的日头底下,一片苍黄静谧,更远处,可以看见高高的河堤,曲曲折折的,好像是一条带子,在野外的风里飘来飘去。过了苌家庄,就是西燕村。过了西燕村,东燕村就到了。

车里放着流行歌曲,不知道是谁,唱得十分起劲儿,叫人不免担心,生怕把那嗓子唱劈了。翠台说,这是啥玩意儿呀,真难听。翠台说还是戏好听,河北梆子,怎么听也听不麻烦。素台笑道,如今谁还听那个呀。素台今儿个穿了一件紫红软羊皮小夹克,宝蓝色高领薄毛衣,一头大波浪,染成淡金色,在后背上汹涌着。爱梨说还是小姨时髦,妈就爱听戏。素台说,你妈也是,不过比我大了两三岁,成天价穿得,老婆子似的。翠台就笑道,我哪里有你那闲钱。素台说,还有爱梨你,年轻媳妇家,穿得也忒素净了。脸上也不抹东西。素台说我给你的那些个油,用完了没有?爱梨见问,正被触痛了心事,自己反倒做贼似的,红了脸,慌忙笑道,我如今这个样子,早不敢擦油了。怕对孩子不好。素台笑道,也是。现今人们都仔细。等赶明儿你生了,再美吧。爱梨连忙答应着。

夜里,两个人躺在床上,大坡问起了串亲戚的事儿。问,那婆家怎么样?摆了几席?人多不多?都上了什么菜?锁儿钱有多少?爱梨懒懒的,也不怎么理他。大坡笑道,怎么了这是?串趟亲戚,吃了一天的酒席,倒像是干了一天力气活儿,是不是累着了?爱梨说没事儿。忽然又问,小姨属啥的?大坡说,我一下子也说不好,怎么了,怎么想起了问这个?爱梨说,就是想起来了,随口问问。大坡说,赶明儿我问问妈。爱梨说甭问了,说闲话儿哩,谁叫你当个事儿似的,巴巴地去问了。大坡笑道,不问就不问。爱梨说,小姨父哩?他比小姨大几岁?大坡就笑道,你看你,不让我问,你又问个没了。爱梨说,你这人,扯闲篇哩。转过身去,把个后背对着他。

好像是起风了。树叶子飒飒飒飒飒飒,响一阵子,停一阵子,

停一阵子,又响一阵子。屋子里寒浸浸的,真的有点凉了。这个季节正尴尬,烧起暖气来吧,好像是有点早。不烧吧,又觉得冷了。被窝里倒是洁净温暖,新晒的被子,有好闻的日头的味道。大坡的手摸摸索索的,爱梨忽然就恼了。呼的一下掀开被子坐起来,倚在床背上,骂道,这么大个人了,还这么没深没浅的!你那一颗心,就不能想想大事儿!大坡委屈道,我怎么了我?爱梨说,你就打算一辈子给人家打工?你就不想也开个厂子,叫大人孩子体体面面的一辈子?大坡笑道,今儿个怎么了,怎么就想到这个上头了?爱梨说,你满村子去问问,谁不想这个?谁不想穿金戴银、吃香喝辣的?大坡嘟哝道,那也不是谁都能够的。爱梨咬牙恨道,怎么就不能够?他们那些个人,大全,还有你小姨父,他们就长着两个脑袋?我就不信了!爱梨噌一下把手机拿出来,扔到大坡枕头上,说这破手机坏了,我要苹果的。大坡拿起那手机看了看,说好呀,咱们买一个。爱梨说,不用买,你妈那现成的就有一个。大坡疑惑道,我妈哪里有呀。爱梨说,我都看见了。赶明儿你就去给我要来。大坡见她不讲理,也气道,我得问一声儿呀。总不能红口白牙就去要吧。爱梨赌气道,我不管。我就要那个。说着就嘤嘤哭起来。

外头风更大了,好像还下起雨来了。风声交织着雨声,簌簌簌簌簌簌响成一片。窗前那棵梨树,被吹得摇摇晃晃的,隔着窗帘,高高下下起伏着。大坡早已经睡着了,轻轻打着鼾。爱梨叹了一口气。

节令不饶人呀。这个季节,夜真的变长了。

第十一章
小别扭媳妇是个识破

谁能把世事识破呢
诸神不答
诸神不答

正吃饭呢,勇子他娘打过电话来,银花连忙接了。原来是为了还愿的事。银花说好呀,正赶上过庙会,这个月十五,是仙家大日子。也不要太费事,就照着当时许下的来还就行了。勇子他娘说也是,可也不能太省事了,这种事,省不得。两个人又说了几句闲话儿,就挂了。银花回来接着吃她的早饭,一面盘算着去赶趟集,家里香不多了,细的还有,再买点粗的。秋保超市里的香不好,一弄就断,一弄就断,还好受潮。这些东西不敢大意了,天天得用呢。吃完饭,正收拾着,有人在院子里说话。三钗撩帘子进来,手里拎着一箱子奶。见了她,还没说话,倒先淌下眼泪来。银花忙说,这是怎么了?你看你,你看你。三钗只是哭,也不说话。银花猜她肯定是有心事,也不敢深问。潦草擦了手,就把她往北屋里让。

一进屋子,迎面墙上挂着神,宽宽大大的一整幅。神案子上有一个铜的香炉,斑斑驳驳的,点着一炉香,供着时鲜果木。银花净了手,把衣襟掸了又掸,在地下的一个大红垫子上跪下来,双手合十,嘴里念念有词。三钗也不敢出声儿。好一会儿,银花才慢慢睁开眼睛,起身叫她在凳子上坐下。三钗把那箱奶放在一旁,银花只瞟了一眼,就看清了是麦香奶,白底子绿字,比那种纯牛奶要便宜好多,心里冷笑了一声,想这三钗果然是个小气的,家里开着卫生院,把半个大谷县的钱都挣了,还在乎这仨瓜俩枣的。脸上却笑道,怎么今儿个有空儿了?舍得过来坐坐。三钗强笑道,我过来是想叫婶子你烧一烧,看看我们今年怎么样。银花笑道,那好说。从神案子上另拿了一炷香点上,把原先的换了,叫三钗跪下,自己也在旁边跪了。一时间四下里静悄悄的,两个人并肩跪着,能听见对方的呼吸声。也不知道是一只什么鸟,在窗户外头喳的叫一声,好半天,又叫一声。足足有半袋烟的工夫,那香一直烧得好好的,忽然就在正中间,呼啦一下塌下去了。银花不由哎呀一声,睁开眼,自言自语道,这八成是家里头的事儿了。三钗也不敢插话,听她说。她却不往下说了。

阳光从窗户里照进来,把屋子切割成了阴阳两半。三钗在明处跪着,脖子上戴的一个什么东西一闪一闪的。银花跪在暗处,眼睛半睁半闭。香烟弥漫,屋子里被弄得雾蒙蒙的,神案子好像是在大雾里浮着,一漾一漾。银花说,看这香火的走势,一直挺旺盛,还见了明火。要说家里的买卖,肯定是没有大妨碍。多了不敢说,这三年五年里,顺风顺水,一顺百顺,你尽管放心。三钗见她吞吞吐吐,不肯多说,便忍不住问道,家里头的买卖,倒不求什么。就是想问一问别的事。银花哦了一声,说,不是买卖上的事呀。我说呢,这上头倒是没有什么差错。只是这炉香烧得有点儿奇怪,看来我还得把仙家请下来,好好叩问叩问。三钗急道,那今儿个能不能请下来呢?银花沉吟了一下,掐着指头又算了算,说,今儿个恐怕是不行了。掌事的仙家忙,等下个月十五吧,十五月圆的时候,你再过来。三钗答应着,留下二十块的香火钱,就走了。银花又看了一眼那箱奶,心里冷笑一声,大家大业的,这点子东西就想来求我了?

是个好天儿,小风吹过来,干爽痛快。到底是立秋的天气了。天上的云彩薄薄的,东一块,西一块,一会儿一变,一会儿一变。不停地有自行车电动车日日日日过来过去,也有忙着赶集的,也有忙着去上班的。臭菊在自家大门筒里,地下铺了一张凉席,半跪着纫被子。银花笑道,看把你勤谨得,都立秋了才拆洗。臭菊笑道,老鸹笑话猪黑,我就不信,你都拆洗清楚了?银花笑道,伏天里忒热了，一动一身汗。臭菊说，伏天里热是一、二呢，还得按时按点儿上班哩。银花说，今年怎么样呀，厂子里活儿多不多？臭菊说，甭提了。一提我就愁得慌。也不知道怎么了，活儿越来越少。尤其是这阵子，都歇了好几天了。臭菊四下里看了看，小声说，不是我舌头毒，咒他，团聚这厂子，好不了。银花忙问怎么回事，臭菊说，买卖不是这么干的。依我看，团聚这两口子，根本不是做买卖的料。银花说，团聚那厂子可不小呀。臭菊冷笑一声，道，小自然是不小，可也经不住大伙儿糟践呀。臭菊说要说这两口子，肯定是老实人。可如今是什么世道？老实人哪里就能做成买卖了？团聚这人，心慈面软，经不住人家一句好话儿。他那媳妇呢，又是一个马大哈，嘴上没把门儿，心里头更是没数儿。说句不好听的，就是一个缺心眼儿。厂子里那些工人，都是欺软怕硬。这么好几年了，连个规矩都立不下，这厂子怎么能办好呢。银花说，可也是呀。臭菊擦一把汗，把那针在头发上蹭了蹭，却并不接着绗被子，倒往凉席上盘腿一坐，说开了。不说外人，就说广聚，他亲兄弟，还有他那小姨子，就把他坑苦了。银花说，不是都开着厂子吗？火炭似的。臭菊撇嘴道，谁说不是呢。当年亏得团聚拉拽着他们，谁知却白白喂了两只狼呢。正说着话儿，只见喜针远远过来，两个人就止住不说了。

喜针看见银花，老远就对着她明晃晃地笑。走到跟前，拉着她小声说，这个月都过了有五天了，还没有来呢。难不成是真的灵验了？银花笑道，你把心放回肚子里，慢慢等着。这种事呀，就得把心静下来，心要诚。喜针说老天爷，我这回可是诚心诚意的，俗话说，心诚则灵。求你也在仙家面前说说好话儿呀。银花说那还用说。又嘱咐她别忘了三十晚上过来一趟。喜针连连答应着，骑车子就走了。

臭菊一面绗被子，一面问，还是她儿媳妇的事？银花说可不是,急得不行。臭菊撇嘴道,不是不急嘛,还跟我嘴硬。这一拨娶的都有了,就剩下她家一个,你说急不急?拉硬屎!我就是看不惯她这样子。银花也不好插话,只是笑。臭菊说,娶个媳妇,看她那张狂样子,一辈子没使过媳妇!臭菊人长得胖,又白,坐在那里,好像是一个刚出锅的大馒头,热气腾腾的。银花怎么不知道她的心事,也不好劝她,只好耐着性子听她唠叨。臭菊家的被面子是湖蓝的底子,上头开着一枝一枝的粉白的花,也叫不出名字来,偏偏配着鹅黄的叶子,挨挨挤挤,十分热闹。一只猫在凉席上卧着,一动也懒怠动,胖胖的,歪着肚子,眼睛半睁半闭。臭菊说着说着,却忽然岔开了话题,问起了二娟子。银花正被触痛了心事,心里烦恼,却又不好露出来。臭菊说二娟子开学了吧,有阵子不见她啦。银花强笑道,哪里肯在家里待呀,跟同学出去玩啦。臭菊说,念满了没有?我记得还有一年,还是半年?银花说还有不到一年啦。臭菊哎呀一声,说真快。我一辈子没有闺女,看见这个闺女就待见。安安稳稳的,一看就是个好孩子。哪里像如今这些个闺女家,疯疯癫癫的,坐没坐相,站没站相。成天价穿得,妖妖乔乔的。哪里有个闺女样儿呀。银花说可不是。臭菊因又问起了大娟子。问大娟子的亲事,定下来没有?定的是哪一家?银花不想跟她啰唆,又不好起身就走,少不得跟她敷衍两句。正没意思呢,手机却响起来。她赶忙借机走开了。

集上人挺多。银花先买了一些个粗香,又买了一些个细的,仔细装好了。又到肉二家的肉案子上割了半斤肉,买了一捆干粉、一个冬瓜,又买了一些个七七八八的小零碎,正要往回走,却听见有人叫她。却是她娘家村里一个堂嫂子。那嫂子说,赶集呀银花,捎信儿不捎呀?银花说,这阵子忙,想回去看看呢,老是不得空儿,我给我娘买点吃的,麻烦嫂子你给捎回去吧。就买了二斤桃酥、一块子肉糕、五个肉包子。想了想,又咬咬牙,去老刘家铺子里买了半只烧鸡。那嫂子叹道,要说你们这姐几个呀,数你顶孝顺。我婶子就享了你的福啦。银花就笑。那嫂子说,不是我搬弄是非,你那妹子同花,那么样地有,又是一个村里的,可难得见她回去,就是回去一回,也是俩肩膀担着一张嘴,我婶子要想吃她一口东西,真是比登天还难哩。你大姐金花呢,那是没办法,自己还顾不下来自己哩。银花赶忙岔开话题,笑道,嫂子忙不忙呀,还给人家铰皮子哪?那嫂子就说起了铰皮子的事,抱怨如今的活儿难找,钱不好挣,东西又贵,幸亏自己种点儿,要不怕是连菜都吃不起了。银花又要人家捎东西,也只有忍耐听着。那嫂子啰唆了半晌,才去了。

银花提着东西往回走,不知怎么心里没好气起来。这个季节的天气了,竟还是走出了一身热汗。路边不知道谁家的院墙,爬了一大片牵牛花,粉粉紫紫的,把一幅宣传画都遮去了大半。画上是一个老婆儿,白头发,笑眯眯的,一个年轻媳妇,正蹲在地下给她洗脚。旁边的墙上,却不知道谁拿黑笔粗粗写了一行字,大傻家配种猪。下面是手机号。街上人来人往,都是赶集的,有来的,也有回去的。不断有人跟她打着招呼,她也有一句没一句应着。这几年,也不知道怎么一回事,她的名气竟渐渐大起来了。芳村的不说,四周围村子里,也常常有人来家里,指名儿来找她。有时候,看着那些个密密麻麻的神仙,她也竟然恍惚起来,仿佛真的是神仙们可怜她艰难,下凡来帮她了。年轻时候,天不怕地不怕的,她倒也不觉得怎么样。后来上了点年纪,倒渐渐有些信了。这世上,老天爷饿不死瞎眼的雀儿。这话是真的。谁不是爹娘养的,谁不是血肉身子呢。谁是铁打的,谁就天生该受罪呢。冬瓜个儿挺大,抱在怀里还挺沉重。今儿个割了点肉,她是想着,孩子们回来了,娘儿几个吃一顿熬菜。大娟子在城里厂子里上班,一周回来一趟。二娟子先说要回来,后来又说不一定。管她呢。爱回不回来。私心里，她还是气。又气又恨，心疼倒是心疼的。怎么说呢，自己的闺女出了这种丑事，是往当妈的心头上戳刀子哪。那贼操的，小兔崽子，竟然跑了个没影儿。这是给人家扔了呀。给人家玩完了，随手一扔。一个黄花闺女家！她怎么不去死！也就是如今风气开化了，要是放在早先，这还了得。可谁知这闺女竟是一个性子刚烈的，被她骂了一顿，竟真的赌气喝了药了。她当时在仙家面前跪着，整整跪了两天两夜，不吃不喝，泥人儿木头人儿一样。心里头空荡荡黑洞洞的，好像是一口枯井。她只有一个念头，只要是闺女醒了，她就一辈子烧香修行，一辈子鞍前马后的，给仙家当差。要是万一有个一长二短，她就干脆一头撞死在神案子上，跟着闺女去。这是家丑，传出去好说不好听。她紧紧咬着牙关，除了大全媳妇，硬是没有叫二人知道。她娘家，她姐姐妹子，一点都不知情。就是大全，她也求大全媳妇给瞒着些。小别扭也好像知道一点儿，模模糊糊的，全是凭着他自己猜测。从头到尾，她一个字也没有说。他呢，倒是一个字也没有问。

正胡思乱想呢，听见后头有汽车喇叭响，她连忙到路边一家门口避一避。那汽车跑得飞快，车屁股后头腾起一片灰尘，纷纷扬扬的，半天不散。村里的路就是这一点不好，虽说是打了公路，尘土却很大。路两旁的人家，都想尽办法往中间挤，路就越来越窄了。刚要走开，院子里却出来一个人，两个人一照面，同时哎呀一声，就都笑了。

麦麦穿一件秋香色裙子，外头搭一件奶白开衫，脖子上戴着一条金链子，吊着一个玉观音坠儿，手腕子上戴着一只翡翠镯子，染着红指甲油。头发高高盘起来，更显出一张银盆大脸。银花见她也打量自己，心里有点不自在，暗暗后悔，今儿个赶集怎么就没有换身衣裳呢，真是丢人。麦麦却笑道，这是赶集去了呀。银花说可不是。麦麦说，来家里歇会儿呗，喝口水。银花这才抬头一看,竟然是一座二层小楼,高墙大院的,十分威武。这是你家呀。麦麦说,是呀,刚装修好。家里坐会儿呗。银花待要推让,见麦麦十分热心,只好随她进去坐一坐。

果然是装修好了。院子里花木葱茏,收拾得干净雅致。还没有来得及细看,早被麦麦让进屋里。在沙发上坐下,只觉得一屋子金碧辉煌,叫人眼睛不知道朝哪里看才好。麦麦问她是喝酸奶呀还是喝露露,她忙说喝水就挺好。喝着水,两个人就说起了闲话儿。这麦麦和银花是初中同学,当年还一时头昏,跟另外两个闺女,一起结拜过干姐妹。念书的时候要好得很,后来不念了,又不在一个村子里,慢慢地就不走动了。早听说麦麦男人有本事,光景过得好,今天一见,果然。麦麦笑道,怎么样呢,又没有隔着山隔着水,到镇上来也不找我。银花说,可也是,天天净是瞎忙。麦麦说,我倒是闲人一个,有空就过来坐呀。银花心想,谁有这个闲工夫,来跟你扯闲篇呢。脸上却笑道,好呀。你这日子顺心,看出来了。麦麦笑道,有什么顺心不顺心的,瞎凑合过呗。比上不足,比下有余。忽然好像想起什么来,笑道,芳村的那个识破,是不是你呀。都叫小别扭媳妇?银花脸腾的一下就红了,笑道,你笑话我吧。麦麦忙说,你别多心,我就是忽然想起来了。听说灵验得很哩。银花就笑。麦麦坐到她身边来,把糖盒子给她,叫她吃糖,一面说,我倒也想叫你烧一烧呢。银花说,可也是,这么大的买卖,是该烧一烧。麦麦说,买卖是一,还有点别的事。银花见她吞吞吐吐,心想这麦麦,住着这样的房子这样的院儿,难不成还有什么心事,不好对人说。可见是,家家有本难念的经。也不再问她,只说一些个家常闲话儿。说谁谁家过得艰难,为了娶媳妇,借了一屁股的账;谁谁过得好,家里盖得铁桶似的,在城里买了小区;谁谁竟然得了那种不好的病,年纪也不过四十多,真是可惜了儿的;又说起了一个同学,小辛庄的,竟早已经死了好几年了。两个人啧啧感叹了一阵子,一时都无话。茶几上摆着一个水晶大果盘,装着苹果、梨、葡萄、橘子等各色水果,瓜子、花生、核桃、枣装在一个彩绘漆盒子里,像是月饼盒,上头画着嫦娥奔月。旁边放着一个手机,挺大挺宽,板砖似的,上头却吊着一个极精巧的小羊。银花忽然想起来,麦麦也是属羊,两个人同岁。都说是女属羊不好,命不济,也不知道这话是不是该信。在芳村,属羊的闺女,找婆家的时候,人家就明显地有点挑剔的意思,怎么说也算个短处嘛。乡下人,还是十分肯信这些个的。当年,小别扭家也是忒穷,家里兄弟又多,在这个老二身上,就不是那么太在意。倒是银花她娘,一直担着一份心事,见人家不嫌弃,就一口答应下来。她怎么不知道她娘的意思呢。家里虽说有三个闺女,在乡下,也等于是没人。穷富且不论,图的就是小别扭家兄弟多,院房里发人。可天下的事,谁说得定呢。她竟然也一口气生了俩闺女。这是头一个不如意处。还有一个,就是小别扭靠不住。嫁人是为了什么呢,是为了终身有靠。可这个小别扭,是一靠就歪,一靠就倒。心量又宽,性子又慢,一锥子扎不出一个响声来。这么多年了,银花百般地譬喻劝导,软的硬的,都不管用,也就把心灰了一大半。打听了保定一个工地,叫他出去卖苦力去了。正乱想呢,却听见麦麦叫她吃橘子,她趁机就起身出来,一面跟麦麦说好了,这几天到芳村去找她。

　　走了好远才发现,竟然把那捆子干粉落在麦麦家了。有心回去拿,又不好意思。心疼了半天,也就罢了。看看手里那一袋子苹果,叹了口气,心想算是换嘴吃吧,还是苹果值钱些。这个麦麦,这么多年了,倒是没有变样儿,保养打扮着,倒比年轻时候还要俊儿分。冷眼看上去,哪里像这么大年纪的人呢。还有一样儿,麦麦这人,不像那些个张狂老婆,长着一双势利眼,一眼就把人看扁了。拉着她的手,一个劲儿地说,干姐妹们,跟亲戚似的,就要多走动走动,才更亲香。心想这话也就是麦麦说,要是她自己开口,倒有高攀的意思了。又想起她说的求她烧一烧的话。看来她这个识破,还真是有些名气了。

回到家里,见对门臭菊还在那里低头忙着。那被子已经缝好了,齐齐整整叠起来,放在一旁。眼下却是一条褥子,臭菊正把那褥子从一头卷起来,一点一点往外翻。银花说,这一大晌,忙呀。臭菊笑道,赶集的回来啦。买了点什么好吃的呀。银花说,能买什么好吃的。买了冬瓜,熬菜吃。臭菊看了一眼那冬瓜,朝着外头抬抬下巴颏,说你看你,一上午不在,家里倒跟赶集似的,你一趟我一趟,硬是不断人儿。这不是。又把下巴颏指了指门筒里地下,银花一看,两盘柴鸡蛋、一箱子康师傅方便面,还有一大把香蕉,还有一袋子,好像是点心,油浸浸的。笑道谁呀这都是。臭菊撇嘴道,还不是求你的那些人。银花说,这些人也是,偏偏我不在家的时候,就都来了。这些个东西,我怎么知道谁是谁的。银花说这是香火钱,得分清楚喽。臭菊笑道,鸡蛋是傻货媳妇的。方便面是小围的。香蕉还有点心,好像是李家庄的,也不认识,一个娘儿们,五十来岁吧,矮个,圆脸,挺利索一个人。说话也柔软,一口一个大妹子。大老远来一趟,叫我好歹捎个信儿。银花说是不是嘴角有一颗痣,头发有点自来卷儿?臭菊说好像是。银花说我知道了。这人是李家庄的,东燕村的闺女,跟小鸾她娘家那边还沾挂着点儿。看上去挺好人儿吧,白白净净的,可偏偏命不济。臭菊问怎么个不济。银花说,她女婿好赌,把家里输了个精光。她闺女要离婚,女婿不肯。打官司告状的,有两年啦。臭菊说,有孩子没有?银花说,说得正是呢。大人们,凭着你们去闹吧,就算闹个鸡飞狗跳的,到底是大人嘛。这俩孩子,一儿一女,大的七岁,小的才两三岁,成天价住姥姥家,叫人心疼得慌。臭菊也叹气道,可不是,遭罪哩。就跟咱村西头那个一样,说着把下巴颏往西边一点,非得弄得家破人亡,才算一回。银花说,这个也是一个冤孽。说是被一个赌鬼缠上了,附了身。我正给她在仙家面前求着哩。正说着,翠台过来了,跟臭菊借烙子。银花说晌午这是要烙饼呀。翠台说烙馅盒子,爱梨想吃馅盒子了,正好家里有种的韭菜。臭菊就起身去拿来烙子,银花见那烙子油渍麻花的,黑乎乎的难看,有心要把家里的电饼铛借给她,想了想,还是罢了。翠台拿了烙子走了,银花说,晌午了,也该做饭啦。说翠台家那媳妇,快到时候了吧。那天见她,身子笨得,都快走不动了。臭菊说,说是快到了,不出这个月。银花说,翠台待这媳妇倒是挺好,见天给变着样儿吃。臭菊撇嘴道,伺候人家呗。如今的媳妇们,有几个好伺候的?银花听她这口气,就小心问道,小见那亲事,这回我看倒有八成准的了。臭菊叹口气,把那褥子四处铺平了,重新纫了线,一面说,谁知道呢。说句不怕你笑话的话,如今我就听不得人家娶媳妇的事。我们家小见,要个儿有个儿,要样儿有样儿,怎么就这么难呢。不是我说话难听,现今这些个脏×闺女,就是一个前(钱)心,没有后心。只要是有钱,管他是瞎的瘸的老的少的,恨不能立时三刻就嫁进人家门子里去。一个字,贱。银花见她咬牙切齿的,说话不好听,也不理会她,只笑眯眯的,说要回去做饭了。说我先把这个放回去,再过来拿一趟。心里咬牙骂道,自己小子娶不上媳妇,天下的闺女们就都不是好的啦?这样的婆婆,将来谁在她手里做儿媳妇,不是好伺候的。就一趟一趟地往回搬东西。再出来的时候,想必是臭菊看出了她脸色不好看,就一直忙着把话描补,直个劲儿夸大娟子二娟子。银花笑吟吟的,只管听着,一面把那些个鸡蛋方便面往回搬,也不像往常一样,把香蕉掰下来几根给她。

　　一个人的饭实在没意思。她胡乱吃了一口凉馒头,就着一头腌蒜。又把早晨的剩面汤喝了。正想着在床上歪一会儿,却见建信媳妇掀帘子进来，脸上笑笑的。银花心想，她怎么来了。那一年，为了宅基地的事，跟建信媳妇闹得不好。这好几年了，两个人都不说话。街上遇见了，两个人都朝着地下使劲吐一口唾沫，骂一句糊涂街。后来建信上了台，银花就不大吐唾沫了，也不骂糊涂街了，能躲就躲，不能躲呢，就装着没看见。这几年，建信媳妇越发猖狂了。人家男人是干部嘛。银花只把这口气憋在心里头。风水轮流转，看你还能猖狂到几时。也不知道今儿个怎么了，这贱老婆竟然找上门来了。正待要问呢，只听建信媳妇笑道，银花呀，嫂子我今儿个过来，是想给你赔不是呢。银花说，嫂子这是哪里的话，我可不敢当。建信媳妇说，我这臭脾气你还不知道，我是心里有啥就说啥，说了就忘，我可不是记仇的人呀。银花笑道，嫂子的脾气，我当然知道。建信媳妇说，我今儿个来呀，是想求你一件事。见银花不接话茬，只好自己往下说，是这么一回事，你哥他——刚说了这句，就不说了。银花见她眼里一闪一闪的，看着窗户外头那棵香椿树。树枝子上挂着一个衣架，一条毛巾在风里一摇一摇。银花也不好多问。过了一会儿，建信媳妇才说，你哥他今年是低年头儿，老是出事儿，也不知道，这一关，你哥能不能闯得过去。银花说，建信哥？怎么了呢？建信媳妇叹口气，道，这个事呢，我也不敢跟人家说。你哥他在台上，看着风光，其实是个费力不讨好的苦差，别的不说，得罪人呀。银花心里冷笑一声，想，得了便宜还卖乖。却不打断，尽着她说。建信媳妇说，这个事呢，说大也不大，话说回来，自古以来当官儿的，有几个敢拍着胸脯，赌咒发誓，说自己就是干净的呢。要说小呢，也不小。你看电视上网上，如今上头风声紧得很，整个国家，都在整治哩。银花见她绕来绕去的，不肯直说，心想这臭老婆，还是这个样儿，人前不肯露一点薄儿。今儿个可不是我找你，是你上我的门子上来求我来了。我倒要看一看，你到底怎么个说法。正盘算着呢，建信媳妇却忽然就笑起来。银花被她吓了一跳,说你笑什么呢。建信媳妇指了指墙上的那神,我笑世人傻呢。银花说,怎么?建信媳妇冷笑道,这些个神仙,难道就把这人间的事情都看破了?银花慌忙要去捂她的嘴,却被建信媳妇一推,直直砸在神案子上,香炉里的香好像是变成了一朵祥云,一飞一飞的,一直飞到那挂神上头。正纳闷呢,只见上头坐的竟是观音菩萨。银花慌得倒头就拜,嘴里念念有词,再抬头的时候,却什么都没有了。睁眼一看,却是一场梦。

香椿树摇下来枝枝叶叶的影子,落在窗子上,乱纷纷的一团。那树杈上果然有一个衣裳架子,挂的却是大娟子的一只胸罩。怎么就稀里糊涂的,做了这么一个梦呢。她想起建信媳妇那句话,心里头就扑通扑通跳起来。抬眼看看墙上那些神仙,都安安静静,并没有怒容。赶紧起来烧上一炷香,跪下,求告起来。

刚起身立起来,小别扭打来电话。她听他在那边气喘吁吁的,也不知道哪里来的一股子气,劈头盖面就骂了他一顿。小别扭也是听惯了,在电话那头只是不吭声,偶尔也争辩一句半句,却又被她一句话堵回去了。骂了半响,忽然就啪嗒一声挂了。小别扭又打过来,还没有开口,银花就骂道,打打打,这是长途!钱烧的你!

放了电话,心里头还气鼓鼓的。这小别扭就是个别扭货,一条道走到黑,连个弯儿都不会拐。这种脾气,做买卖是万万不成的。就只有去卖苦力。他老想着往回跑,每一回都被她骂一个狗血喷头。照说就俩闺女,也不用盖房子,也不用娶媳妇,够吃够喝,日子还过得去。可银花有自己的心事。她盘算着,俩闺女总得留一个在家里头,给他们养老送终,心里头才觉得妥当。既要留家里,就得给孩子们把房子整理好了。这是任务。如今招上门女婿,哪里有那么容易的?还有一条,二娟子这闺女,无论如何,也已经有了不是。村里人们的嘴碎,她可不敢打包票,纸里能包住火,一包就一辈子。大娟子呢,大全媳妇早就有那么一点意思,想两家亲上加亲。她怎么不知道她这个堂姐姐呢。她是看上了大娟子人长得俊,性子又温厚端正,想娶一个这样的媳妇,把学军那匹野马往回拢一拢。

香椿树上,大娟子那一个胸罩,在风里一摇一摇的。淡粉色,上头绣着几朵小花。怎么说呢,对于这桩亲事,她心里头有点拿不定主意。要说论家底子,大全这样的人家,自然是无话可说。大家大业的,又只有学军这一棵独苗儿。要是进了门儿,往后一辈子穿金戴银、吃香喝辣,就是下一辈子,也是花不完的钱了。要说论人才呢,学军这小子虽说长得矮小些,也算是模样儿周正。只有一样儿,大全两口子自小把这孩子惯坏了,吃喝嫖赌,一身的毛病。别的倒还好,就只在这男女的事情上,怕把自己闺女委屈了。前一阵子,听说跟那个望日莲。人们风言风语的,难听得很。后来呢,又跟耿家庄一个闺女。就在前些天,还为了一个城里的小姐,跟人动了刀子。幸亏没有伤到要害,大全门路广,四处打点,花了一大笔钱,才把这件事给压下去了。学军自己胳膊也受了伤,把他妈的胆子差点吓破了。这样的人家,她不是把亲生闺女往火坑里推嘛。为了这个,她晚上睡不着,把这桩亲事在心里头,来来回回的,掂了几个过子,到底是拿不准。去问小别扭吧,也问不出个一二三来。心里头越发烦恼了。

冬瓜还挺嫩。她把皮削了,开膛掏了里头的瓤子,切成小块儿。又把肉拿开水焯一下,也切块盛在一个大碗里。干粉落在麦麦家了,只好罢了。盘算着去打一斤豆腐,就擦了手,往外走。

臭菊正歪在凉席上睡觉,裤腰子露出一角花裤衩来。被褥在一旁歪歪扭扭垛着,眼看着就要塌下来了。那只猫却没有睡,睁着一双眼睛,绿幽幽的看人。一片杨树叶子落下来,不偏不倚,正好落在臭菊的腰上。门前的菜畦里,茴香已经老了,留着一小丛打籽儿。黄瓜也是最后一喷了。这个时候,小黄瓜不好吃了,正好可以腌上。还有茄子。每年这个季节,人们都做茄子包儿吃。几棵大葱,琐琐细细开着小白花,一簇一簇的,倒是十分好看。

端着豆腐往回走,大娟子的电话打进来。说是厂子里加班,到家恐怕就晚一点儿了。叫她不要着急。她刚想再多问一句,却早挂断了。算算日子,好像也就是这几天,身上不好。这闺女就是这一点,太懂事了。孩子嘛,不懂事自然不好,叫人操心。太懂事了呢,也不好。成天价报喜不报忧。人儿不大,心里头倒是特别能盛事儿。大娟子这孩子,跟二娟子还不一样。心太重,又是个心思细致的。她倒是宁可她像二娟子似的,少心没肺的,倒少牵挂。

正琢磨着呢,后头一辆车开过来,滴滴滴滴滴叫着,是叫她让路的意思。她赶忙往一旁躲,不料那车早过来了,吓得她一个趔趄。正发愣呢,那车一溜烟似的开过去了,一片尘土扬起来,半天不散。她刚要骂,见对面渣子爷挂着拐棍,朝着那车屁股的方向啐了一口,骂道,小王八羔子!村子里头还这么个开法儿!银花说,可不是。外村的吧?渣子爷说,是大全家那个少爷。小兔崽子。他孙媳妇抱着孩子走过来,埋怨道,小点声儿。人家是老板,你孙子还在人家手下哩。老了老了,倒糊涂了。胳膊肘儿火辣辣地疼,掀起来一看,原来擦了一大块子皮,血点子正慢慢渗出来。她气得不行,待要骂,当了人又不好骂。正一肚子火呢,却见她妹子同花骑着车子过来,在路口停下等她。

她心里正不痛快,也不正眼看她,端着豆腐就往家里走。同花赶忙在后头跟着。姐俩儿一前一后往家走。臭菊早醒了,见了同花笑道,啊呀,来且啦。好好待且吧。银花只嗯了一声。心想她这个妹子,无事不登门。想必又是有什么事了。

她先把豆腐放厨房里,又拿了一个盘子,把那只盛肉的大碗盖上。想了想,又放进碗橱里头。

把妹子让到北屋坐下,倒了水,等着她开口。迎面墙上的神仙们静静看着她们。像是在笑,细看又不是。

她轻轻叹了一口气。

第十二章
臭菊成了儿媳妇迷

村庄里草木茂盛

野心茂盛

年轻的人们,见多识广

村庄太小了

野心太大

见银花把东西一样儿一样儿都搬回家里去了,臭菊呸的一声,把嘴里的一个线头吐出来,啐道,什么东西,一点骨头渣都舍不得吐。气哼哼地,自顾做针线。军旗从屋里出来,光着个背,脸颊上被压出一道道的凉席印子,说晌午吃啥呀。臭菊不理他。军旗踢踢踏踏去了趟厕所,回来立在丝瓜架底下,仰着脸儿看。臭菊见他那一副自在模样儿,心里的气便不打一处来,骂道,闲得你。你去满村子转转,有几个像你这么沉着的。军旗说,我也不想白闲着呀。不是没有活儿嘛。臭菊说,占良他们呢,也白歇着呢?军旗不耐烦道,都是一个老板,难不成还就把我一个人撇下了?臭菊说我不就是问一句嘛,白闲着吃白饭,问一句都不能问了?一面说,一面摔摔打打去弄饭。

院子里种了不少树,有杨树,也有槐树。榆树倒是不大种了。榆树这东西,有一点不好,到了夏天,叶子上好生一种小虫子,丝丝缕缕吊下来,芳村人俗称吊死鬼的。往往是,在榆树底下走过,不小心就被这虫子给挂住了,人们就骂一句,啊呀吊死鬼。刚立了秋,树们倒还是绿油油的,精神不减。这种老院子就有这一点好处,树木多,冬暖夏凉。不像如今那些个新房子,出门就是水泥地,还嫌不够,再拿瓷砖啊大理石啊铺了。偌大的院子,要想找一小块泥土地都难。臭菊在菜畦里拔了棵葱,盘算着弄两碗疙瘩汤吃。幸亏自家菜畦里种了些菜,好歹够一家子吃了。如今的菜贵死人,简直就是肉价。要是买着吃,她可真舍不得。这一阵子,厂子里活儿少,三天打鱼两天晒网的。军旗他们呢,干脆放了假。军旗给人家装卸货,要是好的时候,一天总能挣个一二百。苦自然是极苦,可拿的倒是现钱,一天一算,叫人心里觉得踏实,觉得挺有奔头。臭菊特意买了鸡蛋,每天给军旗补一补,弄得军旗都不好意思了,说干啥呢这是,又不是坐月子,真是大惊小怪。臭菊只不理他。

两个人闷声吃饭,谁也不说话。军旗呼啦呼啦,喝了两大碗,直喝得满头大汗,再要盛一碗的时候,锅里早见底了,便笑道,好狠心的娘儿们。这挣不挣钱,天上地下呀。没有鸡蛋吃不说,连疙瘩汤都不给吃饱呀。臭菊瞪他一眼,道,就是不一样。一个大汉们家,在家里闲着,好意思?军旗说,你这人不讲理。我倒是想忙呢。臭菊说,我不管。要是能挣来钱,我三茶六饭伺候着,你叫我往东我不敢往西,你叫我打狗我不敢骂鸡,你叫我干啥我干啥。只要你能把钱挣回来。军旗哦了一声,坏笑道,这话是真的?昨夜里怎么就不听我的呢。臭菊啐他一口,骂道,挣不来钱,你想得倒美。臭菊说我今儿个跟你明说了,要是再这样儿,你就搬到外头屋里来。两口子正说着话,听见大喇叭上有人讲话,哇啦哇啦的,也听不清在说什么。军旗说,建信这是又喝高了。臭菊撇嘴道,喝二两马尿,就不知道自己姓啥啦。军旗说,建信那事儿,也不知道怎么样了。臭菊啐道,你倒是操心挺多。

歇晌歪了一会儿,一觉醒来,接着做她的被褥。见银花家人们进进出出的,门槛子都要给踢烂了,心里看不上,又十分眼红。银花这个识破,倒是风光。光凭这一项,就吃喝不愁了。可见是,一样儿鲜,吃遍天。银花天天烧啊燎的,听说是灵验得很。有心也叫她叩问叩问,又舍不得那点子东西。想着小见的亲事,长短定不下来,真是愁死人。眼看着小见他们这一拨的,一个一个都娶了媳妇,有了孩子,心里更如同火上浇油一般。要是错过了好年纪,就把好好一个孩子给耽误了。正不自在呢,老远见傻货媳妇骑车子过来,忙起身叫她。

傻货媳妇把车子停下来,放在一旁,一屁股在凉席上坐下,嘴里呼哧呼哧喘着粗气。臭菊笑道,这是干啥去呀,大汗小汗的。傻货媳妇说,去管人家的闲事儿呗。傻货媳妇说那谁家的兔崽子,可把我气死了。臭菊忙问怎么呢。原来是傻货媳妇给秃淑芬家二小子提了一门亲事,都相了看了,庙也赶了,定礼也换了,也不知道怎么一回事,那小子竟然又不愿意了。傻货媳妇说这不是叫我为难嘛。问也问不出个一二三来,依我看,秃淑芬两口子也拿不起势来,就这么由着小子胡闹,西燕村又这么近,抬头不见低头见的,叫我往后怎么见人呢。臭菊心里一动,忙问道,这个闺女,是西燕村的?谁家的闺女呀?傻货媳妇说,不瞒你说,这闺女是西燕村我堂姐姐家的三闺女,模样儿长得是没的挑儿,又懂事,又能干。傻货媳妇说谁知秃淑芬家小子这么混蛋呢,说不愿意就不愿意了,这不是把人家闺女给撂半道儿了嘛。臭菊说,八成是那小子有了二心了。如今的人们心思有多活络呀,不像咱们那时候了。傻货媳妇说,可也是。强扭的瓜不甜嘛。臭菊笑道,依我看,这倒未必是一件坏事。俗话说,千里姻缘一线牵。你这外甥女的亲事,说不定会有更好的结果呢。傻货媳妇听她这样说,就嘎嘎嘎嘎笑起来,你看我,守着黄河找水喝。我倒是忘了,有一句话怎么说的,灯下黑。臭菊忙说,是呀。这事儿都是个缘分。缘分到了,棒子打都打不开呢。傻货媳妇说可不是。我这就回一趟西燕村,正巧我一个堂叔家聘闺女,捎带着把礼钱给拿过去。

臭菊见她骑车子走远了,料想这门亲事有八成把握,心里又喜欢,又焦躁。喜欢的是,正愁小见的婚事呢,竟然就送上门来了。焦躁的是,也不知道,这两个孩子,是不是就能够对上眼。还有人家女方的父母,是不是会挑剔他们这家境。又后悔方才恁慌乱了,也没有顾上问一问,这女方是个什么样的人家。私心里,她倒是宁愿他们家里艰难一些,也好门当户对。可若是太艰难了呢,也不好说。往往是,越是家境不好的,越是一心想着往那高枝儿上攀。比方说换米姨家那闺女,嫁到了李家庄,婆家富得不得了。换米姨成天价挂在嘴上,三句话不离我家丽丽。可见是,天下的人心都一个样,嫌贫爱富,一等一的势利眼。就说小见刚刚给退掉的这一个,不就是嫌他们家院子小嘛。院子小,又没有买辆好车。往后看呢,小见不过是给人家打工,前程一眼就能看到底的。更可恨的,是那闺女她娘,一口一个只要我闺女愿意。谁不知道,全是她在背后挑唆的呢。那个贱娘儿们,头发梳得光溜溜,跟狗舔过似的,一看就不是个好货。

正心里愤愤不平呢,却见银花打扮着出来了,就问道,这是去哪儿呀。银花说,去我姐姐那院里一趟。臭菊心里呸了一声,心想叫得倒是亲热,不知道的,还以为是嫡亲的姐姐呢。银花穿了一件蓝地黄花的丝绸小衫,下头是一条黑真丝裙裤,头发绾起来,十分清爽干净。臭菊哎呀一声,笑道,一眼都没有认出来。你这一身儿好洋气。银花笑道,我家大娟子给买的,我嫌太鲜明了。臭菊心里冷笑道,显摆自家有闺女呢。绝户头子。往后死了,连个烧纸的都没有。还臭美哩。

银花一扭一扭走了,留下一股子挺好闻的香味儿。看她拐进后头胡同里,知道这是去大全媳妇那儿。早就听人们议论,说是大全媳妇看上大娟子了,要娶她做儿媳妇。也不知道,这门亲事能不能成。怎么说呢,这些年,村子里闺女们一年比一年少了,男孩子们,倒是一年比一年多。早些年,是重男轻女,闺女们还在娘胎里头,就被拦下了,根本生不下来。弄得这些年下来,狼多肉少,娶个媳妇,比登天还要难。再丑的闺女都不愁嫁,稍微长得整齐些的,更是宝贝一般,被多少有小子的人家求着,怨不得人家要左挑右拣。男孩子们呢,一个一个,长得又排场,又威武,偏偏就是娶不上。真是世道变了。私心里,她倒是盼着大娟子这婚事不要做成才好。这么多年,跟银花家住对门儿,两个孩子,从小一块长大,知根知底的,要是能够做成亲事,是再好没有了。大娟子这闺女,又好模样儿好性情,跟她娘银花,倒不像是亲娘儿俩。还有顶要紧的一点,大娟子勤快麻利,能吃得苦。臭菊头一个就十分看得上。自然了,银花这一关不好过。跟她对门子住了半辈子了,她怎么不知道银花的脾气呢。她方才那上赶着的贱样子,一看就是去给人家舔屁股的。大全家是个什么样的家儿呢,金山堆银山,能把人给埋了。对这门亲事,银花自然一万个愿意。

把被子褥子做好了叠起来,臭菊洗了把脸,换了一件干净衣裳,就出来了。

秋保家超市里倒是清闲。有一两个闲人,正抱着孩子在门前玩那些个机器。有一匹小马红毛绿鬃,一面动,一面唱,白龙马,脖铃儿急。另一只小老虎却忽然停下来了,一个胖小子哇的一声哭起来。那做奶奶的一面哄着,一面小声骂道,坐一回就得扔进去一块,坐一回就得扔进去一块,真会想法子赚钱。这不是坑人嘛。另一个也说,是呀,我都不敢从这儿过,我们家那个,看见了就要坐。不叫坐呢就闹。谁成天价坐得起这个呢。秋保媳妇笑嘻嘻出来,接话儿道,话可不能这么说呀。我这些个东西摆在这儿,不扔钱进去它就不动。谁愿意坐呢,谁就掏钱。姜太公钓鱼,愿意呢,你就坐,不愿意呢,你就走。谁还硬拉着了?先前说话的那一个被孩子哭得火起,照着那孩子屁股就是一巴掌,骂道,愿意挨刀子的东西,有钱还不如买块糖,还能甜一甜嘴呢。非得犯贱来给人家送钱来。秋保媳妇说,凤奶奶你这是啥意思?小孩子家能懂个啥,你这样打他。凤奶奶说,我的孙子,我愿意打。小孩子家不懂事,大人也不懂事呀。一心赚钱,坏了良心了。秋保媳妇气道,谁坏了良心了?你倒是把话说清楚了。凤奶奶说,谁坏了良心谁知道。我指名道姓说你了?秋保媳妇气得不行,却一句话也说不出来。秋保听见了出来,朝着他媳妇骂道,傻娘儿们,拙着一张嘴,还想吵架哩。又对着凤奶奶笑道,凤奶奶,你老人家也是,跟一个小辈儿计较个啥?没有零钱,你倒是说一声儿,孩子白挨了打,何苦呢。凤奶奶呸了一口,骂道,少在这儿唱双簧。谁不知道你们两口子,一个红脸儿,一个白脸儿。这一个村子的钱,你们赚得还少了?秋保笑道,凤奶奶你也是这么大年纪的人了,怎么说话这么顾前不顾后的呢。我们开超市,一不偷二不抢,凭的是一双手。哪里像你家哲子本事大呢,给人家城里的女老板当保镖,端茶倒水,提鞋穿袜,凭着一身好体格,就把钱赚回来了。凤奶奶正被说中了心事,气得嘴唇哆嗦,指着秋保骂贼羔子,竟一句旁的也说不出来。

秋保超市这地方冲要,人来人往的。这时候早聚了一小撮闲人,围着白看热闹。人们议论纷纷的,有说秋保不是的,有说凤奶奶不是的,也有人就问起了哲子的事儿,说是不是真的呀,跟那女老板?旁边的人就说,听上去,这份活儿倒是很不赖。打草搂兔子,两不耽误嘛。有人说他娘的,怎么这样的活儿找不着我呢。另一个笑道,就你那小身子骨儿?人们轰的一声想笑,见凤奶奶气得脸儿黄黄的,又不敢笑。

臭菊挤在人群里看热闹,回头看见小闺立在身后头,头发湿淋淋的,看样子是刚洗过,就朝着她摆手。两个人出来,在超市旁边一个角落里立着说话。臭菊拿下巴指了指那边,小声道,我的娘,眼瞅着就吵起来了。小闺撇嘴道,都不是善茬子。狗咬狗,一嘴毛。臭菊说,哲子的事儿,是真的呀?小闺看看左右,小声道,都这么说呢。听说那女老板,是个老娘儿们,一身肥肉,那真叫个胖。臭菊说,哲子媳妇知道不?小闺笑道,知道怎么样,不知道又怎么样?揣着明白装糊涂呗。难不成,还为了这个闹离婚呀。小闺说你这是干吗呀,来买东西?臭菊道,听说傻货他娘把脚崴了一下,我买点东西过去看看。小闺说,多大点子事儿呀,又不是大灾大病的。你这礼法也忒长了。小闺说我刚刚还见她在门口坐着哩。臭菊笑道,论起来,傻货他姥爷跟军旗他爷,是亲堂兄弟。我就去白看看她,也是应当。小闺说倒也是。小闺说傻货倒是个老实人,傻货媳妇这人,心眼子忒多。臭菊见她搬弄是非,也不搭腔,只笑眯眯听着。

臭菊左挑右拣,掂了有好几个过子,才拎了一包点心、一袋芝麻糊、一袋豆奶粉,叫秋保媳妇给她算了钱,自己心里头又算了一遍,才一面心疼肝儿疼着,一面往傻货他娘那里去了。

这一片都是老房子,早先倒觉不出逼仄来,现今有新房子比着,竟然看不得了。树木却多,蓊蓊郁郁的,有一种凉森森的青气。墙头上有几棵狗尾巴草,在风里一摇一摇的。老远果然看见傻货他娘在门口坐着呢,头发都白了,脸上一道一道深褶子。也不知道是谁的一件姜黄秋衣,领口袖口的蕾丝给拆掉了,留下一圈毛边儿。等臭菊走到跟前了,还没有看清是谁。臭菊叫她老姑,问她是不是把脚崴了。傻货他娘眯着眼看了半晌,这才认出她来,说不碍事儿。那天出来泼一盆水,也不知怎么回事,就把脚给崴了一下。说着掀开裤子叫她看。臭菊一看,那脚脖子果然都红肿了,小馒头似的。心想傻货这两口子忒狠心,老娘脚肿成这样儿,还叫她一个人弄饭。嘴上却说,老姑你好好养着,走动慢着点儿。傻货他娘非要拉着她屋里坐会儿,她只好替她把东西拿进屋里去。只见院子里种满了菜,只留了一条窄窄的小道儿。几只鸡走来走去,还有一只小黑狗,挨着人的裤角蹭来蹭去。屋子里暗沉沉的,摆着几样旧家具,收拾得倒还算干净。傻货他娘拉着她说话,臭菊哪里有这闲心,把那些个东西放在一张旧桌子上,赶忙出来了。

今年雨水多,草木们茂盛,这个季节,都森森然然一派。大庄稼地已经深起来了,绿汪汪一大片,在太阳底下,好像是浩荡的大水一般。一阵风吹过来,臭菊这才觉出身上出了汗,心想傻货他娘老糊涂了,也不知道会不会去跟儿子媳妇学舌。做了好事,该到傻货媳妇跟前去卖个好儿才是。傻货媳妇这个人,爱贪小财,喜欢给人家保媒拉线,四乡八邻,提起傻货媳妇,都知道是芳村那个薄嘴唇媒婆。早些年,媒婆在乡下挺吃香,人们见了,都满捧满敬的。亲事成不成,都要给媒人送东西,要是成了呢,就更要送了。尤其是男方,全指望着媒人的几句好话呢。逢节节令令的,男方给女方家送节礼,都少不得要给媒人备一份。如今呢,也给媒人送礼,却再不像从前了。人们都有手机有网络,隔着山隔着水都能说上话,方便得很。好自热是好的,可也有一样儿坏处,就是太方便了。小儿女们,你一言我一语之间,就容易惹是非。小儿女之间的是非,哪里有大事呢,却又都是大事。一言不合,一桩亲事说不定就散了。这个时候,就少不得媒人出面说合劝解。因此上,媒人这角色,怎么说呢,还是很厉害的。

芳村这地方,管玉米地叫大庄稼地。大庄稼嘛,就是高大的意思。大庄稼们已经吐缨子了,深红的缨子丝丝缕缕垂下来。过了大庄稼地,有一小块棉田,大大小小的棉花桃子,绿铃铛一样,风一吹,好像满田就格朗格朗响起来了。天蓝蓝的,有一块云彩停在远处的一棵大树尖子上。正走着,听见有人说话,臭菊不由慢下脚步来。好像是一个女的在哭,抽抽搭搭的,一面哭一面说,谁知道他是这样一个人呢,平时我一口一个爷地叫着,论起来也是一个大辈儿的。旁边一个人说,知人知面不知心。这回倒把一个人看清楚了。前头那一个边哭边说,我就是下不去这口气。旁边那人说,老东西,也不嫌臊得慌。一把年纪了都,真不要脸。臭菊心里一惊,心想有句话叫作隔墙有耳,世人竟不知道。听声音也不听出来是谁,好像是个年轻媳妇家。那个劝说的,倒好像是玉桥家的凯子媳妇。正想看个究竟,却听见里头说,咱们还是回去吧,庄稼地这么深,里头要是藏着坏人,就吓死了。臭菊吓得赶忙要躲,心里只恨这棉花地太矮了,没处藏身。不想那哭着的却说,我不想回家去,想在这儿待会儿。臭菊也无闲心再看,踮起脚尖,猫似的溜走了。

拐出胡同,忽然见银花过来,笑笑的。臭菊本想把方才听来的闲话跟她说说,又看不惯她那样子,话到嘴边,又咽回去了。银花老远就笑道,这是去哪儿了? 臭菊说也没事,闲逛逛。银花手里拎着一个挺大的袋子,鼓鼓囊囊的,也不知里头是什么。见臭菊眼睛一个劲儿地往袋子上头瞄,就笑道,我姐姐收拾了一些不穿的衣裳,问我要不要。我说要啊。银花说我姐姐的衣裳,都是好的,穿两水就不要了,有的都没有来得及上身儿呢。真是白扔东西。臭菊心里冷笑一声,看把你美得,见过啥呢。脸上却也不好不笑。银花见她不咸不淡的,就不说了。

街上倒是有些闲人,见她们过来,问东问西的。臭菊听了一会儿,才知道人们都是冲着银花说话。这个说求子的事,那个说求财的事。换米姨把银花拉到一旁,嘀嘀咕咕的,也不知道有什么见不得人的话。臭菊被晾在一旁,心里不是滋味,就逗一个媳妇怀里的小娃娃。那小娃娃眼睛黑棋子一般,亮亮的盯着人看,臭菊心里疼爱,忍不住伸手捏了捏那小娃娃的脸蛋儿。谁知那媳妇慌忙叫道,哎呀,妗子可不敢乱捏脸蛋儿,要流口水哩。臭菊见她蝎蝎螫螫的样子,心里气得不行,也不好发作,只好讪讪笑道,哪儿里就有那么娇气,又不是玻璃做的。那媳妇笑道,如今的孩子可不比从前的,不是玻璃做的,是银子打的哩。不信等妗子有了孙子,就知道了。臭菊好像被针扎了一下,心里骂道,小养汉老婆,谁没有生过孩子呢。仗着自己生了个小子,就上了天了。往后你家小子也娶不上媳妇,才是报应呢。

一进院子,军旗正猫着腰,收拾那些个黄瓜蔓子。这个时节,黄瓜该落喷了。这些小黄瓜,正好可以腌一罐子。茄子也不行了,小茄子们可以做茄子包吃。臭菊也不怕费事,年年都要弄这些小菜。春季的时候,还腌蒜,有时候是糖蒜,有时候是咸蒜。一家子都爱吃,也就省下了买菜的钱。军旗听见门响,头也不抬道,今儿个把这些个黄瓜摘了,等赶明儿再弄那些茄子。臭菊不理他,只呆呆地想心事。军旗说,这是怎么了,霜打了似的。臭菊只不说话。有一只黄蜂嗡嗡嗡嗡飞过来,停在那一丛西葫芦叶子上头,过了一会儿,不耐烦了,又飞到北瓜蔓子上。臭菊心里忽然闪电一般,方才那抱孩子的小媳妇,怎么跟玉米地里听见的那个,声音那么像呢。莫非真的是她?这媳妇好像是万中家的儿媳妇,才娶了不到一年,孩子倒已经见面儿了。如今的人们真是,脸面都不要了,先奸后娶的货,还有脸在街上招摇呢。想想玉米地里那些话,一口一个老东西,也不知道说的是谁。难不成,这媳妇竟有什么见不得人的事?正胡思乱想呢,听见军旗跟她说话,问这些个黄瓜怎么办,是今儿个就弄呢,还是赶明儿再弄呢。臭菊正没好气,道,今年不弄了,就知道吃,吃。军旗说,爱弄不弄。臭菊想不到他这么堵她,气道,成天价在家里鼓捣这个,就不琢磨着找活儿去呀。大汉们家,在家里闲得住?军旗说,如今的活儿不好找,哪儿像你说的那么现成儿。臭菊说,你成天价在家里待着,那活儿就会跑来找你?军旗说,跟你说不通。如今好多厂子都停工了,哪里有活儿呀。团聚那厂子,正满世界找贷款哩。听说邻近的一些个小厂子都开始清账了,说不定要关张。臭菊说,怎么说不行就不行了呢?军旗说,皮革这一行儿,看来是不行了。臭菊说,那怎么办呢。军旗说,看看吧,不行就找找别的活儿。臭菊叹口气道,小儿这亲事,长短定不下来。我这心里头呀,油煎似的。臭菊说村里那些个人,也都是势利眼,狗眼看人低。军旗说,你就是多心。臭菊冷笑道,我多心!当谁是傻子呢。我恨不能立时三刻,就把媳妇娶回家里来。一家子日子火爆爆的,看谁还敢小看咱。军旗搓着手上的泥巴,半晌才说,你甭着急,我再看看,实在不行,我就出去打工去。臭菊说,去哪儿呀?军旗不说话。臭菊觉出自己问得急了,就岔开话题,说起了方才玉米地里的事。

正说着呢,银花来了,手里拿着几件衣裳,笑道,怎么走那么快呀,我一回身就不见人影儿了。臭菊说,我想起来你哥他感冒了,回来问他吃没吃药。一面朝着军旗使了个眼色。银花笑道,我说呢,走那么急。银花说那些个衣裳我挑了两件,都太肥大了,我也不会改。你看看你能不能穿呀。臭菊一看,一件苹果绿裙子,一件杏子红银点子的毛衣,都是八成新,赶忙说,我这身材跟你姐姐倒是差不多。你是骨架子太秀气了。银花说,你不嫌是旧的就好。要是外人,我还不好意思给哩。臭菊笑道,看你说的,咱们又不是外人。我自己还舍不得买这么好的呢。两个人又说了会子闲话,银花忽然小声说,二娟子这孩子,也是嫂子你看着长大的。要是有个好儿不好儿的,你这做大娘的,多心疼她一点儿。臭菊见这话说得不妨头,心里一愣,想要问一句,也不好问。银花却早把话题岔开了。

晚饭做好了,就等着小见。左等不来,右等不来,臭菊就有点坐不住了,叫军旗给他打手机,军旗说,肯定是没干完活儿呗,干完活儿就回来了。臭菊说,你打不打?你不打我打。打了半天也没有人接,臭菊心里有点儿慌。从李家庄到芳村,也是十来里地呢。夜里路上黑,车辆又多,该不会有什么事吧。军旗看她心神不定的样子,说大小伙子了,还这么牵挂。真是操心的命。臭菊说,你要是能多操点儿心,我还愿意享清福呢。只怕是没有这样的好命。军旗说,不是说了嘛,不行我就出去打工去。臭菊说,我也没有逼你,你小子都这么大了,你自己掂量着吧。军旗说,你这人,颠来倒去就这么几句话。你急我不急呀。臭菊说,我眼拙,倒是没有看出来你有多急。军旗说,你这个人,怎么变成这个样儿了。早些年不这样儿呀。臭菊道,我变成啥样儿了?早些年又是啥样儿呢?我还要问你呢。进了你家的门子,怎么就变成这个样儿了?军旗说,开口钱闭口钱,怎么就钻到钱眼儿里头去了。臭菊冷笑道,我缺钱啊,我就是想钱。我苦一点不要紧,这半辈子,我净跟着你吃苦了。可凭啥我这小子还跟着受罪呢,娶不上媳妇,他这一辈子怎么办?军旗正要开口,电话却响起来。小见说晚上加班,晚点才回来,叫他们不要等他吃饭了。

两口子就闷头吃饭。四下里静悄悄的。风吹过树梢,窸窸窣窣地乱响。小虫子不知道躲在墙根底下,还是菜畦里头,急急急急急,急急急急急,叫得人心里乱纷纷的。好像是那一丛菊花开了,香气一阵子一阵子送过来,有一股子微微的苦味。桌子上只摆着一碗炒西葫芦,另有几头腌蒜腌辣椒,盛在一个小碗里头。剩卷子、大米稀饭。锅里盖着一碗鸡蛋糕,还有一小碟炒肉丝,是特为小见留的。臭菊喝稀饭,忽然问道,你说,她这是唱的哪一出呢。军旗说,谁呀。臭菊把下巴颏儿指了指外头,说对门呗。平日里出了名的铁公鸡,今儿个倒巴巴地送衣裳来了。军旗说,送你衣裳还不喜欢?臭菊说,我就是纳闷,怎么日头从西边出来了呢。军旗说,你这个人,人家送你衣裳倒送出不是来了。臭菊说,天底下哪里有白吃的晌午饭呢。莫非是她有啥事求我?军旗说,人家有啥事求你呢。臭菊说,可说呢。忽然把大腿一拍,说知道了,肯定是二娟子出啥事了。就把银花那些话学说了一遍。军旗说,二娟子不是在念书嘛。有阵子没看见她了。臭菊说,那一回,我去她家串门,她正打电话呢,恍惚听见住院住院的,好像是说二娟子。臭菊说那阵子,我看二娟子就不大对,八成是有啥事了。这一阵都不见了她了吧。暑假难不成也不回家来?这事蹊跷。军旗说,操人家的心呢。臭菊自语道,我说呢,怎么就变得这么大方了,拿了人家的衣裳做人情。原来是这么个意思。军旗说,少管人家的闲事儿吧,还嫌不够乱呢。臭菊呀的一声,说你到底跟谁是一家子呀。我怎么觉得,你这口气,都是向着人家说话呢。军旗说,你看你,我不说话了行吧。臭菊说,不行,我叫你说。我看你还能说出啥话来。臭菊说我就是纳闷,怎么一提到她,你就老护着呢。你是不是看上她了呀。军旗气道,你胡说啥呀。臭菊冷笑道,你看看,果然给我说中了。急成这个样儿。军旗气道,是,你真说中了。我早就想着她了,想了这么多年了。怎么着吧。臭菊万没料到他会这么说,气得一下子噎在那里,一句话也说不出来。

睡觉的时候,还没等臭菊撵他,军旗抱着枕头就到外头屋里去睡了。臭菊气得不行,把一个笤帚嗖的一下扔出去,骂道,你有本事甭回来,在外头睡一辈子。

半夜了,仍是睡不着。月亮倒是圆圆的,在中天上停着。月光照进来,流淌了一屋子。风在树上索索索索响着,夜里更觉得响了。军旗这个不要脸的。他敢,他竟然也敢。他那些话,不知道是一时的气话呢,还是真心话。臭菊想起银花那一扭一扭的样子,心里恨得不行。她早就觉得,银花这娘儿们不是个好货。要是论模样儿呢,银花倒也没有什么可看,可偏偏就是长了一对好奶子,鼓胀胀的,挺得老高。这几年日子好了,打扮起来,更是扎眼。莫说是男人们,就是女的,也忍不住不朝那胸脯上看。小骚货。可军旗他凭什么呢。要钱没钱,要势没势,要是还有这些个花花肠子,就真是不能饶他了。又想起庄稼地里听到的那些闲话。如今村子里这些事儿,倒像是家常便饭似的,都不大当回事了。也不知道,是风气开化了呢,还是人们越来越不顾脸面了。因又想起来小见的事。有一回,好像是听见小见屋里有响动,啊啊啊啊啊啊的,叫得不像。敲了半天门子,也没有敲开。小子年纪到了,懂了人事,要是再耽误下去,弄出点事儿来,就不好了。也不知道,傻货媳妇那里怎么样了。一颗心想得颠颠倒倒,横竖睡不着。外头屋里却传来打呼噜的声音。臭菊心里更加烦乱。这贼操的,倒是心宽。越发睡不着了。

正翻来覆去呢,小见却推门进来了,笑嘻嘻的,也不说话。臭菊说,怎么这么晚才回来呀。锅里还盖着鸡蛋糕,还有菜,你热热吃了吧。小见说,我在外头吃过了。今儿个老板喜欢,吃犒劳。臭菊说,怎么老板就喜欢呢。立辉说,老板起先也不肯说,后来喝多了,才说是他那相好的有了。臭菊说,有了啥?小见笑道,有了孩子呀。小见说老板家里有俩闺女,就盼着再生一个小子呢。臭菊啊呀一声,说你们这老板,真不是人。家里有媳妇,还在外头找相好的。小见说,如今这算不了啥。老板的相好不止这一个呢。臭菊说,老天爷,这世道,真是坏了。臭菊说,我跟你说呀,你可别学这些个。小见笑道,我倒是想学,可也学不成呀。小见说我这条件,连个媳妇都娶不上,谁跟我呢。臭菊忙说,你甭着急,给你张罗着哩。小见笑道,你也不用张罗,那些个丑的疤癞的我也不要。臭菊说,给你娶个俊的。小见冷笑道,这话哄谁呢,我又不是三岁的孩子。大不了我去城里发廊里去,那些个小姐,好歹还长得整齐点儿。臭菊慌忙道,可不敢乱来呀,那可不是咱好人家的孩子去的地方。小见冷笑道,你甭拦着,也拦不住。我成天价在外头,你看我哪一会儿呢。说着就往外走。臭菊赶忙起身去拽他,不想被他猛地一推,就醒了。

月亮已经转到房子后头去了。身上汗津津的,又凉又湿,才知道是冷汗。外头屋子,军旗还在打呼噜,一声高一声低的。听了听,小见好像还没有回来。臭菊想着方才的梦,心里又气又急,恨不能立时三刻,天就大亮了。

也不知道过了多久,臭菊昏昏沉沉的,好像是又睡着了。

第十三章
月亮走，喜针也走

月亮是村庄的眼睛。
月亮看着村庄,看了几千年了。
她只不说话。
月亮是新生的婴儿。
月亮是沧桑的老人。
她只不说话。

今年闰九月。眼看着到了八月十五，秋庄稼还都青绿着。喜针掰着指头算了算，处暑、白露、秋分，恐怕还要等小一个月，庄稼们才能熟透。

今儿个八月十二，青草镇逢集。吃罢饭，喜针就去翠台家，叫上她搭伴儿去赶集。翠台一家子正在院子里吃饭。饭桌子不大，饭食倒分了两样儿。油汪汪一大碗豇豆角炒肉丝，放在爱梨跟前，还有一小碗腌小黄瓜青辣椒，被翠台两口子吃了大半。箅子上干粮也分了两样儿，有三四根馃子，黄金金的，想必是早上新买的。还有几个剩卷子，馏得飞了花，龇牙咧嘴的，难看得很。爱梨手里拿着一根咬了半截的馃子，尽着给喜针让座。喜针却不坐，踱到丝瓜架下面，仰脸儿看那丝瓜花。翠台掰了一块卷子塞进嘴里，含含混混地说，这丝瓜真能结，都吃不过来。翠台说上顿炒丝瓜，下顿炒丝瓜，把人都吃麻烦了。喜针说丝瓜好呀，通筋络，我就好吃个炒丝瓜。翠台说，什么好东西？你随便摘。喜针就随便摘，挑着肥大好看的，摘了总有六七根，送回家一趟。再过来的时候，翠台早把锅碗收拾清楚了，正接了半盆水，哗啦哗啦洗脸。

喜针低声说，走了？又四下里看了看。翠台拿毛巾擦脸，一面嗯了一声。喜针说什么世道这是。咱们做媳妇那会子，谁敢这样？翠台擦完脸，抄起一把塑料梳子梳头。喜针说，人家都说，生个小子生个爷，娶个媳妇娶个且。这话真是不假。翠台叹了一声，找出一瓶大宝，拿指头勾了一点子，在手掌心里匀了，往脸上抹，说这天儿一凉快，脸上就紧。喜针笑道，臭美，你倒舍得。喜针说我这张脸，长年也不抹东西，砂纸似的。喜针说儿媳妇那些个高级油,怎么不跟着人家抹点儿?翠台就笑。喜针拿过那大宝看了看,倒还有大半瓶,看日期,竟是前年的,哎呀一声,说过期啦这个。翠台说,啥过期不过期的,抹上滑溜溜的,好着呢。

天儿不错。日头懒懒地照下来,软软的,有一点温,有一点凉,是秋天的意思了。槐树却都还枝枝叶叶的绿着,好像是打算就这样绿下去。白杨树就收敛多了,再没有了夏日里森森郁郁的气势。不知道谁家的爬山虎,一直爬到院墙外头,那一墙就绿幽幽的,把墙头那几朵丝瓜花,照得越发明艳了。街上有三三两两的人,都是赶集的样子。要过节了,节前这最后一个大集,可不敢错过了。喜针说,这节怎么过哪?翠台说,不过是割点肉,吃顿好的。喜针说,我家那儿媳妇不好吃饺子,我就炖菜吧,炖冬瓜还是炖茄子?冬瓜倒还便宜,也出数儿。喜针说肉得多割点儿,头一年嘛,新人儿家。翠台说,可不是。喜针说,家里这一头儿倒好说。人家娘家那一头儿,怎么也得出点血。头一年嘛。喜针说这是啥世道!养个小子,就活该低三下四的,给人家当孙子!

正说着话儿,迎面遇上建信媳妇。建信媳妇穿一件枣红色薄丝绒旗袍,外面搭一件豹纹小披肩,描眉画眼,打扮得花枝儿似的,见了她们,眼皮子朝下,下巴颏子抬得老高。喜针赶着跟她说话,那媳妇却待理不理的,只从鼻子里哼了一声。喜针碰了个软钉子,心里气不忿,眼看着建信媳妇一扭一扭走远了,方才压低嗓子骂道,小贱老婆!仗着男人当个破干部,眼睛都长到天上去啦。翠台说,人家男人厉害嘛。喜针说抬头老婆低头汉。这贱老婆,一看就不是个善茬。自家男人在外头招猫递狗的,还美哩。

赶集回来,已经响午错了。喜针打电话叫立辉回来,把从集上买的油酥烧饼豆腐脑给他媳妇端过去。立辉在增志厂子里上班,穿了一身干活的脏衣裳,匆忙赶回来,见他娘脸色不好,也不敢多嘴,拿了东西起身就走,气得喜针在背后骂道,没良心的东西,白养了你一场!一心顾着你媳妇,也不问一句,你亲娘吃的,是糠还是菜!立辉卡在门口,走也不是,不走也不是,吭哧了半晌,只好硬着头皮问,晌午饭吃啥?喜针见他诺诺的样子,越发来了气,骂道,现如今养儿子有罪!我养了儿子,我活该受罪!人家好命养闺女,吃香喝辣,顺嘴流油!立辉见他娘话里有话,猜着又是他那丈母娘惹的,也不敢深问,就立在门口听着。包烧饼的报纸被浸得油光光的,依稀可以认出上面的字,新农村……建设……美丽……还有一个好像是招工启事,小工……建筑……包吃包住……豆腐脑已经不怎么烫手了,塑料袋子里面哈着一层水珠子,白茫茫的,香油葱花的味道直往人鼻子里钻,夹杂着芫荽特有的香气。正骂着,顺秋回来了,见他们娘儿俩这个架势,知道是吵了架,也不劝一句,自顾去小东屋里做饭,又大着嗓子叫立辉接水。立辉赶忙趁机溜了。

晌午饭只喜针和顺秋两个人吃。喜针的嘴噘得老长,一句话也不说。顺秋也不问她,埋头呼噜呼噜吃饭。喜针见他这个样子,越发气得不行,摔摔打打的,把碗筷弄得叮当乱响。顺秋只作听不见。喜针深知男人的脾气,也不敢大闹,胡乱吃了两口,赌气把饭碗一推,跑到北屋里床上躺着。

日头透过窗子照过来,正好落在床上,半张床就明晃晃的,像是浸在水里面。窗前那棵枣树结满了果子,沉甸甸的,有一大枝被累得弯下腰来。七月十五红半圈儿,八月十五打落竿儿。这个时令,枣儿们都熟透了,一大颗一大颗,一大颗又一大颗,红玛瑙珠子似的,十分喜爱人儿。时不时有按捺不住的,终于坠下来,扑哧一声,落在院子里,便有鸡们咕咕咕咕叫着,跑过去啄食。

真是芝麻掉进针眼儿里了。也不知道怎么回事,就赶得那么巧,今儿个在集上,偏偏碰上了梅她娘。论起来,梅她娘比喜针还要大两岁,却穿了一件颜色极鲜明的衣裳,乍一看,像极了那种小蛾子,叫作花媳妇的,张着红地黑点的翅膀,喜欢招惹人。梅她娘头发梳得油光水滑的,一张铁皮菜瓜脸,倒是紧绷绷的,一道褶子也没有。喜针心里不待见,暗骂一声老妖精,脸上却笑得挺大,赶着叫姐姐,拉着手,问暖问凉。梅她娘也是一口一个妹子,一双眼睛,却只是朝喜针篮子里瞟。两个人立在当街,手拉着手,被那些来来往往的人挤得一歪一歪的,也顾不上管。那亲热的模样,冷眼看上去,简直不像是儿女亲家,倒像是嫡亲的姊妹俩。喜针问,姐姐赶集这是买啥来了? 梅她娘说不是快过节嘛,割点肉,包饺子。喜针忙说,真是巧了,我正要割肉哩,想着叫梅给你捎回去。梅她娘说,啊呀,那怎么好? 喜针笑道,一家人不说两家子话。梅她娘啊呀了好几声,说妹子你是不知道,我就好吃个羊肉馅,刚刚我打问了,肉二摊子上的新鲜羊肉,可是忒贵。喜针笑道,看姐姐你说的,一年能有几个八月十五? 就拉着她去割了羊肉,抓着肉二的电子秤,看了老半天,直把肉二都看恼了。说你这个人,认不认秤? 我肉二哪一回坑过你? 喜针也不同他理论,只管从肉案子下头的塑料盆子里抓了一把羊杂子,却被肉二劈手抢下来。喜针挓挲着湿淋淋的手,撇嘴道,不值钱的东西,小气! 见梅她娘脸上似笑非笑的,生怕惹她笑话,便转到旁边的果木摊子上,二话不说,买了一大把香蕉,好说歹说,硬是给梅她娘装上。梅她娘推不过,便欢欢喜喜地受了。喜针掉脸儿便破口大骂,直骂了一路。翠台横竖是劝不住。

扑哧一声,又有一颗枣儿掉下来。喜针张着耳朵听一听,听不见动静,想着顺秋是去拉脚儿了,心里气道,拉,拉你娘个脑袋! 拉不了个仨瓜俩枣,全孝敬小辛庄那老娘儿们了!

臭菊来串门的时候,喜针正在洗衣裳。臭菊自己搬个凳子坐下,絮絮叨叨说起来。喜针怎么不知道她家的事儿,这阵子听得多了,也懒得搭话,只管埋头干活。原来是臭菊家的小子小见,刚刚退了亲。本来预备着今年腊月里过事儿的,按照人家女方开的条件,城里的楼也买了,家里的房子也盖了,车也预备下了,喜帖子也打了,正忙着装修买家具,不想这桩亲事却黄了。臭菊唉声叹气的,愁得什么似的。喜针一时也不知道怎么劝她。臭菊说,如今这联系方便了,是非倒平白地多了,小年轻儿的们,左一个短信,又一个电话,不知怎么,一句不合,就不乐意了。臭菊说从提亲到眼下,多少冤枉钱花进去了?肉包子打狗哇。喜针说,叫小见好好跟人家闺女说说,递两句柔软话儿,谁叫咱是男方哩,可不就是这低贱角色。臭菊咬牙骂道,那个犟驴,跟他那犟爹一个样儿,头撞南墙不肯拐弯儿的货!喜针说,要不就去找找媒人?谁说的这是?臭菊说建信媳妇。这闺女是建信媳妇的娘家堂侄女。喜针啊呀一声,说这可是皇亲国戚呀。臭菊叹口气说,有啥用?要是旁人倒好了,偏偏是建信媳妇。建信媳妇是谁?她那门槛子,是谁轻易敢迈的?喜针说,那看来小见这小子倒挺厉害。蔫萝卜辣死个人。这小子,怎么就把人家闺女给迷住了?臭菊说,俩人儿原先倒一块念过书,谁知道怎么,后来就在网上好上了。臭菊说真把人急疯了,小见这年纪,咱家这条件,可不敢再耽搁了。臭菊说我这辈子就这一个小子,难不成还真打了光棍?喜针见她急得什么似的,也只有一句一句慢慢劝她。心里却想,真是人比人得死,货比货得扔。自己再不如意,好歹算是把媳妇娶进了门。臭菊这烦恼,真是比天还大了。这么想着,心里那疙瘩,倒是渐渐解开了些。

　　吃过晚饭,喜针到她妯娌兰月家去。兰月刚吃完饭,正在收拾锅碗。见喜针来了,忙着叫她坐。喜针就坐了,看着兰月慢条斯理地干活。兰月在芳村小学教书,算是个公家人儿,说话慢悠悠文绉绉,喜欢说"字儿话"。兰月穿一件橘黄薄开衫,烟色裙裤,戴一条粉色小围裙,上头开着一朵一朵的小紫花,两根带子系在后腰上,越发勾勒出细腰圆屁股。头发却拿一根皮筋绾起来,露出白净的脖子,一根细细的银链子,在灯下一闪一闪的。喜针心想,不就是多识几个字嘛,装什么大尾巴狼!嘴里却问,顺春哩?兰月说出去了,刚接了个电话,说是厂里有事。兰月说就他忙,忙得都不着家。喜针说忙了好,不忙怎么挣票子?兰月就笑。喜针说青儿家快满月了,咱们商量一下,这礼钱还涨不涨了?兰月说,我都行,听嫂子你的。喜针笑道,我倒是不愿意涨了,我这条件,比不得你们,你们是月月有活钱儿,心里踏实。我和你哥,是干一天有一天,干半天有半天,一天不干,就一分也没有。喜针说可要是不涨吧,如今兴得忒大,这几十块钱,又觉得拿不出手。兰月说可不是。喜针说我要是张罗着涨呢,那些个事儿老婆又该有话说啦。兰月说,什么话?喜针笑道,无非说我财迷呗,刚娶了媳妇,不出一年半载,眼看着也要添人进口,这不是明摆着替自己打算?兰月笑道,嫂子你可真是仔细人儿。我脑子慢,都没有想到这个上头。喜针笑道,啊呀你识文断字的,脑子慢!喜针说你不想不等于旁人不想。咱们这个院房大,人多嘴杂,难保那些个碎嘴老婆说出不好听的来。兰月擦了手,给喜针倒了一杯水,说嫂子你真是,前怕狼后怕虎,倒不像你素日里的脾气了。喜针嘎嘎嘎嘎笑起来,端起杯子喝了一口,也不放下,只把那杯子在手里倒来倒去,良久,才叹了一口气,说也是,光听蝲蝲蛄叫,还不种地了。

月亮慢慢升起来了。天空是那种很深的蓝,湿漉漉的,好像是刚从染缸里捞出来一样,只要轻轻一拧,就能拧出蓝的汁子来。月亮却是淡淡的黄,也不怎么圆,挂在树枝子上,一路上只管跟着人,走走停停。星星很稠,在天上一亮一亮的。远远地,见村委会小白楼前围了一堆人,一声一声的,像是在吵架。喜针刚要过去看热闹,听见建信大着个舌头在骂人,猜着又是喝高了,找碴闹事儿。这帮狗日的,成天价吃吃喝喝,灌二两马尿,连亲娘老子都不认了。喜针有心绕到旁边小街上走,却听见建信在骂团聚,心里跳了一下,赶忙过去看。

建信敞着个怀,两手叉着腰,嘴里骂骂咧咧,会计四槐在一旁苦劝。团聚蹲在地下,耷拉着脑袋,一声也不吭。听了一会子,喜针才听出了八九。原来是团聚的厂子被罚了,连累着建信也要写检查。晚上团聚请建信喝酒,不知怎么不痛快了,就闹上了。四槐急得满头大汗,好说歹说,也劝不动建信。围着看热闹的越来越多,人们鸡一嘴鹅一嘴,嘈嘈杂杂议论着。喜针看团聚那低三下四的样子,气得心里骂了一句,有心掉头就走,又不忍。听了一会子,见人们也不怎么真劝,只顾看戏,建信也是姥姥妗子的,越骂越难听,喜针咬牙恨了一句,跺脚走了。

顺秋歪在沙发上看电视。见喜针回来,也顾不上看她一眼,自顾盯着电视看,一面看,还一面给给给给地笑。喜针心里不痛快,越发见不得他这个样子,自己烧水洗了,去里屋睡觉。

电灯光黄黄的,把屋里也照得黄黄的,就有了那么一点温暖安闲的意思。这房子还是当年结婚时候盖的,算起来总有二十一年了。那时候房子盖得窄,喜针老是埋怨,说这房子呀,取灯盒子似的,转不开身儿。在芳村,火柴不叫火柴,叫取灯。这么多年了,村子里变化忒大。眼看着盖新房的盖新房,起高楼的起高楼,一个一个,盖得铁桶似的。住这种旧房子的,已经没有几家了。喜针也买了宅基地,盖了新房,可那是给大小子立辉盖的。要是二小子考不出去,还得盖这么一处。喜针心里乱糟糟的,像是有一百只小鸡崽在怀抱里,毛烘烘闹得厉害。不说远的,单这眼前的八月十五,就是一道不难迈的坎儿。喜针掰着指头算了算,往少了说,也得小一千块。电视上的嬉闹一声一声传进来,喜针气得一下子把头蒙在毛巾被里。

第二天早晨,做好饭,喜针就给立辉他们打电话。等了一会子,过来的却是立辉一个人。喜针问,梅哩?立辉说她身上不大好,不过来吃了。喜针急得问道,怎么不好了?是不是着凉了?烫不烫?立辉说不碍事儿。说是心口儿疼。立辉说我一会儿替另做点儿,给她端过去。立辉说她说了,就想吃一样儿酸酸辣辣的东西,油别大了。喜针还是放心不下,问长问短,立辉就有点不耐烦。喜针说,你烦啥?我问你媳妇哩。是不是——有了?立辉说,想哪儿去了,真是。怎么啥都往那上头想。喜针说我当然得想。我白操了半辈子心,我为了啥?立辉见他娘急了,也就不说了。儿媳妇不在,一家子这顿饭吃得倒没意思了。喜针看着那一碗鸡蛋糕,埋怨道,也不早吭一声,白白瞎了俩鸡蛋。立辉笑道,怎么就瞎了?真是,我吃了就算瞎了?说着端过来就吃。喜针说,鸡蛋可是忒贵,四块多一斤,谁没事儿吃鸡蛋?立辉说你真是偏心,倒一心向着外人。喜针笑骂道,胡说!那不是你媳妇?立辉就吸溜吸溜吃鸡蛋糕,见喜针发呆,便拿勺子往他娘碗里舀了小半碗,一面说,她说明天回趟小辛庄。喜针正忙不迭地挡着,听了这话,便停下了,等着立辉往下说。立辉却不说了,只顾埋头吃鸡蛋糕。顺秋说,过节气哩,该回去看看。扭头对着喜针说,去给他们拿上二百,够不够?立辉一口鸡蛋糕没咽利落,忙说够够,怎么不够。立辉说那啥,我就不去了,叫她自己回去。顺秋说按理你也该去,去看看老人,过节了嘛。立辉吞吞吐吐地说,要是我也跟去,这点子钱,怕就拿不出手了。喜针见他爷儿俩一唱一和的,把小勺子当啷撂在碗里,说,你们都商量好了?好!好得很!说着就嗵嗵嗵嗵去屋里,拿了几张票子出来,一下子扔给立辉,说,够不够?不够还多得是!谁不知道咱们家种着摇钱树呀!几张票子轻飘飘的,落在地下,立辉也不敢就去捡。顺秋说,你这是干啥哩?回娘家嘛。喜针说,什么话!我拦着不让她回娘家了?我吃了豹子胆了？喜针说今儿个就咱们一家子，没有你们那亲人在。我把丑话说在头里，立辉你算算，你自己掰着手指头算算，从结婚到如今，有多少钱花进去了？唵？盖房子装修，全套家具，汽车摩托，不说这些个，就是你们身上穿的戴着，嘴里吃的喝的，你们的手机费电话费车油钱，大病小灾的药费，擦脸手巾擦屁股纸，哪一分不是朝我们要？逢年过节了，还要替你去到你那好丈母娘跟前去尽孝。人家是爹娘生养的，难不成你个下贱货是从石头缝里蹦出来的，还是从树杈子上结出来的？我生你养你这么多年，我吃过你一嘴东西没有？穿过你一根布丝没有？顺秋说，你这都扯到哪里去了？立辉端着半碗鸡蛋糕，一声也不吭。喜针哭道，昨天集上，遇见人家那亲娘，人家想吃羊肉馅饺子，我也是犯贱，听不得一声儿，上赶着就给人家割了二斤好羊肉。你去问问，羊肉多少钱一斤？还有那么一大把香蕉，进口香蕉哪，沉得砸胳膊。她那亲娘没有打电话来，告诉她一声儿？顺秋呵斥道，小点声儿！看不让人家笑话！喜针说，我为了谁？唵？我那老娘还活着哩。奔八十岁的人了，我都舍不得给我那老娘吃一口。甭怨你妗子骂我不孝顺。我是不孝顺！我只顾着往下亲，不往上亲！我是为了哪一个？没良心的王八羔子们！顺秋见她越说越不像，赶忙跑过去把大门关上，回来把她往屋里推，一面给立辉使眼色，立辉把地下那几张票子拾起来，立在当院里，不知道该走还是该留。

正闹着，听见有人敲门，翠台在外头一声一声的，叫喜针。立辉赶忙跑过去，把门打开了。翠台说，这是怎么了，五马长枪的？在大街上就听见了。喜针哭得一噎一噎的，只是说不出话来。顺秋说闹不痛快呗，你劝劝她。都当婆婆的人了，真不嫌难看。翠台赶忙努努嘴，叫他别说话，一面说，你们父儿俩也真是，这都几点了，还不赶紧走？该上班上班，该干活干活去。

院子里一下子安静下来。门上还挂着薄帘子，绿的冷布，四周包着软布边,中间拦腰横了一道窄木条。阳光透过冷布照进来,在地下画出水纹样的影子,一波一波地流动着。门前头那棵香椿树,落下一地的乱影,同那水纹样的影子纠缠在一起。黄狗在门口张了张,又张了张,不放心的样子。翠台说,怎么了,这是跟谁呀? 喜针说,还能跟谁? 自打娶了这儿媳妇,我哪一天顺心过? 翠台说媳妇娶进来,不就是自己孩子嘛。喜针叹口气,就把今天早晨的事儿学了一遍,说昨天在集上,你都见了,我只说是这个节气就算是过得去了,不承想,过不去! 她不知道家里是怎么一回事? 为了他们过事儿,我遭了多少难,借了多少账? 这本子上,一五一十,我都一笔一笔记着哩。眼瞎心也瞎呀? 翠台说,孩子们,到底是年纪轻,他们哪里就知道大人的苦处。翠台说谁家都一个样。喜针说我把她娶进门子,天天抬得高高的,当且待着,当奶奶供着,三茶六饭,盛到碗里,递到手里,就差一口一口喂到嘴里了,还要怎么样? 我说呢,怎么今儿个不过来吃饭,原来是指使着立辉开口要钱。心口儿疼! 我看是心眼子烂了! 翠台说,说不定真是心口儿疼哩。喜针说心口儿疼早去看了,还能等到这会子? 前些天,立辉打电话来,说是人家胳膊上像是被啥咬了,一抓红一片,叫我带着去看看。吓,夏天还能没蚊子? 咬了个疙瘩就去看先生? 庄稼主子,也不怕人家笑话! 小姐的身子丫鬟的命! 喜针说我一听就火了,难不成在娘家也是这样娇气? 土生土长的,又不是城里的金枝子玉叶子! 翠台说立辉这孩子也是,自己带媳妇去看看不得了,这点子事儿还值得提一提。喜针说,未必就是立辉的主意。我养的小子我知道。这小媳妇,不是个省油的。就说今天这事儿,她就是故意。又咬牙恨道,立辉这王八羔子,肚子里没东西,草包一个,耳朵根子又软,专听媳妇的话。人家把他卖了,还要巴巴地帮着人家数钱哩。喜针说他挣的工资,一分都不往我这手里交,全给了他媳妇。自己攒个金疙瘩银疙瘩,生生地往娘老子身上啃肉。喜针说,大坡哩?大坡的工资,交给你不?翠台忙说,还没有分家嘛,肉烂都在锅里——哎呀火上还坐着水哩,我得过去看看。

吃过晌午饭,喜针收拾完锅碗,打算去秋环家打月饼。现如今,人们都兴打月饼了。自己预备东西,用人家的烤箱,不过是掏点儿加工费。喜针预备好面粉、红糖、白糖、炒花生仁、炒芝麻粒、花生油,还有集上买的青丝玫瑰的馅子。自家的东西,又实惠,吃着又放心。喜针盘算着,给婆婆二斤,给爹娘三斤,儿媳妇娘家那头是大份儿,少说也要五斤。加上家里留着吃的,十五斤恐怕是打不住。还有傻货媳妇那儿,总也得三五斤,人家是媒人嘛,不能干那种过河拆桥的事。再者说了,这傻货媳妇是个财迷,又是个出了名的搅屎棍子,要是伺候不周到,难免生出是非来,就不好了。这么粗粗一算,竟然得打二十来斤。喜针心里面剜肉似的,舀一瓢面,骂一句娘。身上热烘烘的,燥得厉害。正心疼肝儿疼,听见电话响了,便沾着满手面粉,跑过去接。

兰月在电话里说,燕奶奶摔了一跤,送县里医院了。喜针笑道,燕奶奶跟咱家婆婆是堂姊妹,按理说呢,该去看看。可是人家燕奶奶是多高的门槛子?人家闺女小子都是能人儿,日子过得,火炭似的。咱这样的人家,日子艰难,东西拿少了吧,脸儿上不好看,白惹人家笑话。就算是踮着脚后跟儿,努着劲儿地多拿,人家哪里就会把这一点子东西看在眼里?兰月听她说话的口气,知道是不情愿去,说那你就装不知道吧。我得过去看一眼,燕奶奶素常待我不错。喜针笑道,这是什么话?我装不知道?芳村才多大?我不过是跟你掏心窝子说两句,哪能就真的不去了?我再穷,也不能短了这个礼数。心里却咬牙骂道,臭老婆!打量我不知道你那几根曲里拐弯的肠子?两个人就商量好日子,到时候一块儿去看。喜针趁便问兰月,打月饼不打?兰月说打呀,外头买的那些,谁知道用的是啥油。喜针说我今儿个去,你去不去?

天儿半阴着,日头好像是害羞的新媳妇,一会儿露出来,一会儿又藏起来了。喜针肩背手提的,拿了一大堆东西,累得喘吁吁的,正琢磨着在半道上歇会儿,听见后头有汽车喇叭声,赶忙往一边闪。那汽车却在她身旁停下了,团聚从里面摇下窗子,问她吃了没有。团聚穿了一件明黄乱花衬衣,皮马甲,头发梳得油亮,戴一副墨镜。喜针心里恨道,这半阴天儿,装啥洋相!嘴上却说,吃了。团聚说,这是去哪儿?我送你吧。喜针看了一眼那黑洞洞的墨镜,猜不出他的表情,说甭管了,你忙你的。团聚沉吟了一会儿,道,他哩?成天价在家里养着,坐月子呀?喜针说去拉脚儿了,我们这小门小户的,可养不起。团聚说,那立辉哩?长那么大个子,你省着他们干啥?喜针笑道,我自家的男人,自家的儿子,我愿意。关你啥事儿?你开你的车,我走我的道儿,谁碍着谁了?说着扭身就走。团聚倒在车里愣住了,半晌,才摁了下喇叭,嘟囔道,厉害样儿!

喜针赌气走了好远,方才停下脚,在路边歇一歇。浑身汗漉漉的,一颗心好像惊了的马车,卜卜卜卜,跳得又慌又急。真是年岁不饶人呀。这一点子东西,要是在年轻时候,算得了什么呢。看来,不服老是不行啦。那时候,喜针可是出了名的泼辣闺女。干起活来,连汉们家都要惧她三分。口才又好,真真是手一分,嘴一分。团聚呢,倒是个体格文秀的,人又瘦小,大闺女似的,说话动辄脸红,干活更是没把的篮子,提不起来。村里那些个大闺女小媳妇,动不动就拿团聚开玩笑。也不知道怎么回事,喜针就是看不得团聚那书生模样儿,心里是又爱又恨。想当年,团聚家托人来提亲,喜针是愿意的,但没有拗得过爹娘。她爹说什么来着?娘儿们似的,肩不能挑手不能提,庄稼主子,跟了他,还不得一辈子受苦？谁能够想得到呢，就是这么一个团聚，如今，竟然开了工厂，发了。牛高马大的顺秋，却原来是一个空心大萝卜，除了一身力气，什么都没有。这不是命是什么？

小汽车拐了个弯儿，迟疑了一下，开到村外去了。一片尘土扬起来，在车屁股后头半天不散。有一只蛾子，追着那尘土飞远了。喜针眼看着那蛾子变得越来越小，越来越小，终于看不见了，只觉得喉头硬硬的，又酸酸的，像是噎着什么东西，咽不下去，也吐不出来。这个时候，日头不知道又藏到哪里去了。整个村子灰蒙蒙的，像是雾气，又像是烟气。秋庄稼们郁郁青青的，一大片一大片，向着天边铺展开去。空气里有一种草青气，夹杂着泥土湿湿的味道，还有粪肥淡淡的臭味儿。大玉米棒子一穗一穗的，歪着大肚子，好像是怀孕的媳妇。紫红的玉米缨子都蔫了，一绺一绺耷拉着。真快呀。过了这个节气，眼看着就要收秋了。

一进秋环家院子，就听见叽叽嘎嘎的说笑声。今儿个人不少。秋环忙得脚不沾地，指挥着她那胖闺女，拿这个，弄那个。喜针看了看，不见兰月。正盘算着是不是打电话问一声儿，却见素台在屋檐下朝她招手。素台穿一件葱绿小衫儿，偏搭了一件鹅黄软坎儿，下头配一条茶色薄呢裙，奶白的高跟皮鞋，在院子里踩出一个一个小坑来，羊蹄印子似的。喜针心里说，人比人，气死人呀。这素台跟翠台立在一处，哪里像亲姊妹俩？一面答应着，过来跟素台说话。喜针说，怎么你也来打月饼？你这老板娘，怎么也舍不得买？素台说，我这是要发给工人。过节了，一人二斤。喜针说我说呢，原来是给工人们谋福利。喜针说谁不知道你最是一个好心眼儿的，待工人们厚哩。工资也从不拖欠着。不像有些老板，叫人干活的时候是一张脸，发钱的时候又是一张脸。光叫马儿跑，不叫马儿吃草哇。一说支点工资吧，跟剜他肉似的。一年一支,还得三求四告的。素台说,乡里乡亲的,我们从来不干那事儿。喜针说可不是,乡里乡亲的。人这一辈子,谁还没有个凹处?谁能净站在高处?素台听她这样说,便不再搭话,只是笑眯眯的,东张西望。喜针见她这样子,知道是说话造次了,便赶忙恭维道,你这身衣裳好看,颜色也鲜明,直晃人的眼哩。哪里像我,烧煳了的卷子似的。素台就笑。喜针见她待理不理的,脸上便讪讪的,正没主意,听见有人叫她,回头一看,是兰月。

兰月累得红头涨脸的,喜针赶忙过去帮她。一面数落道,真是女秀才呀,看你这点子出息!喜针一把把兰月的东西接过来,嗵嗵嗵嗵走到排着的队伍里,撂在她前头。后头的人就嚷起来,喜针婶子,怎么插队呀。喜针说,我妯娌的就是我的,又不是外人儿。就你事儿多。一面扭身朝着兰月挤挤眼儿。兰月就笑。

喜针和兰月说着话儿,忽然一拍大腿,叫道,啊呀,看我这猪脑子。兰月忙问怎么了,喜针说,忘了拿芝麻了。我得回家去拿一趟。兰月说,我这儿有呀,甭跑一趟了。喜针想了想说,那明年你使我的。喜针说你家芝麻去年收得真不少。兰月说,可不是。喜针说我明年也种点,就在村东那块棉花地里,套着种。喜针说芝麻这东西可娇贵,谁轻易敢种这东西?

从秋环家出来,天已经慢慢黑下来了。街上的路灯还没有亮。倒有一家一家的灯火,星星点点亮起来。村子里雾蒙蒙的,那灯光像是浮在水里一样,一明一暗的。满街的晚风,悠悠吹着,把这点点灯光吹得一忽远了,一忽近了,一忽呢,又好像是吹灭了,正疑惑着,却又忽然亮起来了。喜针抱着一箱子月饼往家走。月饼刚出炉,还热乎着,有香甜的气息不断溜出来,叫人觉得,又妥帖,又温暖。这个时候,街上麻麻黑,难得见到小孩子,也就省得白瞎了月饼。还有一箱子,她弄不动,等着吃过晚饭,叫顺秋来拿。

远远地,却见立辉从耀宗家卫生院出来,正要叫他过来接她,才看见后头还跟着梅。立辉帮媳妇高高打着帘子,还拿手替她虚挡着门框,防着她磕碰了,一脸的笑,明晃晃的,嘴巴都要咧到耳朵根子。喜针张了张嘴,又闭上了。眼瞅着小两口儿双双出了门,往家里走,两个人的肩膀一碰一碰的,走一步,碰一下,再走一步,再碰一下。有一点故意,又有一点挑逗的意思。喜针越看越气,把箱子往地下一顿,咬牙骂道,小王八羔子们!正要叫立辉,却见不知怎么,立辉把媳妇给得罪了,立辉在前头跑,媳妇在后头追。咯咯咯咯咯咯,笑得喘吁吁的。快到臭菊家新楼的时候,却忽然好像是把脚崴了,蹲在地下,哎呀哎呀叫唤。喜针吃了一惊,正要追过去看,见媳妇又忽地立起来,捡了个砖头,朝着立辉就扔过去。喜针吓得一下子捂上了嘴巴。

天已经完全黑透了。这个季节的夜晚,是秋天的意思了。喜针一身的热汗,被夜风一吹,忍不住打了个寒噤。喜针擦一把汗,弯腰把一箱子月饼抱起来,叹了一声。

不知什么时候,月亮已经在头顶了。金黄金黄的,也不怎么圆,却亮亮的照人。喜针走,它也走;喜针停,它也停。喜针脚下磕磕碰碰的,也顾不上抬头看一眼它。

第十四章

兰月老师心事稠

满天繁星
是不是村庄的心事

从学校里出来，天已经黑下来了。

兰月骑着电动车，日日日日往家里走。才刚开春，风里头就有一点消息了。杨树柳树的枝子，也都变得柔软了。空气里有一点濡湿，还有一点微微的甜味，扑在脸上，痒梭梭的。不断地有小蛾子小蝶子往她身上撞，忍不住拍一把，倒拍了一手金色银色的粉粒子。路两旁是麦子地，这个时候，倒看不出是绿的来了，却像是深蓝色的，蓝得发黑，一大片一大片，直延伸到天边的云彩上去。

联合小学在村外。再往东去，过了一片庄稼地，就能看见苌家庄了。附近几个村的孩子们，都在这联合小学念书。兰月从一年级教上来，眼下教的是五年级。村里的孩子们不好管，小牲口儿似的。一天下来，兰月觉得口干舌燥。

快到村口的时候，老远见敏子立在门口骂街，四周围了一圈村里的闲人，也有劝的，也有白看热闹的。敏子蓬着头发，叉着腰，唾沫星子乱飞，骂得正起劲儿。兰月听她骂得不堪，有心绕道过去，不想这电动车忒快，正迟疑间，却早来不及了。兰月只有硬着头皮下了车。

敏子一眼瞥见了兰月，更是来了兴头儿，一口一个小妖精，一口一个贱老婆，两手啪啪啪啪啪啪拍打着膝盖，一声一声哭诉起来。兰月只好过去劝道，你这是怎么了嘛？有话咱们回家里去说。这街坊邻居的，叫人家笑话。敏子擤了一把鼻涕，哭道，我才不怕人家笑话！我又没做见不得人的事儿！我就是要臊一臊她的脸皮！我到底要看一看，那不要脸的，脸皮能比城墙还厚！兰月见她这样子,情知是劝不动,便走到一旁,掏出手机来,给她兄弟兰群打电话。拨了一半,想了想,又挂掉了。敏子正骂那小养汉老婆,偷她家男人,放着家里的不吃,专偷别人家的,隔锅饭香是不是?人们听她骂得不像,都捂着嘴,想笑,又不敢笑。人群里有和敏子不对付的,也有和那小妖精不对付的,见了这一场好戏,心里十分称愿。

兰月赌气骑上电动车就走,老远了还听见敏子在骂,一家子混蛋!老的老的混蛋,小的小的混蛋!混蛋老子,养出这样的混蛋小子!只剩下一个识文断字的,也是一个识文断字的混蛋!兰月心里气得冒火。

一进院子,见顺春的摩托车在槐树下停着,东边厨房里传来油锅炒菜的声音。小妮趴在网上打游戏,见她回来,头也不抬,叫了一声妈,接着忙她的。兰月把包扔在沙发上,也不换衣裳,就歪在那里,看着小妮的背影发呆。顺春端菜过来,一手一碗,嘴里叫着,快点快点,撩帘子。兰月也不动,顺春烫得直跳脚儿,大着嗓子喊小妮。小妮赶忙跑过来,替她爸撩帘子。顺春把碗咣当一下扔在桌子上,嘴里丝丝哈哈的,两只手飞快地摸着耳朵垂儿。见兰月呆坐在沙发上,衣裳也不换,手脸也不洗,疑惑道,怎么了这是?脸拉得这么老长?兰月说没事儿。顺春便俯下身子,看着她的脸,说没事儿?真没事儿?兰月说,真没事儿。顺春说,谁信。没事儿能这个样子?兰月说,我没事儿你还不乐意了?你是不是盼着有事儿呀?顺春被噎了一下,一时说不出话来。兰月口气就软了,说吃饭吧。又扬声叫小妮吃饭。

桌子上摆着两碗菜,一碗煎鸡蛋,一碗白菜炖粉条。馏卷子,熬的小米粥。小妮一个劲儿地挑碗里的粉条。兰月说,挑三拣四的,一个闺女家。小妮说,闺女家怎么了?闺女家就不许吃粉条了呀。兰月说,不好看呗。兰月说在妈跟前儿倒还好,一旦离了跟前儿,到人家门子里去,叫人笑话。小妮笑道,多远的事儿呀。真操心。顺春搛了一箸子粉条,放到闺女碗里,说多吃点,在自己家里,哪儿来那么多规矩。小妮就笑。兰月说好,你们气死我就舒坦了。顺春又搛了一箸子煎鸡蛋给兰月,说那我们可舍不得,是吧妮儿?冲着小妮挤挤眼。兰月忍不住,扑哧一声就笑了。

吃完饭,兰月坐在桌子前批作业。批着批着,到底是心神不定,就过来跟顺春把方才遇见的事儿说了。顺春说,按说你们家的事儿我不该多嘴。你这个兄弟媳妇,真不是好惹的。兰月说可不是,她就是刁。顺春说,也不是刁,是太泼了。顺春说得理不饶人,黄鼠狼还不能一口就把鸡脖子咬断哩。为了这个,她得把你兄弟揉搓死。兰月恨道,也是他活该。顺春说,哪里有不馋嘴的猫呀?小年轻儿的们,这一辈子,谁还没有迈错脚步的时候?兰月听他这话,只管定定地看着他,脸上笑眯眯的,也不说话。顺春笑道,看着我干吗呀。我是打比方,劝你哩。兰月说,那你哩?你有没有迈错过?你是不是馋嘴的猫呀?顺春笑道,冤死了我了。真是比窦娥还冤。我不过是好心劝你,你倒反咬我一口。兰月仍旧不饶他,逼问道,问你哩,说呀。顺春没法儿,只好大声叫小妮,小妮,你妈她叫你哩。兰月照着他的背上就是一下子,又是咬牙,又是笑。

第二天早晨,刚起来,电话就响了。她娘在电话里絮絮叨叨的,兰月听着听着,就烦了。说娘呀,我还得上课哩。等我下了学,就过去看你。好说歹说,劝了半晌,她娘才放了电话,兰月倒急得出了一身的热汗。慌里慌张吃了一口饭,就往学校里去。

街上人不多。不时地看见背着书包的孩子,磨磨蹭蹭去上学,一路走,一路玩儿。小石子儿被踢得骨碌碌乱跑,孩子紧紧追着不放。放羊的老五在后头喊,谁家的孩子呀,看把书包都丢啦。

那孩子赶忙回头看自己书包,冲着老五就吐唾沫,唱道,老五老五,娶个母老虎,娶不到家,弄个母羊当媳妇。老五就骂道,吃屎的孩子,不学好儿!

一进学校大门,上课铃就响了,兰月放下电动车,直接就往教室里跑。校长峰林正立在一楼的台阶上,黑着个脸。兰月也顾不上打招呼,喘吁吁跑过去了。

头一节课上得乱糟糟的。好不容易下课铃响了,兰月抬头一看,见峰林竟然在门口立着。她心里一跳,脸就红了。又憋着尿,也不好就跑着去厕所,只好叫了一声,刘校长。峰林仍旧不开口,等着她。她解释道,早晨起来有点不舒坦,就……晚了,还算万幸,没误了课。峰林这才说道,以后注意。大家都看着哩。上班不是赶大集,想来就来,想走就走。兰月赶忙说我知道,我知道。也顾不得峰林看着,慌里慌张就往厕所跑。

日头照在操场上,明晃晃一地碎金烂银。围墙上粗粗笨笨写着几个红字,好好学习,锻炼身体。围墙外头,是大片大片的麦田,青葱葱的,给阳光一照,像是起了一重绿烟,薄薄软软的,绸缎一样。厕所在操场边上,老远就闻见一股子尿臊味。地下湿漉漉的,一蓬一蓬的小草早悄悄冒出来了,野蒿子、马生菜、灯笼草。这个时节,要不了几天,来上那么一场雨,这些草就该长疯了。

上完两节课,兰月才回到办公室,抓起桌上的杯子就喝。慧欣见她这样子,笑道,怎么像是从上甘岭上回来的呀。兰月说,渴死我了,连口水都顾不上喝。慧欣拿下巴颏儿指了指外头,小声说,被逮住了?兰月说可不是,今儿个倒霉。慧欣说,还有更倒霉的哩。指给她看窗户外头。小苌正推着摩托,蹑手蹑脚进院子,峰林倒背着手,立在一旁看着。兰月吐了吐舌头,说,够他喝一壶的。慧欣撇嘴道,不打勤的,不打懒的,专打不长眼的。小苌这家伙,活该。

晌午,离家近的回家吃饭,离家远的就带饭。兰月正预备着回家,见小芹冲她招手,手里端着一个大饭盒。兰月笑道,今儿个带啥好吃的啦?小芹说看看不就知道啦。打开饭盒给她看,原来是饺子。韭菜馅儿,一块吃呗?慧欣走过来说,太明显了哈。远一个近一个,芹老师,这可不大好吧。小芹说你不是不好吃饺子吗。慧欣说,谁说我不好?我还偏就好吃韭菜馅儿的。说着捏起来一个就吃。兰月笑道,我得回趟家,还有点事儿哩。你们吃呀,多吃点儿。

正是吃饭的时候,街上人不多。路过村委会小白楼,小坷垃家的炸馃子摊子上正热闹着。小坷垃媳妇穿着一条白围裙,上头油渍麻花的,正忙着一面夹馃子,一面收钱找钱。小坷垃管炸,把手里的面团弄得啪啪直响。兰月闻见那馃子的香味,有心买几根回家吃,想了想,又罢了。家里还有昨晚上的剩饭,不吃可惜了儿的。秋保家超市里人倒不多。有一两个闲人,立在收银台旁边,有一句没一句地扯闲篇。秋保见兰月进来,忙笑道,啊呀,人民教师下班啦?兰月笑道,是呀,还不快伺候着。秋保便把脸凑过来,小声调笑道,嫂子说,要我怎么伺候呀。兰月啐他一口,骂道,狗嘴里吐不出象牙来。扬声儿喊国欣。秋保说,她呀,不在家,进货去啦。又小声说,正好给咱俩腾地方。兰月骂道,滚一边去。又自己到货架子上,挑了一袋豆奶、一袋芝麻糊、一箱子方便面。秋保跟在她屁股后头,一个劲儿地说,啊呀呀,还人民教师哩,也舍不得割二斤肉?

下午,一进办公室,满屋子韭菜味儿。慧欣说,没给你留呀。你回家吃好的去了。兰月说,还真是好的,剩饭剩菜。慧欣说你可真会过。省着钱下小的呀。兰月说,我哪儿敢跟你比呀,大巴掌大手的。慧欣笑道,笑话我是吧。就凭咱们那点工资,还不够塞牙缝的。慧欣说还不如人家钉皮子上亮儿的。村里那些个娘们儿家,肯吃苦的,一个月谁不能挣个几千块?哪像咱们,说出去也算是文明人儿。我呸。兰月就笑。小苌正在一溜椅子上躺着,翻了个身,弄得椅子们吱嘎乱响。慧欣就说,害得我们苌老师孤零零的,老也找不上媳妇。小苌说,谁找不上媳妇呀。真是的。多光彩的事儿,还广播哩。慧欣哎呀一声,说咱们实事求是,你还护短了。往后你那些个破事儿,少跟我说。说着摔帘子就出去了。

下了学,兰月就往娘家去。一进院子,她娘正坐在一个草墩子上摘茴香,见她来了,兜头便问,你还知道来呀。兰月一面把那些个东西搬下来,一面朝着北屋里看了看,压低嗓子说,就跟我厉害,怎么在人家面前都不敢?她娘说,我怎么不敢了?兰月说,你倒是试一试呀。吓得什么似的,到底谁是媳妇谁是婆婆呀。远的不说,就说这一回,怎么着也不能叫她在大街上撒泼,丢人不丢人?她娘朝着她又使眼色又瞪眼,兰月回头一看,敏子正推着车子回来。她娘忙说,回来了?晚上咱们蒸包子。面我都发好了。敏子哼都不哼一声,只拿下巴颏儿点了一下,算是答应了。她娘脸上有点讪讪的,说这茴香倒是挺嫩哩。兰月忙说,敏子,兰群还没下班呀?敏子说,他下班不下班我怎么知道呀。我又不是那小妖精。兰月见她说话带刺,便说,敏子你怎么这么说话呀?我好心问你哩。敏子说,嫌我不会说话呀。嫌我就让你那好兄弟跟我离了呀。兰月气得哆嗦,当着她娘,也不愿意跟她吵,便忍气道,你别指桑骂槐的。娘还在这里呢。一家人,有话不能好好说?她娘生恐她们两个呛呛起来,赶忙说,敏子也是累了,兰月你快闭了嘴,帮我把这馅子剁了。晚上蒸包子。敏子骂了一句,吃,就知道吃。把门咣当一关,进屋去了。兰月欲要追过去问她,被她娘苦苦拦住了。

娘俩就在小南屋里弄馅子。她娘颤巍巍的,把几个鸡蛋磕到一个大碗里,预备着煎鸡蛋。兰月出嫁的时候,还是老房子。后来她兄弟兰群娶媳妇,垫高了地基,重新翻盖了。北屋是正屋,小两口住,在南墙根,紧挨着大门,又盖了一间小南屋,给她娘住。这小南屋临着大街,能听见外头来往车辆的嘈杂声。夏天晒,兰月给她娘买了空调安上,她娘怕费电,老也舍不得开。冬天生一个小火炉子,连做饭带烧水,都在这屋子里头。炉子放在屋子一角,挨着炉子用砖砌了一个台子,架上隔板,就是一个自制的碗橱。锅碗瓢盆,显得又拥挤,又杂乱。吃饭桌子摆在中间,连走道的地儿都没有了。兰月说,非得在这屋子做饭呀,多挤呀。兰月说不是有厨房吗,白闲着干吗呀。她娘说,新屋子,弄得烟熏火燎的。兰月道,人老了就不怕烟熏火燎的?她娘叹口气说,小姑奶奶,你就少说两句吧。看得惯就多来,看不惯你就少来。兰月赌气道,你就护着吧。护着护着,被你那亲小子反咬一口。她娘就骂她。兰月也不还嘴,只埋头多多多多多多剁馅子。她娘煎好鸡蛋,拿箸子杵烂了,盛在一个大碗里头。一面压低嗓子说,昨晚上,整整骂了大半夜。不叫兰群睡觉。兰月把刀恨恨一剁道,泼妇。她娘急忙捂一捂嘴,说小点儿声。听着哩。兰月说,听见正好。年纪轻轻的,倒学会了撒泼耍赖那一套。她娘急得道,听见了更得找碴儿。她娘说这一回,正好抓住了兰群的不是,不闹个底儿朝天才怪哩。兰月说,叫她闹。还反了她了。她娘叹口气说,兰群也是,怎么就这么没出息。叫我在人家敏子面前,嘴里没了舌头。兰月说,你在人家面前,啥时候嘴里有过舌头?都是你惯的。做这么个小买卖,赚不了几个钱,成天价穿得,人五人六的。她娘说,也是那养汉老婆贱!母狗不叉腿,怎么能招了公狗上身?又觉得这话难听,又说,那媳妇真不是好的,听说做闺女的时候就不规矩。要不是那贱老婆勾引,兰群怎么会这么糊涂?兰月说,你就护着吧。她娘说,兰群是我肠子里爬出来的。我自己的孩子我还不知道?兰月说,甭管是怎么回事儿,一个巴掌拍不响。反正这丑事儿是做下了。村里这些人,没缝儿的鸡蛋还想下蛆哩。兰月说也甭怨人家敏子闹,谁碰上这事儿能过得去?她娘压低嗓子说,昨夜里我听着,又哭又闹的,要跟兰群离哩。兰月说,嘱咐兰群,这个时候可千万别充英雄好汉呀。说话柔软点。叫她闹一闹,把气发出来,也就好了。她娘只是摇头叹气。

娘儿俩正蒸包子,听见外头门响,跑出来一看,见敏子骑着电动车要走,后头背了一个大包。兰月赶忙叫她,问她这是去哪儿呀,包子就要熟了。敏子二话不说,骑上电动车,日日日日日就走了。她娘急道,准是回西河流啦。她那娘也不是个省油的,回去一挑唆,这事儿可就难办了。兰月气得把手里的箸子一扔,就从兜里掏手机。见她娘看着她,便说,给你那好小子打电话。是他惹下的祸,甭老叫别人给他擦屁股!

好像是起雾了。这个季节,地气都渐渐蒸腾上来了。湿气又大,到了夜晚,便雾蒙蒙一片。街上的路灯已经亮起来了。仿佛是一点一点的萤火虫,一高一下的。草木们都还懵懂着,有点蠢蠢欲动的意思,又还不大确定。田野里的麦子们却忍不住,郁郁青青的,散发出热烘烘的躁动的气息。正走着,见迎面拐出来一个人,差点跟她撞上,定睛一看,原来是青棉。兰月说,啊呀,吓我一跳,吃了不?青棉说,吃了呀。你哩?这是才下学呀?兰月说,我去我娘那儿坐了会儿。青棉说,听说敏子又闹哩?兰月不想提这事儿,打岔道,我吃了,小妮还在家哩,我得赶紧回去。青棉却笑道,心还挺大,还吃得下饭呀。敏子那张嘴,老天爷,真厉害,刀子一样。兰月心里烦恼,脸上便不笑了,说了一句走了,骑车子就走。青棉还在后头喊,走这么快呀。还没说完哩。

　　回到家里,顺春还没有回来。小妮正在沙发上,仰面八叉躺着玩手机。兰月一看,不像是吃过饭的样子,便说,你爸哩?还没回来?小妮说,他说晚点回来。兰月说,那你怎么不弄点饭呀。小妮说,我泡了一袋方便面。兰月见她眼睛不离手机,魂不守舍的样子,便气道,这么大个闺女了,怎么还不知道心疼人呀。你要我操心到什么时候?小妮正玩得高兴,不防备被她娘训了一顿,一个翻身起来,嗵嗵嗵嗵跑到自己屋子里,砰的一声,把门关上。把兰月气得,立在那里,一句话也说不出来。

　　正烦恼着,喜针的电话却来了。兰月饿着肚子,哪里有心思敷衍她。喜针却噜苏得厉害,车轱辘话尽着说个没完没了。兰月只有嗯嗯啊啊地应付着,听了半晌,方才听出一点滋味来。喜针那头听她半晌不说话,问道,你听没听啊,我可是都为了你家好。兰月忙说,听着哩听着哩。嫂子,这个时候正在气头上,咱说话可得拿捏好了呀。喜针说,这个你放一百个心。我活了半辈子,连这个都不懂?兰月呀,一笔写不出两个刘。咱们好歹是一家子,我还能往岔道儿上支你呀?

　　放下电话,兰月在沙发上坐着发呆。怎么她就忘了,喜针是敏子的堂叔伯姐姐。敏子这一回西河流,准是敏子她娘给喜针打电话了。真是好事不出门,坏事传千里呀。这才多大工夫,从西河流到芳村,怕是早传得满街都是了。揣测方才喜针那口气,是想着叫她娘带着兰群,亲自去西河流,上门赔不是。如若不然,那敏子就不回芳村来。兰月心里叹一声。她娘倒还罢了,一向是怕媳妇怕惯了的,可要是让兰群去弯这个腰,他怎么肯?怎么说呢,兰群这小子,早先也是一个绵软的,在媳妇面前,最是会做小伏低。那时候,家里过得也不大宽绰,敏子呢,又是个泼辣角色,在娘家又是老生闺女,一向是掐尖儿要鲜儿的主儿。这些年,在刘家,兰月是个事儿少的,又是大姑子,向来肯容让着她。她娘也是个老好人儿,生怕她不如意,兰群呢,更是手掌心里捧着,敏子便越发得了势。后来有了儿子,自以为从此坐稳了江山,越发猖狂了。兰群在镇上开了一家店,专卖制皮革的药剂。这些年,虽说是上头一直要治理,皮革生意没有早先好了,可整个大谷县,有多少人靠着这皮革吃饭的?这皮革药剂店的生意十分红火。眼看着,这些年兰群挣下了些钱,买了车,又在村子里跟人家套买了一大块宅基地,预备着盖一栋二层楼。现今小子才十来岁,年纪还小,要是早早盖起来,到娶媳妇的时候,也该旧了。兰群就不着急盖。这么好的光景,不想竟然出了这么大的岔子。谁会想到呢,兰群这么一个腼腆的小子,如今也变坏了。那小妖精,不是旁人,正是村子里一个年轻媳妇,叫作彩巧的,在镇上的一家服装店打工。这彩巧男人长年在外头工地上干活,彩巧把孩子扔给婆婆带着,自己也出去挣个零花钱。也不知怎么一回事,这两个人一来二去,就勾搭上了。村子里都传开了,说是有人看见他们两个人在城里逛商场了,一人一个大墨镜,跟特务似的。也有人看见他们两个在镇上的饭馆里吃饭,脸对着脸。传到敏子耳朵里的时候,已经是一年多以后了。敏子都快要气疯了,寻死觅活的,一口一个小妖精,一口一个贱老婆。说句实在话,那彩巧长得,怎么说呢,粗粗笨笨的,冷眼看上去,不妖不艳,倒是沉稳老实,最像一个农村妇女的模样,哪里像是跟这些个花花事儿沾边儿的?真是叫人想不通。兰群这小子到底要干什么呀。

  门口灯影一黑,是顺春回来了。见兰月痴痴呆呆的样子,笑道,怎么啦?吃饭了没有呀。兰月叹口气说,光气就气饱了,还吃哪门子饭呀。顺春就洗手,去厨房里做饭。兰月听他在厨房里忙碌,心下有些不忍,便跑过去,说别费事儿了,也不饿。顺春说,你是胃里有火,觉不出饿来。就煮碗面条,想吃不?兰月只好应了。

不一会儿,面条就端过来了。葱花炝锅,还有一个荷包蛋在上头,煎得金黄金黄的。兰月闻着那香气,觉得有了些胃口,又让顺春倒点醋来。一碗面下去,身上汗津津的,心里也不像方才那么紧巴巴的,揪得难受了。顺春要去洗碗,被她一下子拽住了。她叫他在身边坐下,靠在他身上。顺春身上有一股烟味儿,混合着皮革特有的味道,烘烘的,叫人觉得没来由的踏实和安心。顺春在她耳朵边上小声说,怎么了这是?兰月不说话,直往男人怀里拱。顺春说,怎么了,走,到咱们屋里去——叫妮儿看见。兰月说,看见怎么了?我的男人,我光明正大的,一不偷二不抢,我怕谁?顺春说好好好,姑奶奶,你不怕,我怕行了吧。妮儿大了,咱们得避着点儿。说着抱起她就往卧室里走。急得兰月叫不是,不叫不是,挣又挣不开,只好千惊万险的,任他抱着去了。

早晨,果然下起小雨来了。滴滴沥沥的,也不大,却很紧。雨丝细细的,一千簇一万簇银针似的,从半空里落下来,落在树木上、花草上,苏苏苏苏的乱响。街上的人们见了,相互感叹着。好雨呀。是呀,好雨。大街上湿漉漉的,麦田里也湿漉漉的,却是更加碧绿了。整个村子烟雾蒙蒙的,被微风一吹,便恍惚了。

兰月骑着电动车,也没有打伞,一路就到了学校门口。老远就看见芳村联合小学几个大字,被雨洗得更醒目了。校园里种着泡桐树、白杨树,还有槐树。楼前头的花坛里,迎春花开了,嫩黄嫩黄的,像是吹弹得破似的,在细雨中显得又明亮,又新鲜。旁边一棵万年青,油汪汪地绿着,简直要绿到人的心里去了。兰月撩帘子进屋,差点跟小苌撞个满怀,不由得红了脸。小苌更是脸红脖子粗的,一迭声地对不起对不起。慧欣在一旁倒啪啪啪鼓起掌来,笑道,好呀,这实在是极好的。又道了个万福道,小主,今儿个面若桃花,不是有什么喜事吧。兰月笑道,本宫骑了一路的电动车,也乏了,快去沏碗上好的香茶来。慧欣啐道,美得你。小苌早趁机溜了。兰月说,这小子怎么了,魂不守舍的。慧欣笑道,还能什么事儿?哪个少女不怀春,哪个少男不钟情呀。苌老师可都二十有五啦,想媳妇了呗。兰月说,可也是。多好的小伙子呀,如今村里这些个闺女,都长了一双势利眼,专门盯着那些个暴发户,堂堂人民教师,这些个小妮子就看不见?慧欣冷笑道,她们只认钱。除了钱,怕是连亲娘老子都不认了。

晌午饭懒得回家吃,兰月就到门口的小卖部买点吃的。雨还在下着,依然是不紧不慢,却是又细又密。小卖部其实是门房开的,在窗口开了一个小门,收钱取货。门房是校长峰林的老丈人,苌家庄人,总也有六十多岁了。专卖一些个花花绿绿的小吃食小玩意儿,挣学生们的钱。兰月在那货架子上看了一遍,总没有可吃的东西,正要往回走,却看见小苌立在楼前朝她招手。兰月湿漉漉地跑过去,随着他进了屋子,见地下有一个小电炉子,上头坐着一只小锅,正咕嘟咕嘟冒着热气。兰月说,不是不让用这个吗?小苌说,上有政策,下有对策。还老师哩,在原则性基础上要发挥灵活性。兰月笑道,你还真灵活。做什么好吃的?小苌说,尝尝我的天下第一面。兰月见办公桌上有一大塑料袋干面条、一把青菜、一袋盐、一小瓶香油、一纸盘鸡蛋,碗筷子齐全,便笑道,还真齐全哩。小苌说,必须的。就煮面条,卧鸡蛋,末了,才把一把洗干净的青菜绿生生扔进锅里,又点上香油。屋子里热腾腾的,香气扑鼻。正说着话,兰月忽然道,慧欣哩?叫她一块吃呗。小苌说,她去她姑家了。她姑家今儿个待且。兰月说噢。两个人就吃饭。正吃着,听见有人敲门。兰月赶忙说,快,把电炉子收起来。小苌三下两下收拾利索了,才去开门。却是一个胖胖的妇人,敞开嗓门便问,谁是刘老师?小苌说,你是?胖妇人说,我是耿乐乐他妈。我找刘老师。小苌说,哦,哪个刘老师?我们学校有好几个刘老师。妇人说,刘兰月。好像是叫这个名儿。兰月赶紧说,我就是。你找我有事儿?妇人上上下下打量了一下兰月,说啊呀,怪不得。我家乐乐老说他们刘老师好看,是挺俊哩。兰月脸红道,你有什么事儿呀?孩子好点了吗?他请假好几天了,说是病了。妇人道,实话跟你说吧,孩子根本就没有病。我和他爸不想叫他念书了。兰月急问道,怎么不念了?孩子挺聪明,说不定往后有大前程哩。妇人说,能有啥大前程呀?村子里有几个能考上大学的?就算是考上了,家里头没人没势的,工作也难找。还不如出去打个工,早点挣下钱了,早点娶媳妇要紧。兰月笑道,孩子才多大,怎么就说到这个上头了?这年头,文化吃香。再怎么,也不能当个睁眼瞎呀。妇人冷笑道,文化吃香?你们倒有文化,怎么在这小屋子里白水煮面条吃?扫一眼桌子上那半碗面,笑道,村子里那些个大老板倒是睁眼瞎,个顶个金山银山的,几辈子享不尽的福。吓,还跟我这儿讲大道理!兰月急得直说,千万别不让孩子念书呀。可不敢把孩子给耽误了呀。再说不出别的话来。那妇人说,我也就是过来说一声。你甭拦着,也拦不住。就是有一条,别去家里找孩子。他信服你,别听了你话,又跑回来了。兰月还想再说别的,被小苌拦下了。小苌说,知道了。还有事儿吗?要是没事儿,我们还得吃饭。

一碗面吃下去,却没有吃出一点滋味来。兰月到水管子下头去洗碗,雨还在下着,却是更紧了。远远望去,麦田里雾蒙蒙的,苌家庄的老坟就在不远处,种着老松柏,蓊蓊郁郁的,在雨里沉默着,竟如同墨泼了一般。有老鸹在叫,嘎,一声,嘎,一声,嘎,又一声。水管子哗哗哗哗哗流着,兰月忽然就惊醒了,心里骂了一句,专心洗碗。小苌走过来,叹道,刘老师,还真忧国忧民呀。天要下雨,娘要嫁人,由他去吧。兰月说,我就是觉得,挺好的孩子,可惜了儿的。小苌说,那也轮不着咱来操心呀。有人家爹娘哩。小苌说你就多操心操心你自己吧。兰月说,我怎么了?好好的呀。小苌说下巴颏儿都尖了,还嘴硬。

下了学,路过她娘家门口,兰月本来想狠心不进门的,却终究忍不住,下了车。

她娘正一个人坐在床上,脸上黄黄的,见她来了,也不说话。地下的饭桌子上摆着几个凉包子,冷锅冷灶的,不像做饭的样子。兰月就洗了手,打算熬点小米粥,把包子馏一馏。又见旁边堆着几个土豆,便盘算着炒一个土豆丝。她娘见她忙活,开口道,甭忙,弄了我也不吃。兰月说,我吃行了吧。只管忙碌。兰月从小念书,灶上这一套就有点笨拙。好容易做好了,叫她娘吃饭。她娘盘腿坐在床上,撇嘴挑剔道,你看你,这么大个人了,干活还这么没样儿。小米粥都飞上天啦。这土豆丝切得,跟檩条子似的。兰月赌气道,我上了一天班,正累哩。就这么个水平,你就将就点吧。她娘骂道,怎么了这是,吃了枪药啦。愿意来来,不愿意来走。兰月见她娘真动了气,只好赔笑道,这是我娘家,你是我亲娘,我走哪儿去?又盛了粥,把凳子摆好。她娘这才嘟嘟囔囔地下来吃饭。

吃着饭,兰月趁机说,喜针,我那妯娌,昨晚上捎话儿来了,敏子她娘的意思,看是不是叫你带上兰群,去西河流走一趟。她娘说,干吗去?上门赔不是?兰月忖度她娘的脸色,说是这么个意思。媳妇家,脸皮儿薄,婆家给个台阶就下来了嘛。她娘说,脸皮儿薄。哼。在大街上撒泼的时候脸皮儿薄不薄?兰月说,又是马后炮。怎么当着人家不说这话?她娘说,当着怎么样?不当着又怎么样?眼睛再高,还能高过眉毛去?兰月说,是呀,你是一家之主,谁敢把你怎么样。又问兰群哩,怎么成天价不见个人影呀。她娘说,忙哩。忙得四爪不着地。兰月说,我看这事儿呀,兰群头一个不愿意。她娘说,他不愿意?这事儿能由着他了?兰月见她娘又倒过来了,忍住笑道,这负荆请罪的滋味,好说不好受呀。她娘说,啥?甭给我说那些个字儿话。我是他娘,我一句话,他就得去。

第二天早晨起来,雨早停了。街上湿漉漉的,空气像是洗过一样,清新透明。有卖豆腐脑的,推着车子,一面走一面喊,豆腐脑——又香又烫嘴的豆腐脑——声音又苍老,又嘶哑。兰月忍不住下了车子,买了一碗豆腐脑,给她娘端过去。大门却关着。兰月敲了几下,也没有敲开,心想,莫不是去西河流了?这一大早的。疑惑着,就把豆腐脑放进车筐里,去学校。麦田里水灵灵的,麦苗尖子上,大颗大颗的露水,滚过来滚过去,一闪一闪。不断地有汽车从路上开过来,开过去,嗖一声,像是闪电一般。兰月就靠边骑,小心翼翼地。

远远地,却见小苌骑着摩托飞过来,见了她便说,出事儿了,出事儿了。先别去了,出事儿了。兰月正待要问,小苌的电话却响了。兰月见他慌张的样子,猜不透是什么事,只好在一旁等着。

又有一辆汽车嗖的一下子过去了。

第十五章
舂米给烫得泪汪汪

没有人知道
天是怎样黑下来的
没有人看见
泪是怎样流下来的

春米正在院子里洗衣裳，听见前头有人叫她。答应了一声，湿淋淋的一双手就出来了。她婆婆正把一捆子韭菜拿出来，预备着到门口的树荫里择。建信穿得人模狗样的，在一张桌子前坐着。见春米出来，她婆婆笑道，你建信叔来了，还不快泡上茶。又朝着建信笑道，我把这韭菜择出来，晌午咱就吃饺子。建信笑眯眯的，也不说吃，也不说不吃，跷着二郎腿，一只手夹着烟，另一只手放在桌子上，几根手指只管在桌上哒哒哒哒乱点。春米耷拉着个眼皮，对他待看不看的。建信说还是那个啥，花茶吧。春米也不说话，就烧水泡茶。

春米今儿个穿了一条浅黄裙子，上头落着一片一片细细的叶子。头发拿一个浅蓝塑料卡子绾起来，有一小绺散了，在脸颊上一飞一飞的。饭馆前头有一棵大槐树，把这屋子遮去了大半个。蝉不知道在哪一根树枝上唱着，喳，一声，喳，一声，喳，又一声。日头透过树叶子，有一片正好落在春米身上，春米整个人就成了金色的，毛茸茸的。春米泡了茶，端到建信跟前。建信却不接，只拿眼睛看着春米颈窝里的那一颗痣。春米就把脸飞红了，把茶杯咣当一下放在桌子上，也不理他，扭身就走。建信这才咪的一声笑出来，说别走呀。还没说话儿哩。春米只不理他，拿了一块揩布，仔细擦起周围的桌子来。建信就端起杯子，慢悠悠喝茶。一双眼睛却紧紧追着春米，在屋子里转来转去。春米心想，这家伙，看来今儿个是闲了。又不好老这样不说话，就过去把音响打开了。一个女人正在唱着，我爱你在心口难开。春米心里骂了一句，偷眼看了看建信那边。他一面喝着茶，一面二郎腿跟着那歌打着拍子,倒是十分的自得。又看了看外头,她婆婆正在树荫底下择韭菜呢。春米心里不由恨道,老东西。这是故意。就又把音响拧小了点,坐在一旁,一面剥蒜,一面跟建信说闲话儿。东一句西一句,笑得咯咯咯咯咯咯的,花枝子乱颤,惹得她婆婆不断朝这边看过来。春米越发来了兴头,笑得更清脆了。

建信难得见她这样喜欢,就尽着把一些个笑话段子讲给她听。春米笑得颠颠倒倒的。她婆婆忍不住在门外头咳嗽起来。春米心里冷笑一声,想,怎么,这就怕了?老不要脸。打量我不知道你们肚子里那几根花花肠子呀?

街上有个沙哑的嗓子在叫卖,油炸——糕,油炸——糕,油炸——糕,前两个字声音挑上去,拖着长长的尾音,最后一个字却又忽然低下来,收束得短促有力,十分地干净利落。建信笑道,吃不吃?春米说不吃。建信小声道,真不要?眼睛一眨一眨的,直看到春米眼睛里去。春米横了他一眼,骂道,没正经。建信委屈道,我是说油炸糕哩。春米气得咬牙,就红了脸,低头剥蒜。建信见她羞答答的样子,只管拿话儿撩拨她。春米心里又臊又恼,却又不好发作,只好借故烧水,躲到后头厨房里去。

饭馆不大,前头厅堂里还算宽敞,后厨里便觉得有点局促了。迎面一个大冰箱,占去了不小地方。锅碗瓢盆,油盐酱醋,挤挤挨挨的。灶台前头,只能容下一个人。要是有人炒菜,另一个人只好侧着身子才能过得去。料理台拿瓷砖贴了,明晃晃的,上头摆着一溜大红塑料盆子,里头有泡着绿豆芽的,有泡着粉条的,还有放着焯好的青菜的,还有一盆子切好的土豆丝,也拿清水泡着。厨房里有一股子油烟味道,有一只苍蝇,在这个盆子上停一停,在那个盆子上停一停,嘤嘤嗡嗡的,张狂得很。春米也无心理它,在厨房里磨蹭了半响,方才慢慢出来。建信正举着手机打电话,高声音大嗓门的,笑得十分爽朗,见春米出来,把眼睛朝她眨了眨,又冲着茶杯点了点下巴颏儿,春米见那茶杯果然空了,心里恨了一声,只好过去续水。

快晌午的时候,果然来了一帮子人,有芳村的,也有苌家庄的,也有东燕村的,总有六七八个。两辆车停在饭馆门前头,慌得她婆婆扔下没择完的韭菜们,进屋里来招呼着。春米忙着烧水泡茶,心想,建信这家伙,还真是财神爷哩。

难看回来的时候,春米早张罗好了一桌子饭菜,有荤有素,有凉有热,香气扑鼻。一桌子人就喝酒。难看笑呵呵的,满满倒上一杯,挨个给大家敬酒,又嘱咐春米记着续茶水。春米见公公回来了,心里一块石头才算落了地。她又去厨房里和了一块面,叫它饧着,预备着包饺子。把一些个木耳放盆子里发上,又煮了一些椒盐花生,切好一盘子肉糕,防备着他们一会儿高兴了添菜。这时候,外头早开始划起拳来了。

五魁首哇,六个六哇,哥俩好哇。建信赢了,正立逼着别人喝酒。那人偏偏是个娘儿们脾气,磨蹭着不肯喝,建信非得叫他喝。一桌子人闹哄哄的。春米拎着水壶出来灌水。建信喝得红头涨脸的,脑门子上都是汗,大着个舌头,叫春米开空调。春米说,开着哩。建信说,开——着? 那——怎么还这么热——热呀。难看赶忙过去,又把温度调低了一点,说有冰啤,要不咱来点冰啤? 大热天儿的,这白酒也忒烈了。就喊春米婆婆拿冰啤来。春米抓了个空儿,溜回去洗她的衣裳。

这是前后两进院子。前头是饭馆,后头住人。两进院子通着,中间有一道月亮门。早先不过是一个豁口儿,这二年光景好了,就拿花砖重新垒了,又找把式给画了影壁。画的是一片湖水,青碧碧的,停着一只小船,远处隐隐有山峰,被云雾遮掩着,倒影却落在水里头,清幽幽的,叫人看了一眼,还想看第二眼,越看呢,越想住到这画里头去了。春米就常常立在这影壁前面发呆。芳村这地方,都是大平原,谁见过这样的好地方?也不知道,这世上怎么竟有这样好山好水的景致,叫人看了,心里酸酸凉凉的,一时觉得满满的,一时又觉得空落落的,那一种滋味,说也说不出。院子里种着一棵石榴树、一棵香椿树,还有一棵柿子树。柿子树这东西,早些年芳村还没有。也不知道怎么一回事,这几年,倒渐渐多起来了。平日里也显不出什么好来,只到了秋天,那才叫好看。一树一树的大柿子,点了灯笼一样,给日头一照,红红黄黄的,十分地耀眼晶莹。北屋台阶前头,拿碎砖头砌了一个花池子,栽着月季、瓜叶菊,还有美人蕉,还有一种花,春米也叫不出名字,细细碎碎的小花瓣,竟全是粉色的,深深浅浅的粉,乍一看倒平常,细细看去,却有一种乱纷纷闹嚷嚷的好看。花池子旁边的泥土里,竟然长出了几棵玉米苗子。或许是谁不小心掉了几棵种子在这里,如今长得倒有一尺多高了。玉米叶子宽阔青翠,在风里摇曳着。晌午的日头煌煌照着,把院子晒得滚烫。一院子树影子乱晃,落到人身上,落到洗衣盆子里,落到脚边的大白猫身上,把它们弄得明一块暗一块的。春米抬起手背擦了擦汗,叹了口气。

　　前头传来喧哗声,一浪高过一浪。有猜拳的,有行令的,有叫的,有笑的。酒杯碰到一起的声音,清脆响亮。有人骂着粗话,嘎嘎嘎嘎嘎笑着。这个时候,那帮人想必是正喝到了好处。

　　这小饭馆,春米嫁过来的时候还没有。那时候,是小财财开的财财酒家。小财财是刘增雨家二小子。刘增雨是谁?那时候,芳村的人谁不知道,刘增雨是芳村的头号人物儿,当着村干部,刘家院房又大,弟兄又多,因此上,刘增雨在芳村,跺跺脚,地都要抖上一抖,势力极大。后来,刘、翟两家斗法,刘家败下阵来。刘增雨下台,建信上台。都说是一朝天子一朝臣,那财财酒家眼看着就不行了。当初,她公公难看,还只是在街上弄着一个烧饼摊子,打油酥烧饼,冬天呢,也卖点儿豆腐脑,夏天呢,就是凉粉儿呀扒糕呀,小本儿买卖,十分不易。后来,也是难看脑子好使,见财财酒家不行了,才盘算着自己开个小饭馆。说起来,这事儿还真多亏了建信。拿她公公难看的话,一村子人哪,谁都没有长着俩脑袋瓜儿。旁的不说,就说翟家院里头,有多少能人儿?凭啥就咱家能开?人呐,受了人家的恩情,不能不讲良心呀。

建信的声音一声高一声低传过来。旁边的人们,一口一个领导,一口一个大哥,十分恭维他。建信哈哈哈哈笑起来。

是怎么开始的呢,春米努力想了想,却想不起来了。

日头挺热,水管子里的水倒凉浸浸的。春米洗完衣裳,一件一件晾在铁丝上,又抬起脚,伸到水管子底下,把凉鞋上溅的肥皂沫子冲干净。正琢磨着要不要去屋里弄一下头发,却听见她婆婆在前头喊她,就湿着一双脚,咕叽咕叽往前头去。

屋子里酒气冲天。一桌子人都喝高了,东倒西歪的,有的嘴里还在叫着,五魁首哇,六个六哇,哥俩好呀。建信靠在椅子背上,早动弹不了了,只是傻笑。她婆婆给她使了一个眼色,叫她过去。春米迟疑一下,还是过去了。建信见了她,笑得更大了。嘴里叫着春米,春米,春米。伸出一只手来,想要拉她。春米心里又气又急,待要摔开他,又觉得动作太大了,反叫人疑心。又偷眼看了看她婆婆,她婆婆正一趟一趟地进进出出,收拾盘子碗碟。她公公难看,立在门口,也不知道正给谁打电话。春米重新烧了水,浓浓地泡了一壶茶来。又到后头厨房里,拿温开水调了一碗蜂蜜水,端到建信面前。建信歪在椅子上,嘴里一个劲儿地乱叫,春米,春米,春米,春米。正着急呢,四槐竟叫了几个小伙子过来,七手八脚把那几个喝醉的人弄到外头的车里去。一时屋子里只剩下建信和春米。建信含含混混地笑道,春米,春米——春米心里油煎一般,眼巴巴地盼着四槐再回来把建信弄走。四槐却没有回来。外头推推搡搡闹了一阵子,又安静下来。春米跑出去看了看,汽车早都开走了。她公公婆婆也不见了人影。春米看着地下那一片乱七八糟的车轱辘印子,叹了一口气。只听见建信在屋里叫她,春米,春米——

窗户外头那一棵老石榴树,花早开过了,只剩下了满树的青枝子绿叶子,倒越发泼辣了。要不了几天,一个一个的小果子就悄悄结出来了。阳光透过树枝子,在床上画下乱七八糟的影子。窗子半开着,有风悠悠吹过来,把那窗帘的一角,弄得一掀一掀的。窗帘是粉色的底子,上头开着一朵一朵的小蓝花,清幽幽,孤单单,好像是结着一股子淡淡的愁怨。床头的墙上是一幅大大的婚纱照,金色镶边的框子,华丽丽的。春米穿着婚纱,半低着头,脸上好像是害羞,又好像是着急,睫毛垂下来,也不知道在看什么。那假睫毛长长、密密的,小蒲扇一样。旁边的那个人,是永利。永利穿一套白西装,大红的领结,乌黑油亮的头发,梳得整整齐齐的。永利看她的眼神,倒是十分专注。永利也半低着头,拉着她的手。看上去,永利足足比她高出半个头来。可是,谁能猜出来呢,他脚底下垫着两块砖头。他们身后,是尖顶的教堂,大束的玫瑰,红玫瑰、白玫瑰、黄玫瑰,金色的小天使,张着洁白的翅膀。当时他们是在县城哪个照相馆?好像是,花园街那一家,紧挨着农贸市场。照完相,他们还顺路到市场上,挑了一只上供用的大红公鸡,还有半斤刚出锅的肉糕。永利总记得,她娘就好这一口儿。好像是个腊月里,屋子里没有暖气。薄薄的婚纱穿在身上,觉得扎得慌,痒梭梭的难受。后头的拉链也坏了,拉了半天,把那旁边的针脚都拉裂开了,只好不管它。好在是背后头,谁都看不见。她冻得浑身哆嗦,脸色苍白,嘴唇发青,害得那个小姑娘一个劲儿跑过来,给她补胭脂补唇膏。照片里,她的妆显得格外隆重,太浓了,一点都不像她,倒像是另一个人了。她看着那个穿婚纱的浓妆艳抹的女人,越看越陌生,连她自己都认不出来了。永利却还好,低头看着她,像是安慰,又像是柔声劝说,神情里有一点喜欢,有一点局促,好像还有一点紧张。也不知道,怎么就稀里糊涂结了婚了。想起来,真是做梦一样。当时媒人说,永利在村里教书。春米听了,还没有见人,心里就暗暗应允了。春米虽然自己只念了小学,却喜欢读书人。媒人是春米一个堂婶子,娘家在芳村。堂婶子跟春米她娘说,我给米说的这一家,正经八百的好人家,老实本分,还有一点顶要紧的,这孩子识文断字,当老师,月月有工资——这还不是有了一个小摇钱树呀。又体面,又宽裕。里子面子都有了,你还有什么不放心的呢。等见面那一天,只见屋里坐着一个瘦小的年轻人,床沿高,两只脚还挨不着地,只好在半空悬着。春米吃了一惊。再看旁边,还立着一个人,高高大大的,结实得像牛犊子。春米心里又欢喜起来,暗想,这个该是了。床上坐着的那一个,说不定是跟着来的。过了一会儿,高高大大的那一个竟然出去了,只留下床沿上这一个。春米越发慌乱起来,觉得背上起了薄薄一层细汗。后来才知道,这人果然就是永利了。永利坐在那里不显眼,一开口说话,倒真是不一样的。永利穿得也干净,长得呢,也是干干净净的。说话慢言慢语,有一种,怎么说,有那么一种东西,想想是好的,说又说不出来。后来,永利一看见这婚纱照,就说好。永利说,你半低着头的样子,真好看。春米不相信。照片上那个女的,怎么会是她呢。

床头对面是一幅娃娃图。两个娃娃,肥肥白白的,小胳膊小腿儿藕节似的,十分喜爱人儿。这娃娃图结婚的时候便有,当时来闹洞房的人们都说,看这娃娃,多胖。又看看她和永利,不怀好意地笑。春米便又低下头。如今,他们也有了自己的儿子,正是淘气的时候。平时是她婆婆带着,忙不过来,就送到她永利他姐姐永红那里去。床头柜上放着一只碗,被翻过来扣着,当作了烟灰缸,上头有半截烟头。有一两点烟灰,落在旁边的一卷卫生纸上。旁边的枕头上,还留着一个浅浅的窝儿,上头仿佛还有建信的烟味。春米叹了口气,闭上眼睛。

电话响起来的时候,她恍恍觉得像是做梦,待响了半晌,才迟迟疑疑过去接了。她婆婆在电话里小心翼翼的,叫她吃饭。她拿着话筒,不说去,也不说不去。一句话也说不出来。她婆婆喂了几声,叮嘱道,快点呀,啊,凉了就不好了。

她懒懒地起床,懒懒地梳洗。在衣橱里看了看,挑了一件连衣裙穿上,奶白的底子,上面暗暗绣着一个一个绿点子。也不擦油,黄着一张脸,就把床上的床单枕套扯下来,扔到洗衣机里头。又把那毛巾被也扯出来,也扔到洗衣机里。洗衣机轰隆轰隆响起来,她在旁边看着那些被单枕套在里头滚动,翻来覆去,翻来覆去。看了半晌,她才幽幽地叹口气,到前头去。

饭馆里收拾得干净利落。只有她婆婆在门外头坐着,也不知道在忙些什么。灶台上放着一只锅,锅里温着一大碗饺子,旁边的砂锅里,正在咕嘟咕嘟冒着热气,鸡汤的香味混合着水蒸气,弥漫了一屋子。春米端了饺子,找了一张桌子吃起来。昨天晚饭也没有吃,她早就饿坏了。吃完饺子,又盛了一大碗鸡汤。鸡汤很烫,她也不怕,好像是在跟谁赌气。一大口一大口,一大口又一大口,直把她喝得眼泪汪汪的。她婆婆在外头喊,够不够呀?不够冰箱里还有呢。

吃完饭,她就坐在门口桌子前发呆。

这地方十分冲要。大街上人来人往,有人停下来,跟她婆婆说两句闲话儿。也有人叫一声,说忙呀,好买卖呀,就过去了。不断有汽车开过来,开过去,扬起一片黄白的灰尘,好半天不散。正出神呢,手机里来了一条短信。她心里一跳,打开一看,却是永利。永利问她吃了没有,吃的什么。春米就说了。永利又问,今儿个忙不忙?春米嫌他啰唆,就不理他。永利就是这一点好,细心,知道体贴人。人虽说不在身边,短信倒是十分的殷勤。春米是在后来才知道,永利不过是代课老师,几个村小学合并,成立联合小学的时候,清理了一批代课老师,永利就不教书了,先是在石家庄打工,后来又去了天津。春米看着他瘦小的身影,背着一个大编织袋子,跟村里几个人搭伴儿去赶火车,心里说不出什么滋味来。

正发呆呢,只觉得门口儿一暗,仔细一看,却是她们村的缨子。缨子比她大一岁,嫁到了青草镇上,今儿个是带着孩子来耀宗这儿看病了。春米赶忙起身给她让座,又从冰箱里拿出一罐可乐来递给她。缨子四下里看了看,笑道,哎呀,当上老板娘啦。春米笑道,我哪里比得上你呀。小本买卖,赚不了几个钱。缨子笑道,我呀,我可没有恁大的本事。缨子说还不是我家那个,整天瞎折腾。春米知道她又要说她那女婿,也不好打断她,就听着她说。缨子她女婿在镇上储蓄所,这倒也罢了。缨子在家也弄了一个小买卖,专门给人家放款,高利贷,也有薄的,也有高的,全凭她说了算,利滚利,这些年下来,赚了个大瓮满小瓮流,号称小银行,在这一带名气很大。当初弄这个难看饭馆,就是从缨子家小银行贷的款。因为是本村的,缨子在利钱上格外照顾。春米怎么不知道,这缨子是一个铁公鸡,平日里都是一毛不拔的。叫人家在那个上头让利,实在是难为了她。因笑道,孩子怎么了?哪儿不舒坦?缨子说,也不是啥大毛病,咳嗽,老也不好,就想着到耀宗这儿来看看,才放心。春米说,是呀,耀宗看小孩子最拿手了。缨子说,谁想到这么多人,还得排队哩。耀宗家真是赚足了。春米说可不是。晌午饭就在我这儿吃吧,都是现成的。缨子忙说不用,回家还有事哩。缨子说我那边一会儿都离不开,忙得呀,四爪朝天哩。春米说是呀,知道你是忙人儿。缨子说,这饭店买卖怎么样呀?依我说,村里能有多少吃饭的,还不如咬咬牙,开到镇上去,镇上是什么地方?春米说,那可开不起。镇上也是谁想去就能去的呀。缨子说,如今这世道,是撑死胆儿大的,饿死胆儿小的。缨子说你比方我吧,当初咱们做闺女那会儿,谁想到还会有这样的日子呀。春米说可不是。两个人就说起了村里的一些个人和事。谁谁过得好,发了;谁谁过得不好,借得大窟窿小眼的;谁谁倒是婆家特别有,忒有了,嫁到人家门子,人家就很看不上,可受气哩。正说着闲话儿,孩子却醒了,闹起来。缨子这才像是想起了看病的事儿,急忙要走。春米见她执意不吃饭,只好算了。送她出来的时候,又抱着那孩子,跑到秋保家超市里,买了一堆吃的玩的。缨子嘴里客气着,却是十分喜欢。

超市就在饭馆斜对面。从超市里出来,远远看去,自家门楣上那块匾牌倒是醒目,白底子上头,红笔写着"难看饭馆"几个字。她婆婆却不见人影了。想是看见缨子,躲出去了。她婆婆这个人,怎么说呢,小气,心眼子倒不多,老实本分,一辈子听男人的。对春米呢,倒还算是不错。正慢慢往回走,却见她大姑子永红远远过来了,怀里抱着她儿子。春米赶忙迎上去,从她怀里把儿子接过来。她大姑子笑道,这回见着你亲妈了,不闹了吧。那孩子把脸藏在他妈怀里,哼哼唧唧的,不肯抬头。春米拍了一下他小屁股,笑道,在大姑家吃啥好东西啦,唵?她大姑子笑道,跟着大姑能吃上啥好东西呀。大姑又没钱。春米见她说话阴阳怪气,就笑道,大姑熬的粥好喝不好喝?妈妈就老也熬不了那么好。她大姑子却笑道,跟着大姑就是喝个粥,不像跟着亲妈,吃香的喝辣的。亲妈本事大嘛。春米见她这样说,就红了脸,强笑道,姐姐,你这是啥话?我这一个劲儿地跟你说好话儿哩。你看你,当着孩子——她大姑子冷笑道,当着孩子?如今怕当着孩子了呀?孩子算啥呀,就是当着孩子爷爷奶奶,那一对老糊涂,你不是也不怕吗?春米嘴唇哆嗦,气道,姐姐,你怎么这么说话?她大姑子冷笑道,怎么说话?你叫我怎么说话?一村子的人,都眼睁睁看着哪。别叫我说出更难听的来!春米气得浑身发抖,一句囫囵话儿也说不出来。只死死抱着孩子,眼里泪汪汪的。她大姑子骂道,不是东西!敢做不敢当的贱货!大街上人来人往,早有一些闲人跑过来,凑着看热闹。她大姑子不料会有这么多人,也一时不知怎么办才好。人们议论纷纷的,也有说春米不是的,也有向着她大姑子的,也有说难看两口子的,一时嘈嘈杂杂,乱成一团。正热闹着,只见她婆婆飞一般过来,一手一个,拉着闺女媳妇就往家里走,嘴里骂道,家里盛不下你们,跑到大街上来丢人现眼来了?人家正等着看戏哩,你们唱得倒是来劲儿!

还没有数伏,天儿就热起来了。芳村就是这一点,树多。到了这个季节,一村子绿云缠绕,和那天上的几块子闲云纠结在一起,倒像是把那白云彩都给染绿了。田野里的玉米苗子都蹿起来了,也不怕大日头晒,竟仿佛越晒越青翠似的。田埂上长着野蒿子,一片一片的。也有一种小喇叭花,张着一个一个小嘴巴,有粉的,有白的,也有紫的。也不知道,这小喇叭花为什么都张着嘴,是不是也有一些心里话,想说又说不出来。天空蓝湛湛的,四下里都是绿,一眼看不到边的绿。晌午错了,整个村子都怏怏的,提不起精神来。有一只大蚂蚱,从草棵子里呼的一下飞出来,停在一丛野蒿子上。

春米慢慢走着,不觉身上便汗涔涔的。衣裳想必是湿透了,黏得难受。路过村北的工厂区,见几个妇女正吃了晌午饭,去厂子里上班。其中有一个,叫作小包袱媳妇的,老远见了春米,便叫,春米只得停下来等她。这小包袱媳妇和永红是妯娌,两个人不太对付。春米知道她要问今儿个街上吵架的事儿,心里烦她,也不好就走开,只有岔开话题,强笑道,姐姐这是上班去呀。那媳妇笑道,是呀,上班去。又左右看看,把手拢到嘴边,小声道,怎么,听说今儿个晌午,和你那大姑子,呛呛起来了啦?春米笑道,没有呀,不过是说话大声儿了点。我姐姐那人,就是个大嗓门儿。那媳妇眉毛一挑,笑道,我怎么不知道她?我那好妯娌呀,牙尖嘴利,一副好口才呢。你这好性儿,哪里能降得住她呀。依我看,她也是欺软怕硬。整个芳村,谁不知道你是好媳妇?又能干,又孝顺,还长了这么俊的好模样儿。也是他们家有福,不然哪里配得上?春米见她挑拨是非,不肯跟她啰唆,就笑道,我还有事儿哩,等哪天有空儿,到姐姐家说话儿去。那媳妇见她这样子,笑道,我也是看着不平,多嘴了。你们关起门儿来,总是一家子,打断了骨头,还连着筋哩。再吵再骂,一笔写不出两个翟来。旁边一个媳妇过来叫她,她笑道,叫啥叫,我正狗拿耗子哩。

　　小鸾家院子里静悄悄的,在门口叫了几声,也不见动静。撩帘子一看,小鸾正在床上睡着,见春米过来,揉着眼睛坐起来。见春米眼睛红肿着,忙问,怎么了?春米也不说话,只低头弄自己的衣裳角儿,揉搓来,揉搓去,直把好好一条裙子揉搓得皱巴巴的,不像样子。小鸾问了半晌,不耐烦道,怎么了吗这是?你看你,哑巴啦?春米张了张嘴,到底也没有说出什么来。小鸾急道,是不是永利?春米摇摇头。小鸾说,那就是你婆婆?你大姑子?小鸾说你那婆婆倒还是老实人,你那大姑子,不是省油的。春米摇摇头,又点点头。小鸾气道,你到底说不说?我最恨这样的,一锥子扎不出一个带响儿的来。你不说算了。就赌气坐在缝纫机前,哒哒哒哒哒哒做起衣裳来。春米迟疑了一会儿,到底说了。

　　日头透过竹帘子照进来,在地下画出一道一道的影子。有一道正好在那茶几角上,来不及拐弯,一下子就跌落下来,在地下的一块碎布头上溅成一片。那碎布头是杏黄绸子,上面洒着银点子,给日头一照,满眼锦绣。也不知道是谁家闺女的喜袄,还是老人家的送老衣裳。

小鸾叹口气,半晌才道,有点事儿呀,我早就想问问你了。要是你今儿个不说起来,我还不知道怎么开口哩。春米道,啥事儿呀?小鸾迟疑了一会儿,慢慢说道,永利不在家,你又长年开着饭馆儿,门前是非肯定就多了。如今虽说是开化了,可咱们都是好人家的闺女,又做了人家的媳妇,可不能叫村里人在背后戳脊梁骨呀。春米只觉得鼻子一酸,泪就下来了。小鸾见她这样,倒不忍了,叹口气道,知道你也不容易。如今谁容易?春米只是掉泪,不说话。小鸾顿了顿,想说什么,又咽下去了。春米哭道,整个芳村,咱俩最能说得来。你今儿个就给我一句实话,是不是有人在背后说我了?小鸾想不到她这么直接,一时不知怎么答话才好。春米咬牙道,骂我养汉老婆,靠着建信?小鸾吓得赶忙看看窗外,又跑过去把门掩了,回来小声道,姑奶奶,你再大点声儿,我这浅屋子小院的,又临着街,不怕叫人听见了?春米冷笑道,都叫人戳脊梁骨子骂了,我还怕啥?还有我大姑子,今儿个在街上,就差指名道姓了。春米哭道,我为了谁呀?小鸾踌躇了半晌,方才问道,那,到底有呀,还是没有呀?春米咬牙道,有呀,怎么没有?真有,昨天夜里,他还在我床上哩。小鸾慌得忙过来捂她的嘴,被春米挡开了。春米只是掉泪,却一句话也说不出来了。

也许是起了一阵风,地下那一道一道的影子便凌乱了。屋子里静悄悄的,那蝉的叫声忽然间大了起来,在耳边吵成一片,喳——喳喳——喳喳喳——喳喳喳喳——喳喳喳喳喳喳——电风扇悠悠吹着,把地下把一片布头吹得一掀一掀的。春米却只觉得浑身燥热。方才心一横,把一肚子的话都说出来了。也不知道,小鸾会怎么看她。春米眼睛瞥了一眼小鸾家的床,见床上整整齐齐的被垛子,两只枕头,并排摆着,上头盖着枕巾,一块粉红的,一块葱绿的,上头绣着龙凤呈祥的图案。小鸾从冰箱里拿了半个西瓜出来,切好了,叫春米吃。春米不吃。小鸾就叹了一口气,半晌才道,村子里风言风语的,早就这么传,我还不信。我总觉得,你再怎么,也不是这样的人。春米冷笑道,什么样的人?不要脸,养汉老婆?小鸾忙道,你看你,一说就急。这可都是你说的。小鸾说你不想想,这村子能有多大?好事不出门,坏事传千里。尤其是这种事儿,说不定早就传开了。春米说,传就传,谁爱说谁说去。我豁出去这一张脸,我怕什么?小鸾笑道,那你还哭个啥?还嘴硬!春米咬牙道,我就是哭我这个命哩。我这命苦哇。小鸾道,我就是好命的啦?你看我们家那一个,一年到头苦干,啥都挣不来。我还不是天天趴在这里给人家做衣裳,恨不得把眼睛都累瞎了。春米道,苦吧咸吧,好歹你们也是圆圆全全的一家子。不像我,天天守活寡似的,啥时候是个头呀。小鸾笑骂道,你这个没出息的,就离不得男人。好歹还有个建信给你暖被窝哩。小鸾又压低嗓子,笑道,说说呗,他们两个,谁厉害呀。春米气得要上去撕她的嘴,吓得小鸾赶忙求饶。春米恨道,人家一肚子苦水,你还有闲心闹哩。小鸾捂嘴笑道,你是占了大便宜啦,心里美得不行,还在这儿跟我装蒜哩。要是叫建信媳妇知道了,可就热闹了,那是一个有了名的醋坛子。春米气得又要打她,小鸾笑道,好了好了,我不闹了。可是有一样儿,你得有个主意。小鸾说你那公公婆婆,忒不要脸。既然他们能这么着,也得防着他们将来在永利面前怎么说你。春米只顾着叹气,不说话。小鸾道,依我看,赶今儿个你大姑子这茬口,你趁早就把这事儿断了。也给自己将来留个后路。小鸾见她半晌不说话,急得问道,你就说一句老实话,这个家,你还要不要了?跟永利的日子,你过还是不过？春米低头半响,才道,过自然是要过——孩子都这么大了——小鸾道,依我说,你也甭三心二意的了。干脆就上天津找永利去。孩子你带着也好,要是嫌麻烦,就扔给你婆婆。借口有的是,就说想要二胎了,料他们也没话可说。春米盘算了一会子,才道,那建信——小鸾骂道,还建信建信的,都这个时候了。人家建信答应你啥了？我可告诉你,打翻了建信媳妇那醋坛子,非得闹一个鸡飞狗跳不可。还有,孩子也越来越大了,你不为自己盘算,也得给孩子留条道儿呀。依我说,你那大姑子说话虽不好听,倒是一个明白人儿。

六月的黄昏,说来就来了。风悠悠的,吹得满村子都凉凉的。日头也不像那么热烈了,在树梢上挂着,慢慢地坠下去。西天上是一片彩霞,红红紫紫的,把村子也染得涂了胭脂一般。蝉却还不肯歇着,叫得更欢了,喳,一声,喳,又一声,喳,又是一声。不知道谁家正在做饭,小米粥的香气,混合着草木的湿气,一蓬一蓬的,直扑人的脸。手机却响了,是建信的短信。春米看了看,也没有回。前头厂区里,不断有人下班出来,有骑摩托的,有骑电动车的,也有骑自行车的。春米待要拐进一个小胡同,绕开他们。一辆汽车却吱嘎一声,停在她面前,车窗摇下来,却是建信。春米还没有来得及多想,就被他弄到车里去了。

天渐渐就黑下了。

第十六章
建信媳妇做了个梦

梦是芳村天上的云彩。
一会儿一变。一会儿一变。
梦是做不得真的。

吃罢早饭,建信媳妇便忙着梳洗打扮。

她娘家侄子结婚,这可是她们老刘家的头等大事。千顷地,一棵苗,从她爹到她哥再到她侄子鹏鹏,三代单传,都恨不能含在嘴里,又怕化了。今儿个初三,正日子是初六。在芳村,如今都闹得大了,不论是娶媳妇还是聘闺女,都是提前三天,大摆筵席。建信媳妇描了眉,施了粉,把那厚嘴唇仔细涂了,便在衣橱里挑衣裳。左挑又拣,都不大如意。最后只好穿了一条鹦哥绿薄呢裙,上头配一件桃红高领小毛衣,脖子里偏围了一条嫩黄水纹丝巾。立在镜子前左看右看,觉得不妥,又挑了一条草绿暗花的大丝巾换上。穿了鞋,拿了包,锁门就出来了。

这几天,村子里热闹了一些。听说北京要开一个顶要紧的什么会,大小厂子里都放了假。人们难得清闲,也有打牌的,也有两口子吵架的,也有包饺子改善生活的,也有的趁机把麦子浇一水,这个时节,刚过了立冬,该压冻水了。远远地,麦田里有人影子在晃动。麦苗子绿浸浸的,上头薄薄地覆着一层白霜。天很高,很远,只看见一痕两痕的电线,浅浅淡淡的,像是谁试探着画了一道,觉得不好,又画了一道,意意思思地,有点拿不准。有一个小黑点,在那痕迹上停着,半晌不动,安静得好像是睡着了,可一错眼珠的工夫,却又呼的一下,飞走了,叫人满心疑惑,猜测着那究竟是麻雀,还是老鸹。

远远地,便看见她哥家新楼前头,闹嚷嚷的一堆人。临街上早已经搭起了喜棚,一张一张摆着八仙桌、条凳,有几个闲人,坐在那里吸烟吹牛。大灶子也盘起来了,还没有干透,一口极大的铁锅坐在上头,热腾腾的,冒着白的蒸汽。旁边地下满满当当的,一大瓦盆肉方子、一大瓦盆油炸豆腐、一大瓦盆炸丸子、一大瓦盆湿粉条、一大瓦盆海带、一大瓦盆水发蘑菇,旁边是几笼屉大馒头,热气腾腾的,馒头尖儿上统统点着大红胭脂。一堆大白菜,一棵一棵,足有脸盆子大。后头是一捆一捆的好劈柴,齐齐整整码着。一摞一摞的盘子碟子,一摞一摞的大碗小碗,筷子也是赁来,一大把一大把,齐楚楚摆在那里。大师傅穿着连腰白围裙,正一面吸烟,一面指挥着人们抬面粉。几个小伙子,从车上往下搬一大筐绿豆芽、几捆子大葱、一大桶一大桶的豆油菜籽油,另有芹菜、蒜薹、四月鲜、西红柿、茄子等各式新鲜菜蔬。另一个大师傅正埋头切冷碟,只听刀响案动,一碟子一碟子猪肝儿猪心猪耳朵猪头肉便都切出来了。几个年轻媳妇正在喜棚外头说闲话儿,都穿着连腰围裙,也有碎花的,也有格子的,也有大红的,上头黄字写着,太太乐鸡精,见建信媳妇过来,老远都笑嘻嘻的。建信媳妇笑道,大伙儿受累了呀,一会儿可千万别回去,好歹的菜凑合吃一口。其中一个媳妇笑道,姐姐甭操心了,都不是外人。另一个媳妇笑道,嫂子这衣裳好看,哪儿买的?还有这丝巾,真丝的吧?上来就摸那衣裳料子。建信媳妇笑道,说是桑蚕丝,加了一点羊毛。围着倒不凉脖子。那媳妇啧啧赞叹道,我说呢,一看就是好东西。建信媳妇见她的一双粗手只管揉来搓去,有一根流苏被勾出线头来,那媳妇慌忙去摘。建信媳妇心里恼火,也不好发作,只好低头帮着她摘。那媳妇红了脸,不住地说,你看我这粗手,你看我这粗手。建信媳妇一面说不碍事,一面岔开话题道,今儿个好天呀。这几天都不忙吧?旁边一个媳妇笑道,不忙不忙,钱哪里有挣完的呀。你们鹏鹏的大事,再忙也得来呀。建信媳妇就笑。正说着话呢,见旁边几个半大小子嘀嘀咕咕的,朝着她比画,心想不好,打算转身就走,却晚了。有一个半大小子过来,笑道,婶子,你可是咱芳村的第一夫人,这几天大喜,怎么也得意思一下呀。旁边的那一个也凑趣道,是呀,第一夫人嘛,给小的们个赏钱呗。建信媳妇骂道,我是哪一门子第一夫人,少给我戴高帽子。那小子说,建信叔是村里一把手么,婶子你可不就是第一夫人?人群里有笑的,也有起哄架秧子的。建信媳妇见这阵势,情知躲不过,只好拿出钱包,拈出一张一百块的票子来,骂道,去,话多屁稠。那帮小子见才一张,哪里肯罢休,软硬兼施,缠了半晌,又叫建信媳妇拿出了两百块,才放过她,一溜烟跑到超市买东西去了。建信媳妇在后头咬牙笑骂道,臭小子们!

正闹着,她娘颤巍巍过来,见她掏钱,又气又疼,不由数落道,就你有钱?烧得你!建信媳妇忙劝道,这不是咱家里大喜事嘛。她娘说,要了几百?这不是明抢吗?这一帮子强盗。建信媳妇生怕她娘再说出什么不好听的来,赶忙扶着她往家里走。一面小声埋怨道,今儿个都是来给咱帮忙的。人家跟咱闹,是给咱脸哩。冷冷清清没人理没人问倒好了?真是。越老越糊涂了。她娘气咻咻的,只管嘟嘟囔囔抱怨。

大门上扎着大红绸子堆成的绣球,门楣两边挂着大红灯笼,对联上写着:欢庆此日成佳偶,且喜今朝结良缘。门前头,还有一个极大的充气彩虹门,在风里一颤一颤的。院子里满满的都是人,也有本家本院的,也有外院外姓的,也有村西头这边的,也有村东头那边的,还有村南头村北头的,建信媳妇看了看,差不多大半个村子的人,都惊动了。她娘朝着屋子里努了努嘴,说屋子里也都是人,要不咱们去后头院里坐会儿?建信媳妇说,我又不是旦,去后头院里白坐着?她娘说,我不是怕你嫌烦乱嘛。她娘说也真是,怎么这么多人呀,看一会儿晌午饭怎么个吃法儿。正说着话儿,她哥过来了,听见她娘的话,埋怨道,这种事儿,还怕人家吃穷呀。人多了还不好?多一个人,就多一张脸,这都是村里人给咱脸面哩。她哥说,人家冲着啥,还不是冲着建信?她娘说,我连这个都不知道?轮到你来指着鼻子来教训我了?建信媳妇怕娘儿俩吵起来,咬牙恨道,当着这么多人哪,也不怕人家笑话。大点儿声,有本事再大点儿声。那娘儿俩立马便噤声了。

阳光晒着院子,暖洋洋喜洋洋一片。女人们在剁馅子,多多多多多多,旁边地下横七竖八扔着白菜帮子。有一只白翎子母鸡,试探着啄一口,再啄一口,踱来踱去,不肯离开。也有剁葱姜蒜的,辣得眼泪汪汪的,一面剁,一面擦。剁肉的呢,一个喊手酸了,一个喊倒酱油。就有人拎着酱油瓶子往肉馅子上倒酱油。还有几个媳妇在弄茶架儿,把花生瓜子芝麻糖葡萄干什么的,分装在一个一个小碟子里。地下方方正正摆了一个碟子阵,一个年轻媳妇,花蝴蝶一样,一忽飞到这头,一忽飞到那头。建信媳妇定睛一看,不是旁人,却是难看家儿媳妇春米。那春米穿一件藕荷色小夹袄,下头是一条靛蓝色灯芯绒肥腿裤子,一头长发烫过了,却又编成一根辫子,绕到胸前来,辫梢子蓬蓬松松的,拿藕荷色丝带系了,不偏不倚,正好停在高高的胸脯子上。建信媳妇冷眼在旁边看着,也不搭话儿,也不走开。春米不时弯下腰来,越发显出了细细的小腰圆圆的屁股。建信媳妇心里啐道,个小骚货。

门口的大灶子上正热闹着。炖菜的肉香混合着菜香,熏染了大半条街。孩子们在人丛里跑过来,跑过去,过节似的。老远看见小鸾过来,手里拿着一把菜刀,笑得明晃晃的,赶着叫她婶子。小鸾说,起了个大早赶了个晚集。家里的水管子坏了,弄了半天。你看这。你看这。建信媳妇拿下巴颏儿指了指院子里,笑道,人多着哩。也不差你一个半个的。看把你忙得。小鸾脸上就讪讪的,说我哪能不来呀,谁家老娶媳妇?小鸾说鹏鹏一辈子的大事,我再怎么也得来呀。建信媳妇只是笑。小鸾拎着菜刀,急火火就去了。建信媳妇看着她背影,心想,这是掂量了掂量,觉得不来不妥,还是来了。那一年,为了一件衣裳做坏了,她跟小鸾一通好吵。要她赔,她哪里肯。在街上对骂,都妨碍了对方的八辈子祖宗,两个人好几年不说话。那时候,建信还没有上台,不过是平头老百姓。怎么如今这小娘儿们倒柔软了? 真是看人下菜碟儿。建信媳妇心里冷笑一声,对着那一片菜畦,长长出了一口气。

这个季节,大白菜们已经起来了,一大棵一大棵,瓷实饱满,有白有绿。还有大萝卜,挺着碧绿的萝卜缨子,可以看见细细一层小白绒毛,打了露水,有一种湿漉漉的生气。白菜们萝卜们,正是疯长的时候,总要等到小雪过后,才能收回家去。辣椒却红得娇艳,一串一串的,点了小灯笼一般,把这初冬的村街都给照亮了。田埂上种了几棵大葱,深绿粗壮的叶管子,薄薄地挂着一层白霜。正看得出神,听见有人叫她。回头一看,却是她嫂子。她嫂子蝎蝎螯螯的,问她,怎么在这儿立着? 怎么不去家里头? 又抱怨今儿个人忒多,也不知道那大锅炖菜够不够。建信媳妇见她说话噜苏,心里烦恼,便不大理会。她嫂子却拉住她,只管说起闲话儿来。她嫂子今儿个穿了一件油绿绸子对襟小袄,下头是一条棕色弹力裤,更显出了一双大象腿。新烫了头发,一堆干柴似的,在头上硬硬地顶着,黑漆漆的,一眼看上去,倒不像是真的了。建信媳妇怎么不知道她嫂子的脾气,也不好转身就走,只好听她噜苏。她嫂子说了半晌,建信媳妇方才听出了一二,心里冷笑一声。原来是女方那头又提了条件,说八辆车不行,要十六辆。还要大红的。没有这个,人家闺女不上轿。她嫂子说,这不是拿捏人嘛。都到这个时候了,还要这要那的。要不是这一大干子人在这里,我还就真不低这个头。建信媳妇说,三十六拜都拜了,就差这一哆嗦了。答应她。她嫂子说,我就是咽不下去这口气。建信媳妇说,这口气呀,你不咽也得咽。还得痛痛快快地咽下去。有句话怎么说来着,胳膊肘折了藏在袖子里。好歹把这媳妇娶到家,就念佛了。她嫂子哽咽道,那我听你的。还得麻烦建信——建信媳妇最见不得她假模假式的样子,便不耐烦道,行行,我这就给他打电话。她嫂子立刻擦干眼泪,笑道,那我先过去了,晌午饭你可千万别走呀。

建信的手机打不通,一个女人说,你所拨打的电话已关机。建信媳妇连着打了三回,那个女人就说了三回。这是怎么回事,早晨起来,建信说是去乡里开会,吃完饭就走了。难不成还没有开完,或者是,开完会,忘记开机了?开个破会,也不至于关机呀。莫不是这家伙有什么见不得人的勾当?思前想后,心里乱麻一般。正烦乱着,见那边有人摆手叫她。

开饭了。大锅炖菜、馏馒头。人们端着碗,也有坐着的,也有立着的,也有就蹲在地下,埋头苦吃的。大人孩子,男女老少,黑压压一大片。北屋里有管事的在喝酒,猜拳声、说话声、行令声,乱成一片。建信媳妇也端了一碗菜,找了一个角落,不声不响吃饭。人们七嘴八舌的,夸奖这菜好,油又大,肉又多。也有人说起小罐子家娶媳妇那一天的炖菜,肉片子有指头厚,肉丸子骨碌骨碌的,都看不见白菜。旁边就有人说,那怎么吃呀,腻得慌。建信媳妇潦草吃了多半碗,就到后院里去了。

后院其实是老家儿院,门前头那一棵老柳树还在,这个季节,也没有大精神了,绿倒还是绿着的。老房子都盖得低,被前头那新楼比着,显得更矮了。院子里有一小片菜地,种着几样蔬菜。几只鸡正在那里啄食,咕咕咕咕咕咕小声叫着。建信媳妇一个不留神,踩上了一泡鸡屎,气得骂道,谁拉的鸡屎呀。她娘听见动静,从屋里出来,笑道,还能有谁呀,鸡们呗。一面从旁边墙上揪了一片玉米皮子给她,她也不接,从包里摸出一张纸巾来,仔细把鞋擦了,埋怨道,喂这几个鸡干啥,还不够添乱哩。满地都是鸡屎,也不嫌脏。她娘说,如今你们都大了,倒嫌脏了。你们小时候,油盐酱醋,还有你们念书的本子笔,哪一样儿不是从这鸡屁股里掏出来的?她一听她娘又要讲老皇历,赶忙岔开话题道,那都是多少年的事儿啦。如今谁家不是买鸡蛋吃?喂这些个张嘴子货,忒麻烦。她娘说,嫌麻烦,吃饭嫌不嫌麻烦?如今的钱有多暄?一斤鸡蛋多少钱?她见她娘又是老一套,便掏出钱包来,抽出一张一百块的票子,她娘死活不接。娘儿俩正拉扯着,听见院子里有人说话,她娘赶忙把钱装兜里,出来一看,是西邻家领琴婶子。

领琴婶子见了建信媳妇,便笑道,要娶孙媳妇啦,看把你娘喜欢得,夜里都睡不着觉了。她娘说,喜欢倒是喜欢,可也愁呀。把下巴颏儿指了指前头,说这么大折腾,老天爷,眼瞅着钱哗哗哗哗,流水似的。领琴婶子笑道,你怕啥,横竖有你女婿抱着后腰哩。她娘叹气道,谁家不是一家儿,谁家不过日子了?建信辛辛苦苦的,能挣下几个钱呀。建信媳妇也笑道,我们孩子还小,又应着个好名儿,其实不过是个空架子。我哥也找过我,我也只好实话实说。不是我跟自己亲哥哭穷,旁人不清楚,瞎猜疑,家里人总该知道。建信说是当着个破干部,除了乡里那点工资,还能剩下啥?看上去人五人六的,上头有人下来了,成天价陪吃陪喝,啥都落不下,倒是落下一副好肠子。领琴婶子笑道,话是这么说。自古以来,只要是个戴帽子的,好歹比平头老百姓强得多。建信媳妇听这话不是味儿,便笑道,领琴婶子识文断字的,哪像我娘,睁眼瞎似的。拿出瓜子筐子来,让领琴莲婶子吃。领琴婶子就嗑瓜子。

建信的手机还是打不通。吃过饭,人们都有些萎靡,三三两两的,也有说闲话儿的,也有抬杠的,也有的索性躲在一旁打牌玩。小年轻的们就埋头玩手机。阳光暖暖地晒着,叫人越发觉得困了。有人说,北京这是开啥会哩。这么大动静。另一个说,没听电视上说嘛,北京河北天津这一片,工厂都停工啦。旁边一个说,咱芳村在哪儿,离着北京这么老远,我就不信了,还真能把北京的空气弄坏喽?方才那人说,你看你,净抬杠。上头怎么说就怎么听呗。这个时候,谁不怕丢官帽子?有人说,李家庄那个谁,叫啥来着,那个大老板?旁边有人说,李德生,李老板,西头峰林他大舅子。那人说对对对,就是他。他倒是硬气,觉得天高皇帝远,又有点急活儿赶着,就偷偷摸摸开了一天工,结果你们猜怎么着?众人都问,怎么着?那人小声儿说,没挣着几个钱,倒被罚了一下子。人们问,罚了多少?那人四周围看了看,伸出两个指头,众人急问道,两千?那人摇头。众人又问,两万?那还是摇头。众人一下子吓住了,半响才道,二十万?老天爷!那人赶紧摆摆手,又四周围看了看,才压低嗓子说,千真万确。众人嘴里啧啧着,一时都无话。

微微起了一点风,把喜棚子上的塑料布吹得苏苏苏苏苏响。大红绸子垂下来,一忽这边,一忽那边,在凉风里颤巍巍的。几个孩子在点小鞭炮,噼噼啪啪,噼噼啪啪,噼啪,噼啪,噼啪,炒豆子似的。不知道谁开了那边的音响,一个女人正在唱时间都去哪儿了。旁边几个年轻媳妇一面择菜,一面小声跟着哼着,时间都去哪儿了,时间都去哪儿了。有个坏小子过来,照着一个胖媳妇的屁股上拧了一把,笑道,时间都在这儿哩。一天不见,都肥成这个样儿啦。那胖媳妇起身就追,一面追一面骂,眼看着追不上了,把手里那菜照着那家伙就扔过去,骂道,臭不要脸的。自己也就笑了。

建信媳妇骑着电动车往家里走。日头忽然就暗了一下,好像是被一块云彩遮住了。过了好半天,才又慢慢亮起来了。一路上不断有人跟她打招呼,她胡乱应付两句,全没有心思。路过小白楼,她日日日日骑过去了,又返回来,把车子停在楼下,咯噔咯噔

咯噔咯噔上楼去。

这小白楼一共两层,一层赁出去,给秋保开了超市,二层留着村委会办公用。门都锁着,只有顶头一间屋子半开着门,隐隐约约像是有响声。建信媳妇推门一看,却见混子几个人在打牌,见有人来,吓了一跳,抬头看是建信媳妇,就笑道,还当是抓赌的哩。建信媳妇说,怎么没有人影儿呀?混子说,这话说哩。咱们就不是人呀。建信媳妇刚要说话,混子又说,头儿们都有任务,满村子巡逻哩。建信媳妇说,不是去乡里开会去了吗?混子说是呀,开会领了任务,要包责任区哩。混子见她不懂,便笑道,北京不是开会嘛,工厂不许开工,村里不许烧柴火烧树叶子,不许上北京告状,一句话吧,就是不许捣乱。建信媳妇疑惑道,咱芳村的工厂就能够得上北京啦?混子笑道,这你就不懂啦。又压低嗓子说,这是政治。政治,知道不?

从村委会出来,刚要上车子,忽然想起来一件事,又折回楼上去,朝混子要建信那屋的钥匙。混子说,四槐他们去巡逻,我不过是在这儿替他看一会儿门儿,我哪知道钥匙放哪儿了呀。建信媳妇笑道,你不知道?好,别叫我翻出来。就翻箱倒柜地找。混子的牌正在要紧处,哪里顾得上她,嘴里却说,好嫂子,我真不知道,谁要是知道不告诉你,谁是小狗。建信媳妇不理他,翻来翻去,果然在抽屉里找到了一大串钥匙。过去一个一个试下来,却都打不开。正气恼呢,见四槐喘吁吁跑上楼来,忙叫住他。四槐冷不丁见了她,吓了一跳,结结巴巴的,一时说不出囫囵话来。建信媳妇忙叫他进屋说话。四槐却不进去,只把她悄悄拉到一边,小声说,婶子,出事儿了。建信媳妇一惊,忙问啥事。原来,四槐一大早就在村子里巡逻,见她哥家人多热闹,怕有人趁机惹事儿,就多留个心眼。不想,怕什么来什么,偏偏就出事了。建信媳妇见他说话绕圈子,急得骂道,你倒是快说呀,什么事?四槐说,有人给县里打电话,说是芳村干部带头违反纪律,制造污染。见她还不明白,急得说道,我的好嫂子呀,说我建信哥哩,你哥那大灶子上不是烧劈柴嘛。这些天北京开会,上头明文规定了,不叫烧这些个。建信媳妇这才明白了,急得问道,你哥哩?四槐说,找不到人呀。县里把电话打到乡里,叫彻查。村里找他,都找疯了,他手机一直关机,从乡里开会出来就没见着他。建信媳妇气得骂道,这个贼操的,能死到哪里去呀。说不定是跟哪个相好的瞎混哩。四槐哭丧着脸,也不好说是,也不好说不是。建信媳妇骂道,狗日的,坏了良心,背后捅人刀子。喂不熟的白眼狼们,脏心烂肺,别叫老娘我查出来。又打建信电话,还是关机。四槐说,已经告上去了,现今就得想办法,怎么把这事儿给遮过去。这些天正在风头儿上,这事儿说大不大,说小也不小。要是真有人揪着这事儿不放,我哥这一关还真不好过哩。建信媳妇说,谁呀这是,跟你哥这么大仇?四槐叹口气,半晌才道,我哥当着干部,老实说,这几年也得罪了不少人。建信媳妇说,那还不是为了公家的事儿?谁家娶媳妇不盘大灶子,不烧劈柴?怎么偏偏到了你哥这儿就不行?四槐说,这不是上头有规定吗?北京开会哩。建信媳妇骂道,开耀宗会,开他娘的脑袋。北京开会,碍着咱芳村哪儿疼了?正骂着,四槐手机响了。建信媳妇就听他接电话。四槐弯着腰,赔着笑,一口一个是是是,好好好,把头点得,跟小鸡啄米似的。挂了电话,四槐说,乡里李书记电话,说是一会儿派人下来调查。见建信媳妇只管发愣,便急道,嫂子呀,甭愣着了,赶紧的,叫你哥把大灶子收拾了,该拆的拆,该藏的藏。一会儿人家就到了。建信媳妇这才哭出来,骂道,我家鹏鹏招谁惹谁了,一辈子的大事儿,还叫不叫人过了?狗日的们,臭不要脸下三烂的货!

这个季节,天到底变得短了。才一会儿工夫,日头就要落下去了。西天上的云彩烧成一片,红的、黄的、粉的、紫的,一块一块,纠缠在一起,好像是碎锦烂绸子一般。夕阳挂在树梢上,把树木们剪成枝枝杈杈的影子,映着半天的彩霞,好像是一笔一笔画上去的。整个村庄,仿佛是被谁不小心泼上了一重油彩,又鲜明,又安静。雾气却渐渐弥漫起来了。青白中,带着一点点浅蓝。村庄的颜色便慢慢淡了,淡了。只留下西天上那一段,一忽见,一忽又不见了。麦田里起的却是一片青雾。有一点风,悠悠吹着,把这青雾吹得越发恍惚了。

建信媳妇立在门口,她嫂子坐在门槛子上,低着头抹眼泪,一面嘴里骂骂咧咧的。她哥蹲在地下,不住地吸烟。她娘颠着一双小脚,里走外转的,唉声叹气。院子里静悄悄的,人们都变戏法似的,一个影子都不见了。一只大红的气球,被风吹着,在地下滚来滚去,寂寞极了。她嫂子走过去,冲着那气球就是一脚,却被它溜走了,她嫂子气得不行,追着那气球跑了半天,方才把它捉住了,啪的一声把它踩破了,嘴里骂道,叫你张狂。叫你张狂。叫你叫你叫你——又跟上几脚,才算解恨。她哥见媳妇嘴里不干不净,就骂道,还不闭上你娘的臭嘴。还嫌你娘的不热闹?当着婆婆和小姑子,她嫂子一时下不来台,便回骂道,你骂谁哩?我娘碍着你啥啦,你也有娘,别等我骂出好听的来。她哥正在气头子上,捡起旁边的一个笤帚疙瘩就扔过去,骂道,你也敢!你骂一句试试,你骂一句试试。她娘捡起那笤帚疙瘩,小脚飞一般过来,照着儿子头上就是一下子,说你个臁子操的!等我死了你再发威。我还没死哩。建信媳妇见他们乱成一团,气得也骂道,你们也不用这样指鸡骂狗的。这一回,是,是建信带累了你们,费了多少钱,我叫他一个子儿不差,都赔给你们。她嫂子哭道,这叫什么话呀。这就是个钱的事儿?这亲事怎么办哪?这两天倒还好,后天初六,就是大日子了,这大灶子也不叫弄,一大干子人,怎么吃饭哪?她哥骂道,你娘的,不说话行不行,不说话谁能把你当哑巴卖了呀?

她嫂子就哭起来,骂道,我不说话,好,你有本事,你倒是想个法子来。你一个大老爷们家,怎么就知道窝里横?建信媳妇冷笑道,哥,嫂子,甭给我唱这双簧了。等我找着了建信,我叫他就是头拱地,也把这亲事给你们办了。她嫂子就止住了哭声,听她往下说。建信媳妇笑道,你们摁着胸脯子想一想,这几年,建信在台上,你们得了多少好处?人都得讲良心哪。怎么就只能见好儿,就见不得半点子不好儿?眼皮子又浅,又没有见过世面。这一星子半点子的风浪,看把你们吓得。要是建信真有个好歹,你们还不得跟着,往井里头扔石头哇?她嫂子见她动了气,赶忙赔笑道,我是气你哥哩。建信到如今还没有找到——回头冲着男人说,你木头呀,还不快找建信去。

还不到五点多,黑影子已经下来了。这个季节,田野里都空旷了,树木们也慢慢落下叶子来。满街的风,凉凉的,把整个村庄都给吹彻了。街上水蒙蒙的,像是起了雾。有一只老鸹,不知道躲在哪棵树上,嘎,一声,嘎,一声,嘎,又一声,嘎,又是一声,叫得人心里一颤一颤的。老鸹这东西,不是好物儿,早些年只在苌家庄的坟圈子里有,也不知道怎么一回事,这几年,村子里也能见到了。路灯还没有亮起来,倒有一弯新月,在深蓝的天上,细细的,怯怯的,好像是新媳妇的眼。星星们零零落落的,东一颗,西一颗,一眼看上去仿佛有,再看的时候,却又没有了。小白楼前头,难看家小酒馆里,照例是灯火通明。门前头停着两辆汽车。难看媳妇坐在灯影里,低头择菜。旁边是她小孙子,留着光头,在她脚边转来转去,跌跌撞撞的。建信媳妇心里一动,从兜里摸出几块糖来,过去逗那孩子。难看媳妇见是她,一盆火似的,赶着给她让座,又教她那孙子,说,叫呀,叫奶奶。看奶奶给你甜甜了吧。建信媳妇啊呀一声笑道,老喽,都有人叫奶奶啦。难看媳妇奉承道,你可不显老,萝卜不大,长在背儿(辈儿)上。你们辈分儿大,论你婆家那边,可不得叫你一声奶奶。又跟她孙子说,这可是个小奶奶。小奶奶的糖甜不甜呀?那孩子得了糖,只顾呃呃吃着,口水滴滴答答淌下来。建信媳妇笑道,嫂子好买卖呀,成天价不断人儿。又拿下巴颏儿指了指屋里头,说一村子的钱,全叫你家给赚啦。难看媳妇笑道,小本买卖,凑合着干呗。挣不了个仨瓜俩枣的,辛苦倒是真是。建信媳妇听她直个劲儿地告艰难,心想,傻老婆,在我跟前,还装哩。也不点破她,任她说。两只眼睛,却只是朝着那屋里瞅。不知怎么,那孩子却跌到地下,哭起来。难看媳妇奔过去,一把拉起他,嘴里训斥道,又摔了,唵,怎么又摔了?真是不叫人省心。那孩子挨了训,哭得更响了。建信媳妇笑道,孩子们天黑了都认人儿,他妈哩?怎么不见他妈呀。难看媳妇叹口气,半晌才道,忙着哩。都忙。又训斥那孩子,光打雷不下雨。哭,哭!上辈子欠你们的呀。白天黑夜地,给你们伺候着。

家里冷冷清清的。建信媳妇也无心吃饭,灯也不开,在沙发上歪着。吃晌午饭的时候,好像没有看见春米,想了想,又好像是看见了。一时心里乱糟糟的,理不清楚。建信这东西,怎么说呢,早些年,还算是老实,对她呢,也还知道体贴。即便后来,上来当了干部,对她,还有她娘家,也还算尽心。她怎么不知道,她长得并不好看,最多,也只好算得上六分人才。村子里,大闺女小媳妇们,俊的、骚的、浪的、妖的,什么样的没有?如今的这些个女的,胆子又大,脸皮子又厚,简直虎狼一般。建信顶着这顶帽子,又白披了一张好皮子,明里暗里的事儿,保不齐就没有。平日里,她是不愿意朝这上头想。这么多年,建信好歹把家里日子过得,火炭一般。家里小楼盖得宫殿似的,又在县里买了小区,石家庄也买了楼。小子才十三岁,早把娶媳妇的楼给预备下了。村子里,谁不知道翟建信?谁不眼气她?

黑影儿一重一重的,把屋子慢慢困住了。只有邻家的一点点灯光,从树木的枝丫里筛下来,影影绰绰的。风吹过树梢,呜呜响着,倒像极了一个人,在抽抽搭搭地哭泣。也不知道是谁家的猫,在房顶上,喵呜一声,喵呜一声,喵呜,又一声,喵呜,又是一声。这才入了冬,还没到腊尽春回的时候,难不成,芳村的猫们也都凌乱了,把这寒冬误会成春天了? 正想着,门帘一动,一阵香风儿,进来一个人。建信媳妇扎挣要起来,那人却笑道,婶子好闲情呀。却原来是望日莲。建信媳妇一惊。这望日莲是村子里出了名的风骚货,她向来是躲着她走的,怎么今儿个倒找上门儿来了。脸上却笑着,赶忙起来,给她让座。那望日莲却不坐,只两手抱着肩,在地下立着。望日莲穿了一条胭脂红绸子小兜肚儿,上头绣着鸳鸯戏水,白花花一身好肉露着,羞得人不敢睁眼。建信媳妇赶忙拿了一件衣裳,要给她遮上点。望日莲却笑道,婶子是不是笑话我呢。建信媳妇忙说,哪里话。我不过是怕你冻着。这天也冷了,不比五黄六月里。望日莲冷笑道,婶子你也不必这样虚情假意的,白绕圈子。你当我不知道,村子里的闺女媳妇们,见了我宁愿绕道走。我这名声,是叫我自己弄坏了,也怨不得旁人。建信媳妇大惊,待要说几句劝慰的话儿,一时又说不出来。望日莲笑道,我清清白白一个黄花闺女家,谁愿意往那泥坑里陷呢。可是我又能怎么着? 我是一步走错,步步走错。也怨不得人家往我身上泼脏水、扣屎盆子。建信媳妇见她说得恳切,心想都道是这望日莲不正经,专偷汉子,可听她这口气,倒像是有一肚子冤屈苦楚,也说不定。可见是人心隔着肚皮,家家有本难念的经书。一颗心不由软下来,要忙着去给她倒杯热水。那望日莲却拦下了,慢慢说道,婶子今儿个要是愿意听我一句半句,我就把一颗心掏出来,捧着给了婶子。建信媳妇忙说,愿意愿意,怎么不愿意。望日莲幽幽笑道,我叔他现今在台上,多少眼睛盯着,恨不能他立时三刻有个错缝儿,好治他一下。这几年下来,我叔他得罪了多少人?婶子你是个聪明人,村子里那些个人,都长了一双势利眼,哪个不是当面一套,背后一套?今儿个这点子事儿,也不算什么大事儿。我叔他天天忙乱,又正在得意儿处,不肯想这些。婶子你却早该料到的。建信媳妇忙问,那依你看,该怎么着?望日莲低头想了半晌,方才慢慢道,最好呢,是去找找大全。大全上头有人,好歹也能给遮掩过去。最不济,就是破费一点,能把这事儿了了,也算是不幸中的万幸。建信媳妇正要开口说话,那望日莲却摆了摆手,不叫她说,自顾笑道,还有一件事,我叔他也算是村里的头面人物儿,就是有一点子花花草草的事儿,原也算不得什么。男人嘛,哪个不是眼馋肚子饱的,要是规规矩矩的,也就不叫男人了。只是有一样儿,现今这阵子,不比往常。婶子你兴许不上网,也不看新闻,现今上头风声紧得很,这些个男女的事儿,落在老百姓身上倒也罢了,要是落在为官的人身上,哪怕是沾染上一星半点儿,也是不得了的大事。望日莲说,有多少大官儿都栽在这个上头了?何况我叔这一级的。建信媳妇急得问道,那照你说,该怎么办呢。望日莲笑道,婶子别急,这个倒也容易。压低嗓子,把嘴附到她耳朵边上,悄声说道,只要把那招是惹非的玩意儿一剪子剪了,一辈子也就清静了。说完捂着嘴笑。建信媳妇急道,你这闺女,亏你怎么想出这个来。那望日莲却不知道从哪里变出一把剪子来,只噌噌两下子,便把一颗心掏出,热腾腾扔过来,嘴里哭道,婶子不信,就看看我这个。建信媳妇吓坏了,啊呀一声大叫,便悠悠醒转来。

  屋子里黑影儿更重了。夜色一点点的,把这屋子缠绕起来。建信媳妇摸索着开了灯,一颗心犹自扑通扑通扑通跳着。看看屋门,还关着,又看看地下,什么都没有。心想真是怪了,怎么就梦见了那望日莲。想了想今儿个白天,好像是见望日莲她娘了,穿着个格子围裙,和一帮妇女叽叽嘎嘎剁馅子。又仔细想了想方才那梦,还有望日莲那句话,脑子忽然像是闪电一般,一瞬间变得雪亮。

建信的电话还是不通。那个女人说,你所拨打的电话已关机。建信媳妇定了定神,一颗心倒慢慢平静下来。是呀。她怎么就没有想到呢。这建信这贼操的!你等着。等我这小子成了家,立了业,我不用你了,再把你撂到一边儿。到时候,别怪我心狠!

路灯早都亮起来了,一点一点的,和天上的星星混合在一起,也分不清是星光,还是灯光了。那弯新月还是怯怯的,却比先前更亮了一些。偶尔有一两声狗吠,引得村子里的狗们都叫起来,一声高一声低的。建信媳妇穿了高跟鞋,深一脚浅一脚,忽然就把脚崴了一下,疼得她弯下腰来。不知道谁家在炒菜,葱花的焦香,夹杂着肉的香气,叫人才觉出肚子饿了。

夜风越发寒凉了。

第十七章
一村子的狗叫起来

一只狗叫起来。

人们无心听狗的话。人们也听不懂狗的话。

狗日夜在村子里游荡。

对于芳村,人们并不比一只狗知道得更多。

白天有人在笑,夜里有人在哭。狗都看见了。狗都知道。

狗看家护院,守着一个村庄的秘密。

有时候,隐忍久了,狗不小心叫出声来。

一早晨,团聚媳妇唠唠叨叨的,埋怨他软柿子,由着人家揉搓;又骂广聚这个不要脸的,白眼狼,连自己亲哥都坑。团聚被她唠叨得越发烦恼,训斥道,你少说两句行不行?他媳妇说,要是你刚硬一点,怎么就显出我来了?团聚气道,我怎么不刚硬了?我就是对你妹子不刚硬。他媳妇说,我妹子怎么了?你怎么不说说你那好兄弟呀?两口子正吵嘴呢,听见外头有人叫,就都不说了。

却是村南的根莲。团聚媳妇赶忙把她往屋里让,根莲却不进屋,就在廊檐下的一个凳子上坐下来。团聚媳妇又要倒水,根莲说嫂子你甭忙,又不是外人。我说句话就走,孩子还在家里躺着哩。团聚知道她这是有事儿,就朝着他媳妇使了个眼色。

原先根莲是挺瘦挺黑的一个闺女,没想到生养了以后,倒变得白胖了,浑身热腾腾的,胸前湿漉漉的两块。根莲说,哥呀,但凡能过得去,我肯定不过来朝你张这个嘴。根莲说去年的工资,你说年底结,年底了你又说开春结,开春了你又说麦天结。如今眼看着麦子就要开镰了,到底怎么样,你也给个准话儿呀。团聚媳妇端着一杯水过来,说你喝水喝水。根莲就接过来喝水。团聚笑道,你也不是外人,我就不跟你藏着掖着了。这二年买卖不好做,外头跑着不少账,手头一时周转不开。容我一阵子,我把外头的账们收一收,等手头松动了,头一个给你结了。根莲微微冷笑道,哥呀,不是我心硬,你让我信你哪一回呢。谁不知道,工人们上一年的工资,都还欠着哩。团聚笑道,我这么大个人了,说一句算一句,过了麦天,我就是砸锅卖铁,头一个给你。根莲说,我爹输水哩,老毛病犯了,还有添了这个孩子,哪儿哪儿都等着钱花。

多了没有,没少的呀。我过来一趟,你就忍心让我空着手走?他媳妇把一盆水哗啦一下泼出去,嘟哝道,当初谁哭着喊着要进厂子上班呢,求人的时候,怎么就忘了?这样步步紧逼的,什么意思呢。团聚叫她快闭上臭嘴,却晚了。根莲立起来笑道,怎么,是你们欠我的钱,不是我欠你们的。欠钱的倒有理了?天下还有没有说理的地方了?团聚媳妇说,守着一个能干的好嫂子,还能缺钱花了?根莲说,你说谁呢?团聚媳妇说,谁应了就是说谁。团聚生怕她们吵起来,赶忙骂他媳妇,少说一句行不行?少说一句能把你当哑巴卖了呀?

太阳老高了,两口子也无心弄饭吃。一只麻雀在地下蹦来蹦去,这里看看,那里看看,叽叽喳喳的,也不怕人。菜畦里豇豆角正在开花,团团簇簇一大片紫色,惹得蜂啊蝶啊乱飞。有几棵西红柿都熟透了,也有红的,也有黄的,圆滚滚一大个一大个,铃铛一样。团聚蹲在地下,不住地唉声叹气。他媳妇见他这个样子,恨道,你这样子管啥用?团聚说,那你说怎么样管用?他媳妇说,我一个娘儿们家,你倒问起我来了。团聚说,这会儿你又成了娘儿们家了?怎么平时倒像个猛张飞,五马长枪的。他媳妇说,你就是在我跟前有本事,窝里横。团聚眼看着又要吵起来,心里烦恼,也不理她,径自出来了。

街口立着几个闲人,都是一些个老头儿老婆儿,见他过来,赶着跟他打招呼,他漫声应着,有口无心的。还没有数伏,天就热起来了。麦子们早都熟黄了,金锭子似的,在风里一起一伏的,等着收割。村北这一大片,早先都是庄稼地,如今建成了工业区。空气里有一股子臭烘烘的皮革的味道,混合着麦子干燥的焦香,还有泥土湿湿的腥气。不知道谁家性子急,地头上早割了一畦,好像是一个人剃头剃了一半儿,就撂下了。老五赶着一群羊,慢悠悠过去了。呛人的灰尘腾起来,夹杂着热烘烘的羊膻味。

远远地,见大全在厂子门口立着,低头看手机。等团聚到了跟前,才看见了,笑道,这么早啊,忙不忙呀这阵子?团聚说,我倒想忙哩。大全嘎嘎嘎嘎笑起来,看你一脑门儿的官司,怎么了?团聚说,叔你故意的吧,笑话我。大全说哪能呢。团聚说,外头跑着的账式多,工资也发不下来,工人们都闹哩。大全说,不能吧。你团聚不是工资高嘛。两口子都是活菩萨,人们都争着往你厂里跑哩。团聚笑道,叔你净数落我,看我笑话是吧。大全冷笑道,难不成我说错了?团聚叹了一口气道,一句话也说不清。我如今是,老鼠钻进风箱里,两头受气。大全说,照说呢,我们都是干这一行的,同行是冤家。有些话,我不该说。团聚说,你说叔,你说。大全说,你叫我一声叔,我就把你当侄子看待。你这人,哪儿哪儿都好,就是有一样儿。团聚见他不说了,忙问道,怎么了呢?又掏出一根烟来,替他点上。大全吸了一口烟,慢慢吐出来,看着那烟雾在眼前慢慢散开去,才道,对人心眼儿太实了。做买卖的,这是大忌讳。团聚说,那要怎么样呢。大全说,不说别的,就说那些个工人,你越是把他们当人,他们就越不把你当人。一个打工的,就得知道自己的身份。听说这几天有闹的?谁闹开了谁,看谁敢再闹!大全又吸了一口烟,慢悠悠道,我就不信了,有谁还能跟钱过不去。团聚刚想再问,大全的手机却响了。大全朝他摆摆手,自顾去接电话。

　　工厂旁边是一大块空地。一群妇女蹲在地下钉皮子,叽叽嘎嘎笑着,老远见了他,也有叫老板的,也有叫叔叫舅叫哥的。也有的喊老板,这么热天,吃犒劳不?给买冰糕吃呗。太阳在天上晒着,又大又毒。妇女头上顶着湿毛巾,也有戴草帽的,一个个晒得黑黑红红,不像样子。他正要开口,却一眼看见喜针也在里头,顶着一块湿毛巾,长衣长裤,捂得严严实实,整个人像是刚从水里捞出来一样。他心里骂了一句,有心叫她出来,人多眼杂的,又不好叫。只好罢了。

老倔头正在屋子里看电视,从监控器里看见他来了,赶忙把电视关了,迎出来,说,老板来了?今儿个早呀。团聚说,人们还没来?老倔头说,刚来一批货,铰边儿的都来了。团聚一看,果然院子里停着一辆卡车,顺春正指挥着几个人卸货。团聚又踱到车间里,见转鼓正轰隆隆转着,几个工人光着膀子,预备着出鼓。团聚心里略略松了些。

院子里有个花池子,种着美人蕉、月季、鸡冠子花,红红紫紫,烂漫成一片。地下横七竖八有一些个碎皮尖子。双强媳妇正坐着个小凳,在厨房门前择茴香,见了团聚,笑道,今儿个蒸包子。老板你在这儿吃不?又压低声音说,南方人,不好伺候呀。硬是吃不惯茴香,说是吃草哩。一面说一面哧哧哧哧笑。团聚知道她说的是谁,也无心理她。双强媳妇讨个没趣,也不觉得怎么样,一面笑一面说,我就不信了,他们南方人真的不吃这个?老板你去过南方没有?团聚见她大咧咧坐着,也不知道并上腿,里头的花裤衩竟露出来,有心调戏她一下,到底是没心思。那媳妇浑然不觉,自顾絮絮叨叨的。团聚心里骂了一句,想这娘儿们真是缺心眼儿。欠收拾。

刚在办公室坐下,工程师老陈就过来了。老陈是南方人,白白致致的,一看就很有文化的样子。团聚掏出烟来,扔了一根给他,自己也点上一根。两个人就吸烟。过了半晌,老陈才说,老板呀,有个事儿,得跟你说说。团聚说怎么了呢。老陈说,我老家出了点事儿,我得回去。团聚说,那好说。我准你假。没啥大事儿吧。是孩子呢,还是老人呢?老陈说,事儿倒是不大。顿了顿说,老板,不瞒你说,我不想干了。团聚吃了一惊,忙问,怎么好好的,就不干了呢。老陈叹了一声,说,这几年,老板你待我不错,照说我不该半路撂挑子。可有一句老话,人往高处走,水往低处流。

我也是有家有口的人,背井离乡的,出门在外不容易。我也不过是想多挣几个钱,回家去给孩子买房子。这不为过吧。团聚说,不为过不为过。你是不是嫌我这儿工资低呀。不是刚给你涨了嘛。老陈笑道,是呀,涨是涨了,可我一分也拿不到呀。上一年的工资,到今天还没有见影儿呢,今年,眼瞅着都过去一半啦。团聚哦了一声,说,老哥你我同岁,比我大几个月,我就叫你一声哥。咱们共事也有几年了,你说我这个人怎么样呢。老陈说,老板你是好人,肯定是好人。团聚说,我这买卖的情况,你最清楚。你吃住在厂子里,有啥能瞒得过你呀。如今就是外头的账要不回来,周转不灵。你容我半年。就半年。老陈叹了一声,道,不是我不信你,老板,你但凡要是有点手腕儿的,就不会给人家坑了。团聚说,你也知道了?老陈说,谁不知道?整个芳村,谁不知道这事儿?团聚叹道,好事不出门,坏事传千里。这是家丑。我都没脸提。老陈说,照理说你们是亲兄弟姊妹,我不过是个外人。打断了骨头连着筋。可我就是看不惯,怎么就那么坑自己一奶同胞呀。老陈说,老板你也是太心慈面软,敞开了供着他们发货,货款倒一分钱也收不回来。有一回二回不知道,到了三回四回,怎么还这样由着他们呢。团聚低头吸烟,半晌才说,都是亲兄弟,能怎么样呢。老陈冷笑道,那我就纳闷了。你念着是亲兄弟,人家在城里楼呀车呀都买全了,厂子也盖起来了,如今你这厂子倒被掏空了,眼瞅着就要倒了,这么大的难处,怎么没有一个肯站出来,大话都不敢说一句。谁当你是亲兄弟了?团聚只不说话。老陈说,算了算了,算我多嘴,你就当我什么都没说。我还是那句话,想走了,不想干了。上一年的工资,还有这半年的,你看能不能给我结了。正说着,门口老倔头喊老板老板,有人找哩。

从难看饭馆出来,团聚深一脚浅一脚的,才觉出来有点醉了。

正是中午,芳村人叫歇晌儿的。街上人不多。天热,这个时候,人们大都在睡歇晌儿觉。蝉倒是好大精神,不知道在哪一棵树上躲着,嘶呀嘶呀嘶呀嘶呀唱个不休。谁家的院墙上,大咧咧画着一幅宣传画,上头是一些花花草草,分别写着春夏秋冬。旁边有大大的几个字,有德者有余庆。另一个上头写着有德者前程远。还有一幅,一个小丫头,穿着红花袄,胖嘟嘟蹲着,上头写着中国梦。那画上又贴了一张很大的白纸,上头密密麻麻写着黑字,进孝礼,小盆子,50,大臭,100,渣子爷,20,大全,200……是永利他爹殁了的时候,各家各户进的孝。地下还能看见星星点点的鞭炮碎屑,还有白的纸幡。有一个丝瓜架翻过墙头来,几朵小黄花,开得十分放肆。团聚伸手从一棵矮树上揪下片叶子,放在唇边吹了两下,没响声儿,又噗的一口吐出来。这帮税收的,真是难伺候。找个名目就过来一趟,烟不用说,一顿酒肯定是少不了的。他娘的脑袋。尤其是那个胖子,简直就是个酒腻子,一来就喝,一喝就多。他心里烦透了,脸上却还得笑着,笑得腮帮子都酸了。这帮狗日的。

正歪头看呢,门里头却出来一个妇女,叫他老同学。他想了半晌,也没有想起来是谁,只觉得面熟得很。那妇女笑道,啊呀,当了老板,就不认识人了呀。见她眉眼倒是挺标致,门牙却缺了一小块。团聚把脑袋一拍,笑道,你看我这记性,对不住对不住。不认识谁,也不能不认识你呀。彩萍笑道,我说呢,念书那会儿,咱们是前后桌。团聚说可不是。又上上下下打量她,一面笑道,一点儿都没变呀。彩萍倒红了脸,伸手把头发拢一拢,笑道,你笑话我吧,都老太婆啦。

两个人就立在阴凉里说话。原来今儿个是永利他爹三七,彩萍来烧三七纸来了。论起来,彩萍她婆家跟永利他爹是干亲,如今红白事兴得大,干的湿的都动。彩萍说烧完纸,她还得回去上班哩。团聚因问起来,她在哪里上班。彩萍叹道,正说呢,我在城南一家厂子,那厂子也不怎么行,有一天没有一天的。团聚说,谁家呀,是不是牌坊底下,道西那一家,叫个飞龙皮革的?彩萍说可不是嘛。你怎么知道?彩萍说要不是今儿个碰上了,我也不好找上门去麻烦你。团聚怎么不知道她的意思,赶忙说,不是我不仗义,实在是我这厂子这阵子出了点问题。就把周转不灵的话说了几句,碍着脸面,也不好说得太过,只说是外头的账要不回来,有多少多少账,这家有多少,那家还有多少,听起来,不像是在告艰难,倒像是在吹牛皮了,吹自家厂子摊子大,有钱。一面说,一面在心里头扇自己嘴巴。彩萍听了笑道,瘦死的骆驼比马还大哩。你这大老板,拔根汗毛,比我们的腰还粗。少在我跟前哭穷吧,你都这样儿,我们小老百姓还活不活了呀。就不由分说,要去他厂里上班。团聚好说歹说,彩萍哪里肯信,一口一个大老板,一口一个老同学,一会儿嗔,一会儿笑。团聚左右无法,只有应下来。

太阳毒辣辣晒着,村庄好像是被晒晕了。一大片一大片的绿烟却升腾起来,同天上的云彩缠绕在一起。一阵风吹过来,绿影幢幢。团聚嗓子一痒,就想开口唱。一只花狗却冷不丁朝他叫了两声,倒把他吓了一跳,刚要训斥一句,却见广聚家大门半开着,心想这小子什么时候回来了,他竟不知道。有心家里去看看,大夏天的,生怕不便,况且又是做大伯子哥的,要是撞见点什么,就不好了。走了两步,见车库的门也开着,那辆桑塔纳停在里头,黝黑锃亮,十分威武。他心里骂了一句。广聚这小子,如今真是阔了。早先他还半信半疑,这大房子大院好车,由不得他不信。

芳村有句话,亲兄弟,明算账。他就是不服。一笔一笔算起账来,还算是亲兄弟吗?旁的人他不知道,他跟广聚,一个娘胎里爬出来的,吃一个娘的奶长大。就兄弟两个,再没有旁人。广聚比他小六岁,这个兄弟,是在他背上长大的。小时候,一个白面卷子都要掰两半儿,一块糖都要咬开来吃。他手把手教他做买卖,手把手把他扶上马,还要送一程。怎么可能呢,他竟叫这个亲兄弟给坑了?

晌午喝的是白酒,泸州老窖,五十多度。税务那个胖子,就是好喝高度酒,说高度酒不上头。真是胡扯。今天他不过多喝了两杯,怎么就觉得晕乎乎,好像是有点高了呢。广聚家后头早先是生产队,如今早有人家盖了房子,有楼房,也有平房,高高下下的,也不齐整。临着道,不知道是谁家的菜园子,四周用栅栏围起来,只留了一个小栅栏门,明晃晃挂着一把铁锁。这年头儿,连种个菜都这样防贼似的,想想好没意思。一大串四月鲜却从栅栏缝隙里钻出来,鲜肥碧绿,好像不耐寂寞的样子。他憋得难受,看了看四下里没人,就躲到栅栏后头,冲着那菜园子就尿了一泡。一只蚂蚱被惊动了,噌的一下子跳起来。正系裤子呢,恍惚见一个人骑车子过去了。他哎了一声,那人也不停下。又哎了一声。

喜针跳下车子,对他待看不看的。团聚见她浑身是汗,湿漉漉的,刚娩出的小羊羔一般,笑道,你看你,就是个财迷,这么热天也不歇着。喜针说,是呀,我倒是想歇着呢。就是这么个劳碌命。团聚说,这么大热天,白坐着还出汗哩,挣钱也不是这么个挣法。喜针冷笑道,怎么挣呢,你这大老板,倒是教教我。团聚见她这样儿,就不肯说了。半晌,喜针才说,钉皮子,就是要趁着日头好,越热越要赶着钉呢。团聚说,知道,这我还不知道。团聚说往后这种活儿你甭干了,也是有年纪的人了。团聚说家里两个大汉们家,怎么就老是你冲在头里呢。喜针冷笑道,你也是怀里揣笊篱,捞(劳)不着的心。团聚见她汗淋淋的,有一绺头发湿湿地粘在额前,虽说是一身干活的衣裳,却仍是结结实实的,饱满筋道,要哪儿有哪儿,心里不由一动。仗着酒盖着脸儿,伸手就想替她把那绺头发弄一弄,不想喜针劈手一挡,就把他手打掉了。团聚脸上讪讪的,只好把手放在脑袋上,胡噜一下自己后脑勺。喜针叹口气道,我的事儿不用你管,横竖累不死人。你还是把自己的事儿弄一弄吧。团聚笑道,我有什么事儿呀。喜针说,还嘴硬呢。要是有点法子,就把工人们的工资算一算。一人一张嘴,这么多张嘴,一个人说一句,唾沫星子就能把你淹死。团聚说,你是听见啥话儿了?喜针说,装,你再装。芳村能有多大呀。我都听说了。团聚笑道,张飞吃豆芽,小菜一碟儿。你只管把心放回肚子里。这点子事儿,还叫个事儿?喜针横他一眼,嗔道,谁管你呢,你又不是我啥人儿。说着扭身就要走。团聚见她这个样儿,身子立马就酥了半边儿,也不顾左右有人没人,伸手就要拽她。喜针急得没法儿,也不敢叫,只好一口咬在他的手腕子上,团聚哎呀一声,抬头看时,喜针早骑车子走远了。

挨了咬,心里头乱糟糟的,又是恨,又不甘心。只在心里头把喜针一遍一遍地叫了骂了,仍是不解恨。酒这东西,说好便好,说不好,怎么说呢,实在是不好。喝了这么一点子酒,就乱了阵脚了。真是没出息。这么多年了,对喜针,他竟是老也忘记不了。早先的那些个事儿,恩也好,怨也罢,都是年轻时候的事儿了。如今儿女成行,生计也艰难,照说早该丢开手了才是。也不知道怎么一回事,这些年,竟没有一时一刻不挂念的。年纪越大,倒越是记起旧人旧事了。是不是,果真是老了呢。想起方才喜针那个样子,含嗔带怒,湿漉漉热腾腾,心里头越发不甘了。

一进家,院子里静悄悄的。一院子的花草影子乱动,只有那只猫在门外阴凉里卧着打呼噜。掀开帘子,却见他媳妇只穿了一件家常的裙子,在床上歪着呢。团聚看她肥肥白白的一身好肉,按捺不住一时的性子,直扑上去。他媳妇正睡得迷迷糊糊的,也不理会,由着他动。他见她哼哼唧唧的,越发起了性儿,一面弄,心里头把那个可恨的人叫了一千遍一万遍。

正忙乱呢,听见外头有人说话。吓得两个人不敢出声,也不敢再动。那人在外头叫了一会儿,团聚,团聚,团聚团聚,又敲了一会儿门,方才嘟嘟哝哝走了。团聚这才想起来,幸亏方才顺手关了门。被打断这一下子,早没有了兴致。只好把怀里那个颤巍巍的人丢开了,心里头只觉得索然。

挂钟当当当当响了一下,才知道有一点半了。他媳妇早已经醒了,却不肯起来,一个劲儿撩拨他。团聚怎么不知道她的意思,故意不理会。他媳妇见他不理,不由得恼了,翻身坐起来,骂道,又去哪里喝了?成天价就知道灌那二两马尿。灌了就灌了,还要挂出幌子来。浑身酒气,非得醉成这个样儿。他见她说话颠颠倒倒的,不耐烦道,少说两句吧,啰唆。自顾躺床上睡去了。他媳妇哪里肯叫他去睡,过来又是给他揉,又是搓,闹得他到底是禁不住了,只好起来,骂道,都说三十如狼四十如虎。你都四十好几了,怎么还跟虎狼一样呀。他媳妇拧他一把,刚要骂,电话却响起来了。

屋子里烟气腾腾的。团聚皱着眉头吸烟,一根接一根。他想起大全的话,谁闹开了谁。大全这家伙,果然是个有气魄的。可大全的买卖做得有多大?他这一个小厂子,怎么能跟大全比呢。他不过仗着待人厚,得人心,才把这一摊子撑下来。可谁会想到呢,这世道,竟不讲道理了。就像大全说的,你越是把人家当人,人家就越不把你当人。方才,是见起的电话。见起是他挑担子,耿家庄的,如今也在城里租了铺面,专门搞批发。从他这厂子里进货,因为是亲戚,向来是先发货,后结账。谁知这见起看上去最是一个老实巴交的,这几年渐渐却变了。怎么说呢,为了这个,他们两口子吵了好几回了。

他媳妇倒了一杯水过来,递给他,看着他脸色,小心道,见起这个王八蛋，都是他撺掇着老妮子。团聚说，那也不一定。你那妹子也是一个见钱眼开的。说到底，见起也不过是外人，你可是她亲姐姐呀。他媳妇道，你光说她，广聚呢，他不是你亲兄弟？还有你那好兄弟媳妇，把咱的钱都吞了，你在人家面前，怎么连个屁都不敢放？团聚把桌子一拍，骂道，你说够了没有？桌子上有一个大白杏儿，被震得骨碌碌滚下来，在地下滚了老远。他媳妇跑过去捡起来，想要骂，又怕把他惹火了，由着他吸了半天烟，才道，总得想个办法呀。团聚不答。

他媳妇拿上手机，嘟嘟嘟嘟摔门子出去，珠子串的帘子晃晃悠悠的，叮当乱响，半响停不下来。阳光透过帘子，把地下的瓷砖弄得明一块暗一块的。这见起，竟然好意思跟他张嘴。这些年下来，他白白喂他们的还少了？可见是人心不足。钱财这样东西，最不是好的。这一回，看来真的得想点急法子了。院子里有谁在说话，高一声低一声的，说着说着就骂起来。仔细一听，却原来是他媳妇在打电话。一口一个老妮子，一口一个脏×妮子。好像是跟她妹子。有心出去劝劝，还是懒怠动。她们姊妹俩的事儿，叫她们弄去吧。这老妮子，也是一个厉害茬，在家里，仗着老小，爹娘又偏心，一向不把这个姐姐放在眼里头。人呢，又长得好，嘴尖性大，最是一个不好对付的。相比之下，这个做姐姐的，倒是一个没嘴儿的葫芦，全由着她了。正想着呢，只听外头他媳妇哭起来，呜呜咽咽的，一面哭，一面骂，却只有那一句没良心的妮子，再也说不出别的话来。他知道这是给老妮子气得，心里不由恨他媳妇嘴笨，又恨她没出息。赌气不理她。

哭了一阵子，就没有动静了。他一等不来，二等不来，就掀帘子出来看看。他媳妇坐在廊檐下头，两只眼睛烂桃儿一样，抬头见他出来，也不说话，只是发呆。他本想着数落几句，见她这样儿，有些不忍，便笑道，姊妹俩吵架啦？他媳妇不说话。团聚道,你怎么能吵得过她,老妮子那张嘴。团聚说老妮子那张嘴,死人都能叫她说活了。他媳妇还是不说话。团聚说,你也甭生气了。老妮子的性子你还不知道? 一分钱,看得比车轮子还要大。占便宜没够,凡事又不肯吃亏,说话儿也要站在上风头儿。他媳妇忽然竟滴滴答答滚下眼泪来。团聚说好啦好啦,越劝你越来劲儿了真是。说着就要往外走。他媳妇一把抓住他,哭道,坏了,坏事了。团聚见她哭得不祥,急问道,怎么了? 到底怎么了? 他媳妇哭道,见起给人家骗了。团聚说,谁说的,老妮子说的? 骗了多少? 他媳妇说,老妮子不肯说,反正是,这回都赔进去了,赔了个底儿掉。说着又呜呜呜呜哭起来。团聚骂道,哭哭哭,哭你娘个脑袋。哭有啥用? 还不赶紧给见起打电话,问问到底怎么回事。

见起却关机。为什么关机呢。照理说,团聚是老板,见起不过是他雇来打工的。出了这种事儿,该是团聚更着急才对。怎么见起倒关机了呢。这么多年的挑担子,他怎么不知道见起的脾气呢。他嬉皮笑脸话多屁稠的时候,倒是没事的;要是他一句话都不说了,事情就大了。看来,这一回,竟是真的了。

正烦恼呢,他爹推门进来,一脸愁苦,也不说话,就蹲在地下卷旱烟。他媳妇过来让他沙发上坐,他也不肯。扔给他一颗烟卷,他接过来,别在耳朵后头,仍然卷他的旱烟。他知道他这是有事,也不问他。好半天,他爹才说,听说,工人们工资发不下来了? 他不说话。他爹说,一村子风言风语,说啥的都有。欠债还钱,这是天理。但凡要能想想办法,就把人家的工钱发了吧。他心里烦恼,也不肯露出来,强笑道,哪有啊,听他们乱嚼舌头,都是眼红咱哩。他爹叹道,你也不用瞒我,我虽说老了不中用了,倒还不算十分糊涂。我知道你是遇上难处了。团聚心里一热,也不敢接话。他爹说,要不是遇上难处,你也不肯这么拖欠着人家的。你是我小子,我还不知道你?他媳妇在一旁说,我早就憋了一肚子话,想说他又不让说。团聚喝道,怎么哪儿都有你呀。他爹就骂他,你倒厉害了,我还没死呢,就把你厉害成这个样儿了。又对着他媳妇说,你不说我也知道了。我又不聋不哑。他爹说广聚他们两口子,六亲不认,是坏了良心了。团聚也不说是,也不说不是,只低头吸烟。他爹说,照说我这一辈子,就你跟广聚两个小子。我这个当爹的,本该站出来,劈一劈这个直理。俩小子,我一碗水端平了,谁对谁错,把这件事儿摊开了,拿到桌面子上说一说。他爹叹口气道,可我怎么就是不能呢。他爹说我也是有年纪的人了,越来越是用人的年纪了。你们兄弟两个,都是我亲生的,你们替我想一想,这十个指头,我咬咬哪一个不疼呢。说着就掉下泪来。团聚忙说,我也没说啥呀。我也没说让你说他呀。他媳妇直个劲儿给他递眼色,他也不管。他爹擦泪道,聚呀,我这一辈子,什么苦都吃过了,什么罪也受过了。如今老了老了,一不想花你们的钱,二不想享你们的福。他媳妇冷笑一声,也不说话。他爹说,我就是有一个想头儿,你们兄弟俩,和和美美的,可千万别叫外人看了笑话呀。团聚忙说,看你说哩,怎么会呢。他媳妇把帘子一摔,就出去了。他爹叹口气道,说一千道一万,你是当哥的,凡事你就该多担待着点儿。你有怨气火气,就冲着我撒。团聚说这是啥话嘛,我能有啥气呀。他爹吸了一口烟,道,我还是那句话,欠债还钱,天经地义。你赶紧想想办法,把这窟窿给堵上。说着从兜里摸索了半天,摸出一个脏乎乎的手绢来,左一层右一层,终于打开来时,却是一小沓钱。他爹说,这个不多,你拿着。他推推搡搡半天,推不过,只有接了。

　　送他爹出门,看见粉红迎面过来,赶忙朝她使个眼色,又指了指他爹的后背。等他爹拐进胡同走远了,粉红才笑道,团聚哥你这是怎么了,挤眉弄眼的。团聚说,我不是生怕你当他面儿要工资嘛。粉红撇嘴道,你倒是个大孝子。团聚苦笑道,我算是哪门子孝子呀。粉红说,我倒不是来要工资的。听说西河流招人哩,缝手套,好像是日工。我来就是想打听打听。你媳妇哩?听说是她娘家一个堂哥。团聚说,你不在我这儿干了呀?粉红说,哥呀,我也得吃饭哪。

太阳慢慢落下去了。西天上留下一大片云彩,层层叠叠的,好像是谁打翻了颜料缸子,蓝紫红黄,乱糟糟满眼。有谁家的两口子在吵架,一声一声,妗子姥姥的,骂得不堪。团聚也无心去看热闹,倒背了手,慢慢往回走,一面心里盘算着找谁担保的事。

黑娃他女婿的意思,得找那些个端国家饭碗的人,要有公职有工资,才有资格担保。黑娃他女婿是李家庄的,专门放贷款,利息呢,可以商量,要看贷款数目,还有还款期限,急还是不急。黑娃说,他女婿忙得不行,小打小闹的本不想费事,是他出面,说是一个村里的,又是本家本院,按照辈分,还要叫团聚一声舅的,才算应下来了。只是有一样儿,利息上就不能再让了。双方都是买卖,大家都该体谅着点儿才是。

在芳村,有谁是端国家饭碗的呢。小手家小子倒是一个,听说在石家庄,一个大单位里头。就去问一问小手,看能不能叫他家小子给担保一下。小手刚拉货回来,正在院子里洗脸,听团聚七绕八绕说了一车的话,才笑道,你真是找错人啦。我那小子才上班不过两年,媳妇还没有娶哩。他一个孩子家,拿啥给你担保呢。况且,你是做大买卖的,说句不好听的,万一有个好歹呢,这个谁也不敢担保。团聚见他这样说话,只好讪讪出来了。

在大杏家门口迟疑半响,才把心一横,硬着头皮进去。大杏一家正吃饭呢,团聚绕了一大圈,终于问起小梨。大杏笑着,一口剪断他道,小梨出国啦。单位派出去考察,几时回来,说不好。

又问团聚有事吗。团聚忙说没事没事,随口问哩。

天终于慢慢黑下来了。风在树梢上吹过,簌簌簌簌乱响。也不知道怎么回事,白天是大太阳,晚上却好像是阴天了。天上黑黢黢的,也看不见月亮。

谁家的狗叫了一声,惹得好几只狗也跟着忘忘忘忘叫起来。

第十八章
老莲婶子怎么了

芳村的田野里,有数不清的坟
芳村的人们,都跟田野亲近
下雨了,去田野里看看
起风了,去田野里转转
如今
人们越来越没有闲心去看田野了
人们都忘记了
他们最后要去哪里

过了秋分,天气到底是凉下来了。

这个夏天好像是格外的长。蝉们也叫得烦了。天又热,热得叫人觉得没有指望。屋子里热,院子里呢,更热。

早先时候,院子里倒是种了很多树,也有杨树,也有槐树,也有香椿臭椿,也有石榴树。一院子的树荫,凉爽得很。也不知道什么时候,这些个树木都给小子砍掉了。小子的说法是,要这么多树干什么呢,还不如种上菜,省菜钱了。她心里不舍,念叨了几句,也只好由他去了。是从什么时候开始的呢,她竟然开始看孩子们的眼色了。

胡乱吃了一口前天的剩饭,也没有吃出什么滋味来。还是难受。头晕倒不怕,她血压高,头晕是家常便饭了。这些天老觉得胸闷,好像是有一块大石头,压在胸口上,叫人喘不过气来。吃过饭,她倒了半杯水,去北屋里拿药。桌子上瓶瓶罐罐,也不知道都是一些什么药。她拿了一瓶,凑到眼前看,看了半晌,到底看不清楚。索性就弄了一大把药片子药丸子,仰脖子吃了。久病成医。这些年下来,她也算得上半个先生了。

桌子还是那张桌子,这地方叫作方桌的,柳木,当年他爹置下的。左右两边是椅子,快散架了,拿铁丝把腿绑着。还有那个梳妆匣子,是她当年的嫁妆。朱红漆面,描着龙凤呈祥,早先总被她擦得亮亮的,能照出人影儿来,这几年,也没有那份闲心了。

吃了药,她想着在床上歪一会儿。太阳晒在窗子上,黄黄的。这个季节,阳光也变了颜色,不那么耀眼了。好像是一个人,渐渐上了年纪,变得性子平和了。有一只蝉蜕,在冷布上趴着,一动不动。冷布原先是绿色的,是那一种翠翠的碧绿,如今年头长了,也没有多少颜色了。日光的影子慢慢移动,有一片正好落在墙上的相框上。相框镜面一闪一闪的,晃得人睁不开眼。这相框也有些年头了。里头那些个照片,大都是孩子们的。小子穿着老虎头棉鞋,脸蛋子冻得通红,笑得傻乎乎的。闺女扎着羊角辫,小花衣裳,跟一个小闺女并肩立着。那小闺女叫什么来着,好像是老木头家的老三,叫作小梨的,后来念书好,考出去了,听说如今落在了北京城。北京是一个什么地方呢,她努力想了想,到底是想不出来。无非是车多人多,东西贵罢了。私心里,她还是觉得乡下好。她一辈子在乡下,十九岁上,从东河流嫁到芳村,在芳村,一待就是五十年。闺女呢,从芳村嫁到小辛庄,如今也有了一儿一女。这地方就是这样,嫁娶就近,都是四乡八邻的,又方便,又知根底。相框里头正中间,是一张全家福。她跟他爹并肩坐着,一人腿上揽一个。他爹抱着小子,她抱着闺女。那时候她才多大?黑油油一头好发,银盆样的一张脸,胸前鼓胀胀的,把那件细蓝格子衣裳顶出去老高。那一年,她不过二十几岁吧。二十二,还是二十三?她想掰着指头算一算,到底还是罢了。

  昏昏沉沉正要睡去,有人在院子里说话。小猪他娘撩帘子进来,拄着拐杖,颤巍巍的。她忙扎挣着起来,强笑道,吃了呀。小猪他娘道,光气都气饱了,还吃啥吃。她见她脸色不好,知道是又生了一场气,就劝道,不管怎么,饭得吃呀。咱们都这个年纪了,还有什么看不开的呢。小猪他娘气道,老莲婶子,我就是咽不下这口气。媳妇这样也就算了,人家一个外人,怎么亲生小子,从我肠子里爬出来的,也是这样一个白眼狼呢。一面说,一面掉泪。老莲婶子只好劝道,如今就是这样的世道,能怎么样呢。咱们都是上年纪的人了,活一天赚一天吧。小猪他娘道,话是这么说,可这一天一天的,实在难熬呀。我就是后悔,怎么当时糊涂着一颗心,死活非要在一个院儿里呢。老莲婶子道,我怎么劝你都不听。小猪他娘道,我不就是图个近便嘛,一家子还闹着分家,像什么话?我就这一个小子,我不靠他,叫我靠谁去?老莲婶子道,可也是。小猪他娘道,谁知道呢,我那媳妇,竟是一个蛇蝎心肠的。外头看着倒还好,却是个笑面虎,暗地里零零碎碎给我受的那些个闲气,说不得。就说今儿早晨起来,人家一家子吃的是方便面,打荷包蛋,连让我一下都不让。等我过来,一口汤都没剩下。老莲婶子道,兴许是你多心了,可巧就那么一点子东西,不够一家子吃呢。小猪他娘道,就单单多了我一个?谁信呢。小猪他娘说方便面吃光了,倒是留下来一大堆锅碗,赌气不收拾吧,回来又是一场气。老莲婶子道,上年纪的人了,少生气才好。小猪他娘道,不是一回两回了。他们这样多嫌我,怎么早些年给他们看孩子的时候,不这个样儿呢。老莲婶子叹道,没用处了嘛。小猪他娘道,老实说,我活到如今,也还没有花过他们一分钱。我就是有这个骨气。老莲婶子道,你也真是,都这个年纪的人了,还赌这口气干什么呢。小猪他娘道,你看看,咱这村子里,但凡能走动跳动的,谁在家里白吃饭呢。老莲婶子道,是呀,像我这样的老废物,叫人家多嫌。小猪他娘道,要不是你摔坏了腿,也不肯白闲着。我还不知道你,一辈子苦惯了,劳碌命。老莲婶子不说话。小猪他娘看了看窗外,小声道,他们,就没有人来过?老莲婶子不说话,只是叹气。小猪他娘道,往开处想吧。腿摔坏了,还能摸摸索索走,也是万幸了。你看那谁,村南的仙娣,瘫在床上,只能是孩子们轮流送饭。老莲婶子道,那还不把人家给烦死。小猪他娘道,可不是。都有怨言呢。他们家老二有钱,请了保姆,轮到他值班,替他伺候。别人就不行了,只好一天三顿送。那天碰上她家老大媳妇,也怨得不行。老莲婶子道,是呀,谁家不是一家子呢,耽误人家也干不成活儿。小猪他娘道,话儿呢分两头说。没有他们老娘,哪里就有他们了？老莲婶子道，可也是。小猪他娘道，照说咱们也该知足了。好歹还在家里头住着。你看燕雪小改她们，还有小疙瘩媳妇、老虎他爹、包子哥，被人家给撵出来，在村外弄个小窝棚住着，才叫人心酸呢。老莲婶子说可不是，人得知足。小猪他娘道，自己劝自己呗。这人哪，还得多往好处想。

正说着呢，听见隔壁有人说话，骂骂咧咧的。小猪他娘叹道，听见了吧，又找碴哩。我得回去了。一面说，一面慌忙走了。

说了半晌的话，口渴得厉害。摸摸索索去倒点水喝，暖壶里却是空的。有心想烧壶水，到底是腿脚不便，头又晕得厉害，只好算了。有一只鸡在院子里叫唤，咕咕咕咕咕咕，叫得人烦乱。她养的那几只鸡，如今就剩下这一只了。她自己三灾六病的，哪里顾得上管它。也不知道，这一阵子，这鸡是怎么熬过来的。隔壁好像是还在骂。听不见回嘴，只听见小猪媳妇的声音。那媳妇嗓子尖利，好像是铁铲子刮锅，十分刺耳。她是一个火暴性子，听听着，不由得恼了。如今的媳妇们，也忒厉害了，哪里有一点做媳妇的样子呢。想当年，她们那时候，在婆婆跟前，一句话也不敢多说，一步路也不敢多走。怀里揣着一千个一万个小心，生怕落了不是。做在头里，吃在后头。饶是这么着，还动不动就挨了骂。多年的媳妇熬成了婆。做媳妇的，要等到有了小子，才能抬起那么一点点头了。谁能想到呢，等她做了婆婆，世道却大变了。变得，怎么说，叫她越来越看不透，越来越没有底了。

如今想来，她最舒心痛快的，还是头娶儿媳妇那几年。那时候，刚刚送走了公公婆婆，孩子们也大了，他爹还没有生病。他们一家四口，住在新房子里。新房子在村南，给儿子娶媳妇预备下的。本来她是不肯搬过来住，新房子嘛，怕弄脏了。叫人家来看了看，说是这房子因为大门冲着一个过道，不大好，到底怎么不好了,人家也不肯多说,只说是这样子犯冲,家里人口不利。她慌得要改,人家说倒也不必。新宅子生疏,只需要老人家先住一住,暖一暖,就不碍事了。他们只好搬过来,处处加着小心,冬天也不敢生炉子,怕把墙熏了。那一年冬天偏偏格外冷,格外长。夜里冻得不行,他爹就拿输液的玻璃瓶子,灌了热水,在被窝里焐着。有一回瓶盖子松了,弄了一被窝的水。一家四口,挤在一个屋檐下,又亲香,又热闹。那时候,儿女还是儿女,爹娘还是爹娘。也常常有人来串门,说些个闲话儿。说着说着,也不知道说起了什么,就嘎嘎嘎嘎笑起来。院子里树影子摇曳,光阴悠长,好像一眼都看不到边。

还是口渴。她强坐起来,一步一挪地,去厨房里烧水。一院子的阳光,一跳一跳的,在地下画出一个一个金点子银点子。那只老母鸡在墙根卧着,半闭着眼,好像是在打盹儿。风吹过来,吹乱了一身的羽毛。有一片叶子落下来,落在脚边,一飞一飞的,也飞不到哪里去。菜畦里的白菜苗子绿湛湛的,给阳光一晒,好像是染的一般。她年年种白菜,买菜籽、种、上肥、浇水、捉虫子、绑棵子,都是她一个人,摸摸索索地侍弄。她有的是工夫。小子早先怨她找麻烦,后来,一年一年地,脸盆子一般的大白菜,饱满瓷实,现成的给他们吃,也就不说话了,嘴里还是嘟哝着,却没有那么不耐烦了。她怎么不知道,小子好吃大白菜,从小就好。炖白菜,炒白菜,醋杀白菜心,白菜馅儿饺子包子,白菜晒干了,熬白菜汤,小子就没有吃够过。白菜之外,还种了半畦萝卜、几棵葱,还有几棵芫荽。有一只蛾子,绕着菜畦飞来飞去,金色的底子上头,撒着黑的点子,也有圆的,也有不圆的。

水壶忽然就叫起来。她慌忙去关火,走得着急,脚下不稳,不想一下子摔倒了。水壶还在滴滴滴滴叫唤着,她坐在地下,半天动弹不得。那只鸡被惊醒了,颠颠颠颠跑过来,围着她咕咕咕咕叫,好像是询问,又好像是着急。她只觉得尾巴骨疼得厉害,头更晕了。阳光乱溅,溅了她一头一脸,满身的树叶的影子交错,乱纷纷的。有几块云彩在天上飞,飞过来,飞过去,有一块竟然飞到她眼前来了。她想抓,又没有力气。天蓝得透明,忽然变成了一条河,哗哗哗哗流着,流得满院子都是。房子好像是船一样,浮在水面上。浪头一个接着一个,船摇晃得厉害。石榴树上结满了梨,一大个一大个,圆滚滚的。正纳闷呢,却看见小子骑在一个树杈子上,两条腿垂下来,一晃一晃的。她急得叫起来,训他,哄他,叫他快下来。小子却好像听不见似的,只是啃着梨,朝着她笑。那树杈子眼看着嘎吱嘎吱的,就要折了,她急得不行,想喊,却是喊不出声儿来。水哗哗哗哗流着,白茫茫滔滔汪洋一般,渐渐什么都看不见了。耳朵边水声震天,响成一片。

也不知道过了多久,她才悠悠醒来。尾巴骨还是疼,钻心地疼。头晕,一动就天旋地转。她扎挣着起来,这才想起来口渴的事。水壶早凉下来了。看看日影,已经偏西了。那只鸡还在她脚边,踱来踱去,咕咕咕咕叫着。一身的羽毛,在风里乱纷纷的。她这才有些后怕起来。要是她刚才昏过去,再也醒不了呢。谁也不知道。谁也不会知道。有时候,小猪他娘也过来串门。可万一她有两天不来呢。她身上一凛,激灵灵打了个冷战。

阳光晒过来,隔着冷布,弄得那面墙斑斑驳驳的。也不知道是树影子,还是别的什么影子,水波一样,晃过来,晃过去,晃得人眼晕。墙上还是那幅中堂画,松鹤延年图,还是他爹在的时候,他们在青草镇集上买的。那只仙鹤高高的一对细腿,脖子长长仰着,说不出的好看,又雅致,又贵气。松树青青葱葱的,衬着白雪,精神得很。当时买这画的时候,就是图个意思好,挂在家里,吉祥。人这一辈子,就是一眨眼的事儿,还图个什么呢。方桌旁边,是一张条案。条案上摆着香炉,逢初一十五,她都记着要烧一炷香,拜一拜。这地方,人们都信这个。她总觉得,头上三尺有神明。人间的事,仙家们都看着呢。有时候,她也跪在地下许愿。她的心愿挺多。比方说,保佑着小子弄皮子发财,孙子念书出息,找个好工作;比方说,保佑着闺女家养猪场顺顺当当的,猪们一天一个价儿,使劲儿往上涨。早先腿还好的时候,她也常去村东的土地庙去烧香。小别扭媳妇那儿她有时候也去。后来说要把神请家里来,挂在墙上,被小子喝止了。小子怨她事儿多,神也是能乱请乱挂的?万一有一个不妥,冲撞了,就不好了。她只好罢了。他爹在的时候倒不觉得,等那个人不在了,不知道怎么回事,在小子跟前,渐渐刚硬不起来了。平日里,娘儿俩竟没有什么话说,难得有一句半句,也是淡淡的,不怎么耐烦的口气。她心里委屈,也不好发出来。心想小子四十好几,要不是孙子忙着念书,也是要当爷的人了,能怎么样呢,难不成还指望着他坐在炕头上,娘儿俩头碰头说几句体己话儿?真是越老越糊涂了。还有她那儿媳妇,虽说是在这个门儿里这么多年,可到底是外人嘛,隔着一层肚皮哩。怎么说呢,只要人家没有指着鼻子骂到自己脸上,就算是孝顺了。芳村里这样的刁媳妇还少了?

躺了一会儿,浑身的骨头散架了一样,又疼又酸。真是老骨头了,不经摔。要是想当年,这一下能算什么呢。真是年岁不饶人呀。她左歪一歪,疼,右歪一歪,还是疼。这一下子摔得不轻。看来,非得给孩子们打个电话了。

看看表,十二点多。这个点儿,恐怕是在吃晌午饭吧。小子弄皮子,好像是说专门给人家配药水,都说那药水毒性大,不服那药性的,动不动就过敏了。小子倒是皮实,体格也好,只在胳膊上有星星样的小红疙瘩。有一回,她实在忍不住了,说甭干这个了,咱找点别的活儿。不待小子开口说话,儿媳妇就冷笑道,不干这个?不干这个就能挣这么多钱了?一天二百,干别的能有这个数?她半响才道,那也不能豁着身子上呀。儿媳妇又是一声冷笑,道,那怎么办呢?要不叫他开工厂当老板?她就不说话了。

这地方做皮革,总也有三十多年了。这东西厉害,人们不敢喝自来水不说,更有一些人,不敢进村子,一进村子,就难受犯病,胸口紧,喘不上来气,头晕头疼,只好到外头打工去。看着小子那斑斑点点的胳膊,她心里真是疼,又怕又疼。小子这是舍着命挣钱哪,也不知道,往后上了年纪,有没有什么不好。如今村里人,年纪轻轻的,净得一些个稀奇古怪的病的,难说不是这个闹的。

墙上贴着一张纸,上头记着几个手机号,小子的、儿媳妇的、闺女的,女婿的没有记。她还是老脑筋。女婿到底是外人嘛,儿媳妇就不一样,进了咱的门子,就是咱的人。都说一个女婿半个儿,她从来就不信这个,还是在自家小子跟前气势一些。连亲生小子都使不动,女婿又算什么呢。她仰着下巴颏儿,眯着眼睛看那手机号,看了半响,才想起来,她这个手机早不能用了。这手机还是她闺女的,好像是出了什么毛病,换了新的,就把这个旧的给了她。闺女说万一有个事儿,就打电话,教给她怎么打、怎么接、怎么开、怎么关。她哪里能记得住这些。这手机在枕头边扔着,一回都没有用过。她左摁右摁,鼓捣了半天,还是黑乎乎的。八成是没有电了,好像是有个充电的玩意儿,她也不会弄。只好罢了。

算起来,他们有日子没有来过了。虽说是一个村东,一个村南,可芳村统共能有多大?当年,她背着孙子,从村东到村南,从村南又到村东,那么沉的一个大胖小子,几十斤肉哪,还不是一趟一趟的,一天不知道要跑多少趟。那时候,为了抄近道,就从田边地埂上,穿过来穿过去的。太阳照下来,把田野照得亮闪闪的。风微微吹着,庄稼们一高一下,一高一下。孙子在背上咯咯咯咯笑,沉甸甸肉墩墩的。汗水流进眼睛里了,杀得眼泪都流出来,也不知道是汗水,还是泪水,咸咸的,一直流到嘴里。有时候,背上忽地一热,她就知道,肯定是那小子尿了,要么就是拉了。背上热乎乎的,心里头也是热乎乎的。她的孩子的孩子,她的亲孙子,有血有肉热乎乎的那么一个小人儿,就在她背上趴着,那种感觉真的是,一句两句说不清楚。后来,孙子大了,念书了,在城里住校,就很少见他影子了。小子忙着挣钱,媳妇呢,也忙着挣钱。小子干活的地方在李家庄,媳妇就在增志厂子里头,管给人家裁沙发座套。家里一天到晚锁着个门,谁有工夫来她这儿看一眼呢。她不怪他们,真的不怪。孩子们忙,是好事儿。要是成天价好吃懒做的,她才发愁呢。

街上有人吆喝,换手机——换旧手机——换旧手机哎——她看了看那个旧手机,心想这旧手机也不知道还能不能用,要是能换两个塑料盆子,洗菜用,倒挺不赖。正乱想呢,却听见隔壁又骂起来。她心里一惊,想这小猪媳妇,也实在是厉害,红口白牙的,骂得这么难听,真难为她,年轻轻的,倒能骂出口来。当年,这媳妇刚嫁过来的时候,也是一个羞怯怯的新人儿,不笑不说话,还没有开口,脸就先红了。这么些年下来,也不知道怎么一回事,那个小母鸡一样的小媳妇,竟然变成这个样子了。小猪他娘也是能忍,要么就躲出来,就在家里白白听着,不生气才怪哩。正着急呢,帘子一动,竟然是小猪他娘。

她想强坐起来,动了动,只觉得骨头疼,只好半靠着。小猪他娘坐在床头,拿指头指了指外头,小声道,听见了吧? 就是这么个不讲理的东西。她说,为了什么呢这是? 小猪他娘道,也不为什么,就是有半碗剩饭,我一闻都酸了,就倒给大黄吃了。她说,不就是一点子剩饭嘛,怎么这么大气呢。小猪他娘道,哪里是为了这半碗剩饭,她不过是借着这个茬口,给我一场气受。她小猪他娘说没听见吗,一口一个老不死的,一口一个老×,说是骂大黄,其实是骂我哩。我知道她恨毒了我,恨不能我立时三刻就死了。我倒是不怨她。我就是恨我自己,恨小猪,怎么就生了这么个贼操的,良心叫狗给叼走了。眼睁睁看着他媳妇给他娘气受,他还看得下去?一面说,一面掉泪。她只好劝道,小猪不是没在家嘛。他要是在家,肯定不能这么白看着。他肯定得管。小猪他娘叹口气道,管?他倒是敢。就有这点儿心,也没有那个胆子。一个大男人,给媳妇拿捏成这个样子。我就是恨,恨他骨头软,在媳妇跟前挺不起腰子来。她见她咬牙切齿的样子,劝道,要是他们两口子打起架来,你又该着急了。左右都不是你的主意。小猪他娘道,可不是。我就是觉得受屈。我活到七十三岁,倒叫自己儿媳妇指着鼻子骂了。我就是想不通。小猪他娘说谁不是爹娘生养的,谁没有老的那一天呢。自己的孩子们都看着呢,就不怕他们往后跟在后头学?她见她泪汪汪的,一时也不知道说什么。屋子里暗了一下,好像有一块云彩,把太阳遮住了。墙上的那只挂钟,忽然就响起来。当的一下,再听呢,就没有了。小猪他娘擤了把鼻涕,在衣襟上擦了擦,才道,不说啦不说啦。早晚得跌到人家篓儿里头。这不是,能怎么办呢,在人家手心里捏着,就得任由人家揉搓。人这一辈子!

她不说话。浑身的骨头酸疼。今天这一下子,怕是真的摔狠了。刚才还是尾巴骨疼,说话间,肋条骨也疼,腰眼子也疼,好像是浑身上下的骨头,没有一处不疼。小猪他娘见她咧嘴皱眉,方才问道,怎么了这是?她就把摔倒的事学了一遍。说浑身疼,说不定真的起不来床了。小猪他娘急道,那他们知不知道呢?怎么也得跟他们说一声呀。她苦笑道,他们都忙,我这点子事儿,还算个事儿呢。咬咬牙也就过去了。小猪他娘道,你都动弹不了了,还这么撑着。不行,我去告诉一声去。一面说,一面颤巍巍往外走。

她急得在床上坐起来,道,甭去,甭找气去。那是一个浑不说理的,跟她说不清。小猪他娘立在门口,一只脚门里,一只脚门外,叹道,都这个样子了,还硬撑着,你不吭声,人家怎么知道呢。她叹口气道,要是有那份心,早过来了。他们是没有把我这个当娘的搁在心里。说也是白说,倒惹一场气。小猪他娘道,那怎么好呢。她强笑道,自己还一屁股屎呢,还操心别人。又叫你媳妇骂你了。小猪他娘道,叫她骂,她不怕费唾沫她尽情骂。反正也少不了一块肉。

两个人就坐着说话儿,说起了乱海他爹。小猪他娘道,要说乱海他爹也算是一个体面人,识文断字的,一辈子在外头,退休金就有好几千呢。谁想到会有这么样的结果呢。她说可不是。听说人家治病吃药,都是国家管着,国家给掏钱,公家的人嘛。小猪他娘道,饶是这么着,还受了这么大的罪。乱海他们弟兄也忒不是东西了。小猪他娘说他那几个媳妇,为了老头儿那些退休金,都打起来了。打得武着呢。她叹道,为了一点子钱,连脸面都不顾了。弟兄们撕破了脸,往后可怎么办呢。小猪他娘道,老头儿可受大罪了。说是轮流送饭,就跟喂猪也差不多,有一个大碗,在跟前搁着,谁送饭去倒了扭身就走。那碗呢也不刷,有一回还是大媳妇见实在脏了,看不过,才拿个笤帚疙瘩,好歹给刷了刷。小猪他娘说那屋里也真是没法待,又拉又尿的,熏得人进不了屋。她说那乱海他娘呢,怎么也不管呀。两口子都这个样儿,还能指望孩子们怎么样呢。小猪他娘道,要说年轻的时候,乱海他爹把他娘惯得不行,盛到碗里,递到手里,伺候得周到哩。老头儿月月有活钱儿,条件好,天天鸡蛋挂面里头埋着。谁知道等老头儿这一病倒,就不行了。自己不管还不算,还不叫孩子们管。嫌饭量大,吃得多拉得多,宁可叫他饿着点儿,也别多给他饭吃。人们都说,生生是给饿死的。她半晌不说话,道,不是还有个闺女吗,好像是在城里上班,从小念书,老头儿疼得不行。小猪他娘道,是呀。就没有见这闺女来过。还是后来在老头儿坟上,这闺女哭得,任谁拉不起来。人都没了,早干吗去了。这人心,怎么说呢。她说,是呀。结发的夫妻都指不上,还指望孩子们怎么样呢。小猪他娘道,听说最后,还是花钱雇了村西的傻丰收,好歹给洗了洗,头发胡子老长,不像个人样子了。屋子里臭得不行,墙上屎尿都抹满了。她叹道,那么干净体面一个人,谁能想到呢。小猪他娘道,是呀。人的命。乱海他爹斯文了一辈子,这就是他的命吧。说着又感叹一阵子。一时间两个人都没有话。风在窗外,飒飒飒飒吹着。有一片叶子落下来,犹犹豫豫地,落在窗台上晾着的南瓜子上,只待了一会儿,又跌下去了。

小猪他娘说,你还没吃饭吧?我蒸的糖包,给你拿过来俩?她忙道,可别。少惹事儿吧。我也不饿。凑合吃一口就行。小猪他娘道,那我给你弄点儿吃的?熬点粥?她说甭费事儿,有热水,给我泼个鸡蛋就行。小猪他娘就拿了俩鸡蛋,烧开水泼了。她低头喝泼鸡蛋,一面说,我这只芦花鸡,倒是肯干活,隔三岔五能下个蛋。小猪他娘道,闺女也没来过?她不说话。鸡蛋挺烫,不留心就烫了嘴。小猪他娘说,闺女知道不?要不我告诉一声?有电话不?舌头给烫了一下,泪一下子给逼出来。她和着鸡蛋咽下去,又咸又腥,也说不清楚什么滋味。小猪他娘见她不说话,还当是不同意,劝道,你都不能动啦,还这么刚强,给谁看呢。到头来受罪的还不是自己。她咽下一口泼鸡蛋,点头道,那麻烦你给她打个电话吧。那纸上有号码。

闺女来的时候,她还正在昏沉沉睡着。一进门,见她在床上躺着,闺女就叫起来,说,怎么了呢这是?摔倒了?这么大年纪了,还这么冒冒失失的,要是有个长短,可怎么办呢。一面说,一面坐到床沿上来,摸一摸她的额头,又在自己脑门上试了试,哎呀一声,叫道,发烧啦?她心里一热,眼睛里酸酸的。到底是自己的闺女,亲生亲养的,肝花连着心哩。闺女是个粗枝大叶的,难得跟她说句知心话儿,养着猪,供着俩孩子念书,白天黑夜的,忙得不行。如今倒又给她添乱了。正想着,只听闺女拿着手机,正在跟谁说话。听了半晌,才慢慢听出来了。闺女道,哥,咱娘摔了,你不知道呀。你这么近都不知道?我这隔村迈舍的,倒知道了。你说啥?你忙?谁不忙?全天下就你忙?她听着两个人吵起来了,急道,你们是嫌我不死,要气死我呀。闺女不理她,只管冲着电话喊,甭跟我说这个!我就问你一句,咱娘摔了,发烧,动不了,你管呢还是不管?也不知道电话那头说了什么,闺女骂道,我就是孝顺,最起码比你孝顺。你们两口子干的那些个拉血的事儿,还当我不知道呢。闺女说你少冤枉咱娘。我就在小辛庄,也没有隔着山隔着海,我又不聋不瞎,什么不知道?闺女说你们这会子就忙了,怎么给你家小子过生日,去城里大吃大喝的,就不忙了?闺女说你就是个怕媳妇的,人家一个眼色,吓得你就尿裤子,连亲娘都不认了。闺女说咱娘是亲我,可咱娘最亲的是谁?你心里头清楚。你装吧,你就装吧你。你给句痛快话,回不回来?你说!喂喂,喂喂喂喂?闺女扭身气道,挂我电话我哥他!他挂我电话!一面说,一面又打。

她躺在床上,气得浑身乱战,一句话都说不出来。闺女背对着她立着,肥厚的后背一起一伏的,好像是一个火药桶,一碰就炸了。闺女今儿个穿一件乱花衣裳,更显得胖了,头发烫得乱糟糟的,好像是一堆干柴担在肩上。闺女冲着电话里说,你说啥,我哄咱娘的钱?咱娘那点子钱都给你们抠光了,如今倒又怨起我来了。你摸着良心想一想,咱爹看病,花你们一分钱没有?到最后办事儿发送,就没有花你们一分钱!咱娘都这么大年纪了,要不是摔了腿,还给人家浇地薅草撒化肥哩。你们也不怕街坊面儿上难看?她躺在那里,身上一阵冷,一阵热,上下牙齿只是咯吱咯吱乱碰,管也管不住。闺女说你甭骂。你是当哥的。你骂我一句,就是骂你自己一句。你说,是不是我嫂子教你的?你把电话给她,给她。你信不信,她要是敢撒泼,我堵着门子骂她三天三夜去!我撕烂她那张臭嘴!

闺女还在说。她胖胖的背影渐渐摇晃起来,房子院子床桌子也跟着摇晃起来。天旋地转,耳朵边一片嘈杂,心里头只有一个主意,地动了,地动了,赶紧跑。也不知道怎么回事,好像是孩子们小时候,她抱着一个,背着一个,跟跟跄跄往外跑。老辈人讲过,这地方早年也闹过地动。说是一条大鱼驮着地面,大鱼平时睡着,轻易不动,要是哪一天大鱼一动弹,就该闹地动了。她发疯似的跑着,跑着。两个孩子抓抓抓抓地哭。跑着跑着,前面却是一堵高墙,严严实实挡在她眼前。正着急呢,地面忽然就裂开了一个口子。她还没有来得及叫一声,就被吞下去了。

天色已经暗下来了。窗子外面,昏黄惨淡。小猪他娘不知道什么时候已经走了。抬眼看一看地下,也不见闺女。那张纸还在墙上贴着,上头写着手机号码。浑身疼,枕头上湿了碗大一片,寒浸浸黏糊糊的。嗓子眼又干又苦,嘴角上一拱一拱的,好像是长燎泡了。怎么就做了这么个梦呢。她总想着,梦见他爹一回,却从来没有。也是怪了。这么多年了,一回都没有。是不是,他还怪她那一桩事,跟她赌气呢。

说起来,那件事到底是她的不是。她千不该万不该,不该那样待他。一日夫妻百日恩。他们两个,做了一辈子的夫妻。他们之间,有多少牵牵绊绊的东西哪。说不清,一辈子都说不清。可是,又能怎么办呢。明知道是治不好的病,还是硬要往里头扔钱。

一天一千多块,他们那点子钱,能够熬几天呢。小子媳妇都不说话,也不撺掇着让治,也不拦着不让治,只是来得越来越少了,脸色也越来越难看了。闺女呢,光会哭,哭得人心里烦乱。她那小姑子,轻易不来一趟,来了就在那里掉泪,数落她哥命不济,辛苦了一辈子,到了竟得了这样的病,倾家荡产,怕是也不行,治得了他的病,也治不了他的命。她生怕他们在病房里,当着病人的面,说出什么不好听的来。正是腊月里,雪在窗外乱飞,把天地都飞白了。她心里煎熬得厉害,一宿一宿睡不着觉。

那一回,孩子们都回去了,就她一个人在。他爹睡着了。外头风雪正紧。她咬咬牙,再咬咬牙,一下子就把输液的针管子拔了。

不知道什么时候下起雨来了。淅淅沥沥的,打在窗外的树木上,落在菜畦子里,琐琐碎碎的,十分愁人。

她扎挣着起来,一步一挪地,到里屋,抱着一个药瓶子出来。这种药叫作一步杀的,十分厉害。还是她有一回给人家喷棉花,偷偷带回来的。

秋雨一飞一飞的,落了人一头一脸。大门口有一个草墩子,她平日里老坐的。一清早,街上就该有人了吧。她把那药瓶子举着,慢慢喝下去了。

后天就是八月十五了。月又圆了。

第十九章
耀宗这个先生名气大

人们病了
先生给人们看病
村庄病了
谁给村庄看病

耀宗一觉醒来,才知道天早已经大亮了。

摸一摸身边,也没有人。怪事。今儿个怎么就睡到这个时候了。他靠在枕头上醒盹儿,忽然就想起来昨天夜里的梦来。模模糊糊的,好像是三钗,又好像是小梨。一会冷一会热,整整纠缠了一晚上。身上汗淋淋的。也不知道,他喊了什么没有。他摸出一支烟,点上,深深吸了一口。阳光透过窗帘,把屋子弄得一块明一块暗的。有一朵牡丹,连枝带叶,正好被阳光穿过,活泼泼的,金丝银线绣成的一样。床头柜上放着一杯酸奶,吸管在上头斜插着。他看了一眼那酸奶,心里不由怨三钗多事。

电话响的时候,他已经洗漱好了,正在吃早饭。三钗在电话里问,起来了吧?他说废话。三钗就笑了,说那你快点呀——这边一堆人等着哩。

到底是开春的天气了。太阳在天上亮亮的,叫人不敢抬头看,也不知道在哪里,只把村子照得明晃晃的。云彩倒是一大块一大块的,飞过来,飞过去。杨树柳树的枝条都变得柔软了,在风里一摇一摇的。远远看过去,好像是有那么一点绿蒙蒙的意思了,待走近看时,却又没有了。一路上,不断有人跟他打招呼,吃了吧?吃了呀?耀宗嗯嗯啊啊答应着。也有人半路拦住他,就诉说起了自己的病。耀宗皱眉听着,一面把眼镜摘下来,哈一口气,拿衣襟慢慢地擦。不知道谁家的狗,踱到他们中间,摇着尾巴,看看这个,再看看那个。耀宗听那人说得啰唆,只好打断他,问他饭量怎么样,胃怎么个疼法,上回开的药吃完了没有。那人一迭声答着,还想多问一句,耀宗却迈腿往前走了,一面走,一面说,有空过来吧,过来给你摸摸脉。

卫生院就在村委会对过,位置十分冲要。这个时候,门口早停满了各种各样的车,也有汽车,也有摩托车,也有电动车,也有自行车,也有那种小三轮,这地方俗称三马子的,挨挨挤挤的,简直过不去人。两旁摆着一些个摊子,炸馃子的、打烧饼的、卖鸡蛋灌饼的、卖小孩子玩具的。耀宗仄着身子挤过去,一面跟人们招呼着。透过玻璃窗子,见三钗穿着白大褂,正给一个妇女看病。耀宗心里笑了一下。山中没有老虎,孙猴子就跳出来啦。

到了晚饭的时候,人才开始少一些了。耀宗靠在椅子上歇口气。太阳穴一蹦一蹦的,好像是有两把小锤子,在那里不断地敲着。昨天晚上没有睡好,扯了一夜的乱梦。也不知道怎么一回事,竟然就梦见了她。这些天劳累,想必是上火了。上火了就会瞎扯梦。待会儿得泡点菊花喝,再加上一点玉蝴蝶,再加上一点麦冬,再加上一点金银花。要么就干脆吃几粒牛黄上清丸,清热败火。内热,就容易上火。一上火就走嗓子,一上火就走嗓子。真是奇了怪了。

邻村的一个妇女絮絮叨叨的,正诉说着她儿媳妇的病。耀宗半闭着眼睛,极少插嘴问,只是听着。一只手在桌子上轻轻敲着,笃笃笃笃笃笃,五个手指头轮流,弹钢琴似的。眉头微微皱着,好像是有点克制,又好像是,有点不耐烦。三钗过来,给他的杯子续上水,却腾出一双眼睛,只管盯着那媳妇看。那妇女忍不住哎呀一声叫道,满啦满啦。三钗一惊,慌忙抽出几张纸来擦,不想却越擦越多,又跑去找抹布。耀宗端起杯子就喝,哪知道水那么烫,一口含不住,噗的一下喷在地下。那媳妇哧哧一笑。

耀宗这才抬头看了一眼那媳妇,心头不由得一热。怪了,怎么这么像呢。那媳妇把袖子往上缩一缩,手伸过来,放在布垫子上。耀宗看着那秀气的手腕子,把心神定一定,给她摸脉。有一片日光,正掉在那媳妇的耳朵垂上,透明的淡蓝的血管,柔弱的小绒毛,细细软软的,一颗朱砂红的痣,藏在耳垂后头。三钗一会儿过来找充电器,一会儿过来找钥匙,一趟一趟的。耀宗听那高跟鞋哒哒哒哒哒哒,心里烦恼,一个忍不住,飞起一脚,咣当一下把旁边一个凳子踢翻了。那媳妇吓了一跳。耀宗笑道,没事没事。这脉摸着不齐——夜里睡不好吧?

晚饭居然是包饺子。韭菜鸡蛋馅儿,油不能忒大,素素净净的,耀宗就好这一口儿。桌子上还有两个小菜,一个椒盐煮花生,一个凉拌菠菜粉丝。旁边放着醋瓶子、辣椒油。三钗穿着围裙,头发在后头胡乱绾起来,在电炉子上煮饺子,一面煮,一面嘴里念念有词。玉皇大帝,王母娘娘,观音菩萨,各路仙家,都来吃饺子呀。耀宗洗了手,坐在桌前等着吃。三钗先盛了一碗,放到香炉前头。香案上供着关公,红脸长须,一双凤眼微微闭着,看上去,有十分的威严。三钗跪在地下,磕了三个头,又立起来,双手合十,对着财神爷念叨了半晌。上完供,这才又端过来一碗饺子,当的一下,放在桌子上。耀宗见这饺子离他老远,就说,谁又惹你了?三钗也不说话,又去端饺子。耀宗见她拉着个脸,知道她心里那病,故意不理她,又去酒柜里拿出那半瓶白酒,倒了一杯,滋溜滋溜喝起来。三钗忍不住,嘟哝道,喝喝,就管不住那张嘴。耀宗笑道,饺子就酒,越过越有。谁叫你包饺子哩。三钗恨了一声,埋头吃饺子。耀宗喝了酒,脑袋晕乎乎的,见三钗吃得脸颊红红的,鼻尖上沁出几粒细汗,亮晶晶的,就故意地拿话儿撩拨她。三钗气得端起碗就要走,被耀宗拽住了。三钗耷拉着眼皮,气道,干吗?耀宗嬉皮笑脸,你想干吗就干吗。在她耳朵边上悄悄说了一句,惹得三钗脸更红了,骂道,甭找我,去找那小媳妇呀。耀宗疑惑道,哪个小媳妇？耀宗说我就一个媳妇,莫不是你又给我娶了一个小的？气得三钗照着他背上就是一巴掌,骂道,你想得倒美。耀宗趁机把她抱住,任她打。

正闹着,有人在门口咳嗽了一声,把两个人吓一跳。回头一看,却是耀宗他爹宝宗。三钗臊得不行,慌忙拢一拢头发,把脸色正一正,去端饺子。耀宗他爹坐在沙发上,耀宗递过一支烟,看着他慢慢吸烟。耀宗知道他这是有事,也不问,等着他说。三钗端过来饺子,老头儿也不说吃,也不说不吃,直到那支烟吸得只剩下一个烟屁股,眼看着就要烧到手了,才扔到地下,拿鞋底慢慢踩灭了。三钗哎呀叫了一声,见耀宗瞪她,赌气出去了。

耀宗见他爹只是不开口,就笑道,啥事呀这是？他爹叹口气道,村子里人多嘴杂,咱家又是干这一行的,难保不被人家说一半句。他爹说我就是问你一句,这药价的事儿——耀宗笑道,怎么啦,你是听到啥话了？他爹说,一些个风言风语,难听哩。说你这药价就没有个一定,漫天要。本村的一个价,外村的一个价;亲戚本家一个价,远房外姓的一个价。耀宗笑道,是呀,头开药方子,还要往外头看一看,看看是开车来的呀,还是骑车来的,是开的好车呀,还是一般车。看人下菜碟儿,看人算药费。还有啥话儿呀。他爹呼的一下立起来,瞪着他,一句话都说不出来。耀宗赶忙扶他坐下,给他倒杯水,又给他点烟。他爹只是不理他。

三钗进来,见他们爷儿俩这个样子,进不是,退不是,正要扭身出去,耀宗冲她挤挤眼睛,三钗就过来,劝老头儿吃饺子。摸摸饺子凉了没有,又要端走去热一热。当着儿媳妇,他爹就不好寒着脸,只好强笑道,乡里乡亲的,抬头不见低头见,可千万不能叫人家戳脊梁骨呀。他爹说咱老刘家祖上就行医,从你老爷爷算起,你老爷爷、你爷爷、你爹我,几辈子人的脸面。这方圆百里,谁能说出咱半个不字来？耀宗说知道知道。他爹说到了你这一辈儿，念过大学，又在省里大医院待过，正经八百地受过教育的，谁还敢说，咱老刘家是江湖混子，蒙古医生？耀宗知道他又是那一套老话儿，赶忙掐断他，叫他放一百个心，把心搁回肚子里去。他爹说，忒难听呀那话。就好比是，叫人家往脸上扇耳光哩。耀宗忍气道，你是信人家呀，还是信你亲小子呀。他爹叹道，我谁都不信。我信我自家的良心。

酒这东西，有一样好处，就是越喝越跟它亲，越喝呢，越觉得放不下。其实，耀宗早就嚷嚷着要戒酒了。他是医生，他怎么不知道喝酒伤身呢，可自古以来，先生治不了自家的病，因此上，他的酒总也戒不成。为了这个，三钗都跟他闹了多少回了。喝酒误事，耀宗这一行，可是管着人家性命的。弄不好，要误大事。谁能担得起生死大事呢。耀宗听她唠唠叨叨，也不说是，也不说不是。他心里笑一下，三钗的那点心事，他心里明镜似的。她是想叫他把酒戒了，再把烟也戒了。这么多年了，也不知道怎么一回事，他们偏偏就要不成孩子。两个人求医问药，吃尽了苦头，也没有问出个一二三来。耀宗是早就灰心了，三钗哪里肯呢。小别扭媳妇的门槛子，都快给她踢烂了。小别扭媳妇烧香磕头，特意请下来送子娘娘，在跟前许下了愿。三钗呢，也请了神，挂在墙上。初一十五，逢年过节，香火不断。耀宗心里烦她这一套，也不敢说，一则是三钗准会借机跟他生气，二则呢，私心里，耀宗这个年纪，也是太想孩子了。村子里，像他这么大年纪的，孩子都该成家了。有结婚早的，都见了下一辈儿。有心从外头抱一个吧，又不甘心。这么多年了，他们的这一块心病，不光治不好，倒越来越厉害了。

三钗出去了。老倔家儿媳妇生了二胎，她过去给人家送东西。论起来，跟老倔家出了五服，算是远房了。其实呢，老倔他老爷爷,跟宝宗他老爷爷,是亲堂兄弟。什么是近,什么是远呢,好比是一棵树上,生出来两个树杈,两个树杈上,又各自生出来两个树杈,一支又一支,一年又一年,多少年下来,就慢慢觉得远了。仔细究起来,根却还是那一个根。有时候,想得深了,远了,不免叫人觉得茫然。人这一辈子,怎么说呢,实在是荒唐得很。

月亮已经升起来了,透过窗子,圆圆地停在那棵老槐树的枝丫间。他这才想起来,是十五了,难怪有这么圆的月亮。香炉里正点着一炷香,青烟丝丝缕缕的,静静地追逐着。神案上供着新鲜果木,还有一碗饺子。喝着酒,忽然就想起来夜里那场乱梦。小梨还是当年的模样,穿着花裙子,眼睛亮亮地看人。这么多年了,怎么还是心心念念的,忘不了呢。真是他妈的。

正胡思乱想着,却见小梨推门进来了。他一颗心忽悠一下子,就到了嗓子眼儿那儿。小梨也不说话,只管看着他,一双丹凤眼,水水的,也不知道是跌进去了月光,还是灯光。他痴痴傻傻,简直是看得呆了。小梨却回头冲他一笑。他的魂儿就飘飘摇摇地,慢慢飞走了。他追啊追啊,怎么也捉不住。正茫然呢,背上就挨了一下子。仔细一看,却是三钗,抱着肩膀,立在那里,脸上似笑非笑。他一下子酒醒了一大半。

躺下却睡不着了。三钗唠唠叨叨的,说那孩子如何胖,那媳妇奶水如何足。说人家怎么像下小猪似的,骨碌一个,骨碌一个,一个接一个。不由得又抱怨起老天爷。耀宗听得心烦,也不理她。三钗见他只不开口,便气道,算了算了,我是剃头的挑子,一头热。大不了,老了去要饭去。我怕啥。老半天,耀宗才叹口气道,你说,爹是不是听到啥了?三钗道,村里那些个人,一个一个的,眼红咱哩。三钗说人怕出名猪怕壮。蝲蝲蛄天天叫唤,咱听它哪一声呀。耀宗说,你听见啥了没有呀。三钗笑道,傻呀。人家就是有啥话,也落不到我耳朵里呀。耀宗笑道,那倒也是。我就是不知道,怎么就落到爹耳朵里啦。三钗道,爹也是。老了老了,还操着这么多心。不缺他吃不缺他喝的。真是。耀宗道,爹也是要面子的人。三钗冷笑道,啥面子里子的。这是啥年头儿?有钱就有面子。没有钱,那张面子连一张擦屁股纸都不如。他还以为,是早先那些年哪。

一早起来,耀宗潦草吃过饭,就往卫生院里去。天半阴着,太阳一会儿露出头来,一会儿又藏在云彩后头。起了一阵风。风把那几块云彩吹得东一块西一块的,悠悠地飞。走到小蚂蚱家门口的时候,见一个媳妇从院子里出来,蓬着一头烫发,趿拉着一双红塑料拖鞋,呱嗒呱嗒的,见了耀宗,笑道,吃了呀。耀宗说吃啦。你哩?那媳妇却不答,只笑吟吟地看他。他知道这小蚂蚱媳妇不是一个省油的,早几年,在香罗发廊里待过,如今年纪大了,洗手不干了,在附近村子里打点零工。耀宗见她笑得不地道,心想这是非之地,不能久留,借口要走,谁知那媳妇却笑道,怎么这么怕呢,又吃不了你。耀宗心里一惊,赶忙叫嫂子。小蚂蚱媳妇笑道,谁是你嫂子?你那眼眶子长得高,啥时候把你嫂子看到眼里了?耀宗见她一脸幽怨,虽说是穿得马虎,没有打扮着,眼角眉梢,仍有一股子说不出的风骚,心里骂道,这娘儿们,果然是一个骚货。便笑道,啊呀嫂子,看你说的这话,倒像是外人了。又凑过去,在她耳朵边说了一句。那媳妇咊咊咊咊咊咊笑起来,飞了他一眼,啐道,还先生哩,就知道你不是好人。远远好像有人走过来,耀宗忙道,天黑了你过来,我好好治治你那病。那媳妇又横他一眼。耀宗的一颗心怦怦怦怦乱跳起来。

到了卫生院,早有一干人在等着了。耀宗换了衣裳,洗了手,就给人看病。这卫生院早先是一个药铺,从他老爷爷那时候,就开在家里头。他家那条胡同,天天人来人往的,热闹得很。后来,他毕业以后,从石家庄回到芳村,才开了这家卫生院。这地方在芳村的中心,临着大街,交通十分方便。村委会的小白楼就在对过,还有秋保家超市、难看饭馆,还有纯净水站、游戏中心,都在这一片。这两年,耀宗的名气是越来越大了。方圆百十里的人,都来芳村卫生院看病。忙不过来,雇了哥哥嫂子、姐姐姐夫,给他帮忙。为了这个,还生了一场闲气。嫂子想叫她妹子也来上班,被他顶回去了。除了他哥,都是一群没文化的,斗大的字认不得一箩筐。照药方子抓药,都是大眼瞪小眼,她不认得那字,那字也认不得她。人命关天的事,这还了得! 他嫂子一哭二闹,没少给他哥罪受。捎带着他爹宝宗,都跟着受他嫂子的窝囊气。他嫂子见天过去逼问他爹,这老二是你亲生的不是? 跟他哥,是亲兄弟不是? 抓把灰还比土热哩,怎么就宁愿雇外头那些个不相干的,也不肯照顾一下亲戚? 到现在了,他嫂子还常常摔摔打打的,怨他脸酸心硬,骂他是喂不熟的白眼狼。他只是装聋作哑。

怎么说呢,这么多年了,他的心也是渐渐地冷硬了,再不像年幼时候,面薄心软,吃尽了苦头。他怎么不记得,他在城里念书,每一回返校,都是哥骑着车子送他。冬天的田野光秃秃的,冷风小刀子一样,吹得眼睛鼻子又酸又疼。脚都冻木了,棉鞋掉在地下,走出去老远也不知道。在校门口,哥在兜里摸索半天,摸索出一点钱,温热的,皱巴巴的,偷偷塞给他。还有他姐姐,大伏天儿里,趴在炕上,一针一线地给他做棉袄,汗珠子滴滴答答的,淌了一脖子一脸,把那厚墩墩的靛蓝棉袄都弄湿了。娘走得早,姐姐就是他亲娘。如今他好了,是该回报他们的时候了。拿什么回报呢? 好像是,拿什么都不够,拿什么都是虚的空的假的。好像只能是,拿钱,白花花的,真金白银。这年头儿,他是真的想不出,有什么能比这个更厉害、更管用的了。

晌午的时候,还有不少人在排队。耀宗吩咐三钗去买点馃子来,再到秋保超市,称半斤肉糕。三钗小声道,都在这儿吃呀,好几口子人哩。耀宗不耐烦道,叫你去就快去。啰唆。三钗嘟嘟囔囔去了。耀宗看着她背影,叹口气。当初娶她的时候,倒是有一点样子,如今还不到四十岁,居然就看不得了。又想起夜里那场乱梦,心里头乱纷纷的。他嫂子过来,指着药方上面的几个字,叫他认,见他这神色,撇嘴道,啊呀呀,三钗刚出去就这样儿,一会儿都离不了呀。他懒得跟她理论,只埋头看那药方。旁边排队的人就笑。

正在里头屋里吃饭,听见外头有人大声说话。起先耀宗也没在意,村里人说话声儿高,大嗓门惯了。后来听着不像了,出来一看,见是村里的一个老头,叫狗娃的,正跟三钗嚷嚷着。耀宗赶着叫狗娃叔,又叫三钗拿凳子,让他坐。狗娃却不坐,跟耀宗说,你在呀。你在就好。我不跟你媳妇说,好男不跟女斗。耀宗呀,我跟你说。耀宗说好,掏出一盒软中华来,给他递烟,又要给他点上,狗娃摆摆手,不叫他点,却把那烟夹在耳朵后头,才说,耀宗呀,我问你一个事儿。听说上头有政策,药费能报销。去找村里,说是你这儿管着哩?耀宗道,是有这么一回事儿,叫合作医疗。每年个人交点儿,国家给补点儿。要是得了大病,那几样儿大病,国家就给管着。头疼脑热的,小病小灾的,另说。情况不一样。狗娃说噢,那我这药费,你看能报多少呀。耀宗看他那些药费单子,一面笑道,这些个都不能报。耀宗说,有的药能报,有的不能报,这都有规定哩。狗娃说,谁规定哩?耀宗说上头规定哩。狗娃说,上头?上头是谁呀?耀宗说,国家规定哩。狗娃冷笑道,国家规定哩?我看就是耀宗你规定的吧。狗娃说啥药能报,啥药不能报,还不是你说了算?老百姓知道个啥?耀宗道,狗娃叔,你这是啥话嘛。我叫你一声叔,是尊你哩。可不敢这么乱说话。狗娃道,耀宗呀,你是先生,谁敢得罪你呀。芳村的人不敢,外村的人更不敢。谁敢保证就没有个三灾六病的?耀宗你是先生,得罪不起呀。狗娃说我从小看着你长大,你是行医的,治病救人、积善积德的事。做人得凭良心呀。耀宗听他说得不像,笑道,狗娃叔,咱爷俩儿屋里坐,屋里坐。外头人多,闹得慌。朝着三钗使了个眼色,三钗过来就扶着狗娃进屋里去。

夜已经深了,村子里静悄悄的。不知道谁家的狗,汪汪叫两声,就又安静下来。乡下的春天,到底来得早一些。过了惊蛰,小虫子们就醒来了,急急急急急急叫着,好像是,被这夜晚的安静给惊着了,也好像是,在这样安静的夜里,终于耐不住寂寞了。没有月亮。星星稀稀落落的,东一颗,西一颗。小蚂蚱家大门虚掩着。耀宗在门前迟疑了一下,到底是推门进去了。院子里种着菜,还有花花草草,在夜色里影影绰绰的。一只狗噌地窜出来,刚要咬,就被主人喝住了。小蚂蚱媳妇在灯影里立着,耀宗看不清她的脸,只闻到一股子脂粉的香气。那媳妇也不说话,拉他进屋,反手把门锁上了。屋子里只亮着一盏台灯。黄黄的灯光,好像是蜜罐子打翻了,流得床上地下,满屋子都是。他刚想看看她的脸,灯却给关上了。那媳妇哧哧笑道,还先生哩,脸皮忒薄呀。

回到家的时候,是后半夜了。耀宗怕弄醒三钗,也不敢开灯,索性就在客厅沙发上凑合一下。刚换了鞋,灯却大亮了。三钗在沙发上坐着,定定看着他。耀宗揣摩她脸色,还好,便打了个哈欠,含含糊糊道,去给四爷输水,被拽住说了半天话儿。怎么?还不睡呀。三钗冷笑道,跟四爷有啥可说的。这大半夜,不是被谁绊住了腿吧。耀宗吓了一跳,心里猜测着,她到底知道不知道,知道了多少,脸上却恼火道,累死累活一天了,回家还不给我好脸子。活该给你们当牛做马,我欠你们的。转身摔门子进屋里去了。

后半夜却睡不着了。

脑子里乱糟糟的,一会儿是小蚂蚱媳妇,一会儿是狗娃叔。这小蚂蚱媳妇,果然是一个厉害角色。到底是在外头见过世面的,不像芳村这些个妇女,就是一张嘴厉害,骂街忒难听。也是怪了,小蚂蚱媳妇这种人,走在街上,不显山不露水的,眉眼呢,也不出色,怎么到了这件事上,就整个像是换了一个人呢。人不可貌相,海水不可斗量,这话实在是对极了。三钗仰面八叉躺着,一条腿伸过来,搁在他身上。耀宗心里叹口气,有心想把那胖胖的腿拿下去,又懒得动。三钗这个人,怎么说呢,还算是能干、利索,家务事一把好手,可就是文化不高,初中没念完,照如今的眼光看来,算是半个文盲。模样呢,也说不上。不丑不俊,倒是长得白。早些年,仗着年纪轻,倒是还有那么一点颜色;这几年,却越来越胖起来了。只是有一点,三钗守本分。如今这年头儿,风气都开了,电视网络手机,芳村的妇女,心都变野了。在外头打工的那些个娘儿们,个顶个都一屁股的烂事儿。回到芳村,谁都闭口不提,装得没事人似的。三钗没有生养,对他们老刘家,心里头也是一个亏欠吧。这些年,卫生院买卖好,钱呼呼地赚,日子越来越滋润。可也不知道怎么回事,日子越好,怎么越不快活了呢。是,狗娃叔说得没错。他是先生,不要说芳村,方圆几十里,谁不知道他耀宗呢。他耀宗管着这一方百姓的性命,谁见了都要叫一声,满捧满敬的。谁敢不尊着先生,谁就是不想好好活着了。耀宗叹了一声,翻了个身,把三钗的那条腿甩下去。

二十九是爹生日。耀宗本来打算要大闹一下,好好过一过,他爹却不愿意。七十三,八十四,阎王不叫自己去。这时候生日不能大闹,只能是偷偷过去,不敢惊动了阎王爷。耀宗笑他爹迷信,见他爹说得认真,就不敢笑了。儿女几个开了个会,商量这事儿。姐姐说,过呀。都七十多的人了,说句不好听的话,往后过一个少一个了。他哥不说话,只是吸烟。嫂子说过就过呗,老二有的是钱。大哥瞪她一眼。嫂子说我就是打个比方。老二有钱是人家老二的。过生日这种事,还是大伙分摊。三钗笑道,嫂子这话说得。盖那房子、爹看腿,还有正月里待且,有哪件事让大伙分摊啦?光看见贼吃肉了,看不见贼挨打。耀宗天天长在卫生院里,钉在那桌子前头。钱难挣,屎难吃呀。耀宗把手机往桌子上一扔,骂道,不说话就把你当哑巴卖了?一时大家都无话。他爹吸着烟,颤巍巍道,说不过就不过,说下大天来也不过。糟蹋钱哩。嫂子笑道,如今都兴这个哩。香罗她娘过生日,到城里大饭店,酒席摆了多少桌,那排场!他爹说,给谁看哩?排场恁大给谁看哩?嫂子说尽孝呀。当儿女的脸面大呀。谁不夸香罗好闺女,孝顺哩。他爹道,孝顺?那么多酒席,她娘能吃几口?有这孝心,把钱给她娘留着。要不就多回去几趟,比啥都强。耀宗不耐烦道,依我看,就这么着。也不去城里了,就在家里,我哥那院里,一大家子热闹一天,算是把生日过了。亲戚们还有院房里,谁都不叫了。也不声张,省得人家跑来送礼。嫂子、姐姐,你们两个就辛苦一下。卫生院那边离不开人,我跟三钗都得在那儿盯着,也是不张扬的意思。见天看病的忒多。姐姐点头答应着,嫂子一双小眼睛一眨一眨的,听他往下说。耀宗说,这两天有啥要买的要置办的,尽管去忙。工资照发,不算请假。这过生日的钱,我一个人拿出来。见三钗瞪他,他也不理。嫂子啊呀一声,笑道,这怎么好呢,我跟你哥也想着尽孝心哩。姐姐说,耀宗出钱,咱们出力气。一家子骨肉,也忒见外了。就跟嫂子俩人,叽叽咕咕的,商量起了赶集买菜的事儿。三钗摔门子就出去了。

二十八这一天，下了班，耀宗到他哥那院里去转转。他嫂子正多多多多剁肉馅，见他来了，叫道，老二过来了。又问他吃了没有，今儿个人多不多。他哥从屋里出来，搬了一个凳子，兄弟俩坐在院子里说话。耀宗说，忙得怎么样了？差不多了吧。他哥说差不多了。两顿饭，加上孩子们，我算了算，怎么也得三席。耀宗说，是人儿就上席，三席打不住。四席吧，宽绰点儿，别弄得上够下不够的。耀宗说你估摸一下花多少，我赶明儿就给你拿过来。他哥刚要张嘴，他嫂子一面剁馅儿，一面笑道，不着急，你也忒着急了。不过呢，都是家里人，我也不怕你笑话，你哥正愁哩。辉辉来电话，说是让给他寄钱去，要考博士。你说，咱们芳村，有几个能考那么高的？有啥用？这些年，钱都给他花了。幸亏娇娇是个闺女，要不然还不把我跟你哥给吃了呀。耀宗说，孩子上进，有这出息，就不能拦着他。不是我说你们，眼皮子忒浅，就看鼻子下面那一拃远。往后没文化还行？嫂子笑道，念个博士出来，还得找工作、买房子，跟人家军力他们比起来，一个花，一个挣，里外里，差了多少钱呀。嫂子说老二你倒是站着说话不腰疼。耀宗笑道，要不把辉辉给我得了，我供他念书，给他买房子娶媳妇。他嫂子哎呀一声，叫道，老二，老二呀，啊呀老二，你咋不早说，唵？这是辉辉的福气呀。见男人狠狠瞪她，就不说了，讪讪去剁肉馅儿。耀宗说，烟酒不用买，我那儿有，赶明儿我拿过来就是。又说了会儿闲话，起身就走。他哥送他到门口，吞吞吐吐的，像是有话要说。问了半天，才说了。

天色已经暗下来了。这个季节，天渐渐变得长了。不知道从哪里飞来一群小蛾子小蝶子，在他身边绕来绕去。走不了几步远，却看见一块菜畦里，几棵大葱正开着白色的小花，细米粒似的，琐琐碎碎，有一种乡间的好看。那些蛾子蝶子忙了一会儿,就去招惹那些小花去了。风中好像有花粉样的东西,迷了他的眼。耀宗边走边揉眼睛,听见有人笑,抬头看时,却见是小蚂蚱媳妇,心里不由一跳。那媳妇飞他一眼,笑道,怎么,几天不见,就不认识人了呀。耀宗心里骂了一句,脸上却笑道,哪能呢。又凑到她耳朵边上,说了几句。那媳妇咯咯笑道,去,少说好听的。反正那件事,你得管。耀宗说管管,不管谁的也得管你的呀。正说着话,听见有人咳嗽,便小声道,好嫂子,后天给我留着门呀。

三钗还没有回来。耀宗泡了一袋方便面,潦草吃了,靠在沙发上剔牙,一面剔,一面笑。把辉辉过继给他。哥哥嫂子想把辉辉过继给他。早干吗去了,等到如今。辉辉也是二十好几的人了,念完硕士,正打算考博士,要是在村里,早就孩子满地跑了。这么多年了,哥哥嫂子都转不过这个弯儿来,怎么一下子,说转就转过来了? 这可是一桩大事。不说旁人,三钗她怎么想呢。也不知道,这事儿爹知不知道。爹如今年纪大了,再没有往常的威严了。爹能说啥呢。反正,都是他的孙子,都姓刘。正想着,手机响了。建信在电话那头,大着个舌头,叫他老弟。耀宗一听,就知道他喝高了,赶忙问他在哪里。建信含糊道,我在春米这儿,我就在春米这儿,怎么了? 耀宗一听在难看饭馆,就不好过去,只好在电话里劝他。建信骂骂咧咧地,问他,是兄弟吗,唵? 是不是兄弟? 耀宗忙说是呀,那还用说。建信道,甭跟我来这套。是兄弟,怎么我叔过生日,不跟我说一声儿? 把我当外人,是不是? 耀宗直个劲儿地解释,又是赔不是,又是叫哥,说要不是我哥你,在上头罩着我,我能这么自在? 嘴上不说,一笔一笔,都在心里头哩。建信就笑骂道,你知道就好。狗日的,自己吃腻了肉,记着把汤给你哥留一口就行。又是一通酒话醉话。耀宗忍耐听着,一面在心里把建信祖宗八辈儿干了一过。

窗户没有关。有风吹过来,湿湿软软的,也不怎么凉。也不知道是什么花开了,腥甜里头,有一股子微微的药香。他忽然想起来,在医学院念书的时候楼前花圃里那丛芍药。那时候,他不过十九岁,一腔的热血,一心想要回到芳村。如今,他果真回来了。这些年,他钱也赚了,名也有了,缺个孩子,立马就有一个大小伙子,活蹦乱跳从天上掉下来。他还想要什么呢。正想得颠倒,却听见三钗回来了。他心里不由骂了一句。

辉辉那件事,该怎么跟她说呢。

第二十章
增志手机响个不停

村东到村西,有一里地。

村南到村北,有一里地。

村子四周是庄稼地。庄稼地里生长着庄稼,也生长着工厂。

庄稼们出产粮食。

工厂里出产钞票。

人们更喜欢钞票。钞票可以买粮食,还可以买别的。

庄稼地越来越少。

工厂越来越多。

正喝得高兴呢,手机响了。增志拿起来一看,却是素台,故意地不理她,接着喝酒。胖子从旁笑道,谁的电话呀,也不敢接。增志说,事儿娘儿们,甭理她。胖子说,那肯定不是二嫂,也不是三嫂。增志笑骂道,你小子,沾上毛儿比猴儿还精。一桌子人就笑。

趁着上厕所,增志看了看手机,一共有五六个未接电话。有心给她打过去,又恼恨她这个样子。就把手机调成静音,自顾回去喝酒。

众人兴致都很高,喝了酒,又要去洗脚唱歌,被增志给拦下了。这些天,为了一些个破事儿,闹得家反宅乱的,素台正在气头儿上,他可不想再惹麻烦。

一进院子,却见屋子里黑黢黢的。借了邻家的灯光,还有天上的月色,见院子里影影绰绰的,花木繁茂。也不知道是什么花儿开了,香得异常,还有一股子甜丝丝凉森森的腥气。增志料定夜里没人,就把衣裳脱了,只穿了一条小裤衩去洗澡。正洗着呢,院子里灯却忽然亮了,倒把他吓了一跳,赶忙三下两下胡乱洗了出来。只见素台穿着睡袍,在门框上靠着,定定朝着他看。增志不知道她葫芦里卖的什么药,也不开口,等着她问。

等了半晌,素台却不说话,只把门子咣当一摔,进去了。

增志长吁了一口气,慢吞吞洗漱。

满天的星星,好像纷纷扬扬落下来了,落了一院子,半盆水都闪闪烁烁地摇晃不止。洗漱完了,酒劲儿下去了大半,才觉得清醒多了。家和万事兴,看来老话儿是对的。这阵子家里也闹,厂子里的买卖又不好,真如同火上浇油一般。也不知道怎么回事,这阵子买卖都不好做。皮革这一行,在这地方兴了总有三十多年了,莫不是真的说不行就不行了?夜里蝉也不睡,还在远远近近地叫着,把整个村子叫得越发地安静了。他想吸烟,摸来摸去,却没有摸到,有心进屋去找,又怕惊动了素台。只好罢了。

正发呆呢,却见手机一亮一亮的,心里烦恼,也不想理会。半夜三更的,有什么破事儿呢。不想那手机只是一闪一闪地亮个不停。他只好打开来看,是瓶子媳妇的短信,上头只有一个问号。他知道这是她在怨他,电话也不接,短信也不回。这阵子心里烦乱,确实是把她冷落了。想仍然不理,又心下不忍,就简单回了一个字,忙。就关机了。

夜里却睡不着了。听素台也在那里翻身,知道是她也睡不着,就索性合上眼睛装睡。也不知道,赶明儿素台会不会又来一场大闹。上一回,他是赌咒发誓过的,决不再碰酒了。就为了那一回喝多了,跟娜子在厂子里亲热,被素台撞见了。也是活该出事。那一回,也不知道怎么回事,就忘记了锁门,也忘记了看手机。娜子那娘儿们又撩人,眼睛一飞一飞的,很不老实,直把人的火都撩拨上来,又故意不肯了。两个人在屋子里一个赶,一个跑,都没有听见手机响,也没有听见有人推门进来。那一回,素台好一场大闹,立逼着他把娜子开除了,工资也扣下不许给。他只说是闹着玩儿的,喝多了,不关娜子的事儿。素台哪里肯信。

这阵子,厂子里活儿少,工人们都白闲着,又不敢全放了假,一大千子人,在一天就得发一天的工资。他心里好像是着了火一般,左右没有办法。听说团聚厂子里头一年的工资还都欠着,到处找担保,要借高利贷。这可不是闹着玩儿的。不到万不得已,谁敢去碰高利贷呢。这一回,团聚恐怕是遇上了一个大坎儿,也不知道能不能迈得过去。正想着,听见素台抽抽搭搭在哭。他心里乱糟糟的,也不想哄她,索性仍然装睡。不想素台越哭越痛了,呜呜咽咽的,只是止不住。增志知道她的心事,却也劝说不得。

月亮清清的,把花木的影子画在窗子上,又画了满床都是。增志躺在一小片阴影里头,脑子里也乱麻一般。厂子、娜子、素台、瓶子媳妇、税务、工资、订单……胸口上好像是压着一块大石头,闷得透不过气来。刚洗了澡,又密密麻麻出了一身的热汗。嘴里发苦,干燥得厉害,他忍不住翻身起来,去找水喝。

再回来的时候,见素台还在哭,试着伸手抱一抱她,却被她一下子挣开了。他心里恼火,也只有忍耐着,又把手伸进她毛巾被里,见她并没有躲开,就大了胆子,放肆起来。不想素台一下子坐起来,哭道,少碰我。你去跟外头那些个养汉老婆去好啊。增志赔笑道,我谁都不要,就要我媳妇。素台哭道,谁是你媳妇?你外头三妻四妾多了去了,还回这个家干吗。增志说我不该喝酒,我都发过誓了,我再喝酒就不是人。我要是再喝,我就开车撞死,做买卖赔光赔净。素台哭得更厉害了,一面哭一面说,谁叫你红口白牙的,发这些个毒誓呢。你这是故意气我,气死我你们就称心如意了。我好给那些个贱老婆腾地方。增志见她还在这个上头不依不饶,心里恼火,也不想再哄她。谁知素台却把身子依过来。他心里纳闷,只轻轻一揽,就倒在他怀里了。她好像是刚洗过头,有一股好闻的洗发香波的味道,他心里不由一动。

早上醒来的时候,才知道是起晚了。拉开窗帘,阳光一下子扑进来,把他晃得睁不开眼。隔着玻璃,见素台正在院子里伺候她那些个花草。素台穿了一件浅粉色丝绸裙子,无袖,更显得她整个人好像雪团一般。头发蓬蓬松松,给阳光一照,像是一蓬金色烟雾乱飞。增志呆了一呆,想起来昨天夜里,素台那个颠颠倒倒的样子,心里只是纳闷。从前素台最是一个死脑筋的,这也不肯,那也不行,弄得他只是索然。也不知道她是怎么了,昨天夜里,竟然像是变了一个人,直惹得他心里又惊又喜,又叹又怕。私心里,怎么说呢,增志倒宁愿素台在这个上头木一些,虽说有时候他也恼火得不行,可是,素台是他媳妇嘛。要是自家媳妇太过活泼了呢,也不好。增志把手放在后脖颈子上,慢慢捏着,心里头百种滋味,一时也理不清。

早饭是绿豆粥、包子,还弄了两个小菜。一个菠菜花生仁,一个炒鸡蛋,小半碗醋杀芫荽,蘸着包子吃的。增志一面吃,一面夸,说好吃好吃。一口气喝了两碗粥。素台对他倒是待理不理的,只是低头吃饭。有一片阳光照在她脸颊上,只把她弄得光彩闪闪。增志忍不住,把腿碰了碰她的腿,坏笑道,多吃点儿呀。素台横他一眼,啐道,滚。增志笑着,抹抹嘴就要滚,却又被素台叫住了。素台说,大后天我娘忌日,叫咱们都过去。增志说,那就在城里饭馆摆席吧,省事儿。素台说,爹说就在家里头,哪儿都不去。增志笑道,还不是怕花钱。你甭管了,我今儿个就把这事儿给办了。

一出门,老远见瓶子媳妇骑着电车过来了,想要躲开,早来不及了,只好硬着头皮笑道,吃了呀。瓶子媳妇呸了一口,道,吃啥呀,气就气饱了。增志回头看看自家院子,小声求道,有话别在这儿说。一会儿,一会儿我给你电话呀。瓶子媳妇笑道,我今儿个还偏要在这里说。怎么呢,你怕了?增志道,好啦姑奶奶,算我求你。一面说,一面四下里看,从兜里摸出两张票子来塞给她。瓶子媳妇哧的一声笑了,说你这大老板不是厉害嘛,也有这个时候呀。我倒是不知道。说着,故意朝着院子里大声说,我看呀,是做贼心虚。吓得增志朝着她又是瞪眼,又是努嘴。只听见素台在院子里说话,增志脸儿都白了。瓶子媳妇忍着笑,骑上电车,一溜烟走了。

增志看着她的背影,不由骂道,小娘儿们,等我闲了,看怎么收拾你。正心慌呢,素台出来了,问他跟谁说话呢。增志忙说,不知道谁家的一个小母狗,淘气得很,被我轰走了。家里电话铃响,素台踢踢踏踏跑回去接电话。增志长吁一口气,抬起手背把额头的汗擦了一把,正要迈步,却听见有人嘎嘎嘎嘎笑起来。回头一看,见小鸾手里拿着一件什么衣裳,笑得花枝子乱颤。增志一惊,心想坏了,肯定给她看见了。刚要开口,小鸾笑道,增志哥吃了呀。嫂子给你做的啥好饭呀。增志一时不知道说什么才好,只好讪讪笑着,把她往家里头让。小鸾凑到他跟前,小声道,少装吧你。我这双眼睛毒着呢,可不揉沙子。增志求道,你想怎么样呢。小鸾笑道,我敢怎么样呢,横竖是别人家的事情,我又不是管闲事的人。增志忙笑道,这情分我记着呢。小鸾道,光记着有啥用呀,回回还不是那一张嘴。增志笑道,占良的奖金,我月底就发,我亲手交到你手里头,怎么样?小鸾咬着嘴唇想了一下,故意叹了口气,拿一个指头点着他,道,那,就饶你这一回。笑着走了。看着小鸾一扭一扭进了院子,增志气得咬牙,又后悔自己做事太冒失了。这个小鸾,果然是厉害角色,占良那个榆木脑袋,怕是对付不了她。

　　转过房子背后,是庄稼地。芒种刚过,麦子们眼看着就要收割了。麦田金黄一片,在阳光下灼灼烈烈的,好像就要燃烧起来了。田埂地边儿上开着一簇一簇的野花,也叫不出名字。远处好像有鸟在叫,也不知道是布谷,还是别的什么。增志靠着一棵白杨树,给瓶子媳妇打电话,却没有人接。这小娘儿们,肯定是故意。就索性不理她。瓶子媳妇这人,怎么说呢,好是好,就是心机太深了。跟她好了总有两年了吧,到底还是吃不准她。都说她是一个水性的,靠着的不止一个,能一一点出名字来。他起初听了心里恼火,后来呢,也就把自己慢慢劝开了。管他呢,爱跟谁跟谁。她又不是他媳妇,只要她在他身上好就够了。有时候,两个人难舍难分的时候,他也想问一问,到底她对他有几分真心,可话到嘴边,也就咽下去了。有什么可问的呢,倒是他该问一问自己才对。他不照样家里有媳妇,外头还招三惹四的,不安分嘛。他想法子把瓶子安排到田庄一个厂子里,不能在自己眼皮子底下,心里头这道坎儿,过不去嘛。还有瓶子媳妇,他也没有叫她来厂子里上班。人多眼杂的,他可不想平白地惹是非,只在暗地里时时帮她,落得个干净利落。他怎么不知道,厂子里那些个大闺女小媳妇,恨不能把他给生吃了。还有那些个婶子大娘,眼巴巴瞅着他,要挑他的错缝儿呢。正想得出神,一只野猫噌的一下子蹿出来,倒把他吓了一跳。

人们早陆陆续续地来上班了。通往工业区的几条村路上,也有骑自行车的,也有骑电动车的,也有走着的,也有骑摩托的。人们见了他,老远叫老板。增志笑眯眯应着,心里渐渐高兴起来。

团聚家厂子门口,有一大堆纸灰。有几个人围着看,鸡一嘴鸭一嘴地议论。增志也过去看了一眼,还没有开口,旁边一个妇女说,这是夜里烧的。昨个大初一。有人说,怎么回事呢?那妇女撇嘴道,这还看不出,八成是请识破烧的。另一个人说,听说这厂子遇上事儿了?那妇女说,风水轮流转,明年到我家。连皇上都是一个朝代一个朝代地替换,自古以来,哪里有铁打的江山呢。忽然回头见增志在一旁立着,便不说了,笑道,管理不好呗,你看咱们老板,把个厂子治理得,铁桶似的。增志听她奉承,也不搭腔,只笑眯眯听着。那妇女讨了个没趣,讪讪走了。

到了厂子里,增志还想着那一堆纸灰。看来团聚是遇上大坎儿了,迈不过,只好求求仙家。也不知道,他那担保找到了没有。办公桌上摆着一盆富贵竹,郁郁青青,长得十分茂盛。阳光照在上头,好像是腾起一片绿烟似的。旁边是一个鱼缸,几条金鱼在里头游来游去,自在极了。他叹口气。富贵竹、鱼、发财树,意思都是好的。他怎么不懂素台的心思呢。当初,这办公室是她一手布置的。还有那一幅画,上头是几枝荷花,开得十分恣意,是和气生财的意思。对这个厂子,他很是费了心血。该弯腰时候弯腰,该低头时候低头;该硬的时候硬,该软的时候软。做买卖嘛。自然了,手底下的工人们,未免也会议论他的不是。谁人背后无人说呢,叫他们说去。自古以来,老板和打工的,就坐不到一条凳子上。团聚在这一点上就不行。

电话却响起来。他抓起来一听,是建信。建信说乡里有人要下来,问他有没有空儿陪一下。增志心想,又来一群白眼狼,陪一下,说得好听,还不就是叫他结账嘛。建信这点小把戏,竟然也玩不腻。心里嘀咕,嘴上就怠慢了些。想必是那头儿听他不痛快,就笑道,是乡里耿秘书,二号首长,想帮你们联络感情哩。增志只好强笑道,好呀,晌午还是晚上?建信说,还没定,等我电话吧。就挂了。

联络感情,联络个脑袋!如今村子里不像早先了,一盘散沙似的,轻易聚拢不起来。有点事儿,就盯着他们这几个当老板的。话头儿上倒是说得柔软,叫人耐烦听。可出钱的事儿,谁那么痛快呢。俗话说,钱难挣,屎难吃。芳村那些个吃奶的孩子,恐怕也知道这个道理。正心里不痛快呢,他兄弟明志推门进来,喘吁吁的,一时说不出话。他不耐烦道,着火了呀?明志这才道,打,打起来了,快去看看吧。增志来不及细问,噔噔噔噔下楼来,见两个小子被众人拉着,一蹦一蹦的,眼看就要抓在一起了。有人小声道,老板来了。那两个小子听了,方才老实了些,嘴里仍然骂骂咧咧的。增志沉着脸道,这是怎么了?不好好上班,来这儿打架来了?一个小子说,这活儿本来是我的,怎么他不吭声就抢了?这不是欺负人嘛。另一个说,上头写着你名字了?你叫一声儿,看它答应不答应,要是答应呢,就算是你的。增志看了看明志的本子,听了一会儿,早明白了八九,训斥道,这么大个人了,也不怕人笑话。朝着头里说话的那个小子,你不是老鼠家的老二嘛。又冲着另一个说,你不是坏枣家的三女婿嘛。就算不是一个村子,难道连亲戚都不认了?为了多挣个仨瓜俩枣的,撕破了脸皮,看你们往后还见面不见了。两个人仍是不服,你一嘴我一嘴的,争着叫他评理。他心里不耐烦,冲着他们发狠道,我白费唾沫了?要是不想干,都他娘的滚蛋。三条腿的蛤蟆不好找,两条腿的人有的是。两个人见他发狠,都不敢吭声了。众人也各自去干活儿。明志把那本子递过来,他看也不看,径自上楼去了。

瓶子媳妇电话还是不通。他气得心里痒痒的,恨不能立时三刻,就把这小骚货摁倒在地下,好叫她尝尝他的厉害。再打,还是不通。他气得把手机往办公桌上一扔,索性闭上眼睛,眼前偏偏是瓶子媳妇那一双眼睛,扑闪扑闪的,直把他的魂儿都勾走了。他掰着指头算了算,从上一回,到今天,总有小一个月了吧。这一个月,他是如卧在荆棘里一般,左右难受。为了那天的事儿,素台跟他闹也就罢了,娜子也跟他闹。素台是立逼着他开掉那个贱货,娜子呢,是坚决不走。娜子说凭啥呢,她叫我走我就得走,她又不是老板。娜子说你说,你说叫我走,我立马走。你敢亲口说出来,我就敢把咱俩的事儿抖搂出来。增志笑道,咱俩有啥事儿呢。娜子说,你说呢。增志道,我可没有把你怎么着,你可别把屎盆子往我头上扣。娜子笑道,那你别逼我。增志见她神色异常,生怕她胡来,赶忙软声儿劝道,你一个媳妇家,上头有公公婆婆,下头有小孩子,还有你女婿,要是说出来,唾沫星子能把你淹死。娜子冷笑道,我要是怕了,就不来招你了。一大家子,老的老小的小,全靠着我,我一个娘儿们家,总有撑不住的时候。我一个娘儿们家,我跟谁去诉冤去呢。说着就滚下泪来。增志见她娇滴滴的,心里一软,就开始胡乱许愿,只要他把家里瞒过了,一定把她安排好。两个人又是一番恩爱,就把这事儿给定下来。这阵子只顾忙着这些个破事儿,他哪里还有心思去会瓶子媳妇呢。真是摁倒了葫芦,又起来了瓢。

快下班的时候,建信的电话才打来。他跟明志交代了一番,就出来了。

转过胡同,就是瓶子媳妇家,他朝着里头看了一眼,见大门半开着,影壁下的一丛鸡冠子花露出几枝来。有心进去看一眼,终究忍住了。只见大门上白粉笔写着几个字,去改需婶子家剁馅子去了。十来个字,倒错了有四五个。他心里笑了一下,想这么好的媳妇,却是个睁眼瞎。改需婶子家要聘闺女,她这是去给人家帮忙去了。他想起那一回,在玉米地里,瓶子媳妇湿淋淋的样子,庄稼地里蒸腾的青气,混合着甜丝丝的汗味儿,还有说不出来的湿漉漉的腥气,叫人实在按捺不住。正想得心里头突突突突乱跳,见一个小小子从大门里出来,摇摇晃晃的,有两三岁吧,黑漆漆的眼睛看了他一眼,他心里跳得更厉害了。这孩子,恐怕就是那天玉米地里那一个吧。当时他哭得好痛啊。那时候他才多大?好像还不满一岁,也好像是一岁多。他心里跳着,逃也似的走了。

正是做饭的时候,小白楼这一片就热闹起来。炸馃子的、打烧饼的,还有一个卖凉粉的,一路走,一路吆喝着。有人叫住他,有一句没一句地讲价。老远见翠台拿着一个大碗,过来买凉粉儿。增志赶着叫姐姐,叫那卖凉粉儿的多给点儿,又问有塑料袋没有,再盛上一大碗,给他姥爷送过去。翠台一个劲儿推让,推不过,只好拿着走了。增志结了账,那卖凉粉的笑道,大老板,就买这点子凉粉儿呀。增志笑道,我倒想买龙虎肉,你有没有?

难看媳妇正在门前忙活,两腿之间夹着一个大红塑料盆,里头是一大捆子小白菜苗。她孙子在一旁蹲着玩水枪,弄得泥猴儿似的。树荫底下停着一辆三马子,有两个小孩子在那里爬上爬下捉迷藏。难看掀开帘子出来,看见增志,笑着把他往屋里让。进屋一看,建信早在桌子旁边坐着了,正慢悠悠喝茶。增志说,怎么就你一个人呀,那二号首长哩？还没来？建信一面给他倒茶,一面笑道,说是马上,马上到。又问起他买卖上的事。增志叹道,不行啊,好像是皮革这行快不行了。你们消息灵通,是不是上头要弄这一行呢。建信说,早就说要治理要治理,都嚷嚷了这么多年了,不还是好好的嘛。依我看呀,没有那么快。增志说,说得倒是,可这回有点不防头。都没有活儿了,工人们干啥？建信说,待会耿秘书来了,正好问问他。他们懂政策。难看过来,问一会儿还有几个人。建信说,你就照着五六个人准备吧。又冲着增志道,咱喝五粮液,还是泸州老窖？增志说你定吧,都行。建信就笑道,五粮液吧,耿秘书就好这一口。增志心里骂道,真他娘的,眼睛都不眨一下。建信这小子,小刀子是越来越快了。难看又过来倒茶,还端来一盘花生瓜子,叫他们剥着吃。增志左右看看,不见春米,又不好问,心想建信这家伙,就是属蝴蝶的,没有那朵花在,他怎么肯来这里喝酒呢。正疑惑呢,只听见后头厨房里有人擦擦擦擦擦擦切菜,听上去有十分好刀法。不多时,果然就见春米端着一盘菜出来,建信的眼睛一亮。春米穿了一条湖蓝色裙裤,宽宽松松的,上头偏偏配了一件窄窄的鹅黄色背心,一头长发在脑后绾起来,好像一个蓬蓬松松的鸟窝。两只金耳坠子,一走一摇晃。难看说先上几个凉菜,热菜等领导们来了再上。增志看春米把盘子摆好,耷拉着眼皮,待看不看的；建信呢,在椅子里靠着,看上去倒是镇定,可一双眼睛,哪里管得住。增志心里笑了一下,心想照说建信这小子,在台上这几年,也算是见过世面的了,怎么还这样眼馋肚子饱的,当着人家老公公,就这样不沉着。偷眼看难看,竟好像是没事人一般。看来都是见怪不怪的事了,只自己还这样大惊小怪的。村里人那些个闲话,想必都不是瞎编的。

两个人喝茶,说起了村子里小七家的事,都唏嘘了半晌。小七得了一种怪病,城里医院也治不了,只好回家养着。人们说,都是芳村这水闹的,小七家舍不得买桶装水,结果吃出病来了。小七还不到四十岁呢,媳妇倒还好,肯定是守不住的,只可怜那两个孩子,大的十几了,小的才七八岁。正说着话呢,听见外头汽车响。建信忙立起来,说来了来了,迎出门外去。增志也跟着迎了出去。

一十人坐定,喝酒吃菜吹牛皮,说是下来检查,也不见他们扯几句正事。只说是眼看着快要麦收了,上头要求要注意防火。有几个村里的麦田着火了,损失挺大。建信忙说那肯定那肯定。耿秘书长得斯文干净,好像戏文里白面书生的样子,戴金丝眼镜,白衬衣白得晃人的眼。说话的时候,喜欢说这个这个这个。也不大笑,很有领导的派头。增志忽然想起来,这个耿秘书,莫非就是跟瓶子媳妇好的那一个?那一回,瓶子媳妇也是昏了头,不知怎么就说漏了嘴了。待要再追问,却怎么也问不出来。增志心里恼火,又不好深究。这个小白脸儿,仗着自己在乡里头,倒是人模人样的。看他那身子骨,也不像个厉害的,怎么就叫那个小娘儿们那么心里念里不忘呢。建信早已经在敬第三个酒了。那姓耿的酒量不行,三杯酒下肚,脸也红了,脖子也粗了,直个劲儿地喝茶。增志心里冷笑一声,就这点出息,还找娘儿们哩。热菜陆续上来了。一时间桌子上盘子碟子满满当当,一层一叠的。难看也过来敬酒,那耿秘书越发地红光满面。边喝酒边说话,建信因问起了皮革的事。耿秘书大着个舌头,笑道,前一阵子,中央台不是曝光了嘛,说是咱大谷县皮革业污染严重,地下水污染面积有几百平方公里。咱大谷县算是出了名了。建信说,不是说要治理吗?耿秘书笑道,皮革是县里的支柱产业,一大半的税收靠着它哩。停了?哪个领导敢这么干呢,谁停了谁是傻×一个,除非官帽子不想要了。建信叹道,往后可怎么办呢。人们就喝这种脏水? 耿秘书打了酒嗝,笑道,过一天是一天吧,这事儿,谁也没办法。增志说,上头的政策,是还要扶植这一行? 耿秘书笑了一下,也不说是,也不说不是,只慢悠悠喝茶。建信说,你看你这人,领导都说这么清楚了。一根筋呀。增志心里骂道,娘的,狗日的领导。猪鼻子插大葱,装啥呢装。

月亮出来了,弯弯的半钩,金镰刀一样,好像是老天爷专门打磨出来,叫人间割麦子的。星星这里一颗,那里一颗,乍一看不多,仔细看时,却见星星点点,越来越密,越来越稠,一时竟也数不清了。增志深一脚浅一脚的,走得有点飘。倒不是他喝高了,这点子酒,对他来说,就是漱漱口的事儿。让他觉得飘的,主要是心情。那个姓耿的,还没怎么着呢,就先趴下了。看着他那雪白的衬衣上溅了好多点子,也不知道是酒水,还是菜汁子,他心里真是说不出的爽啊,好像是,报了仇解了恨似的。建信他们还在那里勾肩搭背的,醉话屁话说个没完,他早趁乱溜出来了。

夜晚的芳村到底是凉爽多了。村委会院子里,有一帮妇女在跳舞。音乐蹦蹦蹦蹦蹦蹦,十分热闹,一会儿是《小苹果》,一会儿是《最炫民族风》。增志朝里头张了一眼,只见人影幢幢,尘土一阵一阵扬起来,在灯影里头起起落落的,好像是金沙银粉,撒得到处都是。几只小蛾子也被灯光染成了金色的,飞过来,飞过去。正看呢,忽然见有人在背后咏咏笑了两声,回头看时,却是望日莲。望日莲穿一条黑色吊带裙,整个人雪堆出来一般。增志笑道,哎呀小莲哪,热不热呀。望日莲笑道,热呀。出来逛逛。增志见她两只眼睛亮亮的,心想这小妮子,忒是非了,多一事不如少一事,我还是躲着点吧。说着话就要走,不想那望日莲却笑道,怎么这么怕呢,我又不是老虎。增志笑道,我才不怕呢。又小声道,就是你嫂子她,是个醋坛子。望日莲道,我就不信了,光正经跟我说句话,我嫂子就肯吃我的醋了。增志道,可也是呢。我被她辖制了这么多年了,也成了兔子胆儿了。望日莲就笑。增志见她笑得不祥,心想这妮子不知道又有什么幺蛾子闹出来,就说,怎么不去跳一会儿呢。望日莲道,谁跟这些个老娘儿们跳呢。土死了。抬胳膊弄了弄头发,增志简直不敢看她那雪白的膀子,还有腋窝里那片阴影。心想这丫头,果然是懂的。也不知道,那么榆木疙瘩一样的爹娘,怎么就生出来这样招惹人的闺女。正心里躁动呢,却见望日莲的手机响了。她对着手机,神色都不一样了,咻咻咻咻笑着,是撒娇的意思,又好像是挑逗的意思。那娇滴滴的样子,恨不能叫人半边身子都酥了。增志见她说得专心,赶忙溜了。

一路上心里起起伏伏的,想着方才那小妮子的样子,也不知道,电话那头是哪一个。这闺女的名气大,早先人们倒是指指戳戳的,后来呢,见人家果然厉害,反倒都不说了。这人心的深浅,怎么说呢。

回到家,素台正在看电视,一面看,一面擦眼泪。增志笑道,图啥呢这是。都是编的,还当真了。素台一面哭一面说,我就是哭这个女的,命忒苦,男的发达了,就在外头乱来。增志见她看这个,赶忙过去,连哄带劝,给她把电视关了,说要商量给她娘过忌日的事儿。素台这才喜欢起来。

素台想把亲戚本家都叫上,大伙热闹一天。增志知道她是显摆的意思,也不好驳了她,就说好啊,那就热闹一天,也费不了多少。增志说只是有一个事儿。素台说怎么呢。增志说,要是人家来吃咱的酒席了,肯定不能空着手来,怎么也得给礼钱。素台说,给呗。增志道,那叫人家来,好像是成心跟人家要礼了。素台说,人情往来呀,我都记着哩。一面就从抽屉里拿出一个小本子来,果然上头一笔一笔记得仔细。素台说这些个人情上头,就是换嘴吃的事儿，半斤八两。增志皱眉笑道，那也好，图个热闹。两口子就认真估算了人头儿，街坊四邻、七大姑八大姨，算着算着，增志忽然道，这个酒席钱，就咱们一家出吧。素台道，怎么，你还指望着叫我姐姐他们出呀。增志说，不是这意思，我是说，你给你姐姐商量一下，探探她的口气。素台冷笑道，她哪里有这份闲钱呢。你是不是觉得咱们吃亏呀。增志道，我不过是替他们着想，怕他们觉得脸上不好看。都是闺女，一样的人儿嘛。素台说，那你的意思呢？他们那光景，你也知道。增志想了想，半晌才道，要不然，咱们给他们做个假脸？素台看了他一眼，笑道，呀，今儿个怎么这么好心了呢。一面说，一面只管拿眼睛往他身上看，上一眼下一眼，左一眼右一眼，只把他看得心里发毛，气道，那随你便吧。我不过是咸吃萝卜淡操心，你倒歪心眼子想人。素台见他这个样儿，反倒扑哧一声笑了，软声道，看把急得，知道你是好心，怕他们难看。那怎么说呢，就说我们姐俩儿，对半平摊的？增志说不管，不管你家的闲淡事儿，就出去洗澡去了。

月亮不知道躲到哪里去了，倒是有星光，一点点一簇簇的，落在水盆子里头，一漾一漾的。院子里树多，花草菜蔬也稠密，绿影幢幢，有一股子湿漉漉的青气。增志吸一口，只觉得五脏六腑都给清洗了一遍。刚冲过澡，一身清爽痛快，心里头喜欢，就拿出手机，四仰八叉，躺在丝瓜架下面的躺椅上，玩微信。正玩着有滋味呢，却见一个短信进来，却是娜子的。娜子问他在干吗呢。他说洗澡准备睡了。娜子又问，想我吗。增志心里跳了一下，回道，嗯。又觉得太冷淡了，又回了一个字，想。心想娜子这个娘儿们，八成是又催他那个事儿了。这些天乱成一锅粥，又正赶上家里过忌日，哪里顾得上她的事儿呢。正琢磨着怎么过了这一关，娜子却再没有发过来。增志一会儿看一回手机，一会儿看一回手机，一个晚上心神不定的。心里一个劲儿骂娜子这个小骚货，害人精。半夜里起夜,忍不住又从枕头底下拿出手机来看,不想被素台劈手夺了过去,嗖的一下子给他扔到院子里。增志气得哆嗦,一面骂,一面就到外头去找。

不想那手机竟忽然响起来了。

第二十一章
尴尬人遇见了尴尬事

走着走着
就不是原来的样子了
走着走着
什么东西就变了

吃过饭,乱耕就拿个马扎,到村口去坐着了。

五黄六月里,天渐渐热起来了,一动就是一身汗。衣裳穿多了不是,穿少了呢,也不是。孙媳妇年纪轻,虽说是差了一辈,算是老人家了,却也不敢太大意了。怎么说呢,人上了年纪,到底还是不一样了。

这个季节,天黑得晚了。太阳已经落下去,天上好像是火烧云。树木啊田野啊房子啊,给染得红一块紫一块的。老远看见树底下有人吸烟,烟头一红一红的,乱耕心里骂一句,老四这家伙,倒是早。

戏匣子里在唱《花为媒》,老四跷着二郎腿,嘴里哼哼唧唧跟着唱。乱耕见他摇头摆尾的样子,十分看不上。这老四光棍儿一条,倒活出滋味来了。蝉不知道躲在哪一棵树上,喳喳喳喳叫着,叫得人心头烦乱。身上湿漉漉的,都是汗。出来的时候,竟然忘记带蒲扇了。真是老了。刚才吃过饭,撂下饭碗,就慌里慌张往外走,做贼似的。还是孙媳妇说,老爷吃饱啦,老爷要出去凉快着啦。是跟臭蛋说的。臭蛋手里拿着一根筷子,当成了兵器,在饭桌上扫荡,嘴里咿咿呀呀地叫着。乱耕胡噜了一下臭蛋的小光头,笑道,臭蛋好好吃饭呀,吃饭饭长肉肉。臭蛋扭身冲他笑了笑,露出一嘴的粉牙床子。他喜欢得不行,一颗心好像是被一只肉乎乎的小手给捏了一下。这是他孙子的孩子,他的重孙子。他七十三了,当上了老爷。人这一辈子,活的是什么呢,是人哪。一辈儿一辈儿的人,传留下去,打从老祖宗那里,可不就是这样过来的嘛。一只蚊子嗡嗡嗡飞来飞去,被老四啪的一声,一下子按在腿肚子上。老四的唱腔纹丝不乱。乱耕心里笑了一下。老四这家伙,倒是心宽。一个人吃饱了,全家不饥,也不替自己想一想后路。眼下倒是还能走能跳,可要是再上点年纪呢,再上点儿年纪,身边连个人儿都没有,可怎么好呢。

戏匣子里正在唱报花名儿那一段,新凤霞嗓子真是好。想当年,屋里那个也是个爱戏的。爱听,也爱唱,唱得还有那么一点意思。有时候他就逗她,你们家里怎么不送你唱戏去呀。她说我要去唱戏,还能便宜了你呀。怎么说呢,她这个人,论起模样呢,乍一看倒也觉得平常,可是却十分地耐看,是越看越好看,越看越看出多少好处来。这一晃,都多少年了。他叹了一声,心里也觉得纳闷。怎么平白无故地,就想起这些个陈年往事来了。

月亮慢慢升上来,是弯弯的一钩。星星们好像是一下子就密起来,一颗一颗,一颗又一颗,再细看时,又有很多颗不知道从哪里冒出来。麦子们都割过了,玉米苗子从麦茬里头蹿起来。萤火虫飞过来,飞过去,一亮一亮的。小虫子们比赛似的,咯吱咯吱叫着,同老四那大蒲扇一起一落地应和着。老远过来一个人,逆着光,看不太真切,那人拎着一个小凳子,刀螂一样,在黑影里一划一划的。这大热天,人们都在家里待着,吹着电扇开着空调,尤其是年轻人们,更是不肯出来受这个罪。老四眼尖,叫了一声白娃爷。白娃啪的一下打了一只蚊子,骂道,这村外的野蚊子,毒性大哩。乱耕笑道,可不是,野蚊子厉害。怎么不在家里吹空调呀。白娃笑道,我就是吹不了那东西,一吹浑身刷刷的,隔一天准闹毛病。老四哼了一声说,我倒是想吹。白娃说,有享不了的福,没有受不了的罪呀。我就享不了那个福,天生的受罪命。乱耕心里笑了一下,知道他的毛病,也不点破他。装什么呢,不过是怕白费了家里的电,宁可出来喂蚊子。嘴倒是硬。一时间几个人都不说话。戏匣子里正在播着广告,白娃的手机却跟着唱起来,他赶忙从大裤衩子兜里往外掏,一面叫老四小点声儿小点儿声。好像是白娃他闺女的电话。他闺女在石家庄上班,是他家老三。放了电话,白娃说,看看,这么三两句话,就是好几块哪。这闺女,真是烧得。乱耕知道他是显摆他闺女,笑道,闺女孝顺哪。再说了,挣那么多票子,不花干吗呀。白娃笑道,哪有啊,她就是惦记我。我跟她说,我这个脏老头子,有啥可惦记的。三天两头打电话,电话费不是钱哪。说两句话都这么贵,离得远了有啥好处。乱耕笑道,我倒是离得近,总共还没有你们说话多。白娃笑道,孩子们忙嘛。我家那俩还不是一样,忙,忙,成天价他娘的忙。乱耕说忙了好哇,等不忙了,你倒又该着急了。白娃就笑。

后半夜才渐渐凉快了。家里静悄悄的,一院子的月光,水银似的泼了一地。北屋里那娘儿俩想必是早就睡下了。一只小虫子在墙根底下忽然叫了一声,又叫了一声,到底安静下来。一大盆水早晒得热乎乎的,他哗啦啦擦洗了,一双拖鞋咕叽咕叽响着,回小西屋里去睡觉。

这屋子西晒,白天晒了大半天,夜里就有点闷。他打开窗子,也不拉窗帘,月色弥漫了一屋子。他仰面八叉躺在床上,也不穿衣裳,给吊扇一吹,浑身的汗毛都刷刷刷刷立起来,觉得真是痛快。有多少年了,他都没有这么放肆过了。

那时候,她还在。他们也算是恩爱。她是一个柔顺的女人,在他面前,尤其是好性子。孩子们呢,也还小,对他也都捧着敬着。想起来,那该是他最好的时候了吧。后来,儿媳妇娶进来了。她忙着伺候儿媳妇,忙着伺候孙子,忙着聘闺女,忙着闺女生孩子。她忙得很,哪里有闲工夫顾到他呢。有时候,趁着左右无人,他也想跟她亲热一下,她哪里肯。为了这个,他们没少闹别扭。那都是多少年前的事了。

后来,她走了。她在的时候倒不觉得。怎么她一走了,这个家一下子就空了呢。走到院子里,院子里空;走到屋子里,屋子里空。灶台空,床上也空,空得叫人心里发慌。孩子们还是照常来,有说有笑的。可他总觉得,到底跟从前不一样了。

夜里不知道怎么回事,倒又梦见她了。还是她年轻时候的样子,一双大辫子,在背后一荡一荡。她看着他,似悲似喜,只说了一句,你也是有年纪的人了,好好的吧。待要细问的时候,却醒了。有一缕月光,正好落在枕头旁边。他趴在床沿上吸烟。屋子里的一桌一椅,都看得分明。她这是什么意思呢。难不成,人间的事,她都知道?他心里的委屈烦恼,她也都知道不成?远远地,有谁家的鸡在啼叫,叫一声,停一停,叫一声,再停一停,好像试探的意思。窗子上渐渐发白了。这个时节,夜晚到底是短了。糊里糊涂一夜没有梦,天快亮的时候,倒扯梦了。是不是,人老了,梦也就少了?真是怪,她怎么就说了一句那样的话呢。有年纪怎么了,他就是不服。

北屋那娘儿俩还没有起来。他扫了院子,接上塑料水管子浇菜。院里干燥,他又泼了院子,泼得院子里湿漉漉凉森森的。他点上一颗烟,蹲在大门口的台阶上,慢慢吸起来。

白娃正在他家菜畦里拔草,见他出来,笑道,还挺早呀。他说可不是。人老了觉少,不比小年轻儿的们。白娃说是呀,早早就醒了。一辈子的觉都是有数的哩,等哪天睡够了,这一辈子也就完了。他就笑。白娃说这小茴香长得真快,你要吃来割呀。乱耕说,好呀,赶明儿我蒸包子吃。今儿个大集合,孩子们都回来。白娃说,闺女也回来?乱耕说回来,闺女一家子。还有小子,小子媳妇也回来。还有孙子,孙子开车,一块儿回来。都回来。白娃笑道,啥日子呀这是?这么大闹。乱耕说回家还得看日子呀,这是他们家,回家嘛。

饭早就做好了,北屋里磨磨蹭蹭的,左等不来右等不来。他叫一遍,又叫一遍,也不好进屋子,就在外头叫臭蛋。年轻媳妇家,大热天,总有个方便不方便的,要是碰上,就不好了。怎么说呢,跟孙媳妇在一个院子里头住,他总是加着一份小心,轻易不往人家北屋里走,就是非要过去,也是先在外头叫臭蛋。到底是孙媳妇嘛,不论是儿媳妇还是孙媳妇,都是一样的。再怎么,也不能跟自己亲闺女比。臭蛋臭蛋,他在外头叫。臭蛋跌跌撞撞走出来,揪着帘子上的那一串一串的珠子,冲着他乐,一股口水哧溜一下流出来。他笑道,臭蛋,小坏蛋,哎呀呀,看你那哈喇喇。芳村这地方,管口水叫哈喇喇。臭蛋见他过来要擦,扭身就跑。他一把捉住他,笑道,看你往哪里跑。臭蛋咯咯笑着,两手胡乱打他。他笑骂道,小东西,看你还打。只听见一声尖叫,抬头见孙媳妇白花花立在屋里,只穿着背心裤衩,他脑袋轰隆一下子就大了。

太阳晒着窗子,懒洋洋的。大黑猫在床头卧着,眼睛半睁半闭,被一片树影子撩拨着,一会儿张一会儿合的。他坐在马扎上吸烟,心里头像是一锅热油,煎熬得紧。娘的脑袋。老糊涂了。怎么就这样冒失呢?怎么就这么不长眼呢?怎么就这么不偏不正地,就撞上了呢?孙媳妇她,不会觉得他是有心的吧。这么多年了,这么多年了,他在自己家里,低着眉,顺着眼,装聋子装哑巴,装傻装蒜,为了什么呢。他真是觉得委屈。从什么时候,这个家就不是他早先那个家了?他狠狠吸了两口,不想却被呛得咳嗽起来。早饭还在锅里,孙媳妇没有出来吃,他也没有再叫。北屋里静悄悄的。臭蛋的哭声渐渐止住了,只是还有小声的哽咽,一夺一夺的。这孩子气性大,挨了打,怎么肯罢休呢。为了这个,重孙子挨了打。他真是气愤得不行。年轻的时候,他也是一个性子刚硬的,怎么到老了,竟变得这么窝囊了?

院子里有人说话。闺女一撩帘子进来,哎呀一声,说好呛呀,看这一屋子烟味儿。一面说,一面把帘子撩起来。他只顾低头吸烟,话也不说一句。他闺女笑道,怎么了这是?跟臭蛋打架啦?他心里恼火她这语气,哄孩子似的,他活到了七十多岁,倒越活越抽抽了?连个孩子都不如。闺女只道他是跟谁赌气,就笑道,我哥他们还没有回来呀。闺女说今儿个你歇着,成天价做饭了,今儿个你的大日子,我来做。他只不理她。闺女纳闷道,怎么啦这是?起身要把那些个大包小包拿到北屋里去。乱耕说,干吗去?闺女说,我去北屋里看看。他说甭去。闺女小声笑道,怎么也得过去看看吧。这东西,还是放在北屋里好些。不是你教我的嘛。他说叫你甭去就甭去。闺女停下来,看着他的脸,小心道,她,说你了,还是?他说甭乱猜。闺女说,那就是臭蛋?闺女笑道,肯定是臭蛋。啊呀呀,一个小孩子家,跟你说过多少遍了,甭老跟孩子逗。逗来逗去,倒把自己逗恼了。他说甭瞎猜。闺女道,比方说,你跟臭蛋逗,叫他滚,滚,小东西,滚,这是我家。臭蛋一个小孩子家,哪里知道轻重呢。我听到耳朵里就好几回了,你逗臭蛋,臭蛋就回嘴说,你滚,你滚,老东西,这是我家。这话好说不好听呀。没人时候还好,当了旁人,脸上多挂不住呀。乱耕一下子立起来,气道,少在这儿教训你爹。这是我的家。我祖辈传流下来的院子,谁不愿意住,谁走。

　　正说着呢,儿媳妇一脚迈进来,笑道,怎么这么大火气呀。大街上就听见了。谁走呀。他闺女忙打岔道,正说闲话儿哩。嫂子你回来啦?开车回来的吧。我哥他们哩?儿媳妇似笑非笑道,回来啦。这是家嘛。他闺女忙笑道,可不是。我哥他们哩,怎么倒落在后头了?儿媳妇笑道,他们去小闹腾家割羊肉。不是好吃羊肉饺子嘛。他闺女说可不是。爹就好吃个羊肉馅。姑嫂两个说笑着去厨房忙去了。

　　乱耕心里气得不行。这儿媳妇,说话惯会夹枪带棒的。幸亏是到城里去了,要是在家里住,还不定会有什么不痛快。过门这么多年,倒也没有什么大的纠葛。就是一些个小针小刺的,弄得他浑身难受,想一想,也就囫囵咽下去了。这一点上,孙媳妇就好多了。孙媳妇性子柔和,说话做事,也知道尊着他。这偌大的一个院子里,就住着他们爷孙三个。孙子是他从小疼大的,比起儿子闺女来,还要多疼几分。隔辈儿亲嘛。臭蛋呢,重孙子,更是他心尖子上的人儿,一碰就疼,一碰就痒,竟不知如何是好了。

孙媳妇在北屋里,一直没有出来。臭蛋倒是喜欢起来,早把早晨那顿打扔到脖子后头去了。闺女媳妇在厨房里包饺子,男人们就在外头桌子上喝酒。他坐在主位上,左手是女婿,右手是儿子,孙子和外甥在下手坐着。酒是女婿带来的,老白汾,他爱喝高度酒;菜呢,是几个凉菜,一个手撕鸡,一个猪耳朵,一个炸花生,一个豆腐丝,还有肉糕,颤巍巍地堆尖儿一大盘子。他女婿给他倒酒,劝他多喝点儿多喝点儿。他就端起酒杯来一口干了。他女婿说好酒量,一面又给他满上。他又端起来,一口就干了。他儿子看了他一眼,说怎么了这是,喝得这么急,又没人跟你抢。他女婿拿着酒瓶子,想给他再满上,又不大敢。他孙子把酒瓶子接过来,给他倒了小半杯。说爷你悠着点儿,慢慢喝。他端起来,又一口干了。他闺女出来洗手看见了,叫起来,你们这些人,干吗呢,怎么叫他这么喝呀。他儿子说,你看见了?是他自己要喝。他闺女气道,你们都是木头呀,木头桩子。一面说,一面过来,把他面前的杯子拿了。他女婿笑道,今儿个生日哩,老人家喜欢嘛。他闺女说,甭瞎掺和。他血压高,你们不知道呀。他外甥也笑道,叫我姥爷喝点儿呗,少喝点儿。他孙子说,我爷也就是三两的量,顶多三两。他看着他们这一干子人,一会儿看看这个,一会儿看看那个,笑眯眯的,一句话都不说。儿媳妇过来,两只手上白花花的湿面粉,不停地搓着,一面笑道,叫你爷多吃菜呀。这家的烧鸡味儿不赖,还挺软乎。伸手就弄了一块子下来,一面问他女婿是不是镇上刘家铺子里的。他儿子瞪她一眼。儿媳妇嘴里吃着,扬起声来叫臭蛋,臭蛋。叫了好几声没有人答应。众人好像这才想起来,孙媳妇好像是还没出来呢。他闺女冲着北屋喊,雪雪?雪雪?臭蛋?雪雪?

太阳已经转到房子后头去了。西屋就这一点不好,西晒。晒了一天,像是蒸笼一样,能蒸得熟一锅馒头。他歪在床上,头昏昏沉沉的,一蹦一蹦地疼,好像是有一百根钉子,在里头叮叮当当地敲,直敲得他眼前金星银星乱窜。胃里头像是着了火,烧得难受。浑身冒汗,身子软得拾不起来。也不知道怎么回事,竟然就喝醉了。一大群人,围着他,长长短短的,高一声低一声,闹哄哄,他竟然一句都没有听清。他只是想喝酒。这么多年了,他什么都能咽下去。他本来不是一个嗓子眼儿粗的人。可是,能怎么样呢。有时候,就得硬着头皮,抻着脖子往下咽。苦的咸的,辣的酸的,一咬牙一闭眼,囫囵着咽下去,也就是了。人这一辈子,还不就是那么回事儿。

院子里正热闹着。臭蛋的尖叫一声一声的,笑得咯咯的。吃过饺子,还有一道长寿面。孙子本来说要买蛋糕,被他拦下了。搞那些个洋玩意儿有什么用呢,花花架子,又不实在,又贵。他说吃面就挺好。长寿面,肉卤子,过生日嘛,还是要按照老礼儿来。本来嘛,这生日他是不想过的。这么多年了,活到七十多岁,哪一年正经八百过过生日呢。就是当年她还在的时候,也不过是顶多吃顿面条,也就罢了。可是今年,闺女一定要张罗着替他过。闺女说,今年不一样嘛。有什么不一样?七十三八十四,阎王不叫自己去。这是芳村的老话。老辈子人讲话,今年算是低年头儿,说法也很多。有的说,要过一过,说不定,阎王见人间的阳气重,强拉不得,也就放过了,要是不过,就不好说;有的说不能过,惊动了阎王爷,反倒不好。闺女说是叫识破烧了烧,今年要闹一下寿一下才好。他嘴上埋怨闺女多事,心里却还是有点不安生。好死不如赖活着。谁不想活着呢。这一辈子,有谁敢说,自己就活够了呢。虽说是这不如意,那不顺心,也不过是小小不言的事儿,说到生死,怕是谁心里也没有那么坦然吧。

外头臭蛋忽然就哭起来了。大家都在哄劝他,七嘴八舌地。他张着耳朵听了听,好像是没有孙媳妇的声音。也不知道,她是不是出来吃过饺子了。这个真是要命。一个院子住着,抬头不见低头见,这以后可怎么再见面呢。儿子媳妇光顾着挣钱,把他扔在家里头,跟孙媳妇住一个院里,他们怎么能想到,他心里头的滋味呢。隔着一辈儿,就是不一样了。到底哪里不一样呢,他一时又说不出来。臭蛋还在哭咧咧地,不像那么大嗓门了,小声哼哼着,好像是,要是忽然停下来,就下不来台似的。有人在小声哄着他。他欠起来脑袋听了听,心里咚的一下。好像是出来了。是臭蛋他妈,他孙媳妇,雪雪。细声细气的,说话又慢,不是她是谁呢。他心头一松,好像是一块大石头,一下子就卸下去了。

他闺女过来叫他吃面。他一下子就坐起来,笑眯眯的。他闺女慌得一下子扶住他,口里怨道,慢着点儿。这么大年纪了,还这么冒失。他也不反驳,只管呵呵呵呵地,冲着他闺女笑。

出来一看,果然是雪雪出来了,穿了一件粉裙子,光脚穿着凉拖鞋,头发拿一只绿卡子随便绾起来,低头喂臭蛋吃面。他想起早晨的事,脸上就火辣辣烧起来,也不敢抬头,只管埋头吃面。他闺女问他咸淡怎么样,要不要再添点卤?又问他软硬怎么样,要不要下一锅火大一点儿?他直说好好好,挺好挺好。他小子和女婿在说买卖上的事儿。他小子说这阵子买卖不好做呀。他女婿说,怎么呢,不是挺红火吗。他小子叹道,那是早先。如今上头风声紧,连带着我也跟着受伤哩。他小子说办公家具嘛,大尺寸的都不敢要了。当官的都怕嘛。他女婿说可不是,我这饺子馆也一样,冷清下来啦。乡里那些个干部轻易不敢过来吃了。他小子说,如今从上到下,都查得严,谁不怕丢官帽子呢。他女婿说,我看网上说,哪个市里几个干部,在街边小吃摊子上喝啤酒,喝醉了,就被人弄到网上了。也是活该出事儿。他小子说,还不是为了他们是当官的?平头老百姓,谁管得着呀。他女婿说这话是呀。哥你说这反腐反腐,当真能有用不?他小子嘘了一声,左右看看,才小声道,这国家大事,咱可说了不算。咱们老百姓,还不就是混口饭吃,顾这一张嘴?他女婿频频点头,把碗里的面呼啦啦吃完,盛了一碗面汤凉着,一面就朝着他闺女使了个眼色。他闺女笑道,爹过生日,我们也没有多少东西。就给爹点儿钱,想吃个啥就买个啥。说着摸出钱包来,拿了两百块钱给他。他死活不接。儿媳妇见他们父女两个拉拉扯扯的,从旁笑道,给你就拿着呗,也是他们一份孝心。过来就替他把钱接过来,放在他手里。他只好接了。他女婿笑道,嫂子说得是,钱也不多,主要是孝心。等我们饺子馆买卖好了,再多多孝敬。他孙子也早吃好了,掏出钱夹子来,抽出一张来塞给他,说爷呀,这是我孝敬你老人家的。还没有等他推辞,儿媳妇一下子跳起来,笑道,啊呀呀,怎么就显出你来啦?你一个孩子家,还在我们翅膀管儿底下钻着哩。一把把钱就拿过来,笑道,你才吃了几年干粮呀。少在这充大个儿吧。他孙子气道,妈你怎么这个样儿?我孝敬我爷哩。儿媳妇笑道,知道你孝敬,可也没见你孝敬过你爹娘一分。他孙子说,我爷他成天价做饭打食的,苦着哩。儿媳妇笑道,这叫啥话?我说你爷他不苦了?我说他清闲了?我说不让你孝敬你爷了?我不过是心疼你,臭蛋哪一天不花钱?等下年再有一个,仨哭的俩叫的,也是一大家子人哩。我也是瞎操心。他小子见他们娘儿俩吵吵起来,骂道,闹啥呢闹?不就是一百块钱嘛。孙子孝敬爷,有啥可说的呢。你一个娘儿们家,少在这儿弄事儿。他儿媳妇见男人当众不给她脸,一下子坐在地下,哭起来。他闺女忙着上前去拉她,左右劝她不动,心里又气,索性就不理她,由着她一面数落,一面哭。

这院子种了许多树,槐树、杨树、香椿树、枣树,还有一棵石榴树,很老了,倒是越长越歪,树枝子密密层层的,把门前的一大片都遮住了。石榴花早已经开过了。有很小的果子悄悄结出来,探头探脑的,这里一颗,那里一颗。树多,院子里就格外地清凉。再大的太阳,也不觉得热。不像如今这些个新房子,院子里都很少种树了,顶多种点花草,也就罢了。如今村里这些个新房子,倒是高楼大院子的,气派倒是气派,可就是一样,干巴巴的,住着也难受。哪里像他这院子,冬暖夏凉,是个宝地哩。这些树都是他亲手种下的。当初,小子也嚷嚷着砍掉算了,被他拦下了。草木跟人一样,也是一条命哩。人生一世,草木一秋,都是眨眼间的事。这些年下来,这些个树跟着他们这家人,白天黑夜,吃住在一起,刮风下雨也在一起,也算是亲人了吧。没有树的村子还叫个村子?没有树的院子还能叫个院子?他真是不懂。如今的人们怎么做人都这么干燥,一点滋味也没有了。

众人闹哄哄一天,终于都散了。院子里的地下,烟头烟灰、菜叶子、塑料袋、包装纸、卫生纸,乱糟糟扔得满地都是。饭桌子还那么摆着,杯盘碟碗,东一个西一个。方才还热腾腾一院子,一院子的人,头碰头脚磕脚,笑啊闹的,怎么眨眼就都散了呢。他拿了一把笤帚,哗啦哗啦扫院子。这洋灰地,就是这一点不好,有一点脏,就特别地显眼。地下东一块,西一块,云彩似的,不知道是水呢,还是臭蛋尿的尿。这小东西,小狗似的,随处撒尿,跟他孙子一个样。他怎么不记得,有一回,他孙子,也就是臭蛋他爸,非要在他鞋里头尿一泡,他不让,作势要打他,他却还是一边尿,一边朝他坏笑。他把巴掌高高举起来,也就笑了。那时候,他孙子才几岁? 这都是多少年前的事情了。

扫完院子,就动手拾掇那些个锅碗瓢盆。私心里,他是真的烦这些个事儿。他这一辈子,现成饭吃惯了,早先是他娘,后来是屋里的,他什么时候在灶台前头转过呢。大男人家,成天价围着灶台转,看着也不像。他小子、孙子,都是不会做只会吃的主儿,向来是被伺候惯了的。可是天下的事,怎么说呢。如今他七十多岁了,倒又从头学起,学着灶台上这一套了。也是这几年,他才真的尝出了一些滋味。怎么说,苦辣酸甜咸,一个都不好尝。这么多年了,想来也真的是委屈她了。

收拾停当,他把那饺子拾了一大碗,打算给他姥姥端过去。他姥姥是他老丈母娘,如今都九十多了。做顿差样儿的,他总是要给端过去一碗。他姥姥。这么多年了,他老这么叫她。街上遇见人,问他,啥好吃的呀? 他说还能有啥,家常饭。他姥姥在房子后头住着,窄窄的一条小过道,丝瓜架爬了半堵墙。一进门,叫了半晌,也没有人出来。知道是孩子们不在,就去了小西屋。屋子里光线暗淡,老太太一个人在床上坐着,见他进来,吓了一跳,看了他老半天,还是没认出来。他在她耳朵边上说,我乱耕呀。她只是茫然地看他。他找了只碗,把饺子倒进去,依旧放在桌子上,大声跟她说,这是饺子,羊肉馅,晚饭热一热再吃呀。

院子里养着猪,天热,臭烘烘的难闻。一只绿头苍蝇追着他飞了一阵子,嗡嗡嗡嗡的,总归是不耐烦,也就罢了。丝瓜花黄得倒是娇气得很,一朵一朵的,在风里颤巍巍的。他把那栅栏门轻轻带上,叹了口气。

想当年,他姥姥是多么厉害的人物。虽说是个女人家,却是一家子的主心骨、顶梁柱。孩子们有谁不怕她的。他这个女婿汉,在她面前,更是加着十分的小心,对这个丈母娘有着几分怕情。怎么人一老了,就不一样了呢。

这个季节,都五点多了,太阳还高着。街上静悄悄的,偶尔有几个闲人,在街口立着。也有抱孩子的小媳妇,也有老头儿老婆儿们,见了他,就停下扯会子闲篇。一个卖西瓜的,开着三马子突突突突过来,也在街口停下,见了人,就吆喝起来。圆滚滚一车子好瓜,个个青翠好看。一个老头儿就笑道,这瓜可真不赖。买俩回家解暑呗。乱耕说,这瓜还不行吧。那卖瓜听了这话,笑道,这还不行?沙瓤大西瓜,不甜不要钱。乱耕说,这是新乐瓜?卖瓜的说,可不是,新乐瓜,新沙蜜。一个老婆儿笑道,光说好,叫尝不?卖瓜的笑道,大娘会说话,这么大个儿,怎么个尝法呀。老头儿啧的一声,说要不我回家去拿刀来?卖瓜的见他们不诚心买,就有些不耐烦,只不理他们。

一进院子,见铁丝上晾着好几件衣裳,湿淋淋,不断有水点子淌下来,弄得水泥地上一片一片的。那衣裳花花绿绿的,有奶罩,有小裤衩,有小背心,他只看了一眼,就不敢再看。正要把碗放回去,臭蛋却跑出来,孙媳妇在屋子里喊,臭蛋,臭蛋。他脸上就烫起来。也不知道,方才她在屋子里看见了没有。臭蛋手里举着一根冰糕,都快要化了,哩哩啦啦顺着胳膊流下来。他赶忙拿了块毛巾帮他擦。臭蛋哪里肯,照着他脸上就是一巴掌。他不防备,只觉得半边脸上火辣辣的。臭蛋吃着雪糕,含含混混骂道,滚,滚,老东西,这是俺家。一面眼睛亮亮地看他。他心里又臊又恼,心里燥得厉害。也不知道是哪里来的一股子无名火,把毛巾往地下一摔,跟跟跄跄,直奔自己西屋里去了。

屋子里蒸笼一样,热得喘不过气来。他躺在床上,电扇也不开。凉席上转眼间就湿了,身子像是着了火。幸好窗子半开着,却一点风也没有。树枝子一动不动,好像是睡着了。不知道是什么花开了,有一股子淡淡的苦味。蝉在树上叫着,一声一声,叫得人越发烦乱了。越烦越热,越热呢,也越烦。臭蛋说得对,可不就是人家的家嘛。在这个家里,就是洗个裤衩,都不好意思在外头,明目张胆晾着。他是个刚硬的人,心肠软,耳根子软,脸皮却薄得很。一干子儿女,谁能猜到,他们的老爹心里头想什么呢。那一回,趁着孙媳妇回了娘家,他把大门一插,想痛痛快快洗个热水澡。北屋里有洗澡间,有暖气。孙媳妇让过他几回,他到底是不好意思。十冬腊月里,洗澡这件事,倒不是特别地着急。那一回,却是年根底下了,他想着一年了,怎么也得好好洗一下,镇上倒是有澡堂子,人多不说,他也有点心疼那几块钱。思来想去,他把心一横,就去洗了。谁知道刚洗了一半,却听见大门响。他慌得不行,好像是做了贼一般,三下两下把衣裳胡乱穿了,湿淋淋就出来开门,恨不能地下有个裂缝,立时三刻就钻进去。那一回,他伤风感冒,整整闹了一个正月,才算罢了。想起来真是恼火得很。孩子们只说是他感冒了,谁有这个闲心,问问到底怎么一回事呢。

不知道谁家在炒菜,滋滋啦啦的油锅爆炒的声音,还有葱花的焦香。躺了一会子,他到底还是扎挣着出来了。饭不吃也就罢了,总得要做的吧。难不成心眼子就针尖儿那么大,连小孩子家的一句话都容不得了?他是做老爷的人了。不知怎么,就想起来昨夜梦里她那句话。可不是嘛。也是有年纪的人了。好好的吧。他摇摇头,叹了口气。

第二十二章
建信站在了楼顶上

从高处看

这个村庄

就不一样了

建信一面洗漱,一面听他媳妇唠叨。他媳妇说,扩军媳妇又满大街跑,搞串联哩。建信嗯了一声,埋头刷牙。他媳妇见他那样子,怨道,你倒不疼不痒的。听说四明媳妇更厉害,挨家挨户找。我呸,真能拉下来那张脸。建信把嘴里的一口水哗啦吐出去,半晌才道,让他们找。他媳妇把嘴一撇道,不让人家找怎么办,你也拦不住呀。正说话呢,听见建信的手机响了。建信一面过去拿手机,一面埋怨道,谁呀这是,这么晚了。建信媳妇斜他一眼,自顾去了里屋。

却是大全的电话。大全说,睡了?建信说还没,要睡哩。大全说你倒是心大,还睡得着。建信听他这话里有话,忙问道,怎么呢。大全说,看来这一回呀,难说。大全说都盯得忒紧,你也得想想招儿了。建信说正琢磨着哩。你见多识广,也帮我琢磨琢磨呗。大全道,废话。我吃饱了撑的呀,这会子还打电话。

正是三伏天气,大热。蝉们唱了一天,到了夜里,竟然更加聒噪了。四周静下来,只有一村子的蝉声,一阵紧似一阵,好像是下雨一般。不知道谁家的狗,忽然叫了两声,就不叫了。他媳妇从屋里探出头来,刺探道,谁呀,深更半夜的。建信心里烦恼,故意道,相好的,怎么了?他媳妇一下子噎住了,半晌才气道,你去找呀,怎么还在家里待着?他媳妇说把别人当傻子,还当我不知道呢。建信冷笑道,好呀,你知道就好。他媳妇道,你去呀,有本事你去呀,去找那个小贱老婆。建信抓起一件衣裳,扭头就往外走。他媳妇咬牙道,你走,你要是再回来,就不是人养的。建信走到门口,又转回来,一把抄起茶几上的手机,嗵嗵嗵嗵出去了。他媳妇在后头哭道,翟建信,你不是人!

　　树们一动不动,没有风。整个村庄好像是蒸笼一样,热得人喘不过气来。路灯早已经灭了。半个月亮在天边挂着,星星却很稠很密,水滴一样亮闪闪的。建信深一脚浅一脚,也不知道要往哪里走。秋保家的超市灯还亮着,影影绰绰的,好像是秋保媳妇,散着头发,晃来晃去。小白楼却黑乎乎一片。有心去楼上办公室待一会,想了想,又罢了。对面难看酒馆早关门了,后头院子里墙头矮,隐约好像有灯光,正好照在墙外那棵杨树上,弄得仿佛一树的金叶子银叶子。也不知道,这个时候,春米睡了没有。正乱想呢,手机响了一下。建信心里一跳。打开看时,却是一个垃圾短信。

　　酒馆前头的老槐树底下,横七竖八有几个马扎。还有一个三轮车,拿铁链子锁在树身子上。酒馆后头拐过去,出了胡同,就是村北的庄稼地。玉米地一大片一大片,散发出一股子郁郁的热气,湿漉漉的。建信打了一个喷嚏。

　　醒来的时候,天早已经大亮了。毛巾被给他弄得皱皱巴巴,太阳穴一蹦一蹦的,头疼。嘴里又干又苦,是吸烟吸多了。他抓起茶几上的杯子,一口气把水喝光。他媳妇推门进来,看样子早梳洗过了,打扮着,好像是要出门。他刚要问她去哪里,想起两个人正闹着别扭,就又把话咽回去了。他媳妇眼睛肿得桃子似的,看也不看他一眼,高跟鞋踩得咯噔咯噔响,示威一般。他偷眼看她脸上,今儿个没有描眉画眼,黄着一张脸,眼睛下头有两块青晕,下巴颏好像是也显得尖了,倒比平日里多了一种娇弱的意思,忍不住哎了一声。他媳妇只不理。他笑道,哎,跟你说话哩。他媳妇四下里看了看,道,跟我说话?我哪里配得上呢。他忖度她的口气,光着脚过来,拦腰把她抱住,她媳妇一面使劲挣脱,一面骂道,青天白日的,也不怕人家看见。建信见她红头涨脸的,脖子上的青筋暴着,是真急了,一时没有了兴致,也就放了手。

洗漱完,潦草吃了早饭,正坐着吸烟,四槐骑着电动车,一路骑进院子里来。建信见他一脸热汗,训道,怎么啦,有老虎赶你呢?四槐道,不好了,听说扩军正给人们发东西哩。建信问,扩军?发啥东西?

才不过八九点钟,太阳就发起威来,好像是有一千个一万个金镞银箭,齐刷刷射下来,把村子射得明晃晃一片。街上乱纷纷的。有一辆三马子,突突突突叫着,停在村委会小白楼前头。扩军他兄弟扩强,正吆喝着给人们发东西。扩军他媳妇在一旁帮着登记。扩军他爹也在一旁监督着,劝人们甭挤甭挤,一个一个来,都有份儿。来领东西的,大都是老头老婆儿,也有奶着孩子的年轻媳妇,也有领孩子的半老娘儿们。人们你挤我,我挤你,闹哄哄的,生怕轮不到自己就没有了。小鸾抱着一个电饭锅,汗淋淋挤出来,抬眼看见建信,不好意思道,吃了呀。建信笑道,吃了。热不热呀。小鸾道,正说要买个电饭锅哩。建信见她红了脸,知道是怕得罪他,就岔开话题,笑道,这天热得,也不下雨。又是一个旱年。小鸾说可不是。搭讪着,一溜烟走了。建信看着她背影,心想扩军这小子,倒是挺能,下血本了这回。正乱想着,见翠台也抱着一个纸箱子过来,建信笑道,啥好东西呀。翠台说豆浆机。建信看那纸箱子上,果然写着豆浆机的字样,就笑道,喝豆浆好,豆浆养料大。这豆浆机不赖。翠台讪讪道,白吃的枣嘛,就不能嫌有蛆窟窿。不要白不要。建信道,那是,不要才是傻子。

热闹了大半天,人们才渐渐散了。建信在大门口蹲着,一面吸烟,一面跟人家打招呼。人们抱着东西,从他家门前走过,好像没事人似的。他们好像是都忘记了,如今在台上的,是他建信,翟建信。这些个人,眼皮子怎么就这么活呢。有奶就是娘。扩军给他们发点子东西,就成了他们的亲娘了。

太阳从门前的台阶上晒下来,把那一丛月季晒得更泼辣了。月季也有红的,也有粉的。红的给太阳一晒,更是明艳,血滴子似的;那粉的呢,惹上了飞尘,就有那么一点脏。粉色这东西,娇气。当初盖房子的时候,院子拔得高,台阶也高,一级一级的,要走好多级,才能上院子里来。台阶两旁种满了花草,大片的是月季,也有美人蕉、鸡冠子花、牵牛花爬到篱笆上,红红粉粉爬了一片。旁边停着一辆汽车,细细地落了一层灰。不知道是哪一个烂爪子的,手指头在上头写了几个字,草泥马。一个大大的惊叹号。

建信使劲儿吸了一口烟。看这形势,凶多吉少啊。扩军、四明,还有多佑家那个二混子,都眼巴巴盯着呢。别的不说,只一个扩军,就够他喝一壶的。扩军这小子,是村子里的能人。这么多年了,地也不种,买卖也不做,也不像别人一样,出去打工卖苦力,他硬是靠着赌钱,就把家发起来了。这小子也是邪乎,好像是专门走这一经,在赌场上,要风得风,要雨得雨,十分地得意。听说有一回,在澳门赌的时候,赢得太狠了,差点丢了性命,后来还是县公安局过去,出示了逮捕证,把他押解回乡,才算是脱了险。人们都说,那公安局的不过是假托,肯定是叫他买通了关系。扩军这家伙,水倒是真深。也不知道,他怎么就忽然起了这个心,要回芳村来主政。难不成,就为了这个芝麻小官儿?

远远地一个人骑电车过来,逆着光,也看不清是谁,只觉得光彩烁烁,眨眼间就到了跟前,噌的一下子跳下来,水汪汪冲他笑。建信吃了一惊,也笑道,我当是谁呢。这是去哪儿呀。春米道,管我呢。建信笑道,我不管谁管?一面说,一面左一眼右一眼看她,直把她看得脸都飞红了,横了他一眼,嗔道,亏你还有这个闲心呢。建信道,怎么了呢?看到美女,魂儿都没了。春米怨道,少来你。村子里都传开了,说是这一回扩军要上。建信道,要上?要上谁呢?春米满脸通红,骂道,狗嘴里吐不出象牙来。跟你说正经的哩。扭身就要走,建信拦住她,笑道,你是不是怕我下台呀。春米咬牙道,我有啥怕的?我又不是你媳妇。建信见她真心恼了,才收敛了道,你把心放回肚子里。扩军是路子野,可我翟建信也不是吃素的。

晌午饭的时候,他媳妇还没有回来。建信猜想可能是回娘家了,要么就是去西河流串亲戚去了,她娘家侄女坐月子,待小且。待小且的意思,就是月子里头,特意置酒席待娘家人。等满月了,再大摆筵席,亲戚本家都请来,叫作待月子且。建信也懒得理她,把头天剩下的豆角炒饼热着吃了,又开了一瓶啤酒,慢慢喝起来。

空调嗡嗡嗡嗡响着,把奶白的纱帘撩拨得一飞一飞的。如今人们都弄这种落地窗,敞亮,开阔,一眼就能看见院子里。一院子的花草,大黄大紫的,给太阳一晒,越发地颜色鲜明。这个院子不小,比起来,还是没有新院子气派。新院子是三层小楼,今年春上刚装修好。他的意思,还是不那么招摇的好,非要盖呢,就盖二层楼,跟别人一样,可他媳妇哪里肯。吵了几场,到底依了她。盖了三层,院子也大得不像话。村里人都说,看人家建信家的小楼,金銮殿似的。他媳妇得意得不行,尾巴翘得高高的,恨不能把天都捅破了。他心里却不自在。低调。做人要低调。在他这个位子上,尤其要夹着尾巴做人。这娘儿们,四六不懂,怎么就不知道把尾巴藏起来呢。

喝着喝着就有点高了。一院子树影子乱摇,蝉声从树上跌落下来,跌得满地都是。天地良心,他上台这几年,还是给村子里办了几件实事的。远的不说,光这两年,就修了公路,安了路灯,弄了厕所。还雇了人,捡垃圾,扫大街,村子里显得干净多了。他建信为了谁呢。自然了,他也有自己的一份私心,多弄点动静,这是政绩哪。有了政绩,位子才能坐得稳。自古以来,哪朝哪代不是这样呢,能打得下江山,却守不住江山。人心是顶厉害的,要学会收买才是。再有,花国家的钱,给乡亲们办事。有什么不好呢。还有一条,他打死都不肯承认,有工程才有回扣嘛。没有这些个工程,他怎么盖小楼买汽车呢。

正喝着呢,听见有人在院子里说话。摇摇晃晃出来一看,却是他媳妇的嫂子。见他红头涨脸的,哎呀一声,说,你喝酒啦?又往屋里看,问,枝儿还没回来?建信平日里顶烦她这嫂子,见她蝎蝎螫螫的,不愿意理她。她嫂子把手里的一兜子东西晃一晃,说这是今儿个西河流席上的一点子剩菜,我跟枝儿俩人分分。枝儿她不是在我头里么,怎么眨眼就不见了?我还想着是回来了呢。建信嗯嗯啊啊的,不想敷衍她。她嫂子把东西放厨房里,却还没有要走的意思。建信只好让她一让,说,嫂子不坐一会儿?她嫂子也不坐,往门框上一靠,叹口气,半晌才道,论说,我一个娘儿们家,不该管这些个事儿。可眼看着人家要把这位子夺了,你心里头,到底是个什么主意呢。建信笑道,大不了不干了呗。下台。无官一身轻嘛。她嫂子急道,那怎么行。你在台上不觉得,要是哪一天下台了,才知道人心呢。建信道,那依你看呢?她嫂子沉吟了一会儿,才道,村里人,眼皮子浅,见不得一点子东西。我想来想去,还是得在钱财上破费一些。她嫂子说他们不是发东西吗,咱们也发,直接发吃的,发牛羊肉、猪肘子。白吃的东西,才更香甜。建信不说话。她嫂子劝道,拿了人家手短,吃了人家嘴短。到时候,不怕他们不帮着咱说话。建信不说话。他嫂子说,刚才,就为了席上这些个剩东西,两个媳妇还吵起来了。这点子东西都看在眼里,争哩。建信说,那置办这些个东西,去肉二那儿?她嫂子笑道,我看也甭到别处去,就去灯明那儿,知根知底的,秤上也出不了差错。建信心里不由冷笑了一下,嘴上却道,我再想想。这事儿不着急。她嫂子道,还不着急?都火烧眉毛啦。

正说着呢,他媳妇回来了,见她嫂子也在这儿,就把她往屋里让,她嫂子不进屋,姑嫂两个就在院子里说话,唧唧呱呱的,说今儿个酒席怎么好,人怎么多,那谁家的媳妇,吃相忒难看,一看就是个护食的。还有小鸾她婆婆,拿个塑料袋子,一直往里头装东西呢。还当人家看不见。建信心里烦乱,径自去屋里了。

不年不节的,发牛羊肉猪肘子,亏她想得出来。他翟建信的脊梁骨子还没有那么软,为了这么点子事儿,跟整个芳村的人们低头。他又不求着他们。怎么说呢,他在台上这几年,也是想破了脑袋,给村里办事儿。不往远处比,最起码,比前两任都有良心吧。是,老实说,他也得了不少好处,可自古以来,哪个当官儿的屁股干净呢。比起来那些个大老虎,他这点子事儿,还值当提呢。村里这些人,素质就是不行。要不说没文化是睁眼瞎呢,就贪图眼前的这点子甜头儿,谁顾得上往后头看一眼?就说扩军,这小子一上台,谁知道会怎么样呢。一个大赌棍。

他媳妇撩帘子进来,见他在沙发上歪着,纳闷道,怎么,又喝了?尖起鼻子闻一闻,怨道,大白天的,一个人还喝。见他不说话,就在沙发上坐下来,道,我嫂子说的那事儿,你也上点儿心。建信不说话。他媳妇道,人这一辈哪,要能屈能伸。该刚硬的时候刚硬,该柔软的时候呢,还是要柔软一些。这个你比我懂。建信这才开口道,你嫂子教你了?他媳妇道,怎么说话呀。他冷笑道,你这嫂子,果然厉害。他媳妇说,我嫂子惹你了?还不是为了你好。建信道,为了我好?是呀。我要是在台上,有什么事不能呢。这几年,他们沾的光还少了?就她那兄弟灯明,开那肉铺子,还不是我的人情?如今倒会做我的买卖了。他媳妇道,肥水不流外人田嘛,怎么这点子道理都解不开呢。还有,这些年,要不是有你、我,还有我哥、我娘,还能在她面前这么挺腰杆子?我这嫂子是一个什么货,我还不知道?建信见她泪汪汪的,也不好再说。半响才道,这个事儿,我再想想。

吃过晚饭出来,街上已经亮起了路灯。一村子闪闪烁烁,同溶溶的月色呼应着,有那么一点繁华的意思。不断地遇见村里人,有骑电动车的,有骑摩托的,也有索性走着的,是去逛夜市。这阵子,苌家庄的夜市越发热闹了。人们闲着没事,就去夜市上逛逛。带孩子的,就给孩子买点零嘴儿;也有幽会的,打着逛夜市的幌子,倒成了很多好事。庄稼地已经很深了,一大片一大片,有一股子说不出的沉默的郁勃之气。月光照下来,庄稼地巨大的阴影,把村庄弄得又神秘,又幽深,好像一眼看不到底似的。不知道谁打了个喷嚏,唱戏似的,带着长长的尾音,惹得旁边的人都笑起来。

难看媳妇正在门口坐着歇凉,见了建信,老远就朝他笑,慌着把他往屋里让。建信也就顺坡下驴,进屋里坐会儿。难看拿出冰啤来,又张罗着弄菜,被他拦下了,说今儿不喝了,后响在家里刚喝过。难看笑道,跟谁喝的呢?建信说就一个人,对嘴儿吹。难看道,怎么想起一个人喝了?建信不说话。难看观察他的脸色,小心道,今儿个白天,街上发东西的事儿,你都知道了吧。建信不说话。难看道,看来这回是豁出去了,要较劲儿。咱也不能就这么傻等着。等人家把工作都做足了,就没有咱们下嘴的份儿了。建信吸了一口烟,半响才道,那依你看呢?难看道,他们不是发东西吗,咱们就换换样儿。请客吃饭,大摆筵席。这事儿你甭管,包在我身上。别的不行,要论做菜做饭,我还真不怵。好吃好喝,堵住他们的嘴。建信不说话。难看道,不蒸馒头,咱就为了争这口气。这些年,我受了你多少恩情,都在心里呢。平日里你能缺啥?这一回,也是老天爷给了这么个机会,让我尽一尽心。建信笑道,一个村子的人哪,这得摆多少席呀。难看道,我这儿地方小,就一拨一拨地来,把全村请个遍。建信摇头道,这破费就忒大了。难看急道,这是怎么说的,俗话说,有钢用在刀刃上。我这小店虽说不大,这几年有你看顾着,还算过得去。这点子钱,我还出得起。建信刚要再推辞,难看把一罐啤酒啪的一下子打开,推给他,又啪的一下打开另一罐,笑道,那就这么说定啦。赶明儿一早,我就去城里采购去。

还是闷热。蝉们远远近近叫着,叫得人心里越发烦乱。月亮在天上,还只管清清地照着。是半个月亮,浅浅的黄色,有一块东西,也不知道是云彩,还是别的什么,把月亮挡住了,好像是一个鸡蛋黄,不小心流了出来。有逛夜市的人们回来了,带着一身的汗味儿,热腾腾说笑着,见了建信,都跟他打招呼。建信嫌烦,就挑了一条小过道走。小道偏僻,弯弯曲曲的,直通到村外庄稼地里。建信掏出一支烟,边走边吸。难看倒是难得,平时不遇事儿不知道,遇上事儿,还真是仁义。这些年,也是没有少拉拽他。当然了,说句良心话,也不是为了他。要不是春米,他还肯这样吗?这世上的事儿,就是这么经不住深想。还有,要是他建信果真下了台,恐怕是这难看酒馆也就到头了吧。眼前的例子摆着呢,当年,刘增雨在台上的时候,财财酒家不也是红红火火嘛,说倒就倒了。墙倒众人推,只怕砸死的都是那些个不相干的。看来,这一回,他是有点箭在弦上,不得不发了。

喝了啤酒,肚子有点胀。看四下无人,他掏出家伙,冲着庄稼地痛快尿了一泡,把玉米叶子弄得哗哗哗哗乱响。他顺手掰了几个棒子,踉跄着往回走。快到家的时候,迎面碰上四明媳妇,抹得香喷喷的,刚从鬼子家出来。见了他,老远就笑道,吃了呀。建信说吃了。你忙呀。那媳妇笑道,不忙不忙,我一个闲人,有啥可忙的呢。建信见她背了一个小包,也不知道,里头是不是装了充值卡什么的。村里人们,也有说拿到了的,也有说没有拿到的,背地里都骂她算盘精,看人下菜碟儿。这媳妇看上去瘦巴巴笑眯眯的,倒像是一个有心计的。四明媳妇见建信打量她,便笑道,怎么,不认识了呀。建信看她那娇嗔的样子,心里扑通跳了一下,想这媳妇,表面上不显山露水的,内里竟是一个风骚的,也说不定。正乱想着呢,那媳妇把身子一扭,早走远了。

他媳妇正打电话,见他回来,就挂掉了。他见她鬼鬼祟祟的样子,也无心深问,把嫩玉米棒子堆在茶几上,旁边的一个茶杯,倒被碰倒了,里头的水哩哩啦啦流出来,直淌到地板上。他媳妇没好气道,棒子正灌浆哩,籽儿都不满,一咬一兜水儿,怎么吃呀。糟蹋东西。一面擦地,一面唠叨。他见她絮絮叨叨没完,骂道,我就是糟蹋东西了,怎么了?他媳妇气道,你有本事去外头闹呀,窝里横,算啥本事?他正被戳疼了心事,骂道,老子全天下的气都能忍,就是不能忍你这娘儿们。一面骂,一面把手头的遥控器扔过去,他媳妇往旁边一躲,正好打在一只花瓶上。砰的一声,花瓶跌在地下,摔破了。他媳妇又是心疼,又是气,骂道,翟建信,你有本事,去跟人家争呀,争上了台,我给你当牛做马,给你娶三妻四妾,伺候你三茶六饭、铺床叠被。你说一是一,说二是二。要是下了台,可别怪我说话难听,再想在这个家里这么张狂霸道,门儿也没有。建信见她说得痛快,反倒不恼了,冷笑道,原来你就是图这个。好,很好。我这就让你看看,我怎么争,怎么上台,然后再怎么把你这势利娘儿们休了。他媳妇骂道,好呀。这回我倒想看看你的好本事。一面骂,一面哭。建信也不理她,摔门子就出去了。

月亮慢慢沉下去了,只留下满天的星星,眨着眼睛不肯睡去。有水珠子落下来,落在额头上,也不知道是露水,还是蝉的尿。一院子的花草,到了夜里,好像是更长了精神,散发出一股子腥甜的气息,湿漉漉香喷喷的,叫人头晕脑涨。有一只什么鸟忽然叫了一声。四下里早安静下来。这个时候，芳村才沉沉睡去了。门口有一个人影一晃，他正要问是谁，不想那人却扑哧一声笑了。细看时，竟是四明媳妇。四明媳妇好像是又换了一身衣裳，家常的碎花小背心，短裤里露出一双长腿来，光脚穿一双人字拖鞋，冲着建信摆摆手，小声道，我就猜着建信哥没睡哩，过来说几句话儿。建信心下纳闷，脸上却笑道，天热，睡不着。四明媳妇笑道，建信哥睡不着是心里有事儿吧。建信笑道，多大点子事儿呀。四明媳妇道，可说呢，建信哥你这些年当着干部，见识也多，这点子事儿，放在建信哥那里不算什么，放在我们身上，就是天大的事儿。建信故意装傻道，什么事儿呀。四明媳妇道，哥你故意是吧。我家四明你也知道，虽说是念过高中，又当过兵，其实是个书呆子。身子骨又单弱，卖苦力也不行，做个小买卖吧，也不行，干啥啥赔。建信哥你也有了家底子了，不如就心疼一下我们呗。一面说，一面径直坐在他腿上。建信再没想到她这么大胆，有心推开，又不忍。这媳妇腰身柔软，身上有一股子说不出的腥甜味儿，夹杂着脂粉的香气，叫人心里按捺不住，心想这媳妇果然是个知趣的，又见她朝他一笑，魂都飞了。四明媳妇把嘴唇凑上来，他想着是要亲他，不想却咬起了他的耳朵垂，只把他咬得半边身子都软了。正缠绵间，忽然噌的一声，一个东西跳出来，把两个人吓了一跳，原来是只猫。受了这一惊吓，建信有点清醒了，趁势推开她，笑道，不早啦，赶紧回去睡觉。那媳妇看着他，半响才道，建信哥这是答应了？建信道，我答应什么了？那媳妇冷笑道，那你这是要反悔？建信笑道，我更不懂了。那媳妇冷笑道，装什么呢。在人前装也就算了，在我前面，就干脆来点儿真格的。那媳妇说你甭逼我，逼急了，我就把刚才的事儿捅出去。建信笑道，刚才呀，我怎么你了？那媳妇笑道，舌头长在我嘴里，那要看我怎么说了。建信道，好呀，那你尽管去说，最好到大喇叭上广播一下。那媳妇气道,甭逼我。你那些个事儿,我一清二楚。建信道,我倒想听听,你都清楚什么呢。那媳妇笑道,那我就说说,你可听好了。那一年,说是给村里修公路,怎么就只到河套就不修了?还不是你们兄弟要挖沙子运沙子?花着国家的钱,给自己家里修路,村里还得给你记一功呢。建信道,你一个娘儿们家,少胡说。那媳妇道,还有那些个扫街的、修厕所的、去村里厂子上班的,连上那些个盖养猪场养鸡场占地的、承包果园子的,哪一个不是你建信的亲戚本家?你们大碗吃肉,我们这些个外姓外院的,连一口汤都喝不上。你这干部当得好呀。建信见她还要说,急得一把把她拽过来,摁在地下就想弄,却左右不行。那媳妇在他身下破口大骂,骂得他一时兴起,越发忍不住。正得了意思,不防备那媳妇歪头在他手腕子上咬了一口,他哎呀一声大叫,甩手给了那媳妇一个耳光。

屋子里暗沉沉的,有淡淡的晨曦,透过窗帘漏进来。这间东屋不大,收拾得倒是十分干净。一米五的单人床,铺着粉色碎花单子,一个粉紫色心形靠垫,被他揉搓得皱巴巴的。他心里骂了一句。这么娇滴滴的地方,难怪做了那样香艳的一个梦。摸一摸耳朵,好像湿湿的痒痒的,不知道是汗水,还是口水。想起梦里的情景,不由得心里躁动;又想起那媳妇的一番话,又是气,又是怕。靠在床头,他一面吸烟,一面忍不住看了看手腕子,好像是右手腕子,上头隐隐约约,像是一个牙印子,他心里纳闷,再细看时,又像是凉席压出的花印子。这四明媳妇,不是一个等闲之辈。

懒洋洋起来洗漱完毕,待要吃饭,却见桌子上什么都没有。跑到厨房里,也是冷锅冷灶,不像做饭的样子。试探着推开门,见他媳妇披头散发坐在床上,也不梳洗,像是刚哭过。他这才想起来昨天夜里的那场气,正要带上门出来,不想他媳妇叫住他。他只好立在那里,听她说。等了半晌,他媳妇却不说了。他不耐烦,关门就出来了。他媳妇光着脚追出来,立在地下,半天才道,我嫂子说的那事儿,你想了想没有?他听不得她嫂子这几个字,皱眉道,这事儿不妥当吧。他媳妇道,那要不就光发肘子?牛羊肉忒贵。他说也不妥当。你甭管了这事儿。他媳妇冷笑道,那怎么算是妥当呢,叫人家摆酒席就算是妥当了?他一惊,你怎么知道?他媳妇道,村子里早传开了,说是你要大摆酒席,请整个芳村的客呢。他耐着性子道,这是难看的主意,人家也是为咱好。他媳妇道,为咱好?羊毛出在羊身上。你非要请客,也不能在她家酒馆里。建信道,谁家呀?芳村就这一家嘛。他媳妇道,就是不能在她家。我就看不得她那个骚样子。打扮得妖精似的,给谁看呢。建信知道她说的是谁,故意不理她。他媳妇见他不说话了,越发气壮,骂道,专门勾引人家的男人,隔锅饭香是不是?不要脸。建信道,你骂够了没有?骂够了赶紧做饭。他媳妇正要开口,电话响了。他媳妇跑过去接电话。建信猜想,八成又是她那嫂子,心里气恼,肚子咕咕叫着,自顾去菜园子里摘了一根黄瓜,也无心洗,就那样顶花带刺的,咔嚓咔嚓啃起来。

刚吃了两口,大全的电话打过来,劈头就问道,听说你要请客?请整个芳村?建信说可不是,正想着跟你商量呢。大全道,跟我商量?你眼眶子也高了,什么时候把我看在眼里了?建信赔笑道,这话怎么说呢,你是全总嘛,是我叔嘛。大全道,你真是糊涂。如今上头风声这么紧,当干部的,在路边摊子上吃个烤串儿都能惹上事儿,你倒是厉害,硬是往枪口上撞。还要五马长枪的,大摆筵席,想干吗呀,这是什么行为知道吗,这是贿选呀。是不是头上这乌纱帽戴腻味了?建信急道,这都是难看的主意,我也是急糊涂了。大全道,甭管谁的主意,还是你糊涂。建信说是是,我糊涂我糊涂。建信说那扩军他们那样儿,就没事了?大全压低声音道,没那么便宜。我早叫人全程录像,弄到网上去了。现在网络多厉害,不怕上头不管。建信吃惊道,这不妥吧。要不要先跟上头打下招呼?上头要真查下来,算是我任上的事儿呢。大全道,放心,分几步走,都有战略战术。电话里头,建信也不好深问,只一个劲儿说好好,听叔的。大全这才口气缓和下来,半晌才道,这样吧,一会儿你过来一趟,咱们当面说。

一回头,见他媳妇正立在那里听,也不知道听见了多少,便吩咐道,嘴严实点儿,甭在外头瞎说话。他媳妇试探道,那,肘子的事儿?建信正咬了一口黄瓜蒂把儿,嘴里又涩又苦,呸的一口吐出来,骂道,肘子肘子,光惦记着你娘的肘子。统共就这一口肉,都想上来咬一口。急了老子还撂挑子不干了。

他媳妇也不敢还嘴,就去厨房里弄饭,听见外头门响,赶忙追出来,在后头叫道,这是去哪儿呀,饭也不吃啦?

从大全家出来,正是中午的时候。大太阳灼灼的,把村子晒得白茫茫一片。满世界好像都是蝉声,在耳朵边吵成一片。怎么回事呢,喝着喝着,又喝高了。大全这家伙,臭显摆什么呢,不就是两瓶破茅台嘛。他以为自己是谁呀,仗着有几个臭钱,在村子里称王称霸,也就罢了,竟然还想牵着他的鼻子,牛不吃水强摁头哪?有一只狗冷不防从哪里窜出来,吓了他一跳。那狗一面走,一面扭头看他,看了一眼,又看了一眼,只看得他心里恼火起来。

晌午时分,村子里安静得很。天上的云彩也寂寞极了,一会儿飞过来,过了一会儿,又飞走了。也不知道,大全说的,是不是醉话。也可能是,他就是要趁着酒劲儿,才掏出了一分半分的真心。这么多年了,大全这家伙,精明厉害,算账算到骨头里,什么时候给过他一句真话呢。可这一回,一句真心话,就把他的胆子吓破了。依着他的意思,还是像往年一样,豁着使钱呗。反正大全有的是钱。可是大全说,不行。这回不行。扩军是什么角色?

太阳好像是更烈了。一村子的树木,好像都被晒得睡过去了。阳光刺眼,仿佛乱箭齐发,把一个村子都打穿了。热浪滚滚涌出来,好像是岩浆一般,无数个金点子银点子乱溅。四周都是人家的楼房,层层叠叠的。在台上这么几年了,他还从来没有到过小白楼的顶上。在这楼顶上看芳村,竟然这么不堪。乱七八糟的电线,牵牵绊绊的。人家楼顶上,白花花的鸟粪、红红绿绿的塑料袋子、风雨折断的树枝子,连同厚厚的尘土、落叶、废纸。远远地,有一个什么东西闪烁着白光,十分刺眼,也不知道是谁家的太阳能,还是广告招牌。太阳在头顶恶狠狠烤着,直把人烤得要化掉了。眼前一阵子漆黑,一阵子血红,有一阵子,什么都看不见了。恍惚间,他好像是看见了一只手,一只右手,幽灵似的飞过来。一抬头,扩军捂着右胳膊,血流如注,冲着他冷笑。

他心里一凛。腿一软,脚下一滑,径直跌下去了。

第二十三章
增产家的事

过了清明,就是谷雨了
一场雨来得正是时候
人间四月
她什么都没有错过

今年的天气有点奇怪,过了清明节,还是乍暖乍寒的,好像是女人家的心事,教人不那么容易捉摸得定。眼看着就要谷雨了,才渐渐有了一些意思。

夜里也不知道什么时候下起了雨,从早晨,一直下了大半天。这个季节的雨,丝丝缕缕的,有一点乱,有一点脏,还有那么一点说不出的幽怨劲儿,琐琐碎碎,眼见得变得细了小了,好像说话间就要停了,不想竟又闹纷纷下起来,越下越密,越下越密,有点不依不饶了。

增产立在大门口屋檐下,看着雨丝牛毛似的,洒洒落落栽下来。田野里腾起一片青色的烟霭,有时候风吹过来,把雨丝吹得一斜一斜的。麦苗子有半尺高了。这场雨水来得正是时候。要不了几天,麦子们就疯长起来了。

雨点子倒又大起来了。增产抬起一只脚,把裤腿上的水点子掸一掸,抬头却看见八十也立在自家屋檐下,伸着脖子,东看西看。增产道,吃了不,好雨啊。八十叹口气道,好啥好,一天三十块,这下子没了。增产笑道,今儿个不上班呀。八十说这破天儿,怎么上?八十说这阵子活儿正忙哩,老天爷真不长眼。

晌午饭就他们两口子吃。他媳妇葱花炝锅,揪了一锅薄面片儿,上头绿绿地撒了一把韭菜末子。增产呼噜呼噜,一口气吃了两大碗,又盛了一碗稀的,凉在那里,自顾在衣兜里摸摸索索的。他媳妇瞪他一眼,嗔道,又找烟哪?饭都堵不住你的嘴。他摸了一会儿,到底没有摸出什么来,就吸溜吸溜吃面片儿。正吃着呢,老二媳妇抱着孩子过来了。他媳妇慌得把饭碗一推,过来抱孩子,一面叫老二媳妇吃面片儿。那孩子却不肯叫奶奶抱,在他妈怀里扭来扭去。老二媳妇照着他屁股就是一下子,骂道,见不得人的东西,有什么样的老子,就有什么样的小子。增产听这声口儿不对,这才看了看老二媳妇的脸色,见他媳妇还在那里逗孩子,心里恨了一声,也不好叫她,只好问雨伞放哪儿了。他媳妇只顾着弄孙子,说不是就在门后头挂着嘛。增产忍气道,哪个门后头呀——叫你哩。他媳妇扭身刚要说话,见增产朝她使眼色,赶忙撇下孩子,去东屋找伞。

外头下着雨,屋子里光线有点昏暗。他媳妇开了灯,四处找伞。增产最见不得她这个样子,小声道,甭找啦。你是木头呀。他媳妇纳闷道,你不是要我找伞嘛,这人,怎么又不要了呀。增产气道,真是傻娘儿们,看不出个眉眼高低。拿下巴颏指一指外头,说你没看见那张脸吗,八成是跟老二吵嘴了。他媳妇这才哦了一声,说那我去问一问,问一问怎么一回事。增产叹口气道,问啥问?不问。装不知道算了。小两口的事儿,越掺和越乱。他媳妇急道,那怎么好呢。老二那脾气。增产说,人各有命。这都是命。

到了后晌,雨倒渐渐小了。院子里湿漉漉的,菜畦里也湿漉漉的。谷雨前后,种瓜点豆。这个时令,正好种菜。早在前几天,增产就种了豆角,种了茴香,栽了茄子,栽了西红柿,还从小盆子家弄来几棵丝瓜秧子,又弄来几棵瓠子秧子,栽在西墙根底下,正好那里有一棵槐树,让它们顺着往上爬去。这一场雨,把种子们都催出来了。嫩芽子们星星点点的,娇气得很。增产盖了一层薄塑料在上头,怕被鸡们白糟蹋了。茄子秧子和西红柿秧子都起来了,丝瓜秧子和瓠子秧子,也犹犹豫豫地想往墙上爬。增产在菜畦边儿上蹲着看了半晌,雨丝飞了他一头一脸,他也不管。

老二媳妇还在屋里哭,抽抽搭搭的,也说不出一句囫囵话来。他媳妇呢,更是啰里啰唆的,说了有一车子废话,一句也说不到点子上。他从地下捡起一块土坷垃,使劲儿朝着墙角一扔,不偏不倚,正好砸在一只鸡身上。那鸡正缩成一团打盹儿,吃了这一吓,个大个大个大叫起来。增产心里本来恨他媳妇嘴笨,见这鸡蝎蝎螫螫的,气不打一处来,捡起一个土坷垃,照着那鸡又是一下子。那鸡见势不妙,慌忙逃跑了。

一个女人忽然唱起来,吓了他一跳。愣了愣,才知道是屋里老二媳妇的手机。他张着耳朵听了听,也没听出个什么来,好像是在吵架,一句一句,你来我往的。也听不见他媳妇说话,只有不断的肯肯肯肯肯的声音。他媳妇鼻子有毛病,平日里倒不怎么明显,着急的时候,就厉害起来。他是个火暴性子,听他们口角,知道是少不了对骂,恨不能老二就在眼前,劈手就给他一巴掌。叫他吵,吵,一个大汉们家,成天价跟媳妇吵架,算什么本事!正生气呢,却听见他媳妇叫道,去哪儿呀这是,下着个雨。老二媳妇抱着孩子,脸儿气得煞白,噔噔噔噔跑出来。孩子在她怀里抓抓抓抓哭着,哭成了泪人儿。他媳妇埋怨道,你怎么不管呀,眼睁睁看着,不是你孙子呀。增产气道,我怎么管?我一个当公公的,我伸手去拦她?增产说你给老二打电话,叫他滚回来,赶紧地。

老二滚回来的时候,已经是吃晚饭的时候了。增产坐在桌子前,他媳妇一样一样地把饭菜端上来。韭菜盒子、小米粥,还弄了一个香椿炒鸡蛋。他媳妇一个劲儿地让老二,叫他趁热吃,凉了就不好了。老二正要吃,见增产黑着一张脸,就笑道,多大点儿事儿呀,先吃饭,先吃饭。不想增产把桌子啪的一拍,骂道,吃饭吃饭,亏你嗓子眼儿粗,还吃得下去饭。他媳妇慌得赶忙劝道,看你,孩子吃饭哩。天大的事儿,就不能等孩子吃完饭再说。增产扭头就骂他媳妇,骂她缺心眼儿,傻娘儿们。老二把韭菜盒子放下,一面擦手,一面不耐烦道,不就是她来告我的状嘛。她说啥你们就听啥呀。增产骂道,还用得着人家来告状? 我是你爹,我还不知道你? 老二说你是我爹也不能冤枉我呀,你说我怎么了,唵? 我怎么了? 增产说,你那些个破事儿,我都说不出口。你说你怎么了? 你还敢在我面前这么张狂。他媳妇见他们爷儿两个就要吵起来了,赶忙从旁劝道,小点儿声,生怕人家不笑话呀。老二眼睛也不看他爹,也不看他娘,只看着那一个韭菜盒子,韭菜盒子黄煎煎的,冒着热气,里头的韭菜馅子隐隐约约地透出青青的意思来。老二说我不过是在外头玩了玩,就不依不饶了。这都什么时代了。吓。增产说,什么时代了? 什么时代也不能不讲良心,什么朝代也不能不讲礼法哪。老二笑道,我就不懂,怎么又扯到良心礼法上头了。现如今,谁不是这个样儿? 你出去打听打听。老二说,我知道,你就是看我不顺眼。你就是看不上我。打小儿你就看不上我。增产说,就你这混账样儿,叫我哪一只眼能看上你? 老二笑道,是呀,你满指望我也像你一样,老老实实一辈子。顿了顿,咬牙道,也窝窝囊囊一辈子。一辈子除了种地,你还会个啥? 他媳妇听老二说得不像,要去捂他的嘴。增产气得把桌子一拍,你再说一遍,有种你再说一遍。桌子上的一个小碗被震了一下,摇摇晃晃要翻倒,被他媳妇慌忙扶住了。老二却不说了,只把韭菜盒子拿起一个,大口大口吃起来。一家子都不说话。他媳妇忙着盛粥,一面在一个小碗里倒了点醋,把醋碗朝老二这边推了推。老二吃得香甜,丝丝哈哈的,汤汁子顺着手背哩哩啦啦滴下来,落在粥碗里头。增产见不得他这个样子,心里骂道,没心肝的东西,倒是吃得下。他媳妇端着一碗粥,待吃不吃的,只顾着看老二吃韭菜盒子。增产皱眉道,看了半辈子,还没有看够? 他媳妇生怕再惹他烦恼,赶忙埋头喝粥,又拿了一个韭菜盒子,递到增产手里。一家人就吃饭。

外头的雨声小了一阵子,倒又密起来,索索索,索索索,落在树木上、花草上、菜畦里的塑料膜上。不知道是一只什么鸟,叫了一声,又叫了一声,停一停,又叫了一声。哀哀怨怨的,好像是,有那么一点委屈,也好像是,有那么一点难为情。吃完饭,增产拿过来烟叶子,卷旱烟吸。老二笑道,甭吸那个啦,能费几个钱啊,说着扔过来一盒软中华。增产看了一眼,说没长着那样的嘴,我这旱烟就挺好。他媳妇见老二碰了一鼻子灰,赶忙打圆场,叫老二帮她把水倒了。趁老二出去倒水,他媳妇小声道,杀人不过头点地,甭不依不饶的啊。孩子都知道错了,还能怎么着呀。又凑到他跟前,把手指头点一下他额头,怨道,死心眼子。增产道,我跟你说啊,待会你甭老护着他。一个芳村,谁不知道你,出了名的护犊子。他媳妇正要开口,听见老二在外头跟谁说话,一面说,一面撩帘子让那人进屋里来。增产见是白娃,笑道,吃了呀。他媳妇忙着给他让座。白娃笑道,我正说哩,你们家老二,有出息。从小我就看这小子天庭饱满,富贵相。你看看,这鬓角深得很哩。老二满脸笑得明晃晃的,一口一个白娃爷。增产皱眉笑道,我怎么就没看出来呀。白娃笑道,可不是嘛。不说远的,就说这二年,老二他挣了多少?增产道,叔你甭老夸他,二两骨头,张狂哩。他那厂子,外头看着轰轰烈烈的,其实不过白担着个虚名儿,我还不知道这个?白娃笑道,看把你吓得,直个劲儿地哭穷。我又不朝老二借钱。老二笑道,这是哪里话?只要白娃爷你开口——增产见老二不知好歹的样子,心里暗骂他骨头轻,脸上却笑道,说你胖吧,你倒真的喘起来了。你三姑在外头哩,点心匣子汇款单,一个接一个地往回寄,寄得你白娃爷都嫌麻烦哩。你三姑那是吃皇粮的人,不比你们,有今儿个不知道赶明儿的,没有一个一定。白娃爷给他一奉承,果然话多起来,说三闺女如何本事大,如何孝敬,还有她那女婿,在外头也是个厉害角色,当着个什么官儿,手底下管着多少号人。增产笑嘻嘻听着,时不时奉承一句,那白娃越发地得了意,直说得唾沫横飞。老二早趁机溜了。他媳妇追到院子里,娘儿俩在外头嘀嘀咕咕的,也不知道在说什么。增产心里气道,这老二,到底还是青皮小子,嫩得多哩。

好不容易送走了白娃,天已经不早了。阴雨天儿,到处都湿漉漉的。屋子里还有一点微寒,凉森森的,叫人觉得难熬。北方这个季节,有点倒春寒的意思。都说是二八月,乱穿衣,说的是衣裳,被子呢,也是拿不准,厚了不是,薄了也不是,有点左右为难了。增产躺在被窝里,他媳妇趴在枕头上看电视,一面看,一面评论,又是笑,又是叹。增产忍不住道,人家的事儿,就有那么好看?他媳妇正看得有味儿,哪里顾得上分心。增产气道,我说你这人,缺心少肺的,看起这些个没用的来,这么来劲。他媳妇听他声气不对,才恋恋不舍把声音调小了,方才问道,怎么了嘛这是?增产道,你那好小子哇。增产说你那好小子,都这么大个人了,还叫人不省心,成天价招猫递狗的。都是你惯的。他媳妇道,我看也是老二媳妇的过。自己的男人都拢不住,还有脸说哩。增产皱眉道,这是啥话?这也是当婆婆的说的话?他媳妇冷笑道,不是我说,本来也就是个一般人儿,早先仗着年纪轻,还有那么几眼可看。这几年,成天价黄着一张脸,也不打扮了,人呢,气吹得似的,胖成那个样儿——这种事儿,能怨老二一个人呀。增产笑道,那你不是也早不打扮了呀。你倒是不胖,瘦得一把胡箅似的。说着就伸进她被窝里摸了一把。他媳妇又羞又恼,气道,怎么,嫌我瘦呀。你倒是想像老二那样,只怕是没有老二的本事。他也气道,啥本事,俺,那是啥本事?开着个破工厂就是本事啦。挣了俩破钱就是本事啦。他媳妇回嘴道,这不算本事,啥算本事?难不成你一辈子种你那二亩破地,就是本事?有本事你甭要老二的钱呀。增产难得见她这么口角伶俐,竟一时呆住了,半晌方才叹道,好哇,如今你也嫌我了,好哇,好得很。

第二天早上起来,雨不知道什么时候停了。天已经放晴,太阳明晃晃地出来了,把院子照得亮堂堂的。菜畦的边边角角上,草们也蹿起来了,高高下下的,开着紫的白的黄的小花,也叫不出名字。西红柿秧子茄子秧子,喝足了雨水,绿得油汪汪的。还有丝瓜秧子瓠子秧子,伸着细细嫩嫩的须子,正试探着往墙上爬。增产把塑料薄膜掀开来,索索索索索索,抖搂着上头的水珠子。一只鸡跑过来,看着那水珠子烂银似的乱飞,吓得慌忙把眼睛闭一闭,睁开,又闭一闭。他媳妇在屋里喊吃饭,也不叫他名字,也不叫哎。他心里哼了一声,就洗手吃饭。

早饭简单,不过是熬的二米粥,加了一把豇豆、一把芸豆、一把赤小豆。早些年,这些都不算什么,谁家不种这些个瓜瓜豆豆的呢;放在如今,可都是稀罕物儿,人们都忙着挣钱,连麦子玉米都不想种,哪里还有闲心思种这些个没用的呢。就算是小牛笨枣他们,没别的本事,专门承包人家田地的,也不过是种那老几样儿,省事儿,也不费心,收成又好。如今的人们,谁也不傻,谁心里都有一本明账儿。早些年,人们总喜欢在地头儿上点几垄高粱。种高粱也不是为了吃,是为了使高粱秆子。高粱秆子编的盖帘、筐子,高粱穗子攒的炊帚、笤帚,都好使得很。不像如今,人们都使塑料的了,塑料筐子、塑料炊帚、塑料笤帚、塑料盆子,都是塑料。塑料有味儿,味儿还挺大,人们倒使得高兴,好像也没有谁在意这些。还有黍子,如今村里的小年轻们,恐怕都不知道黍子,要跟谷子混淆了。黍子碾出来是黄米,谷子呢,碾出来是小米。黄米性黏,专门用来蒸糕,黄米红枣糕,红红黄黄,又黏又甜又烫,那才叫好吃,哪里像如今这个江米糕,一点糕味儿也没有。小米呢,就是熬粥了。如今人们也不种谷子了,种谷子费事儿不说,收成又低,还得防着麻雀们偷吃。谁还有那份闲工夫,专门在地里轰麻雀呢。如今人们大都吃大米,拿钱买,要么就是拿玉米换,小米呢,倒成了稀罕物儿。还有这豆豆的,更是不种有些年了,都说要吃去集上买呀,可也没见有谁家舍得去买过。这些个东西,又不是非吃不可的东西。本来也想买,可是再想一想,也就不买了。增产吃着香香软软的豆粥,一面吃,一面暗自得意。一个芳村数下来,没有几户肯种这些个了,恐怕也只有他们家,有口福吃这样的豆粥了吧。难得的是,还有几样小菜,一个腌香椿,一个臭鸡蛋,一个芥菜疙瘩,切成细丝,淋了香油。他心里喜欢,就跟他媳妇没话找话。他媳妇拉着个脸,待理不理的。

正吃着饭呢,小茹撩帘子进来。见闺女来了,两口子就都笑嘻嘻的,问她怎么这会子来了,吃饭了没有,孩子们呢,都上学去了?小茹只不说话,搬过一个马扎坐下。他见小茹这个样子,猜着八成是有事儿。大早起的,从东燕村跑回芳村来,平日里不是忙嘛,怎么倒这会子回娘家来了。他媳妇见问不出什么来,就盛了一碗粥让她吃。她看了看那粥,有红有黄的,好像是动了心,迟疑了一下,接过来慢慢吃起来。他媳妇在一旁问长问短,小茹只不说话。他斥道,孩子吃饭哩,你能不能叫她吃口安生饭呀。心里却想,小茹这闺女刚强,向来是报喜不报忧的。这回莫非是跟她女婿吵架了,要么就是她那个婆婆。小茹婆家有钱,村里开着工厂,城里还有好几家店,专门批发办公家具。当初提亲的时候,他就不大赞同。自古以来,亲事就讲究门当户对,这两家子,门不当户不对嘛。虽说是小茹生得俊,可这样高的门槛子,硬要迈过去,难免不磕了碰了。那媒人却一盆火一般,一心要说成这门亲事,又赌身立誓的,说那户人家如何性子好,那女婿如何对小茹上心,进了门子保准受不了委屈,属相又难得这么合,八字也测了,好上加好,福上还添福,好姻缘哪。问小茹呢,也是支支吾吾的,也不说好,也不说不好,急杀人。可看她那羞答答的样子,八成是愿意的意思了。就长叹一声,应下了。刚嫁过去倒还好,后来,她婆家更加发达了,小茹的日子就越来越难过了。自然,这孩子不肯实说,可从芳村到东燕村,能有多远?原本想着,有了孩子就好了,有了孩子就有牵绊了,可谁想得到呢,孩子倒已经有了两个了,她女婿还是不肯收心。小茹呢,倒还算想得开,只把一颗心思放在孩子们身上,回家来也不多,说是忙,忙。孩子们小,自然是忙,可有时候,增产心里还是气恼。恼恨闺女吗,也不是。闺女也不容易。孩子都那么高了,还能怎么样呢。恼恨女婿吗,好像也不是。狗日的虽说是不要脸,可还算是有本事。小茹跟孩子们,肥鸡大鸭子,穿金戴银的。话又说回来,就像老二说的,如今这些个做买卖、在外头跑的,有几个不是这样儿的?那恼恨谁呢,好像是恼恨他自己。他怎么当初就糊涂着一颗心,把孩子往火坑里送呢。私心里,是不是也想着人家光景好,不说在东燕村,就是在青草镇,也算得上好户。势利眼呀。原来他也长了一双势利眼。正胡思乱想,忽听见他媳妇叫道,怎么啦,这是怎么啦。却见小茹泪珠子滴滴答答滚落下来,滚到碗里头。他媳妇急得一个劲儿地叫姑奶奶,说姑奶奶你怎么了,唵,到底怎么了?小茹只是掉泪。他坐在那里,一只手攥着筷子,紧紧攥着,好像要把那筷子攥出水了,心里有几百个念头跑来跑去,轰隆隆响着,碰得火星四溅。不知道谁家的猫蹭过来,鬼鬼祟祟的,看看这个,看看那个。他把手里的筷子照着那张猫脸就掷过去,猫喵呜一声,夺路逃了。

太阳倒有一竿子多高了。杨花一飞一飞的,有一朵落在电动车的车筐里。小茹的包还挂在车把上,是一个鹅黄的小包,碎碎地缀满了银片片,怪好看的。车轮子上沾着一点泥巴,还有半棵草,想必是雨后路上泥泞。他拿了一块抹布,顺手就擦起车子上的泥点子来。看小茹那吞吞吐吐的样子,不是有什么话不好说吧。闺女大了,当爹的也不好深问。娘儿俩在屋子里说话儿,他一面擦车,一面尖着耳朵听里头的动静,倒都是他媳妇肯肯肯肯肯肯的,只听不见小茹的声音。增产把车擦了一遍,又擦了一遍,直擦得通身锃亮,才肯罢休。天上干净得很,一块云彩也没有。有人在街上叫卖,豆腐脑——豆腐脑——热乎乎的豆腐脑啦——小茹从屋里出来,眼睛肿得桃子似的,拿了她那小包,到门口把那卖豆腐脑的叫住,端了两大碗豆腐脑回来。他媳妇一个劲儿地说她,嫌她乱花钱,半晌不夜的,谁吃这个呀。小茹也不吭声,只看着那豆腐脑发呆。增产朝他媳妇使了个眼色,他媳妇就住嘴了,顿了顿,又跟闺女拉起家常来,问孩子们怎么样,淘气不淘气?她公公婆婆怎么样,身子壮实不壮实?家里的买卖还好?只不提她女婿。小茹嗯嗯啊啊地答着。增产恨他媳妇啰唆,又不好亲身去问,只有耐着性子,卷烟吸烟。小茹的手机却响起来,她看了一眼,却不接。两口子眼巴巴看着闺女,想劝,又不知道该怎么劝。手机却又响起来,小茹还是不接。他媳妇急道,你倒是接一下呀,不是有啥急事儿吧。小茹说,能有啥急事儿。手机只管呜呜啊啊唱个不停,他媳妇又肯肯肯肯肯肯的,跟那手机应和着。增产的脾气一下子就上来了,三步两步走到跟前,劈手就把那手机拿过来,喂喂叫了两声,却没有人应,才知道是已经断了。

手机躺在桌子上,再也没有动静。一家三口坐着,一时都无话。小茹一会儿看一眼那手机,一会儿看一眼那手机,隔一会儿,又看一眼那手机。增产心里油煎似的,也不好发作。他媳妇肯肯肯肯肯肯,倒更厉害了。干坐了一会子,小茹从包里掏出几张钱来,塞给她娘。娘儿俩推推搡搡半天,小茹没法,把钱搁在桌子上,拿起包就走。他媳妇慌忙跟出去,说这就走呀,老是这样,屁股还没坐热乎哩。

增产看着桌上那几张钱,心里好不是滋味。小茹进他们丁家门子,也有这些年了,好像是,从来就当不了家做不了主似的,每一回回娘家来,都是匆匆忙忙,做贼似的。小东小西的,也常常买回来,钱呢,也偷偷塞给他们。他媳妇倒是喜欢得不行,跟人家吹闺女多孝顺。他心里却烦恼,小茹这样子顾娘家,不定叫人家公婆怎么小看呢。照说,这年头儿,都是做媳妇的天下了,婆婆们发威风的年代,早过去了,可怎么到了小茹这里,就反过来了呢。他想不通,真是想不通。

他媳妇回来,问那些钱哩,闺女给的那些钱哩。他看着她那个样子,肯肯肯肯肯肯的,心里恨得不行,也不理她。她哪里肯罢休,一心要问那些钱。他掏出那些钱,朝着她身上就扔过去,一面骂道,缺心眼儿的老娘儿们,钱、钱、钱,就知道个钱。也不问问孩子的死活,也不问问,为了这些钱,孩子受了多少窝囊气。他媳妇嘴巴一下子张得老大,半晌才说,我不是问了嘛,问不出来呀。她媳妇说受谁的气?他们丁家也敢!他冷笑道,怎么不敢?人家有财有势,有仗腰子的,硬气哩,怎么不敢?他说我就不服这个,如今这世道坏了,有钱就是爷,哪里还讲那些个老礼儿?还亲家哩,这样近的亲戚,除了过事儿不算,这么些年下来,红白喜事,生老病死,来往过一回没有?还亲家!他媳妇见他越说越气,生怕他又犯病了,赶忙劝道,陈谷子烂芝麻的,怎么今儿个倒都又想起来了。真是的。闺女顺心就行了,操那么多心,白把身子气坏了。他叹道,你是睁着眼说瞎话。闺女顺心?你哪一只眼看见闺女顺心了?小茹她哭哭啼啼的,你眼瞎心也瞎呀。他媳妇也气道,可说呢,我问她,硬是不开口。没嘴的葫芦,我就恨她这一点。增产道,我怎么不知道,他们丁家是门缝里看人,把我们看扁了。也甭怨人家下眼子看,这些年,小茹她没少顾娘家。他媳妇道,哪个闺女不顾娘家呀,哪有胳膊肘朝外拐的?增产叹道,糊涂!你有小子没有?你有小子,怎么光指着闺女?老二不管,是老二混账。

这些年,明里暗里,他姐姐给他的还少了?要不是他姐姐,凭着他,开工厂做买卖,怎么可能!他媳妇护小子,忙说,那是她亲兄弟呀,她不管谁管?增产说我看你那一颗心,都偏到肋条上去了。增产说也是小茹这孩子仁义,又跟她兄弟亲,自个儿再为难,也不肯说半个不字。他媳妇不说话,半响才道,要不我叫老二去一趟东燕村?增产道,去干啥?去打架?他媳妇说就是去一趟嘛,去问一问。增产道,甭去添乱了。老二自己还一屁股屎呢,先擦干净再说吧。

刚下过雨,空气里湿润润的,有一股子草木和泥土的腥气,风吹过来的时候,还有一股子鸡粪猪粪的臭味。两旁的麦田里,养猪的人家盖的猪圈,养鸡的人家盖的鸡窝,一个一个的。路边上堆着一堆一堆的猪粪,惹得一群苍蝇飞飞落落的。增产抬手奂了奂,心想这猪粪,倒是好肥料。迎面见盘柱子推着一车粪,摇摇晃晃出来,老远叫他叔。盘柱子穿了一身干活的衣裳,满头大汗。他笑道,发财呀柱子。盘柱子把嘴一咧,苦笑道,发财?发谁的财?今年猪这么贱,价儿硬是上不去。盘柱子说我再熬过这一年,看看后季儿里能不能好一点儿。要是不行,下年可不敢干这个啦。增产说不是说还不赖嘛,说是赚了不少。盘柱子哼一声,谁呀,谁赚啦。增产说不是狗子赚了嘛。盘柱子冷笑道,要说别人我还不信,要是狗子,那也保不准。狗子那货,敢干。又凑近一步,小声在增产耳边说了几句。增产心里一惊,问道,死猪肉?他也敢?盘柱子摇摇头,笑道,怎么不敢,钱可不分黑白。盘柱子说叔啊,跟婶子说,这阵子千万别吃肉呀。增产道,这是啥话儿?难不成,还能在近处卖?乡里乡亲的。盘柱子张张嘴,又不说了,眨眨眼笑道,我可啥都没说呀,叔。

麦田绿绸子似的,在风里抖动着,一高一低的。远远的,有几处厂房,在田野里很突兀地冒出来,把麦田切割得乱七八糟。高高的房顶上,也有插国旗的,也有插彩旗的,也有的挂着大红灯笼,在风里一摇一摇的。

一场春雨,草们果然就疯了。田埂上、麦垄里,密密层层的,满眼都是。增产蹲下拔起草来,不多时就拔了一小堆,暗自后悔,忘了带一个筐出来。这些个嫩草,可惜了的。如今家里喂猪的也少了,待会儿就把这些带给盘柱子他们。露水挺大,弄得他裤腿湿漉漉的。旁边不知道哪棵树上,有一只鸟在叫。

今年麦子长势好,泼辣辣的,看着就叫人心里喜欢。庄稼人嘛,见见庄稼就觉得亲。他这一辈子,最亲的有两样儿,一样儿是庄稼,一样儿是闺女小茹。这是老二的话。这小子!倒是机灵,可也是太机灵了,不免叫人替他担着一份心事。也不知道,他们两口子和好了没有。这几年,老二的买卖做得顺风顺水,钱挣了不少。先是跟着他姐夫干,后来历练得多了,就索性给他一个摊子,叫他自己去撑着。果然就撑下来了。老二这小兔崽子,庄稼活儿不行,做买卖倒是精通,能屈能伸,也不知道是像了谁。还有一条,老二混蛋是混蛋,却能拿得住媳妇。在这个上头,小茹就差多了。他心里叹了一声。麦地那边就是东燕村,要是眼睛好的话,可以看见村头的那一幢小楼,通身是奶黄色,亮闪闪的玻璃墙,晃人的眼。那就是小茹她婆家。狗日的,招摇!他把一把草扔到田埂上。有一簇小紫花,扇子形状的花瓣,勾着细细的白边,开得正好。一只蝶子,抖着黄的翅膀,上头撒着黑点子,嗡嗡嗡嗡闹个不休。

太阳越来越亮了。雨后水汽大,被太阳一照,雾蒙蒙的。树木们被笼了一重烟霭,倒不那么鲜绿了。远远的,有一两声鸡啼,叫人听了觉得恍惚。阳光下,田野漠漠的,村庄也漠漠的,好像是一个亲人,在攘攘的集市上意外遇上了,觉得又亲近,又陌生。麦田蒸腾着一股子潮气,热乎乎的,直扑人的脸。后背让太阳晒得热热的,出汗了,像是一只一只的蚂蚁在背上爬。他心里喜欢,忍不住就哼了几句河北梆子《打金枝》。正唱在兴头上,老远见一辆汽车开过来。他不认得车,只觉得乌黑锃亮,派头挺大。一只鸡正摇摇摆摆在路上走着,那车开得飞快,哪里看得见,一下子就躐过去了。增产只看见一根白翎子,在尘土中飞啊飞,半天还没有落下来。一个妇女跑出来,冲着那汽车屁股破口大骂。

这个时节,天变得长了。不知从哪里飞过来一块云彩,把太阳给遮住了。一只螳螂,趴在草叶子上,青翠青翠的,一动不动。增产直起身子擦汗,忽然眼前一阵金灯银灯乱走,心想真是娇气了,怎么这点子活儿,就觉出累了呢。平日里老训斥老二,说他伸不开的懒筋,这回可是说到自己头上了。这些年,老二只顾着挣钱,地也不种了,想要赁出去,被他骂了一顿。他媳妇埋怨他,不是找受累吗,好几亩的地呢,你一个人种?真是受罪的命。他哼一声,也懒得理他们。他怎么不知道,他们心里怎么想的。

一辆汽车滴滴滴滴滴叫着,从后头跑过来,他背着一捆子青草,慌忙往路边让。窗子半开着,一条丝巾从里头飞出一角来,那女人忙伸手往回拽,咯咯咯咯笑着。他还没有来得及细看,那车早箭一般射出去了。小茹。他的一颗心怦怦跳着,那丝巾,好像就是早晨她那一条。还有那半脸,老实说,他并没有看清。可是,怎么就这么怪呢,他模模糊糊觉得,那人就是小茹。开车的是个男人,高高胖胖的,大块头儿,不像是她女婿。

太阳更热了,地气蒸腾,闷得人喘不过气。汗水流进眼里,杀得又酸又疼,他也不管。也不知道是猪粪还是鸡粪,臭烘烘的。老远有人叫他,好像是盘柱子,又好像不是。他刚要张口,只觉得嗓子眼儿发甜,眼前一黑,就什么都不知道了。

第二十四章
找呀么找小瑞

一朵蒲公英是怎样飞出去的
它飞到了哪里
风不知道
风不知道

今年春天长，都立夏了，天还没有打算热起来的意思。院子里的花草们倒红红紫紫的，一片热闹。勇子蹲在花池子边上刷牙，牙膏沫子溅到旁边的葱管子上，东一点西一点。有一点溅到一棵月季上，月季有的开了，大多是将开未开。红的还好，粉的就有一点太深了，深粉色，再配上鹅黄的蕊，不知怎么一回事，给人的感觉是有一点脏。这些花花草草，都是小瑞一手侍弄起来的；还有那些个瓜瓜茄茄的，也都是小瑞种下的。勇子慢吞吞刷完牙，蹲在那里发呆。阳光透过槐树叶子掉下来，洒了他一头一脸。大黄卧在一旁，身上也被弄得斑斑驳驳的，隔一会儿看他一眼，隔一会儿又看他一眼。勇子被它看得躁了，气道，看啥看，连我都不认识了呀。

从外头乍一进屋，竟还是觉得凉森森的。这个季节，晴天的时候阳光好，外头倒比屋子里还热一些。这房子盖了总有七八年了。早几年，楼房在芳村还不多见，他这是二层小楼，见棱见方的大院子，高门楼，大影壁，楼身都明晃晃贴了瓷砖，两只大红灯笼，在大门檐角下一摇一摇的。那时候，他走皮子，跑东北，算得上芳村数一数二的好户儿。芳村这地方，这二三十年来，有多少人得了皮子的好处的？自然了，也有给这皮子害了的。做生意嘛，可不就是有赔有赚嘛。有人哭就有人笑。

他歪在沙发上，心里盘算着吃点什么。茶几上好像蒙着一层薄薄的灰尘，还有写字台上、衣柜上、电视柜上，空气里有点呛，好像也是灰尘的味道，还有一股子淡淡的霉味。茶几的玻璃面上有几个印子，乱七八糟的，也不知道是什么时候弄的。地也有好些天不擦了。这种瓷砖地面,就这一点不好,特别显脏。当初装修的时候,小瑞原本是要木地板,被他驳回了。木地板难伺候,倒不是钱不钱的事儿。还有家具,小瑞想要浅色的,他却买了深栗子色的,深的嘛,到底更大气稳重一些。只有沙发,他原是要真皮沙发,这地方皮革现成,又做不得假,又显得气派,小瑞却想要布艺的。他想了想,也就依了她。女人嘛,还是要哄的。女人都哄不好,还有什么好果子吃?肚子咕咕叫唤了两声,他起身到厨房里看了看,冷锅冷灶的,好多天都不见烟火了。他翻了半天,从柜子里翻出半封挂面来,闻了闻,还好,还没有发霉。白水煮了,打了一个荷包蛋,加了一点酱油醋香油,胡乱吃了。

刚吃完,听见院子里有人叫他。他娘颤巍巍进来,东看看西看看,问他吃了没有,吃的什么,这么大个人了,还这么懒,这屋子里都下不去脚啦。一面替他收拾,一面怨小瑞。他嫌他娘唠叨,也不接话茬,只靠在门边吸烟。他娘说,一个娘儿们家,老在外头跑,算是怎么回事呢。他娘说家里没有个女人,还像个家样子吗。她娘说早先看上去倒是安安稳稳的一个人,怎么这两年变化了呢。疯疯癫癫的,哪里有半点像好人家的媳妇?他听得心头烦恼,不耐烦道,你就少说一句吧,还不够乱哪。他娘气道,怎么跟你娘这么大本事?怎么在人家面前,就像是三孙子似的?大汉们家,连个媳妇都弄不住!他气得把脚边的一个塑料凳子一脚踢翻了,恨道,我怎么像三孙子啦?叫我刚硬也是你,叫我柔软也是你。都是背后放炮,当了她的面,你不也是低三下四的?他娘气得把一只手点住他,颤巍巍的,直骂他没良心的,竟一句旁的话都说不出来。

正闹着,电话却响了。娘儿俩都吓了一跳,立时就安静下来。勇子愣了片刻,慌忙跑过去。刚要抓起来,那电话却不响了。勇子趴在电话机上,查看来电显示。他娘见他半晌不吭声,忍不住问道,谁呀?是——小瑞?勇子把那电话线缠缠绕绕地弄来弄去,只不说话。他娘叹口气,说你也往开里想一想吧。好歹孩子都这么大了,给他娶了媳妇,也算是了了你的心事了。到时候,再添了又一辈儿,不怕她舍得再走。他娘说说来说去,还是怪你太由着她了。女人家,哪有老在外头跑的,在外头跑多了,心就跑野了。电话线好像小蛇似的,缠在他手腕子上,他一根指头挑起来,落下去,让那小蛇一下一下咬着他,也不怕疼。他娘唠叨了半晌,看他脸色不好,生怕说多了惹他烦恼,就闭了嘴,磨磨蹭蹭的,替他把沙发上的脏衣裳敛起来,又到里屋他床上摸索来摸索去。他也不知道哪里来的火气,三步两步过去,把他娘手里的衣裳袜子脏裤衩子一把夺过来,气道,说过一百遍了,甭乱收拾甭乱收拾。他娘也气道,我就是操心的命!你几尺高的汉子了,还不让老娘省心。他娘说家不像个家,日子不像个日子,你叫我死了怎么能闭上眼?

阳光从玻璃窗里照进来,正好落在床头的一个花瓶上。花瓶里插着几枝蜡梅,绢制的,倒比真的还要艳丽几分。这蜡梅还是小瑞去城里买回来的。小瑞就喜欢这些个小玩意儿,杂七杂八的,什么都往家里弄。比方说,一个摔破了的盘子,就为了上头那两条小金鱼,活泼泼的惹人爱,就捡回来;比方说,麦秸编的小篮子,她放花生瓜子壳子用;比方说,不知道谁扔的瓷酒瓶子,白底子上头,开着一朵一朵的小蓝花,她也抱回来,今天插上一枝丝瓜花,明天插上一支狗尾巴草。为了这个,他笑话她不知道有多少回了。小瑞也不恼,只把眼睛白他一眼,笑眯眯的。小瑞的眼睛水水的,看人的时候,好像要流出蜜汁来。他心里一热,身上也跟着一热,鼓胀胀的难受,不由骂了一句。

天到底是长得多了。太阳懒洋洋的,刚爬到半空中。满院子树影摇晃,弄得人心里头乱糟糟的。花池子旁边有一个翠绿的塑料盆,大半盆水在里头一漾一漾,好像是半盆子碎金子。他娘赌气出去,衣裳也不洗了,洗衣粉袋子半张着嘴,好像是有话要说。一片树叶子落在盆子里,滴溜溜转着。两只蛾子冲冲撞撞的,围着月季绕来绕去,好像是调情,又好像是在打架,一时难解难分。他叹口气,左右没有意思,就到街门上看一看。

太阳明晃晃的,把街上晒得仿佛起了一层薄雾。有个卖瓜的停在街口,隔一会儿,吆喝一嗓子,隔一会儿,吆喝一嗓子。有个妇女在猫腰挑瓜,看不见脸,只看见圆滚滚的屁股对着人。他心里又是一跳。正胡思乱想呢,那妇女却转过身来,笑道,这瓜倒是挺俊的,勇子你不挑俩尝尝呀。勇子见是粉嫂子,脸上一热,说有啥吃头,我就不好这些个瓜瓜茄茄的。粉嫂子挑好瓜,看左右没人,过来小声问,有信儿没有呀?我是说小瑞。他说昨儿还打来电话哩,说五月当五回来。粉嫂子说那好呀,回来就好。这个小瑞呀,心倒是够狠哩。扔崩一走,把一个热乎乎的家都扔下,她也真舍得。勇子心里刀割似的,脸上却笑道,她爱走走,有粉嫂子疼我哩。粉嫂子笑骂道,你这小子,心里猫抓似的,嘴还硬。上来照着他背上就是一巴掌。他正要再跟她调笑,粉嫂子却把嘴巴凑到他耳朵边上来,小声道,有一句话,我也不知道该不该跟你说。他说你看你,又不是外人。粉嫂子说照说我跟小瑞娘家都是一个村的,田庄又不大,七拐八拐,一牵扯都是亲戚。跟你呢,也是本家本院的,一笔写不出两个刘字。要是论起来,倒也没有个远近。偏偏呢我这个人直正,好劈个直理,我就是看不惯,怎么如今的人们都这个样儿了。勇子见她拐弯绕圈的,便笑道,粉嫂子你只管说,你的为人我还不知道?心里却好像是惊了的马车,扑通扑通乱跳起来。粉嫂子叹道,小瑞呀,听说小瑞在外头——嗨,有些话我都说不出口。勇子脸上一热,身上就辣辣地出了一层细汗,嘴巴却忽然干燥得厉害,想要说话,牙齿好像都粘在嘴唇上,下不去,也上不来。粉嫂子说我也是听大脑袋他们乱说,大脑袋不是也跑皮子嘛,大脑袋那张嘴——他费力咽了口唾沫,笑道,怎么不说了?粉嫂子从兜里把手机掏出来,说,谁呀这是——我就是一说啊,你别往心里去。一面说,一面对着电话喂喂喂喂,拿着瓜走了。

有汽车不断地跑过来,跑过去。街上尘土飞扬。那卖瓜的闲下来,又开始吆喝了,卖瓜咪,卖瓜,又甜又脆的好瓜——三马子靠在学力他们家的后山墙上,上头是一组宣传画。头一幅是种地免交税,一个老农民,抱着一把谷子还是稻子,笑嘻嘻的,身后头是满满的粮仓,贴着大红的丰字;接下来一幅是免收学杂费,几个孩子背着书包上学去;再一幅是看病不太贵,一个穿白大褂的先生,正在给一个村里人看病,卖瓜的三马子正好挡住那先生的脸。不知道谁家的孩子淘气,给那几个上学的孩子统统画上了小胡子,还在一个小子的裤裆处画了一根黄瓜,旁边歪歪扭扭写着一行字,狗蛋儿我草你妈。一只麻雀飞过来,在地上蹦过来蹦过去。还有一只停在瓜车上,挑衅地看着卖瓜的。卖瓜的一挥胳膊,骂道,跑到老子头上拉屎来了?去!树叶子在头顶上簌簌簌簌簌簌乱响着,杨花们飞过来,飞过去,有一朵正好栽在他眼睫毛上。他费力地抬起手,想把那杨花赶开,却觉得那胳膊有千斤重,半天抬不起来。有人跟他打招呼,他耳朵里好像是有一百只蜜蜂在飞,嗡嗡嗡嗡嗡嗡,也听不真切,只好冲着人家笑。好像是运田过来,叫他勇子,勇子。运田戴着墨镜,黑社会老大似的。又好像是他娘在他耳朵边骂,拉长着嗓子。怎么回事呢,他只感到纳闷。也不知道过了多长时间,他才悠悠醒过来,却是在家里的床上,那个枕头就在眼前,杏粉色,绣着瑞雪红梅,不是在家在哪里呢。

晌午饭熬的小米粥。他看他娘愁眉不展的样子,勉强吃了小半碗,又吃了半块糟子糕。他娘见他能吃了,心里一松,又唠叨起来。说他自小身子单薄,娘胎里带的,是先天不足,心脏这一经就弱。后来大了,倒渐渐好起来了,可跟人家的孩子比起来,还是不皮实,不担事儿。他娘说这个病症就得好好养着,不能生气,不能着急,平平稳稳的,才是长法。他听着烦恼,也不开口。他娘见他皱眉,叹道,如今你哪里像是过日子的呀,饥一顿饱一顿,好人儿都要给煎熬坏了。他娘说你给她打电话,立马就打,我就不信了,她都这个岁数了,还折腾个啥,还真的就不要这个家了呀。他半合着眼睛,只觉得心里头乱纷纷的,嘈杂得厉害。他娘絮絮叨叨的,见他合着眼不说话,就叹道,你爹活着的时候,是个火暴脾气,一点就着。也不知道你像了谁。泥人儿还有个泥脾气哩。你听见没有呀。你媳妇在外头——人家说得难听着哩。他腾的一下子坐起来,心里跳得又乱又急,冲着他娘喊道,你叫我怎么办,唵?你叫我到东北去拽她回来,还是干脆把她一刀杀了?他娘正说在兴头上,吃了一吓,张着眼睛看着他,半晌说不出话来。

是个好天儿。他骑着摩托车,小瑞在后头搂着他的腰。风吹过来,把脸上的汗毛弄得痒梭梭的,他心里头也痒梭梭的,后背上好像是有两个小鸽子受了惊,一跳一跳的。阳光金沙一样泼下来,洒在路面上,一大片一大片的,被摩托车碾过去,碾过去,好像能听到金沙碎裂的声音,清脆极了。两旁的树木向后头倒下去,倒下去,绿绿的田野却在眼前伸展开来,一直伸到天边的云彩上。小瑞的手抱着他的腰,不敢紧了,也不敢松了。他觉得被两根柔软的绳索给捆住了,脑袋晕乎乎的,心里只恨从芳村到城里的路太近。忽然,有一辆汽车迎面冲过来,喝醉了似的,他来不及躲开,一头就撞了上去,眼前金灯银灯乱走,却一心想着后头的小瑞。小瑞小瑞小瑞小瑞。他一下子喊醒了。

阳光已经转到楼后头去了,有一片照过来,正好落在对面的墙上。墙上是他们的全家福。他在中间立着,小瑞和小子一边一个,一家人都看着镜头,笑得很大。那时候小子几岁?露着豁牙子,个头还没有蹿起来。他高大威武,揽着他们娘儿俩,是一家之主的派头。这是哪一年照的呢。阳光落在镜框玻璃上,有几点飞溅到他眼睛里,他赶忙闭了闭眼。

四下里静悄悄的,也不见他娘。那个枕头被他抱在怀里,揉得乱七八糟。他叹了一声,闭上眼睛。这枕头是小瑞亲手绣的,早先夜夜被她枕着,上头有一股子淡淡的味道,也不是香,也不是甜,有那么一股说不出的小瑞的味道,又陌生,又熟悉。这几年,他天天抱着这枕头睡觉,好像是,抱着这枕头就等于是抱着小瑞,抱着小瑞他才能睡得着觉。有多长时间了,他没有抱过小瑞睡觉了?他扳着指头想数一数,到底是作罢了。

昏昏沉沉的,头疼得厉害。想起粉嫂子的话,好像是一把小刀子戳在心尖子上,动一下疼一下,动一下疼一下。这几年,他不是没有猜疑过,可他就是不愿意朝这个上头想。想当年,他是多么厉害的人物,大了不敢说,在芳村,也算得上一个能人儿。他样貌好,脑子又灵活,是村子里头一拨出去跑皮子的。运田他们,那时候还得跟着他跑,摸不着门路嘛。不是这样的本事,也娶不了小瑞这样的媳妇。在刘家院里,就算是在整个芳村,小瑞也是一个人尖子。要模样儿有模样儿,要口才有口才,又能干,又懂事,还有一样儿天大的好处,只有他才知道。他心里又是一热,紧跟着就是一阵钝疼。头疼得更厉害了。

正难受呢,运田一撩帘子进来,说怎么啦这是,见风儿倒,跟个娘儿们似的。他强笑道,中暑了吧。运田道,中屁暑!刚立夏!他就笑。运田从兜里掏出一支烟来,点上,狠狠吸了一口,半晌才道,你是不是耳朵里听到啥话儿了?他笑道,啥话儿?我能听到啥话儿?运田又吸了一口烟,说没事儿,我就是随口一问。两个人半晌不说话。村里大喇叭上有人喊，有卖卫生纸哩，有卖卫生纸哩。好卫生纸，好卫生纸。谁买到村委会来，谁买到村委会来。运田说，我操，卫生纸都吆喝，怎么不卖卫生巾呀。勇子笑。运田随手拿过一个盘子，把手里的烟掐灭，勇子哎呀一声。运田问，怎么了？勇子说，那不是烟灰缸。运田笑道，一个破盘子，看把你金贵得。有一点烟灰正好落在金鱼眼睛上，勇子笑道，烟灰缸在茶几底下，那不是嘛。把下巴颏指一指。运田说啰唆，真是个娘儿们了。停了停，运田说，那啥，小瑞她——勇子说，她五月当五回来，昨儿刚打来电话。运田哦了一声，说那就好。运田又掏出一支烟，一面点一面说，勇子，照说我这当大伯哥的，不该掺和你们的事儿，可有一句话，我思来想去还是得说。勇子说你说，你是我哥嘛。运田说，女人不能惯着，得管。勇子不吭声。运田说当年咱们都是一块儿起来的，当年的勇子哩？当年的勇子哪儿去了？勇子你年纪不大，倒是那一大帮子的领头雁。你一句话掉地下，能砸出一个坑来。勇子摆摆手，好汉不提当年勇。运田说，你这几年不如意。人这一辈子，谁没有点儿背的时候？就算是打麻将，谁还把把都能和呀？有难处，你吭一声儿。勇子只觉得嗓子里硬硬酸酸堵得慌，脸上却笑道，甭废话了，腻腻歪歪的，跟个娘儿们似的，还说我哩。

正说着话儿，他娘回来了，手里抱着一捆子韭菜，见运田在，喜欢得不行，说今儿个不忙呀田，咱们包饺子，晚上就在这儿吃呀。运田说我说两句话就得走，那头儿一摊子事儿哩。他娘说，别走呀，知道你忙，可饺子总得吃呀。我记得你也爱吃韭菜馅的。一面冲着他使眼色。勇子说，他一个大老板，稀罕你那韭菜饺子？那么大一个摊子，哪儿都离不了他。运田就笑。他娘嘟嘟囔囔的，自去厨房忙活去了。

晚上，他强吃了几个饺子，喝了半碗饺子汤，就去床上躺着了。窗子外头，黑影慢慢笼罩下来。窗子半开着，有风一阵一阵吹进来，把窗帘弄得一飞一飞的，好像是有个人藏在那里，把袖子一甩一甩。不知道怎么一回事，他老是觉得，那个藏着的人是小瑞。风里送来草木的青气，夹杂着花的香气，还有不知道哪里来的一股子腥味，不像是月季花，也不像是那棵鸡冠子。他把运田剩下的那半包烟够过来，红塔山，这小子，看来真是发了。他摸出一支来，点上，慢慢吸了一口。那一年，他头一回带着小瑞跑东北，运田也在。小瑞像个没见过世面的小母鸭子，缩头缩脑的，老躲在他后头，见了人，还没开口却先红了脸，说话也不像是在村子里那样锋利，一口的芳村土话，怎么听怎么别扭，夜里还学运田那南腔北调的普通话，在被窝里头，一面学，一面笑，笑得直喊肚子疼。想起小瑞的一个小动作，他心里又是一热。这家伙，有时候简直像个孩子，淘气得很。

厨房里叮叮当当的，他娘还在收拾锅碗。不知道谁家的孩子在哭闹，哭得一噎一噎的。好像是也没有大人哄，任由他哭。他听得心里烦躁，心想这大人真是，也不怕把孩子哭坏了。小子小时候就是一个气性大的，哭起来就没完，直哭得嘴唇发紫，要闭过气去。为了这个，小瑞就老跟他吵嘴，怨他心硬。小瑞就是这一点，护犊子护得要紧。小子小时候，特别贪恋她的奶，她呢，就由着他吃，一吃就吃到了好几岁。说她吧，还挺有理，他哭嘛，不叫他吃他就一直哭嘛。气得他一点办法没有。小瑞的奶水是真好，小水泵似的，一碰就喷，一碰就喷，有时候不碰呢，也偷偷流出来，弄得她衣襟上总有两块湿漉漉的，叫人看了心里着火。有一回，去赶了一趟集回来，一对奶直憋得硬邦邦的，一心想叫小子吃一吃。一回家，小子却睡着了。她又舍不得叫醒他，憋得哎哟哎哟的，直跳脚。他看着那一对奶子，又硬又沉，显得格外硕大，一道道青筋绽开来，像是马上就要爆炸了。他看了不忍，把她按在床边上坐下,一张嘴就含住了。她闭上眼睛,哼哼唧唧叫起来,那样子像是疼,又像是痒,好像是享受,又好像是受罪。眼睫毛长长密密盖下来,一颤一颤,湿漉漉毛茸茸,也不知道是汗水,还是泪水。他吸一下,她就颤一下,他再一下,她再颤一下。他吸得急,她就颤抖得急。后来,他老是想起来她那天那个样子。他吸了一口烟,觉得下面已经涨起来了。

他娘湿淋淋的一双手进来,絮絮叨叨的,好像是说要去小别扭媳妇那儿。他娘信这个,这几年,没少往小别扭媳妇那儿跑。他娘跟他要点钱,说是香火钱,得事主自己出,旁人出了就不灵了。他说要我说你也甭去烧了。这几年,给他们烧得还少了?吓得他娘慌忙打断他,甭乱说话啊。往上头指了指,小声道,都听着哩。仙家说了,这几年你是低年头儿,流年不利,要勤上香勤上供。过了这几年,慢慢就好了。好运在后头哩。他说你又不是旁人,先给我垫上呗。他娘看了看他的脸,小心问道,怎么,你手头儿紧呀?她没有打钱回来?他笑道,怎么会?净瞎猜。我就是想试试这仙家,到底说话算不算数。他娘半信半疑地,瞅了他半晌,才道,又乱说话。勇呀,你有事儿可不能瞒着娘呀。

夜里,翻来翻去睡不着。月亮升起来了,是满月,圆圆的,停在半空。他这才想起来,明天就是十五了。芳村这地方,初一十五,都是大日子。女人们大多要烧香、许愿、上供。四月十五,离五月当五也就是二十来天了。这一带,都把端午叫作五月当五。五月当五,小瑞说要回来,这话都说出去了。说出去的话,泼出去的水。要是她到时候回不来,可真就太难看了。他心里叹了一声。这几年,扳着指头数一数,也能数出来她回家有几趟。早先的时候,平时不回来,过年总还是要回来的。过年嘛。可今年过年就没有。小子媳妇倒是都回来了。可是,没有小瑞的年,还像是年吗?小子媳妇也早另立门户了,过年的时候,除了大年初一过来吃了一顿饭,就再也没见过人影子。他这个年,真是冷清得很。他娘给他包了一堆饺子,他就上顿饺子,下顿饺子,躺着饺子,立着也是饺子,直把他吃得见了饺子就怕。吃完饺子,就是面条,也是他娘拿过来的干面条。他白水煮面条,成天价埋在面条里头。夜里,听着人家的笑声闹声,人欢马叫的,心里空荡荡的,荒凉得紧。亲戚邻居们问起来,嘴上答对得轻松,脸上真是挂不住。人这一辈子,活的是什么?是脸面。他又最是一个爱脸面的人,当年也是街面上行走的人物,怎么就一步一步地,走到这个田地了?

半夜里,他到底还是起来,打开电脑,看了半天片子。他灯也不开,只有那屏幕一亮一亮的,画面上的两个人翻来覆去,折腾出无数个花样来。那个大屁股外国娘儿们啊啊啊啊啊啊,叫得人越发起性儿。他浑身紧绷,两只眼睛恶狠狠地盯着那娘儿们,恨不能一头撞进去,亲身替了那男人来干。只觉得一身的血在血管里热腾腾闹着,像是一个大气球,越来越大,越来越薄,马上就要爆炸了。小瑞小瑞小瑞小瑞。他狼似的低低嚎叫了两声,瘫软在椅子上。

月亮不知道躲到哪里去了。整个村庄好像是掉进一口深井里。偶尔谁家的狗叫两声,就又静下来。屋顶像是一个盖子,重重压迫着他,叫他喘不过气来。他把脸埋在那个枕头里,一动不动。一身的血早都凉下来了。那张床显得格外地大,格外空。他的脑子里也空荡荡的,像是一个空水桶,什么也没有。

醒来的时候,天还灰蒙蒙的。出来一看,才知道是个半阴天。立夏以后,雨水慢慢就多起来了。立夏天气凉,麦子收得强。要是这时候来一场雨,人们说不定就省浇一水了。他洗漱完,蹲在菜畦边上发呆。韭菜们刚割了半畦,还有半畦长着,好像是一个人剃头剃了一半,又去忙别的事了,就把一个阴阳头丢在这里,任由他那么阴阳着。他想起来还有昨天的剩饺子,就去热了一碗,刚要吃,电话响起来。他赶忙去接电话,走得急,把一个凳子都带翻了。却是运田。运田叫他出来,一块儿去城里散散心。他说不去了。运田说叽叽歪歪的,还像个男人不像了。运田说快快,少废话。叫你去你就去。说这就开车来接上他。

他翻箱倒柜,找了一件干净衣裳换上,想了想,又洗了一把脸,正刮胡子的时候,运田在门口按喇叭。运田今儿个穿了一件明黄T恤,米色休闲裤,收拾得油头粉面,手腕子上戴了一串佛珠样的东西,说是沉香,脖子上挺粗的一根金链子,贼亮贼亮。见了勇子,把头一摆,叫他上车,说走,吃喝玩乐去。

这个季节,麦子都开始扬花灌浆了。天半阴着,气压有点低。他把窗子摇下一线缝隙,一股子潮润润的青草气涌进来。麦田一大片一大片,一大片又一大片,向后头哗啦啦啦退回去,他想拦都拦不住。运田嘎嘎嘎嘎笑着,墨镜黑洞洞的,也看不清他的眼。有一个女的骑着自行车,被他们超过去了。运田回头看了一眼,咂咂嘴道,可惜了的,这么俊的一个闺女,骑个破车子。勇子就笑。运田说这么高的颜值,要是不坐宝马,老天爷就没有长眼睛。勇子说要是真心疼,就去把人家给弄上来呀,你这凯迪拉克,也还能凑合用。运田笑道,你觉得你哥我没有这个本事?勇子说牛皮不是吹的。没有你这样的。以为就是一句玩笑,没想到运田这家伙还真的在路边停了车,把窗子摇下来。刮的是小南风,那姑娘蹬车子有点费劲。一条水红的裙子,在风里一飞一飞的,好像是一朵花,被吹乱了花瓣子。不知怎么,勇子心里有点紧张,看看运田,却是镇定得很。勇子说,走吧,开车。运田笑道,别介呀。我今儿个要让你看看,啥叫魅力。正说话间,那姑娘已经过来了,勇子心里嗵嗵嗵跳起来。运田小声笑道,连车都甭下,你信不信?

一面把头探出窗外,向那姑娘招招手。那姑娘迟疑了下,下了车子。运田笑道,小辛庄的吧?我们芳村的。去哪儿呀这是?风大,捎你一段呗。那姑娘也不笑,打量了一下运田的车,说凭啥呀,我怎么知道你们是不是坏人呀。运田笑道,坏人有长我这样儿的吗。那姑娘竟扑哧一声笑了,说那我就信你一回。去城里。哎呀,那我车子怎么办?运田看了一眼她那车子,沉吟了一下,说也是,这车子还真是个问题。一面说,一面一踩油门,车呼的一下就窜出去了。远远地,那姑娘跺着脚,破口大骂。

运田笑得嘎嘎嘎的,说,怎么样?唵?服不服?勇子拧着脖子还朝后看呢。运田说甭看啦,看到眼里拔不出来啦。运田说你看见了吧,女人就那么回事儿,贱。你越把她当回事儿,她就越是一回事儿;你不把她当回事儿呢,她就真的不是一回事儿。勇子不说话。运田说,你就是太死心眼儿,凡事看不开。慢慢悟去吧你。

城里一六逢集,很热闹。他们绕过农贸市场,直接插上花园路。花园路倒是真有点花园的样子,绿化得挺好。马路两边的冬青剪得整整齐齐的,隔一段一个花池子,隔一段一个花池子,里头开着黄的粉的月季花。勇子忽然叫了一声,说哎呀快看,快看。运田说,不就是香罗发廊嘛。大惊小怪。运田说花园路上这是总店,解放路和红绿灯那儿还有分店。勇子噢了一声,说香罗婶子还挺能干。运田坏笑道,她能干,你怎么知道呀。勇子说少胡说你,还差着一个辈分哩。运田笑道,到了这地方还论啥辈分,运田说,要不咱们进去逛逛?勇子忸怩了一下,不会碰上熟人儿吧。运田嘎嘎嘎嘎坏笑,那就那么赶巧了,要是碰上香罗,我就把墨镜借给你呀。

阴了大半天,雨到底还是下起来了。先是细细的雨丝,后来越来越密,越来越密,像是有千支万支银箭头在天地间乱飞,一不小心,就给它们伤着了。雨地里开出一朵一朵的水泡来,一个破了,另一个又起来了。雨点子渐渐大了,砸在车子上,像一颗一颗流弹。勇子瘫坐在副驾驶座上,脑子里轰隆隆响着,无数的疯狂的念头厮打在一起,他谁也劝不住。小瑞。小瑞。小瑞。小瑞。方才,那一个胖子,一手搂着个姑娘,一手接电话。他只听他叫小瑞。他的脑袋嗡的一下子。小瑞?小瑞呀,你猜我在哪儿呢。胖子把一只手放在那姑娘屁股上,对着电话说,我就在你们县城哪。大谷县,是不是,离芳村也就十几里?你家乡好哇,好得很……那姑娘等得不耐,他捏了她屁股一把,趔趄着朝里头去了。

雨点子越来越大了。霎时间,外头就白茫茫一片,什么都看不清。他冷得发抖,上下牙齿咔嗒咔嗒直响,浑身的骨头好像是浸在冰碴子里头。雨水拧成一条一条银色的鞭子,一下一下抽在他头上、脸上、身上。小瑞。他一直向前走,向东,向北。小瑞在东北。他要去找她。他要亲口问一问她。一道亮光刺过来,打在他身上。

小瑞。他叫了一声,一头扑了上去。

第二十五章
小梨回来了

是不是
回不去的
才叫故乡

一路上,小梨都在跟乃建赌气。

已经下了高速,前头就是滹沱河了。窗外是大片的田野,偶尔夹杂着树木,也不知道是钻天杨、刺槐,还是别的什么树。今年因为闰月的缘故,过年晚了。立春是早就过了,眼看着就要进七九。七九河开,八九燕来。这个时节,地气蒸腾,隐约有一种躁动。空气里也雾蒙蒙的,像是软软的烟霭。麦田里的绿,还有那么一点犹豫,却终究是渐渐明朗起来了。阳光一晃一晃的,在窗玻璃上跳跃,车子里便被弄成了两个世界,一半是明的,一半是暗的。

妞妞塞着耳机听歌,摇头晃脑的,再不像小时候,见了什么都一惊一乍的,尖着嗓子,指给大人看。乃建却慢悠悠地,跟那司机没话找话。反腐啊,环保啊,房价啊,时局啊,说的都是天下大事。听那口气,好像他刚从国务院开完会出来。他滔滔不绝的,有时候愤激,有时候无奈,有时候长叹一声,是冷眼热肠的气势,却都是心中有数的。小梨素日里早听惯了,那种语调,教人不由得就心思走远了,走远了,远到自己也认不出的地方,却忽然又被某一句惊醒了。就像眼下,乃建在副驾驶座上回过头来,冲着小梨问一句,是不是?嗯?对吧?小梨只是不理他。

乃建也不觉得尴尬,照例是笑眯眯的,跟那司机聊得火热。司机可能是石家庄郊区的,口音挺重。这时候,乃建正跟人家聊着马上就要召开的两会,说起某个大老虎,又笑又叹的,不想那司机冷不丁问了一句,大哥在北京,有房不?乃建愣了一下,有啊。司机仍不死心,多大?乃建迟疑了下,仿佛是有点吃惊,也有点拿不准,半晌才说,还行,凑合住呗。司机却没有追究,只自言自语道,妈的北京那房价,吓死个人。乃建说可不是。过一会儿,司机又问,有车不?乃建说没,没买。北京那交通!司机说噢。就听乃建抱怨起北京的交通来,又顺便谈起了著名的雾霾。小梨正被触痛了心事,气得喉头硬硬的,一时也说不出话来。

本来,小梨是想着借一辆车开回家的。可是大过年的,借人家谁的呢。又想到租,反正租车也方便了,一个电话的事儿,乃建也有本儿,开回去就是了,不过是四五个小时的车程。乃建却不肯,说坐动车多好,要么就高铁,又环保,又省心——何苦呢。小梨听出他话里的意思,气得咬牙道,我就是好面子,怎么着?

转眼已经进了县城了。阳光越发明亮了,照得满街都是红尘扰扰的。路边店铺的招牌一掠而过,叫人来不及细看。街景也是新鲜的,有一点熟悉,更多的是陌生。好像是这么多年的光阴,哗哗哗哗倒退着,倒退着,倒流河一样。想起来,都恍惚得很,在这个县城,她曾经读过三年书。那时候,是初中,就在城北,附近有一条河,叫作木道沟。都是多少年前的事情了。

一下车,家门口早有人迎着了。爹立在台阶上,穿着她给买的羽绒袄,烟色绒线帽。姐姐姐夫过来,帮着拿后备厢里的东西。见了妞妞,都说长高了长高了,这一晃。乃建付了车费,打发那司机走了,过来同大家打招呼,又拉住爹的手,问寒问暖,赶着叫爹。爹一辈子没有儿子,哪里经过这个,早被叫晕了,呵呵呵呵笑着,露出一口白瓷瓷的假牙。乃建今儿个穿了一件铁锈红皮夹克,黑色羊毛围巾,皮鞋锃亮,很是扎眼。小梨从旁冷眼看着,也不知道怎么一回事,乃建的那一口京片子,平日里觉得顶烦,现在听来,却是十分的顺耳好听。又打量乃建的衣着,觉得还算得上体面,一面暗暗后悔,光顾着怄气,倒忘了叫他换上那件新买的衬衣了。

男人们在北屋里喝酒,女人和孩子们在东屋,嗑瓜子,说话。屋子里有暖气,还特意开了空调。暖风熏熏的,吹得人头晕脑涨。姐姐照例是手机不离手,忙着刷微信。大姐慌得给她抓糖不是,抓瓜子不是,抓花生不是。她哪里要这些。地下早已经摆了一张低桌子,大家围坐起来。姐夫和外甥们一趟一趟地,先是冷碟,再是热炒,大鱼大肉,大荤大腥。小梨看着一桌子的七大碟子八大碗,心里不由得怨爹太费事,乃建又不是外人,也不是头一年上门的新女婿,何苦这么费事呢。大姐一个劲儿地往姐姐碗里夹菜,嘴里用芳村话劝着,叫她多吃点多吃点。姐姐也听不懂,只是皱着眉,克制地笑一下,依然埋头玩手机。大姐着急道,你看这。这孩子啥都不吃。你看这。小梨肚子里有气,说甭管她。还是不饿,饿了就吃了。大姐又忙着给小梨夹菜,直把她的碗里堆得小山一样。小梨一面把一只鸡腿夹给旁边的孩子,一面笑道,我又不是且,甭光顾着我,你们倒是动筷子呀。

正说话呢,又端来一盘煎饺子。芳村的风俗,娘家大年初一的饺子,是一定要吃的。吃了好。出嫁的闺女回门,这是必上的一样饭食。究竟怎么个好法,小梨也说不清。总之是,命好运好,添福添寿吧。爹撩帘子进来,立在一旁,看着小梨吃饺子。大姐笑道,我说要割羊肉的,爹不让。如今羊肉也忒贵。转脸跟小梨说,早些年,娘还在的时候,最爱吃羊肉馅。小梨见提起娘,忙看了爹一眼。大姐笑道,也怪,我就偏不服那股子味儿。又夹了几个饺子,放进她碗里。

爹摸摸索索,从兜里摸出几张钱来,一一分派给孩子们。一个孩子二十,姐姐呢,却给了一百。小梨想拦下,却晚了。回头正瞥见外甥媳妇,盯着姐姐手里的票子,脸上似笑非笑。小梨赶忙也掏出压岁钱,给孩子们分。大姐忙笑道,啊呀呀,小孩子家,有这么点意思就行了,给这么多干啥!又低声跟小梨说,傻。都落进人家腰包里啦。拿下巴颏指了指她儿媳妇。小梨就笑。

院子里有人说话,青嫂子撩帘子进来,哎呀一声,叫小梨。小梨赶忙起来给她让座。青嫂子在床沿上坐下,上一眼,下一眼,左一眼,右一眼,直把小梨看得都腻了,才又哎呀一声,叹道,几年的小梨呀。果然是北京城里来的,硬是不一样。小梨笑道,青嫂子你笑话我吧。青嫂子说,哪敢笑你呀。你如今是金贵人儿,比不得我们这些庄稼主子。青嫂子说梨呀,嫂子问你,在北京,一个月挣多少钱呀?小梨没料到她这么直接,心里一惊,脸上却笑道,我呀,反正够花了。青嫂子哪里肯依,笑道,那到底挣多少呀?大城市里不比芳村,花销可忒大。小梨笑道,省着点儿花呗。青嫂子伸出几个指头,说,有这个数?小梨摇头不是,点头也不是,只是笑。大姐端着瓜子花生过来,让青嫂子,青嫂子抓了一把,一面咔嚓咔嚓剥着吃着,一面笑道,你看你,还藏着掖着,又不是外人!还有你家她爸,挣多少?小梨正不知道该怎么招架,然婶进来了,高声音大嗓门的,要借外甥的车用一下。大姐说,怎么,又去相媳妇?然婶叹道,可不是。见天相他娘的媳妇!光相媳妇就把家相穷了!狗日的没出息,天天上网,就不会从网上勾搭一个?急了我叫他打一辈子光棍儿!小梨忙问,是谁相媳妇呀?青嫂子撇嘴道,她那二小子呗。青嫂子说没车就别臭显摆。好意思呀,老借人家的。费车不说,这油钱怎么算?

午后,整个村子都懒洋洋的。阳光亮亮的,有一点风,是春天的意思了。大街上挂着彩,花红柳绿,在风里招摇着。人家门楣上都贴着春联,挂着大红灯笼。一地的鞭炮纸屑,红通通的,空气里有淡淡的硫黄的味道。街上却不怎么见人。胡同口、大门前,还有街边上,停着一辆一辆的汽车。有车不断地从街上开过去,开过来,腾起细细的飞尘,半晌不散。也没有唱戏的,也没有说书的,就连孩子们也不多。不像她小时候,穿着新衣裳,在街上玩耍,鞭炮一声起一声落,把空气炸得新新的,更清澈凛冽了。衣兜鼓鼓囊囊的,满满装着花生瓜子。糖在嘴里一点一点融化,从舌尖一直甜到心里去。芳村的年味儿,真的是不比从前了。

周围的房子都盖得气派。楼房,大多带着车库;平房呢,宽敞的院子,高高的围墙,铁桶一般。正看着呢,听见汽笛响,赶忙往路边避一避。不想那车却停下了。正诧异呢,车窗子摇下来,里面探出一个男人的脑袋,叫她的小名。小梨见那人穿了件浅米色休闲西装,深蓝衬衣,也不怕冷,知道是村里人,却一时叫不出名字来。那人笑道,真是贵人多忘事呀,老同学都不认识了?小梨脑子像是冻住了,一时转不过弯来。那人见她怔忡的样子,大度地哈哈一笑,说好啦好啦,还是早先的性子,一点儿都不改,装一装都不会,老叫人下不来台。一面说,一面把一张名片递过来。车里开着空调,夹带出来一阵暖香的风。小梨看那名片,失声叫道,哎呀,是你呀。小宾就笑。小梨笑道,都大老板了,春风得意啊。小宾笑道,笑话我是吧。谁不知道你是大城市来的。两个人就一个车里,一个车外,说起话来。阳光照在车窗子上,有一道光白亮亮的,正好把他们切割开来。小宾的一只手在那交界处搁着,手上一枚硕大的金戒指一闪一闪的。

小梨指一指那戒指说,要把人眼睛晃瞎了。小宾说,又笑话我。看了看小梨光秃秃的手,笑道,你们城里人都戴钻戒是吧。小梨脸上一窘,正不知该说什么,小宾却又岔开话题了,说起了别的。又说起了当年的一些个同学,如今大都在芳村,都儿女成行了。有的都当了爷爷奶奶、姥姥姥爷。小宾感叹道,真快呀,我们都成了小老头了,你还是小姑娘模样哩。小梨笑道,少笑话人吧你,谁比谁小呀。正说话呢,大姐远远地叫她。小宾说,说句正经的,那个谁,你那外甥,你大姐家小子,如今干啥呢。小梨说,也没有细问,好像是闲着吧。原先在李家庄厂子里干,后来不知道怎么不干了。小宾沉吟了一下,说那啥,你要是不嫌弃,就叫他到我厂里来吧。就在城南这边,离家也近。小梨笑道,那我问问他——怎么谢谢你这老板呀。小宾说,谢啥谢。自家的厂子,还不就是一句话的事儿。

回来把这事跟大姐说了。大姐十分喜欢,一面感叹,一面骂人家势利眼,成天价在一个村子里住着,抬头不见低头见,早先怎么不肯呀。小梨知道她的脾气,也不理她。姐夫说,不愿意去就不去嘛,犯得上这样。大姐气道,你这么有骨气?我怎么不知道?你有骨气,你也去开工厂呀,叫你家小子当阔少爷。在人家屋檐下打哪门子工!小梨见她这样,情知又有一场大闹,生怕爹听见,赶忙吓唬道,你看,我多管闲事,倒管出一堆不是来了。再闹,再闹我可不管了。摔帘子就出来了。

大门口的台阶上,有几个闲人坐着晒太阳,见她出来,都跟她爹说,啊呀老木,亲人来啦。她爹就笑。人们七嘴八舌的,问小梨一些个北京的事儿。有人问她住在哪儿,离天安门近不近;有人问她是啥单位,挣钱多不多;她女婿哩,看样子像是个当官的吧。一个远房大伯,劈头就问她,现在是啥官儿,要是在早年间,算是几品?小梨知道是躲不过了,只好如实说了。人们嘴里丝丝哈哈的,嗑着牙花子,像是不相信,又像是惋惜。她爹也脸上讪讪的,一时不知道该说句什么才好。小梨臊得满脸通红,恨不能找个地缝儿,一头钻进去。那大伯叹口气,半晌才说,梨呀,从小你就念书好,脑瓜儿灵,怎么反倒越念书越傻了呀。不是非要为官做宰的,可自古以来有一句老话,百无一用,是书生呀。大伯说你看你爹,供你念恁多年书,腰都累断了……四叔在旁边笑道,梨那女婿可厉害呢,北京人哩。那根根蔓蔓的,深着哩。众人又都问起了乃建。乃建是啥单位?官儿做到了哪一级?手底下管着多少人?乃建他爸妈,退了没有?一个月多少退休金?几乎来不及多想,小梨就信口胡诌起来。

太阳光煌煌地照下来,竟然背上就热辣辣地出了一层细汗。到底是七九的天气了。田野里雾蒙蒙的,给阳光一照,好像是笼着一重薄的金烟。有一点风,软软凉凉的,把满街挂的彩吹得索索索乱响。远远地,有一个人走过来,一迭声地问,小梨?是小梨不?哎呀呀,小梨?小梨赶忙答应着,也不管那些人一箩筐的问题,趁机溜了。

傍晚回来,乃建的午觉已经醒了,正坐在沙发上喝茶。小梨也不知道哪里来的一股恶气,三步两步过去,端起他的茶就泼到院子里了。乃建见她脸色不对,也不敢多问。跑过去看了看门外,把门掩了,才小声道,怎么了这是?要吵架也别在这里吵呀。小梨恨道,谁跟你吵?我懒得跟你吵。收拾东西,立马走人,赶紧地。乃建纳闷道,不是住两晚吗?怎么说变就变呀。小梨气道,住两晚?你是不是还打算在这儿住上一辈子?七大碟子八大碗的,被人伺候着?乃建忍气道,这人,怎么不讲道理?一面穿外套,嘟嘟囔囔收拾东西。妞妞本来窝在电脑前,见这架势,才把耳机摘下来,雀跃道,怎么,要回去啦?欧——耶——

晚饭的时候,爹一个劲儿埋怨,怪小梨把乃建他们爷俩儿撵走了。爹说回来一趟容易吗,一年才一趟。爹说都这么大个人了,怎么还这么不懂事儿呀。小梨说冷嘛。他们怕冷嘛。暖气屋里待惯的,冻得什么似的。爹就不说话了,半晌才说,叫你公公婆婆怎么看呀,连夜赶回去。小梨笑道,看你,操心也忒多。亲闺女守着你还不够呀。趁机岔开话题,说起明天去看姥姥的事。爹果然叹气道,阎王老了不拿鬼。你姥姥,一辈子刚强厉害,年前生日,五六个闺女,谁都没有来看一眼。爹说九十二了,还能有几个生日呀。小梨说,我姨她们,都没来?爹说,没来。还是你小姨,买了几个蒸碗端过来。都说忙,忙……小梨见爹感伤,也不敢多说,只好胡乱打岔,说一些个姐姐的趣事。爹果然渐渐喜欢起来。忽然又问,乃建的事,不是你编的吧?小梨愣了一下,撒娇道,哎呀,你看我哪一句像是编的呀?

晚上在外甥的新房子住。新房子有暖气,又干净,洗洗涮涮也方便。外甥媳妇刚添了孩子,才满月。二姐就住在这小后屋里,伺候月子。新房子装修得不错,面积又大,比小梨北京的家还要气派。虽说有暖气,可小梨还是觉得不暖和,也不敢大洗,只简单洗漱了,就钻进被窝里躲着了。二姐忙进忙出,总算是里外收拾妥当了,才躺下来。姐妹两个挤一张床,说了半宿的私房话,不外是芳村的一些个人和事,还有亲戚之间的是是非非,还有婆媳之间的疙里疙瘩。埋怨姐夫懒,儿子不懂事,儿媳妇呢,更不行了,隔着一层肚皮哩。半夜里,忽然孩子就哭起来了。二姐一下子就坐起来,张着耳朵听了听,见越哭越厉害,便赶忙胡乱披了件衣裳,趿拉着鞋跑过去敲门。再过来的时候,小梨都要睡着了。迷迷糊糊的,听见二姐抱怨,便说,人家爹妈都在哩,还巴巴跑过去,真是劳碌命。二姐叹口气,小声说,可也是,怀里揣笊篱,捞(劳)不着的心。二姐说要是不过去吧,就又是事儿。这一声奶奶呀,可不好应哩。小梨就笑。

早晨起来,一家人围桌坐好,预备吃饭,外甥媳妇却迟迟不过来。再三再四地叫,仍是不见人影儿。二姐小声说,八成这又是有事儿。果然,外甥过来,吞吞吐吐的,半天也没有一句囫囵话。

二姐恨道,我知道今儿回娘家,钱不是早给你们了吗。外甥说,还有压岁钱哩。二姐说,压岁钱?给她娘家七大姑八大姨出人情,也活该我们出呀。外甥也是听惯了,只是不说话。二姐叹道,上辈子欠你们的!回头冲二姐夫说,还愣着干啥,去吧,去借吧。小梨起身要去小后屋里拿包,被二姐摁住了。二姐冲着她摇摇头,使了个眼色。小梨只好坐下了。

正说着呢,二姐她婆婆来了。二姐趁机就诉苦。大姐一进屋子,见这情势,使眼色叫小梨出来。小梨就出来了。大姐撇嘴道,看吧,又是一场好戏。你也是,这时候还待在这儿干吗?他们刘家的事儿,咱少掺和。

这是村子东头。再往东,就是野外了。先前,这一片都是庄稼地,到了秋天,郁郁苍苍的,一直蔓延到天边去。再往东,经过一条弯弯曲曲的土路,就是大河套了。当年,那可是一个神秘好玩的所在。早晨的太阳怯生生的,却到底是有一点泼辣的意思了。远远近近的村居,被笼上一层软软的烟霭。这个季节,田野空旷,安静,只有停下来仔细听一听,才能隐约听见泥土深处骚动的声音。人家的院墙上,歪歪扭扭写着,打井,138×××××××;专业烫房顶,137×××××××;上瓦,180×××××××。旁边的一面白墙上,是中国电信的巨幅广告。几只麻雀在地上蹦来蹦去,活泼极了。小梨指着后头的一栋楼,问是谁家的呀,这么阔气。大姐说,兔子家,老庆叔的三小子。大姐小声说阔啥阔,还不是反穿皮袄,外光里不光。做买卖赔了,要债的不离门。过年都不敢回来。他媳妇要跟他离哩。正说着话,见一个闺女拎着一个垃圾袋出来,染着金黄的头发。大姐拿胳膊肘碰碰她,小声说,看看,这是他闺女——不想那闺女回头看见她们,明晃晃一笑,赶着叫大姑,又眯起眼睛,迟疑了一下,笑道,小梨姑呀,看我这眼拙得,都不敢认了。小梨见她穿一条小短裙,露着两条黑丝长腿,上头只穿了一件桃粉薄毛衣,两颊冻得红红的,领子却低低的,十分惊险。大姐蝎蝎螫螫的,叫道,哎呀,就一层丝袜呀,不冷吗?跑过去真的就捏了捏人家的大腿。那闺女笑道,看着薄,可厚哩。大姐嘴里啧啧的,看了人家的丝袜,又看人家的胸口。那闺女说,来家里坐会儿呗。小梨忙说不了不了,心想这闺女倒是长得俊俏,又伶俐。看着她进了大门,大姐才叹道,这闺女,刚硬着哩。为了帮家里还债,把自己都豁出去了。小梨心里一惊,刚要问一句,却见几个人影影绰绰过来,在土地庙前头停下了。

大姐说,这是烧香许愿的,咱们还是绕道走吧。这种事儿,都不愿意被撞见。小梨说,晴天大日头的,难保不撞见人,怎么不天黑了来呀。大姐说,恐怕这不是咱芳村的。甭小看了这土地庙,名气大哩。才一会儿工夫,庙前头那个大香炉里,就点上香了。几缕青烟,在晨风里静静地升腾着。太阳光照下来,那几个人跪在地下,一拜,两拜,三拜。远远看去,红尘霭霭,有一种不似人间的错觉。那几个人的影子,也像是金箔纸剪出来的,孤零零的,仿佛是浮在茫茫的日光里。

大姐碰碰她,笑道,怎么,你不想烧一炷香,许个愿?小梨这才醒过来,笑道,我才不信这个哩。大姐吓得赶忙说,甭乱说话,都听着哩。又赶紧冲着土地庙拜了拜,双手合十,嘴里念念叨叨的,也不知在说什么。小梨也不敢笑了。一阵晨风吹过来,头皮一炸,只觉得脊背上簌簌地起了一层小粒子。不远处,那几个人影还在地下跪着。香烟丝丝缕缕的,缭绕着他们,像是安慰,又像是在劝说。半晌,大姐才埋怨道,可不敢乱说话。三娃子媳妇,就是说了一句啥话,也不知冲撞了哪一路仙家,闹了大半年,疯疯癫癫的。请小别扭媳妇看了,也不大好。又请了城北那个大仙,许了愿,家里也请了神,才慢慢好了。你说怪不怪?

门前的台阶上,照例有几个闲人坐着。小梨见了,心里不由得有点慌乱,想赶紧躲进屋里去,大姐哪里肯。那些人正闲得蛋疼,见她们姐儿俩过来,老远就笑道,这可是远且,得好好待一待呀。大姐笑道,她呀,有啥好待的,又不是啥且。人们说,那可不,人家平日里大鱼大肉早吃腻啦,还稀罕个啥。大姐笑道,可说呢,梨说啦,就想吃个素净的。小米粥咸菜,家常饭想得慌哩。他们大城市里的,肥鸡大鸭子的,就想这一口呢。大姐说她家那姐姐,嘴刁着哩。一大桌子,愣是没有她的菜。吓。大姐说我急得不行,看把个孩子惯成这个样儿——人家城里人嘛。小梨扯扯她袖子,她只当看不见,抓着小梨的手,把她吹得天花乱坠,听那口气,好像小梨就是中央的,手里掌握着生杀大权。小梨又臊又恼,拉着大姐就往屋子里走。大姐没能尽兴,悄悄咬牙骂道,怎么啦?我说说怎么啦。这帮势利眼,就得镇镇他们! 小梨气道,你吹够了没有?

　　屋子里倒是暖洋洋的。水壶开了,滋滋滋滋叫着。大姐一面往暖壶里灌水,一面叹道,你不在村子里,你知道啥?念书都念傻了。大姐说如今呀,哪里还有啥人情,人心凉着哩,薄着哩。小梨说,那也不能瞎吹呀。真是。大姐叹口气道,梨呀,不是姐说你,心眼子太死。在外头混了恁多年,混了个啥? 连个车都混不上。你看看,就咱芳村,一年里添了多少辆车了? 恨不能,是个长脑袋瓜的,就有车——小梨脸腾地就红了,一时却说不出话来。大姐说,咱家里倒没啥,外人都看着哩。那些个势利眼,狗眼看人低。人这一辈子,不蒸馒头争口气呀。小梨说,房子都买了,一辆车算啥呢。大姐说,说得是呀。房子在北京,搬不动扛不动,谁看得见呀。汽车可是脸面哪。你看那个谁,大老黑家的老二,开车回来,好威风呀。他那车叫啥来着? 小梨哭笑不得,也不理会她,心里却把乃建恨得要死,骂了他祖宗八辈一遍。

正说着话呢,二姐过来了。说起儿媳妇回娘家的事儿,唉声叹气。大姐把嘴一撇道,就你这性子,怎么能够拿得住人家?一辈子叫人家骑到你头上,拉屎撒尿吧。二姐说,你是没听见人家骂你,还觉得美哩。眼下人家用着你哩,白天黑夜,给人家看孩子。往后你老了,你再看。大姐说,我就是图眼下,痛快一天是一天,痛快一响是一响。眼下的火焰山都过不去,我还顾得上往后哩?小梨见她们两个又要吵嘴,心里不耐烦,转身就出来了。

正月里,人们忙碌了一年,都趁机歇一歇。打牌的打牌,推牌九的推牌九,也有串亲戚的、待且的,也有说媒的、相亲的。平日里人们都忙,忙得四脚朝天,哪里有这些个闲心。这条东西街,算是芳村的大街。再往西,就是小辛庄了。村委会的小白楼,在大街上的正中央,早些年威风得很,如今,四周的高楼大房都盖起来了,相比之下,倒有些寒酸了。临街的门脸,是秋保家的超市。芳村的超市倒有好几个,这个算是最大的了,位置又好,秋保呢,又灵活,生意就特别地好。人们进进出出的,也有买东西的,也有来交电费的,也有来拿快递邮件的。秋保两口子忙得手脚不停。还是秋保眼尖,见小梨进来,赶忙招呼道,梨回来了?几时回来的呀?小梨也笑着叫他哥。他媳妇国欣过来,说了一会子话。小梨说你们忙着,我挑几样东西,去串门儿。秋保忙说好呀好呀,又吩咐他媳妇,帮着梨挑几样好的,多挑几样儿。小梨说甭管我,你们忙。国欣冲着她挤挤眼,小声说,我给你挑,这里头道道多着哩——你不知道。小梨见拦不住,就由着她挑。她一口气挑了一大堆,一箱六个核桃、一箱蒙牛鲜牛奶、一箱露露、一只烧鸡、一只鸭子、一大块咸驴肉、半个酱肘子、两盘鸡蛋。小梨忙说够了够了,国欣哪里肯听,又把一些个酸奶火腿杂七杂八的零食塞过来。小梨只好拿出钱包结账。秋保见了,就骂他媳妇,梨妹子是外人儿?真是混账娘儿们。吩咐国欣把小梨送回去。小梨哪里肯。打架似的,撕扯了半晌,秋保骂他媳妇,小梨北京来的,差那几个小钱儿?真是的,丢人现眼。小梨见四周人多,心里不耐烦,把钱扔在地下,拎着东西,跌跌撞撞就跑了。后头秋保媳妇还在说,梨呀,有空过来玩儿呀。

一进门,大姐就叫起来。小梨就说了方才的事。大姐听了破口大骂。小梨说算了算了,你这嘴真脏,骂人家这么难听。大姐就火了,你是有钱人?你有钱怎么不救济一下你亲姐姐呀。打肿脸充胖子,我就看不惯你这做派。小梨气得一句话都说不出来。秋保这两口子,穷疯了,见谁都想咬一口。六亲不认,狗日的。惹急了我,堵着超市门口我去骂他个三天三夜。小梨见劝她不住,只好道,我正想着去亲戚本家看看哩,这些个东西恐怕还不够。大姐笑道,好呀,你是城里来的,礼法长,回来自然要各家走走。打算整个芳村都走一圈?小梨知道她动了气,笑道,你看你,不就是到亲戚本家去看看嘛。大姐冷笑道,你翟小梨欠他们的?啥时候欠下的?我怎么不知道?每一趟回来,都要上赶着去给人家送东西。你开着银行哪?大姐说我在村子里待着,我什么不知道?你以为你念了几天书,就懂人情世故啦?用人朝前,不用人朝后,没啥好东西。一帮势利眼。你今儿个要是敢出这个门,就甭认我这个亲姐姐。小梨见她眼睛里亮闪闪的,好像是有泪花,一时也吓住了,正不知怎么办好,二姐过来了。二姐见这个阵势,冲着小梨使个眼色。小梨赶忙说哎呀姐,我听你的还不行呀。又软声劝了半晌,大姐才叹了一声,道,我活了半辈子了,我不懂人情世故?我还不是心疼你呀。白喂了那些个白眼狼!

芳村的夜,说来就来了。

街灯一盏一盏亮起来了,好像是一只一只眼睛,一闪一闪的,也不怕冷。天是那种深的黑蓝,月亮就在天边,浅浅淡淡的半月,缺了一块,像是谁不小心咬了一口。星星们却稀稀落落的,只有仔细看的时候,才像是忽然间跳出来似的,一颗一颗,一颗又一颗,一颗又一颗,竟是越来越稠密了,同街灯混在一起,到处都闪闪烁烁的。

小梨穿着高跟鞋,一崴一崴的,一面走,一面埋怨这路难走。大姐说,让你穿我那平底鞋,你嫌难看。活受罪。大姐说黑灯瞎火的,谁看呀,真是。小梨说都走到这儿啦,还说这个。远远地,影影绰绰过来一个人,逆着光,也看不清模样,只见一个瘦瘦的轮廓,像是浮在昏黄的夜幕上,一游一游的。快走到跟前了,只听那人叫她,小梨仔细一看,才犹犹豫豫叫了一声,果子?

卫生院门前,停着各种各样的车。里头灯火明亮,人影一高一下的,投在落地玻璃窗上。有几个人正在治疗室里输液,还有一个小孩子,大约是哭累了,躺在他妈妈的怀里,时不时抽泣一声。诊室里有几个人在排队。耀宗穿着白大褂,正在给一个妇女把脉。那妇女嘴里絮絮叨叨的,诉说着病情。耀宗半闭着眼,似听非听的。把完脉,又拿起听诊器,那妇女把毛衣撩起来,耀宗的听诊器一下子就伸进去。小梨的一颗心忽悠一下,就蹦到了嗓子眼儿。果子在一旁碰碰她胳膊肘,她这才醒过来,听果子说话。日光灯白茫茫照下来,屋子里面好像腾起了大雾,灯管偶尔思思思思叫两声,过一会儿,又思思思思叫两声。果子的脸更加苍白了,眼睛下面,有两块青色的阴影。果子的嘴唇上起着白皮,嘴角边爆起了几粒小水泡。

耀宗开完药方,一抬眼看见小梨,哎呀一声立起来。小梨笑道,忙啊。耀宗一面搓手,一面结结巴巴地,问她什么时候回来的,住几天,怎么来了也不吭一声,是谁不好了,还是——小梨看了一眼排队的人们,小声道,我就是来问问我爹的事儿,是不是输输季节水。这不,碰上果子了。你忙你的。我这倒不急,果子这,你给她好好看看。耀宗答应着,看了果子一眼,想说什么,张了张嘴,却没有说。

晚上说起闲话来,才知道果子的事。果子的一个奶被切掉了,另一个,还不知道能不能保得住。果子的男人去外头打工,再也没有回来。这都是好几年前的事情了。

已经是深夜了,四下里静悄悄的。偶尔有谁家的狗,好像是被惊扰了,忽然叫两声。小梨睡不着,摸出手机,想给乃建发个短信,想了想,又罢了。好像是起风了。风掠过树梢,呜呜呜呜响。

也不知道过了多久,忽然看见果子朝着她跑过来。蛋黄的小衫,红喷喷的一张圆脸,肉嘟嘟的,鼻尖上有星星点点的细汗珠,胸前有两个小兔子一样的东西,跳啊跳。

果子。小梨叫了一声,一下子醒了。

尾 声

芳村这地方,怎么说呢,不过是华北大平原上,一个最平常不过的小村庄。

村子里,有男人,有女人。也有老人,也有孩子。

鸡鸣犬吠也有,是非恩怨也有。

庄稼地有的还种着,有的早就不种了。

月亮有圆的时候,也有缺的时候。

一些人在芳村出生了,一些人在芳村死去了。

一些人离开了。离开了还是忍不住回头去看,牵肠挂肚的。

一些人留下来。死了,埋在芳村的泥土里了。

风吹过村庄。

把世世代代的念想都吹破了。

年深日久,一些东西变了。

一些东西没有变。

或许,是永不再变的了吧。

一本书打开一个世界

欢迎订购、合作
订购电话：0571-85153371
服务热线：0571-85152727

KEY-可以文化　　浙江文艺出版社　　京东自营店

关注KEY-可以文化、浙江文艺出版社公众号，
及浙江文艺出版社京东自营店，随时获取最新图书资讯，
享受最优购书福利以及意想不到的作家惊喜